Max Aub
Die Stunde des Verrats

SERIE

PIPER

## Zu diesem Buch

5. bis 13. März 1939: die letzten Tage des republikanischen Madrid. Denunziation und Verdächtigungen greifen um sich, niemand ist vor niemandem mehr sicher. Die Regierung hat den letzten Rest an Autorität verspielt. Ohne sich abzustimmen, unternehmen einige Generäle und Politiker einen letzten Versuch, die Macht in die Hand zu nehmen und einen Friedensschluß zu verhandeln. Eines der vielen Einzelschicksale, die Max Aub verfolgt, ist das des ahnungslosen Vicente Dalmases, der als Verräter verdächtigt wird und in den Wirren seine Unschuld nicht beweisen kann. Ausgerechnet Lola, mit der er seine Verlobte Asunción betrogen hat, gibt sich seinen Peinigern hin, um ihn zu retten. In Vicente spiegelt sich, wie in vielen anderen Figuren, die Tragik der historischen Ausnahmesituation.

*Max Aub*, am 2. Juni 1903 in Paris geboren, starb am 24. Juli 1972 in Mexico City. Als Sohn eines Deutschen und einer Französin lernte er erst mit vierzehn Jahren Spanisch, als die Familie nach Valencia emigrierte. Er war befreundet mit Ernest Hemingway, André Malraux und vor allem Pablo Picasso. Er kämpfte im Spanischen Bürgerkrieg und gab als Kulturattaché in Paris 1937 den Auftrag an Picasso für »Guernica«. 1940 bis 1942 in Konzentrationslagern, ab 1945 im Exil in Mexiko.

# Max Aub
# Die Stunde des Verrats
## Das magische Labyrinth IV

Roman

Aus dem Spanischen von
Albrecht Buschmann und Stefanie Gerhold

Herausgegeben und kommentiert von
Mercedes Figueras

Piper München Zürich

Das vorliegende Werk wurde mittels finanzieller Unterstützung der Dirección General del Libro, Archivos y Bibliotecas del Ministerio de Educación y Cultura de España und der Europäischen Kommisssion gefördert.

Von Max Aub liegen in der Serie Piper vor:
Die besten Absichten (2703)
Der Mann aus Stroh (2786)
Jusep Torres Campalans (2787)
Nichts geht mehr (2788)
Theater der Hoffnung (2789)
Blutiges Spiel (2790)
Die Stunde des Verrats (2791)

Ungekürzte Taschenbuchausgabe
Piper Verlag GmbH, München
1. Auflage Juni 2003
2. Auflage August 2003
© 1963 Max Aub and Heirs of Max Aub
Titel der spanischen Originalausgabe:
»Campo del Moro«
© der deutschsprachigen Ausgabe:
2001 Eichborn AG, Frankfurt am Main
Umschlag/Bildredaktion: Büro Hamburg
Isabel Bünermann, Julia Martinez/
Charlotte Wippermann, Kathrin Hilse
Foto Umschlagvorderseite: Bert Hardy/Getty Images
Foto Umschlagrückseite: Archivo Biblioteca Max Aub
Satz: Petra Wagner, Hamburg
Druck und Bindung: Clausen & Bosse, Leck
Printed in Germany   ISBN 3-492-22791-0

www.piper.de

# Inhalt

I.    5. März 1939    9

II.   6. März    137

III.  7. März    197

IV.   8. März    259

V.    9. März    273

VI.   12. März    285

VII.  13. März    311

Anhang

Anmerkungen    319

Nachwort    363

Da aber alle Geschichtsgelehrte darüber schweigen, ist in keiner Weise bekannt, daß besagte Monarchen den Alcázar zur Residenz machten, der keine standesgemäße Behausung für einen König ist, sondern eine vorzügliche Festung für alle Wechselfälle; wie in den frühen Jahren der Reconquista unter Beweis gestellt, als der Almoravidenkönig Tejufin 1109 gegen Madrid anstürmte und sich die Bewohner siegreich verteidigten, denn im Alcázar verschanzt widerstanden sie dem marokkanischen Heer, das sein Lager aufschlug an dem Ort, der noch heute Campo del Moro, Maurenfeld, heißt; und ebenso während der dunklen Unruhen der darauffolgenden Königreiche, bis zu dem Bruderkrieg zwischen Don Pedro und Don Enrique.

Ramón de Mesonero Romanos:
*Das alte Madrid. Historische Streifzüge.*


Madrid, 13. März 1939. – Die Nationalistische Artillerie hat ihre Angriffe vereinzelt wieder aufgenommen. Nahe des Ostfriedhofs wurde ein Leichenwagen von einer Granate getroffen. Unter den Trauergästen gab es Verwundete und Tote.

*El Universal* (Kabelmeldung von *International Press*)

# I.  5. März 1939

1

»Señor, der Ministerpräsident möchte Sie sprechen.«

Der Sekretär schließt die Tür. Bernardo Giner de los Ríos nimmt den Hörer ab.

»Don Juan ...«

»Heute abend ist Kabinettssitzung, um sechs, auf Position *Yuste*. Der Gouverneur von Madrid hat die notwendigen Befehle erhalten, und für die Minister, die sich noch in Madrid aufhalten, steht ein Flugzeug bereit ... Bringen Sie bitte General Casado mit. General Miaja kommt mit dem Auto, aus Valencia.«

Fürstliche, frostige Suite im *Hotel Palace*, die er für den ersten sowjetischen Botschafter hat herrichten lassen: Seit Jahren geht die Heizung nicht.

Geschützfeuer. Luft und Scheiben zittern. Es ist grau und kalt.

»Stellen Sie eine Verbindung her mit General Casado, auf Position *Jaca*.«

Die Landstraße nach Aragón, die Pappelallee nach Osuna, der herrliche Landsitz – der Minister hat die Mauer zur Straße mit dem Gittertor vor Augen –, der zuvor General Miajas Hauptquartier gewesen ist.

»Hallo, General.«

»Oberst, mehr nicht, danke.«

»Wie das?«

»Der Präsident der Republik hat meine Ernennung nicht mehr unterschrieben, und da es seitdem keinen Präsidenten der Republik mehr gibt, wäre dieser Titel nicht verfassungsgemäß.«

»Ich bin überrascht, Segismundo. Aber gut ... Wie geht es Ihnen?«

»Schlecht, sehr schlecht.«

»Was plagt Sie?«

»Wie immer; mein Magengeschwür. Ich kann mich kaum rühren.«

»Der Ministerpräsident wünscht, daß Sie uns heute abend zu Position *Yuste* begleiten. Zur Kabinettsitzung.«

»Ich bedaure sehr, aber dazu sehe ich mich außerstande.«

»So schlimm wird es nicht sein.«

»Am besten, Negrín würde hierher kommen. Sie wissen ja, wie die Dinge stehen. Wenn ich nicht in Madrid bin, übernehme ich keine Verantwortung, für das, was dann passiert.«

»Es geht um Stunden.«

»Eben darum.«

»Kommen Sie wenigstens zum Mittagessen zu uns, in die Zivilverwaltung.«

»Ich esse nichts.«

Der Minister verliert die Geduld, sein Ton wird schärfer.

»Wenn Sie schon nicht essen, dann trinken Sie wenigstens einen Kaffee mit uns, und sagen Sie mir nicht, daß Sie keinen trinken, denn Kaffee gibt es sowieso nicht.«

Während er seine Krawatte bindet, betritt der Sekretär erneut das Zimmer.

»Ein Anruf von Don Julián Besteiro.«

»Hallo, Julián.«

»Ich muß dich treffen. Um wieviel Uhr kann ich im Ministerium vorbeikommen?«

»Laß nur. Ich komme zu dir.«

»Danke für den Gefallen, ich habe Fieber.«

»Etwas Ernstes?«

»Nein, nur Schüttelfrost. Das übliche. Nicht der Rede wert.«

Sie sind alte Freunde, haben sich beim Studium an der *Institución Libre de Enseñanza* kennengelernt, obwohl Besteiro etwas älter ist. Beide liberal, schlaksig, hochgewachsen, wohlerzogen, verläßlich, dem anderen Geschlecht mehr als zugetan. Julián Besteiro, ein Kritiker der Regierung, der auch Giner de los Ríos angehört, ist Vorsitzender des Madrider Stadtbauamtes *Junta de Saneamiento y Reconstrucción*, dank seiner Beharrlichkeit und seiner Freundschaft mit dem Bau- und Verkehrsminister.

Julián Besteiro wohnt in einem kleinen Hotel in der Colonia del Viso, in der Nähe des Studentenwohnheims *La Residencia*, auf der anderen Seite des Kanals. Die Gegend wird, wie das vornehme Salamanca-Viertel, nicht bombardiert. Ein sicherer Hafen.

»Ich will dich sehen, damit du aus meinem eigenen Mund erfährst, daß die Gerüchte, ich sei an einer gegen die Regierung gerichteten Bewegung beteiligt, falsch sind.«

»Ich freue mich sehr, das von dir zu hören, denn in der Sache kursieren die widersprüchlichsten Informationen.«

»Gut, trotzdem: Wenn mich eine höhere Stelle rufen würde, vorausgesetzt, es gäbe eine, um diesem Krieg ein Ende zu setzen, könnte sie auf mich zählen.«

»Eine höhere Stelle? Die Regierung …«

»Die Regierung kann nichts tun, unter anderem deshalb, weil sie keine höhere Stelle mehr ist.«

»Das sagst du …«

Um drei Uhr nachmittags, in der Calle de Juan Bravo kurz vor der Ecke Calle Velázquez, im Palacio de Medinaceli, erläutert Oberst Casado, Oberbefehlshaber der zentralspanischen Streitkräfte:

»Ich kann Madrid nicht verlassen. Ich werde gebraucht.

Wenn ich weg bin, schlagen die sich hier die Köpfe ein. Aber natürlich stehe ich der Regierung zur Verfügung. Nach der Sitzung hier, wenn der Präsident meine Anwesenheit dann für notwendig hält, werde ich kommen. Ein Wort von ihm genügt«, sagt er zu Giner de los Ríos. Dann in die Runde: »Wann brecht ihr auf?«

»Sofort, um fünf müssen wir in Barajas am Flughafen sein.«

»Mit was für einer Maschine fliegt ihr?«

»Mit einer Dragón. Man darf gespannt sein, ob sie uns beim Start vom Cerro de los Ángeles aus erwischen.«

Sie heben ab. Während sie immer höher steigen, sehen sie die Linie, die Spanien teilt: Fuencarral gehört uns; Aravaca den anderen; Vicálvaro uns; Carabanchel den anderen; Vallecas uns; Villaverde den anderen. Den anderen, die kurz vor dem Sieg stehen.

## 2

Seit dem 7. November 1936, an dem ihm der Krieg vor die Haustür gebracht wurde, feuert Fidel Muñoz jeden Morgen ein paar Schüsse auf die Faschistenschweine ab; anschließend begibt er sich hinunter in den Flur dessen, was einmal das Zwischengeschoß gewesen ist, den einzigen Raum mit Decke, ißt, was es gibt – üblicherweise Linsen, sonst nichts –, hört im Radio die Kriegsberichte – es bewegt sich fast nichts mehr, seit einem Monat, seit es mit Katalonien vorbei ist –, und kehrt auf seinen Beobachtungsposten zurück.

Es gab zahlreiche Versuche, ihn zu evakuieren, ohne Erfolg. In der Schußlinie von Artillerie und Flugzeugformationen, die die Häuser in einem Teil der Calle de Hilarión Eslava und einem kurzen Stück der Calle de Gaztambide zum Einsturz gebracht haben, hat er nun die seit Jahren erträumte freie Sicht auf den Casa-de-Campo-Park und das Universitätsgelände.

»Jetzt, wo das Gebäude so viel wert ist wie nie zuvor, soll ich es aufgeben? Kommt gar nicht in Frage!«

Seinem Befinden nach gleicht das Haus – mittendurch gespalten, die Treppe unversehrt, der Rest des Dachbodens eine Schießscharte – einer uneinnehmbaren Festung. Die aufeinanderfolgenden Kommandanten des Sektors haben sich der Macht der Gewohnheit ergeben und seinem Starrsinn gebeugt, denn Fidel Muñoz ist ein Mann mit untadeliger sozialistischer Vorgeschichte (»Meine makellose Vergangenheit«, fängt er gerne an.)

Sein Gewehr hütet er wie sein teuerstes Gut; er hat es am 18. Juli 1936 in der Conde-Duque-Kaserne erbeutet; an Munition fehlt es ihm nicht: er wird regelmäßig im Zeitungsgebäude von *El Socialista* versorgt.

Fidel Muñoz ist kürzlich sechzig Jahre alt geworden (»Wie es sich gehört«, sagt er, ohne zu wissen warum): Er hat eine polierte Glatze, sein ergrautes Haar geht ins Gelbliche, und der Hunger, der seit drei Jahren in Madrid herrscht, hat ihn mager werden lassen; viel auf den Rippen hatte er jedoch noch nie.

Er lebt allein in den Überresten des Hauses, das er damals, im Juli 1936, noch immer nicht abbezahlt hatte. Seine Frau hält sich in Alacuás auf, in der Provinz Valencia, mit den vier Jüngsten, dreizehn, elf, acht und sieben Jahre alt. Der älteste, zwanzig, ist in Cartagena – bei der Marine; der zweite, neunzehn, ist nach Frankreich gegangen, mit den katalanischen Streitkräften; der Siebzehnjährige dient an der Extremadura-Front.

Was würde Clara sagen, wenn sie das Haus in diesem Zustand sähe? Würde bei ihr die Freude über die freigelegte Landschaft überwiegen? (Jahr für Jahr dasselbe Gejammer: »Wenn nur nicht dieser Kasten gegenüber wäre ...«) Oder wäre doch die Wut über die Verwüstung stärker? Ihr Haus. All die Jahre, die sie es abbezahlt hat!

»Nicht jeder bekommt die Front wie ein Frühstück ans Bett gebracht, wer könnte da widerstehen?«

Am 18. Juli gab er seine Arbeit in der Zeitung auf. Er war auf der Straße dabei, fuhr hoch in die Sierra, feuerte zum ersten Mal in seinem Leben einen Schuß ab – als junger Bursche hatte er dem König nicht gedient: Bei der Auslosung hatte er eine hohe Nummer gezogen und war befreit worden. Nun begriff er, daß er geboren war, die Republik mit der

Waffe in der Hand zu verteidigen, aber auf eigene Faust; denn befehlen oder gehorchen war seine Sache nicht. Man mußte ihn machen lassen, ein hoffnungsloser Fall.

»Ich kämpfe. Alles andere ist Unfug. Wenn alle es so machen würden wie ich: Übermorgen wären wir in Burgos.«

Niemand widersprach ihm.

»Euer Zirkus kann mir gestohlen bleiben. Ich mache meinen Kram allein. Wenn ich Munition brauche, finde ich schon welche, und um meine Verpflegung kümmere ich mich selbst.«

Er übertrieb, aber nicht sehr.

»Du bist Anarchist geworden.«

»Ich? Jetzt reicht's aber! Ich war schon Mitglied der Sozialistischen Arbeiterpartei Spaniens«, betont er, »da hast du noch nicht mal in die Windeln geschissen. Aber ich weiß, was ich kann und was ich nicht kann. Ich bin zu hitzköpfig, um zu gehorchen, und wenn mir einer etwas befiehlt, das ich schwachsinnig finde, kocht mir das Blut über. Und befehlen ... befehlen, das kann ich nicht, dafür habe ich ein zu weiches ...«

Er deutet unbestimmt auf seine Brust, denn ganz genau wußte er nicht zu sagen, wo sein Herz sich befindet. Er denkt an Claras Kinder – seine Kinder, aber mehr Claras Kinder –; an seine Schwester – sie ruhe in Frieden –; an seine erste Frau, die ganz bestimmt in den Himmel gekommen ist, an den sie geglaubt hat: ein Engel; an seine älteste Tochter, die zusammen mit ihrem Mann in La Coruña vom Aufstand überrascht worden ist; von beiden hat er nichts mehr gehört. Allen diesen Frauen hat er nie seinen Willen aufzwingen können, hochanständig, wie er nunmal ist.

Die Ankunft der franquistischen Truppen vor den Toren Madrids bestärkte ihn in seinen Vorsätzen; erst recht, als sein Haus sein Schutzraum wurde. Es war seins. Niemand würde ihn von dort vertreiben, und angenommen, die Sache sollte schiefgehen – was er sich partout nicht vorstellen konnte –, wäre es auch als Grab nicht zu verachten.

»Hier kriegt mich niemand raus.«

Er fühlte sich sicher, selbst vor diesem Feind. Er stand nicht wirklich an der vordersten Front, aber sie verlief zu seinen Füßen, entlang dem Manzanares.

»Wenn uns das jemand gesagt hätte, als wir die Bude gekauft haben!«

Hin und wieder lädt er ein paar Compañeros zu sich ein, zum gemeinsamen Schießen auf die Aufständischen. Der Hunger ist groß; aber von Zeit zu Zeit treibt er einen Weinschlauch auf.

»Na, was meinst du?«

»Es sieht nicht gut aus.«

»Ach was! Je schlechter es aussieht, desto besser. Die Franzosen können nicht einfach zusehen, wie die Deutschen gewinnen. Wenn wir am wenigsten damit rechnen, kommen sie mit Nachschub, und dann kriegst du richtig was zu sehen.«

»Warum haben sie zugesehen, wie die uns aus Katalonien rausgeschmissen haben, und, viel früher schon, aus Irún?«

»Das ist nicht dasselbe.«

»Angeblich hat Besteiro Verhandlungen mit dem Gegner aufgenommen.«

»Hör mal, Silvio, wir wollen nicht streiten. Nur weil ich dir meinen Platz an der Linotype überlassen habe, hast du noch lange nicht das Recht, hier, in meinem Haus, in meinem eigenen Haus, Don Julián so zu beleidigen. Wie auch immer, du weißt doch genau, daß es mir bis zum letzten Moment schwer gefallen ist, Largo Caballero zu folgen; aber Don Julián, den laß hier raus.«

Dreifacher Kanonendonner.

»Seit Tagen haben sie nicht mehr zum Tanz aufgespielt.«

Flugzeuge – drei.

»Unsere.«

»Kommen sie zurück?«

»Ich weiß nicht.«

Die Vögel kreisen über Madrid.

»Was soll das werden?«

Ein einzelner Schuß, in der Nähe. Auf der anderen Seite ist niemand zu sehen: die sanften Hügel – nackte Winterbäume, voller Splitter –, die weite Fläche, eine Wüste.

Fidel Muñoz kann sich nicht vorstellen, daß die Seinen den Krieg verlieren. Man kann Schlachten verlieren, Gelände, Leute, aber den Krieg, den gewinnt man, wer würde daran zweifeln? Er, versteht sich, nicht.

Das Haus liegt in Schutt und Asche: Das stimmt schon, aber die Trümmer geben dem, was noch steht, Halt. Fast als wäre es Absicht; zum Casa-de-Campo-Park hin reicht der Schutt beinahe hinauf bis zum ersten Stock, er umgibt die Innenräume wie ein Schutzmantel und läßt »das Observatorium« frei. Dort liegt eine Reihe Säcke, flach genug, daß man sie von außen nicht sieht, ihre Zwischenräume dienen als Schießscharten. Er streckt sich flach hin, und sobald sich in der feindlichen Zone irgend etwas regt, drückt er ab. So hingestreckt, mit dem Finger am Abzug, fühlt sich Señor Fidel Muñoz sicher. Wer redet hier von Angst, oder zweifelt gar am Sieg?

Manchmal kommt Vicente Dalmases auf einen Sprung bei ihm vorbei, vom Stab der VIII. Division des Zweiten Armeekorps – die im Pardo-Park stationiert ist –, neben der VII., die einen Teil des Casa de Campo sichert. Er schaut bei ihm herein. Sein Motorrad stellt er meistens dort ab, wo einmal das Eßzimmer gewesen ist.

»Hier kommt es nicht weg«, sagt er und tätschelt es wie die Kruppe eines Pferdes.

Vicente, dreiundzwanzig Jahre, große Nase, nervös, sieht älter aus. Manchmal, vorausgesetzt es gibt etwas, essen sie zusammen. Was haben sie gemeinsam, trotz der vielen Jahre, die zwischen ihnen liegen? Wenn Vicente – der raucht, sooft er kann, und das ist nicht jeden Tag – von Asunción spricht – die seit vier Monaten in Valencia ist –, kommt es Señor Muñoz vor, als späche er von seiner ältesten Tochter. Ohne es sich einzugestehen, spürt er, daß er gerne einen Schwiegersohn wie Vicente gehabt hätte, obwohl der Kommunist ist.

»Wir merken gar nicht, wie wir uns daran gewöhnt haben, in Ruinen zu hausen. Früher hatten die Häuser klare Kanten, heute ist alles ein einziger Trümmerhaufen, windschief, in sich zusammengefallen, überall Müll und Dreck, und trotzdem finden wir nichts dabei.«

»Weil das normal geworden ist, wie der Krieg. Kriege sind das Salz in der Suppe. Mit dem Unterschied, daß es nicht immer Suppe gibt, Kriege schon.«

»Und es wird sie immer geben, nicht?«

»Sie scheinen ja nichts gegen Kriege zu haben.«

»Ich glaube, du spinnst.«

»Ihnen ist es doch gleich, wer gewinnt.«

»Dir werde ich gleich zeigen, wer gewinnt.«

»Schonen Sie Ihre Kräfte, Don Fidel.«

Vicente siezt ihn wegen seines Alters. Manchmal zieht er ihn gerne auf, einfach um ihn zu necken.

Der Alte fühlt sich dem Jungen gegenüber wehrlos, eine Folge von dessen Intelligenz, Gedankenschärfe und Begeisterungsfähigkeit, und weil Vicente Dalmases ihn ziemlich genau an seinem wunden Punkt trifft. Schlaues Bürschchen! denkt Fidel Muñoz, der hat eine Nase wie ein Spürhund ...

Bald, wenn wir die Revolution machen ...

Niemand kommt darauf, daß sie sie gerade machen, oder es zumindest versuchen, indem sie sich verteidigen.

»Sie sind für Besteiro, Prieto, Negrín oder Largo Caballero.«

»Und du für deine Leute.«

»Sie wollen doch nicht behaupten, daß Sie sich hier nicht wohlfühlen …«

»Sieh dich vor, es kann jeden Augenblick krachen …«

»Das ist keine Antwort.«

»Und wie das eine Antwort ist.«

»Hier, nehmen Sie die Dose Sardinen.«

»Mein innigster Dank.«

Vicente erinnert sich weder an seinen Vater, noch an sein Zuhause, noch an die Handelsschule in Valencia, auch nicht ans Fußballspielen, an seine sieben Geschwister, über die er wenig weiß. Sein Vater, Leiter des Grundbuchamts, dürfte nach Frankreich gegangen sein. Wie? Wohin? Er weiß es nicht. Das Gute am Krieg ist, daß man an nichts denkt. Einzig an Asunción, doch auch an sie denkt er nicht: Er erinnert sich an sie, er spürt, braucht, er liebt sie.

»Man hat mir versprochen, daß ich in drei Tagen weg kann.«

»Nach Valencia?«

»Ja.«

»Für eine Woche?«

»Pah! Popelige achtundvierzig Stunden. Und auch nur, weil ich irgendwelche Papiere abliefern soll.«

Mit dem rechten Zeigefinger weitet er sich den Hemdkragen, dann mit dem linken. Ein Schußwechsel ist zu hören. Wo?

»Hör mal …«

Sie lauschen: Es klingt fast so, als würde hinter den Linien gekämpft. Fehlanzeige. Sie sehen schon Gespenster.

»Was geht da vor?«

Sie blicken in den bedeckten Himmel.

»Es sind die von vorhin, unsere, sie kreisen.«

Vicente sagt lieber nichts. Er hat gelernt, daß Streiten zu nichts führt.

»Ich gehe.«

»Aber ...«

»Ich werde erwartet.«

Das stimmt nicht, aber er weiß, daß er gebraucht wird. Nachdem Fidel Muñoz einen Blick auf die stille, tote Front geworfen hat, begleitet er den Jungen bis zu den Boulevards. Während Vicente Dalmases weiterfährt und um die erste Ecke biegt, kehrt der alte Linotypist zurück zu seinem Haus.

## 3

Bevor er zum Pardo fährt, beschließt Vicente, bei Lola vorbeizuschauen. Er ahnt, was bevorsteht, und fürchtet, das Mädchen für lange Zeit nicht wiederzusehen.

Mit dem Motorrad braucht er nur fünf Minuten. Die Frage: Ist sie da? Sie wohnt in der Calle de Luchana. Wird er sie wiedersehen? In der Ferne ist ein Schußwechsel zu hören. Lola und der Krieg. Lola und die letzten Tage des Krieges. Die Lenkstange fest umklammert. Das Schütteln, die Schlaglöcher. Sich von ihr verabschieden. Sich von ihr verabschieden? Nein. Sich verabschieden, ohne daß sie etwas merkt. Irgendwann muß es ja sein. Er fährt zu schnell.

Seit er in den ersten Novembertagen 1936 nach Madrid gekommen ist, hat Vicente die Hauptstadt kaum verlassen: zwei Monate an der Extremadura-Front, mit Julián Jover, der damals schon Kommandant war und ihn als politischen Kommissar dabeihaben wollte. Weil ihm das Reden nicht lag, was der Freund als belanglos abtat, ohne ihn recht überzeugen zu können, verzichtete er schließlich auf den Posten, obwohl er ihm eigentlich gefiel. Ständig in Tuchfühlung mit den Männern, ihnen hilfreich beiseite stehen, und das mit zweiundzwanzig Jahren, da wuchs er über sich selbst hinaus; die ein oder andere Reise nach Valencia, um Befehle zu überbringen; ansonsten durchkreuzte er die Hauptstadt von einem Ende zum anderen: vom Campo del Moro zum Jarama-Fluß, von Carabanchel nach Villaverde, von der

San-Fernando-Brücke nach Marañosa, vom Universitätsgelände nach Las Rosas, von Vicálvaro nach Vaciamadrid,
von überall her zum Pardo, Verbindungsoffizier, Oberleut-
nant vor einem Jahr, Hauptmann seit vorgestern.

»Um nach oben zu kommen, muß man Kommunist sein«,
sagte Rigoberto Barea, voller Bitterkeit.

Asunción war bei ihm gewesen, bis die Kommunistische
Partei sie nach Valencia schickte, wo sie ein Flüchtlingslager
aufbauen sollte. Ihr Protest, den sie beide wiederholt einleg-
ten, war vergeblich.

»Asunción stammt aus Valencia.«

»Ich auch.«

»Dich brauchen wir hier; deine Frau dort.«

»Aber kann denn nicht eine andere gehen?«

»Bei ihrer Eignung, nein.«

In einer Flüchtlingsunterkunft, die sich zuerst in der Nähe
von San Andrés befand und später an den Paseo de la Castellana verlegt worden war, hatte sie ihre Fähigkeiten unter
Beweis gestellt.

»So selten, wie ihr euch seht ...«

Vicente erwiderte nichts, er hätte ihm am liebsten ins Gesicht gespuckt. Es stimmte, daß sie sich selten sahen, aber
sie wußten sich in der Nähe. Asunción bewohnte eine Dachkammer, unter deren Fensterluke die prächtige Weite des
Paseo de la Castellana verlief, mit seinen vom Krieg ge-
zeichneten Bäumen. Dort verbrachten sie sämtliche Nächte,
die sie freihatten. Wenige, in den zwei Jahren; genug, daß sie
beide lernten, was die Liebe war. Doch gab es wenige Tage,
an denen Vicente sie nicht irgendwann gesehen hätte, und sei
es nur kurz.

Das weißblonde Haar des Mädchens war goldgelb geworden, ebenso wie ihre Schüchternheit, völlig unerwartet,
einem befehlshaberischen Ton gewichen war. Sie reifte in nur
wenigen Monaten – in jedem Sinn. Der Krieg wirkt stärker

als der beste Dung. Ein Schlagloch. Noch eins, noch heftiger. Jetzt ist nicht die Zeit, sie zu reparieren. Weder jetzt, noch sonst irgendwann, so wie die Dinge stehen. Asunción. Lola. Wenn sie nicht da ist, soll ihr Don Manuel etwas ausrichten, den sie, auch wenn dir das nicht recht ist, dort versteckt halten.

Don Manuel, der Spiritist, kahlköpfig, mit französischem Akzent, von Geburts wegen, denn sein Heimatland hat er nie wieder betreten, so wie es ihm sein Schutzengel Don Germán vor tausend Jahren ausdrücklich befohlen hatte, keine Widerrede, amen.

Mit soundsoviel dreißig Jahren hatte Don Manuel, Vertreter für Seifen, Rasierwasser und Parfüm des Hauses Pivert in Paris, die »große Erleuchtung«, was ihn über mehrere Umwege zum Trödler und Verkäufer esoterischer Bücher machte. Seine Bekehrung fiel mit dem Ableben seiner Frau zusammen, im Jahr 1913 in einer Pension in Granada, wo die Verstorbene ihm in der Einsamkeit der Totenwache erschien, um ihn zu trösten und ihn an der WAHRHEIT teilhaben zu lassen, und da stellte sie ihm seinen Beschützer vor.

»Jeder Neugeborene«, erklärte der ihm, »bekommt in dem Augenblick, da er das LICHT erblickt, einen Verstorbenen zur Seite gestellt, sein spirituelles Gegenüber, in Ihrem Fall einen Diener – Germán Groseille. Zu gegebener Zeit – Tage, Jahre oder Jahrhunderte später – werden Sie auf Weisung von Jesus Christus und einem weiteren eingeweihten Beschützer das wahrhaftige Licht empfangen. Sobald dieser zweite Beschützer die Weisung zur Reinkarnation erhält, verwandelt sich sein Schützling automatisch in den Beschützer eines dritten, der gerade das LICHT erblickt hat, aber auf einer niedrigeren spirituellen Stufe; und so fort bis ans Ende der Zeit.«

An sich hätte er am 6. Januar 1938 standrechtlich erschossen werden sollen. Wenn man Don Manuel glauben wollte, hatte er seine Rettung der Intervention der Heiligen Drei Könige zu verdanken, auch wenn in Wirklichkeit drei Herrschaften der Grund waren, die mit den heiligen Herrn herzlich wenig zu tun hatten; in erster Linie Félix Moreno, der in der Alianza de Intelectuales von dem Fall erzählte:

»So eine Sauerei!«

»Wie kann man auch nur mitten im Krieg Spiritist sein?«

»Die Wahrheit ist eine heilige Hetäre«, sagte Bergamín.

Als Don Manuel als Spion denunziert worden war, stritt er nicht ab, in regelmäßiger Verbindung zu Personen aus der anderen Welt zu stehen, und das genügte der Patrouille, um ihn festzunehmen. Vor Gericht machte er keinerlei Anstalten, sich zu verteidigen. Seinen Körper zu verlassen, konnte ihm nichts anhaben, zumal sich Don Germán seit zwei Monaten widerwillig zeigte. Allerdings versuchte er, wie es ihm die Pflicht gebot, die Schöffen des Volksgerichts zu bekehren.

»Jesus Christus ist das einzige Wesen, das die göttliche Macht über die Materie besitzt«, warf er ihnen an den Kopf, auf die Frage, ob er den Ausführungen seines Pflichtverteidigers etwas hinzufügen wolle, welcher sich redlich bemühte, ihn als Geistesgestörten darzustellen. »Wenn Gott uns unsere ursprüngliche Reinheit gelassen hätte, hätte er eine Welt ohne Makel und ohne Ziel geschaffen. Wenn andersherum sein Ziel darin besteht, uns zu reinigen, und jedem von uns auferlegt, den Zustand der Perfektion zurückzuerlangen, heißt das, daß wir eine Transmutation nach der anderen durchmachen müssen. Unnötig, den erlauchten Schöffen zu sagen, daß ich ihnen sehr dankbar wäre, wenn sie meine nächste Inkarnation nicht unnötig verzögerten, obwohl ich solch unmittelbarer und großer Glückseligkeit gar nicht würdig bin.«

Die zwölf Beisitzer – Rodolfo Martínez, vierzig Jahre alt, gerade von einer Nierenkolik genesend, jetzt Hauptmann bei den Milizen, früher Klempner; Paula Ortiz, aus Cava Baja;

Enrique Ramos, Student; Solón Gutiérrez, Architekt und 33 Prozent kriegsversehrt, achtundsechzig Jahre alt; Luis Peral, von der Gewerkschaft Holz – genaueres war nicht bekannt –, einarmig seit Brunete; Sofía de Toro, Wäscherin; Rodrigo Aleixandre, eigenen Angaben zufolge Musiker; César García Olmos, pensionierter Kellner – waren geteilter Meinung: Sechs hielten ihn für einen Schwachsinnigen, die anderen für einen Simulanten.

»Entweder werfen wir ihn raus, oder wir erschießen ihn. Hier gibt es nur entweder oder.«

»Weder hier noch anderswo«, pflichtet der Zimmermann bei, ein Mann mit eindeutigen Auffassungen.

»Warum eigentlich? Wir könnten ihn ins Gefängnis stecken, bis das alles vorbei ist ...«

»Ach ja? Und ihn durchfüttern: weil es in Madrid ja so viel zu essen gibt.«

»Wo ich doch so einen Kohldampf habe«, entfährt es Sofía, spindeldürr, und das, obwohl sie in besseren Zeiten neunzig Kilo schwer gewesen war.

Der ausgeprägte französische Akzent des Angeklagten half einigen Unentschlossenen bei ihrer Entscheidung, vor allem Solón Gutiérrez, der Goyas Gemälde vom 2. Mai vor Augen hatte.

»Sein Geschwafel über Gott und die Seele«, meinte Rodolfo Martínez, der erste Schöffe, der häufig auch den Vorsitz innehatte, »belegt seine Verbindung zu den Faschistenschweinen. Wahrscheinlich ist er sogar Pfaffe.«

»Das glaube ich nicht«, warf Paula Ortiz ein.

»Warum nicht?« fragte Enrique Ramos, der bislang keine Silbe von sich gegeben hatte, weil er noch nicht damit zurechtkam, zum ersten Mal über einen Menschen wie du und ich zu richten.

»Er hat eine Glatze.«

»Und was hat das damit zu tun?«

»Und der Bart?«

»Der soll ablenken.«

»Ich kenne keinen glatzköpfigen Pfarrer.«

»Es gibt bestimmt welche.«

»Niemals! Einen protestantischen Pastor vielleicht, meinetwegen.«

»Vielleicht ist er ja einer.«

»Wenn ihr mich fragt, ich glaube, dieser Bursche seift uns alle ein, obwohl es in dieser Stadt überhaupt keine Seife mehr gibt.«

Félix Moreno erzählte den Vorfall Vicente Dalmases, dieser wiederum Rigoberto Barea, dem politischen Kommissar der Brigade von Cipriano Mera, Rotschopf, Anarchist, Andalusier, Vegetarier, der sich immer mal wieder zum Essayisten berufen fühlte; noch immer hatte er sich nicht von der berühmt gewordenen Schlacht in der Nähe von Boadilla del Monte erholt, bei der die republikanische Armee Húmera, Pozuelo und Aravaca verloren hatte. Er gehörte zu denen, die mit ihrem Mut das Steuer herumgerissen hatten, so daß mit einem Mal von Flucht keine Rede mehr war, sondern der Entschluß stand, keinen Schritt weiter zurückzuweichen. Schulter an Schulter hielten sie stand. Rigoberto half nach Kräften, indem er alle beschimpfte, die ihre Flinten – wenn sie überhaupt noch welche hatten – einfach ins Korn warfen.

»Ihr wollt Männer sein?« donnerte er – sommersprossiges Pfannkuchengesicht, Pistole in der Hand, im Straßengraben liegend – mit dem gewaltigen Organ, das er von seiner Mutter, einer Fischverkäuferin, geerbt hatte. »Ihr schwulen Säue, ihr bleibt gefälligst hier!«

Er kannte Don Manuel. Und kam noch rechtzeitig, um seinen Fall rasch zu klären, zu dem er als Zeuge hinzugezogen wurde. Im Hinausgehen stellte er ihm Vicente vor.

»Diesem Jungen verdanken Sie Ihr Leben.«

»Ich weiß.«

Die hellen blauen Augen Don Manuels und die dunklen Vicentes blickten einander an.

»Warum haben Sie sich nicht verteidigt? Warum haben Sie nicht abgestritten, Spion der Faschisten zu sein?«

»Wozu? Niemand achtet doch mehr die Gesetze Gottes. Mit der Unschuld haben die Menschen den Respekt verloren.«

Vicente staunte, noch nie hatte er mit solch einem Menschen zu tun gehabt. Außerdem bannte ihn der Spiritist, so lange es ging, mit seinem Blick.

Sie betraten ein Café. Rigoberto verabschiedete sich, er hatte einen Termin beim Arzt.

»Hoffentlich der letzte.«

Don Manuel bedankte sich nicht bei ihm. Er wandte sich dem anderen zu:

»Die Welt ist voller unreiner Geister, es wimmelt nur so von Bösen und Perversen, die an nichts anderes denken als Böses zu tun. Natürlich, Sie glauben ganz und gar nicht an so was.«

»Was meinen Sie mit ›so was‹?«

»Daß Jesus Christus wiederauferstanden ist, weil der Tod nicht existiert, der Verantwortliche für das Rechnungswesen und die Klassifizierung der Leiblosen.«

»Um ehrlich zu sein ...«

»Ich bin einer der wenigen Auserwählten, die das beobachten konnten, mit eigenen Augen, denselben, die Sie gerade anschauen. Jesus Christus und seine Diener, von denen ich der niedrigste bin, bilden zusammen die Kräfte des GUTEN, im Widerstreit zu denen des BÖSEN.«

»Warum zerschlagen Sie sie nicht?«

»Das sind Mysterien, die ich Ihnen nicht erhellen kann.«

Um das Jahr 1928 herum hatte Don Manuel einen weiteren Gott: Joaquín Costa, der sein Interesse für die spanische Geschichte der Gegenwart, Vergangenheit und Zukunft weckte. Er tat alles mögliche, um mit dem gewichtigen Mann aus Graus Kontakt aufzunehmen, ohne Erfolg: Er zeigte sich abweisend. Der Spiritist tröstete sich mit der Lektüre von Werken wie *Landwirtschaftliche Kollektive in Spanien*, *Die sozialen Belange der spanischen Landwirtschaft*, und vor allem, *Viriatus und die soziale Frage im Spanien des 2. Jahrhundert vor Christus*, und schließlich *Die politische Krise Spaniens*. Selbstredend, daß der Cid – auch darin folgte er dem Gelehrten aus Aragón – sein großes Vorbild war. Er wunderte sich, wie die Spanier nur eine so herausragende Persönlichkeit, »die alle nationalen Verstrickungen mit einem Mal gelöst hat«, der Vergessenheit anheimfallen lassen konnten. Für den Spiritisten bedeutete der Schwur von Santa Gadea das Höchste, was ein Mensch erreichen konnte. Und er mutmaßte sogar – ohne sich vor Don Germán zu verplappern –, daß er selber dabeigewesen war.

»Ein neuer Cid!« rief er aus. »Was wir brauchen, ist ein neuer Cid!«

Als mit der Republik Manuel Azaña auf der politischen Bühne erschien, glaubte er, in ihm die Wiedergeburt seines Helden zu sehen. Was für eine Enttäuschung, als er erfuhr, daß er Schriftsteller war.

Es dauerte nicht lange, da ließ er sich von der Redekunst José Antonio Primo de Riveras mitreißen. Seine Festnahme und Gefangenschaft im Gefängnis von Alicante waren ihm unvorstellbar. Wie, fragte er sich, kann es sein, daß er mit seinen übernatürlichen Kräften, mit denen er ausgestattet sein mußte, nicht einen Weg findet, zu den Wolken aufzusteigen und den Menschen wie ein neuer Santiago zu erscheinen? Danach glaubte er an Juan Negrín, bis er auf einmal nur noch von Vicente sprach.

»Du wirst schon sehen, wenn du ihn erst kennenlernst«, lag er seiner Tochter in den Ohren. »Du wirst schon sehen. Ein neuer Cid.«

Don Manuels Antifaschismus nahm erst deutlichere Formen an, als die franquistischen Truppen bereits in den Vororten Madrids standen. Zehn Jahre zuvor hatte sich der Trödler in Getafe schließlich ein Häuschen (zwei Zimmer, eine Küche) mit einem recht großen Garten kaufen können. Dort blühte er auf, konnte er doch endlich seiner künstlerischen Ader, die allen Beschreibungen spottete, freien Lauf lassen. Als Gärtner im landläufigen Verständnis des Wortes konnte man ihn nicht bezeichnen. Er scherte sich nicht weiter um Beete, Rabatten, Aussaat oder um das Beschneiden der Bäume. Pfropfen lag dem Schöngeist, der er im Grunde war, vollkommen fern. Ein Schöngeist in dem Sinne, daß er eine Vorliebe hatte fürs Verzieren; alles diente der Zierde: Pflanzen, Bodenmosaike, Töpfe, Beete, Gehwegplatten, Bänke, Mäuerchen, jede Art von Steinmetzgebilde, Knöpfe – vor allem Perlmuttknöpfe –, Geschirrscherben, Kacheln, Flaschen. Stämme, Triebe, Zweige, Beete, Stumpfe behängte er mit allerlei Tand: Blechbüchsen, Reklameblätter, Kalender, Deckel von Blechschachteln, aus denen er aberwitzige Objekte schuf. An den Ästen, an den Trieben und Zweigen der Büsche, an den Astgabeln und in den Baumkronen befestigte er Keramikscherben, Porzellanbruch oder Stücke von Biskuitporzellan, die bei seinem Geschäft schubkarrenweise abfielen. An den Baumrinden sammelten sich Glöckchen, Käfige, Figürchen mit Macken, verstümmelte Puppen mit nur einem Arm oder Bein, Flaschen, Deckel, Rasierklingen, zerbrochene Schneiden und Messer. In der Sierra hatte er weitere Wurzelstücke, Schößlinge und Stümpfe gesammelt und eigens herbeigeschafft, vom Laub befreit und seiner Eingebung folgend, mit Deckeln, Wasserhähnen, Kapseln, Scherben, Stoffetzen, Drähten, Glassplittern so ausgeschmückt, daß teufelsähnliche Gestalten daraus wurden, Pferde, Karnevalsmasken, Phantasiewesen oder Ungeheuer, deren Gestalt genauso von den Eingebungen des

Künstlers wie den Gegebenheiten des Materials abhing. An manchen Stellen war sogar der Straßenbelag launig mit Flaschenböden verziert worden. In einer Ecke, ein echter Papagei; in einer anderen ein Ferkel, das sich nach Lust und Laune fett fraß. Außerdem wandelte hier Julio, ein mehr oder weniger stolzer Pfau, dessen ausgefallene Schwanzfedern Don Manuel in eine kostbare grüne Vase mit goldenen und rosafarbenen Blüten steckte.

In der Mitte des kleinen Gartens, in Form des mathematischen Zeichen für Unendlich, barg ein mit glasierten Keramikscherben verziertes Zementbecken ein halbes Dutzend farbenfroher Fische. Schließlich standen da noch, sein ganzer Stolz, drei Aussichtsplattformen unterschiedlicher Gestalt und Höhe – drei, fünf und sieben Meter hoch –, die ebenfalls mit einem Mosaik aus bunten Glasscherben verziert waren. Fünf Jahre lang hatte er an ihnen gearbeitet, ganz allein, da wurden sie das erste Ziel der Nationalistischen Artillerie. Das verzieh er nie.

Don Manuel verbrachte jeden Sonntag in Getafe, von Sonnenauf- bis Sonnenuntergang, bei Wind und Wetter, Hitze und Kälte; er putzte, baute, klebte und montierte, er drehte und wendete mit begutachtendem Blick die neuen Stücke, die er unter der Woche zusammengesucht hatte.

Seit der Feind seinen Garten Eden besetzt hatte, wandelte Don Manuel, aus dem Paradies vertrieben, wie ein Tiger im Käfig durch seine Madrider Wohnung und häufte Objekte über Objekte für kommende Zeiten. Die Bombardements verschafften ihm Bruchware in Hülle und Fülle, die er nur in irgendeinem Eck zu stapeln brauchte. Er frohlockte auf den Tag, da er »den Krieg gewinnen würde«; und dazu trug er bei, was in seiner und der Macht seines Magiers standen, in ständigem Kontakt mit seinen Verbündeten aus der anderen Welt: Bertrand de Guesclin, Lafayette, Murat, Foch, die ihm alle miteinander Siege und Triumphe versprachen, mit Vicente als Feldherrn. Um sich weder von ihm noch von seinem Garten entfernen zu müssen, blieb er trotz aller Warnungen in Madrid.

»Sie können jeden Tag getötet werden. Eine Bombe …«, redet Vicente auf ihn ein.

»Der Tod existiert nicht.«

»Natürlich, wenn man das so sieht …«

Don Manuel ist groß, hager, mit großem Schnauzer und Ziegenbärtchen, kahl, seine Stimme salbungsvoll. Bevor er sich gänzlich seinem neuen Glauben verschrieben hatte, waren seine Götter Bizet und Delibes – und Victor Hugo, versteht sich. Damals war die Komische Oper in Paris sein Olymp, bis Raphael Bourdenaux, zweiter Violinist, ihn drängte, doch endlich einmal etwas über das Jenseits zu lesen, das, so versicherte er, genauso zugänglich sei wie jede Partitur.

»Man muß es nur zu entschlüsseln wissen. Und überhaupt, Victor Hugo …«

Bourdenaux, ein Vetter von Manuels Schwiegervater, war auf dem Papier der Onkel von Denise Martinon, einer unscheinbaren, sanften und dummen Blonden, die den Parfümerieartikelvertreter Manuel heiratete, nur weil sie sich sicher war, »daß er ihr nicht weh tun würde«. Spanien verstörte sie zutiefst. Nach ihrer Niederkunft (Lola wurde 1912 in Barcelona geboren) war sie so erschrocken über das kleine Wesen, daß sie in jener Pension in Granada starb, wo ihr Ehemann mit der »großen Erleuchtung« Trost fand. Das Mädchen war auf den Namen Dionisia getauft, wie ihre Mutter; seit deren Tod aber nannte der Vater sie Dolores, die Schmerzensreiche.

Lola, dunkelhaarig wie früher einmal ihr Vater, wuchs in Madrid auf, und das einzig Französische an ihr war der Familienname, und auch der verschwand am Ende, denn aus Bertrand wurde im Laufe der Jahre Beltrán. Sobald die

Kleine anfing zu denken, unternahm der halsstarrige Spiritist alles, um sie zu seinem Glauben zu bekehren. Doch das Mädchen stellte sich quer, und zwar nicht, weil ihr die Theresianerinnen, bei denen sie die vier Grundrechenarten lernte, etwas anderes einredeten, sondern weil sie befand, daß ihr Vater nicht ganz richtig im Kopf war. Sie schämte sich für ihn vor ihren Klassenkameradinnen, ebenso wie für ihre Garderobe, unter der sich immer irgendein grauenvolles Stück befand, das der Geschmack ihres Erzeugers ihr aufnötigte. Ganz zu schweigen von dem französichen Akzent, den der gute Mann nie ganz ablegte, den Lola aber nicht von ihm erbte. Das Mädchen wollte nie begreifen, daß ihr Vater eine Seele von Mensch war, herzensgut, und daß ihre Freundinnen ihn wirklich mochten. Wenn sie ihr das sagten, nahm sie es für Spott.

Lola meistere das Abitur mit Leichtigkeit, sogar glänzend, obwohl dazugesagt werden muß, daß damals eine Frau auf der Schulbank mit Geringschätzung gestraft wurde.

Kerngesund, mehr als hübsch, eine Schönheit; die Nase ein wenig zu breit, volle Lippen, über allem diese braunen Augen mit honigfarbenen Einsprengseln. Lola machte sich in dem Maß unabhängig von ihrem Vater, indem sie jeden Jungen, der ihr seine Zuneigung zeigte, auf Abstand hielt. Allem und jedem mißtrauend, gewöhnte sie sich einen harschen Ton an, der in keiner Weise zu ihr paßte. Sie war verletzend, nur weil sie sich verteidigte, ohne zu wissen wovor. Ohne daß ihr Vater sie darum gebeten hätte, beschloß sie, sich um seine Geschäfte zu kümmern, die auch sofort besser liefen. Sie konnte nicht genug bekommen vom Tauschen und Zurücktauschen, vom Feilschen um einen immer noch besseren Preis. Sie schacherte um des Schacherns willen, ihren Augen entging nichts. Wenn jemand sie auch nur um ein bißchen betrog, verkroch sie sich tagelang in ihrem Gram. Sie las viel, zumal es an verpfändeten

Büchern in dem Laden nicht mangelte; mit der Lektüre pornografischer Romane wuchs ihre Verachtung der Männer immer mehr.

Mit dem Krieg wurde alles anders: Das Geschäft brachte kaum mehr etwas ein. Lola beschloß, sich in der Erste-Hilfe-Station ihres Viertels nützlich zu machen. Das machte sie sich auch, während Don Manuel rastlos zwischen den Verwüstungen herumstrich, auf der Suche nach Müll für seinen Garten.

»Die Toten, wie ihr sie nennt«, versicherte er seinem Freund Enrique Almirante, der ihn ertrug (irgendwer mußte ihm ja schließlich etwas zu beißen geben), »sind fließende Einheiten, ohne feste Gestalt, derer man sich nie sicher sein kann; sie sind durchscheinend, unsichtbar, eine Art Abbild dessen, was sie zum Zeitpunkt ihres Todes waren. Die Doppelgänger kennen weder Kälte noch Hitze, weder Hunger noch Müdigkeit oder Krankheit. Dafür verlieren sie jegliches Zeitgefühl. Die menschlichen Leidenschaften bleiben ihnen unglücklicherweise erhalten. Wenige gelangen so hoch, daß ihnen materielle Dinge unwichtig sind.

»Aber wenn die Seele den Körper beim Tod doch verläßt«, sagte Vicente, als er häufiger mit dem Alten und seiner Tochter zusammen war, »wie sprechen Sie dann mit den Verstorbenen?«

»Über ein Medium.«

»Aber wenn wir alle Reinkarnierte sind, und die Bevölkerung wächst – woher kommen dann die fehlenden Seelen? Oder ist das der Grund, warum hier so viele Hirnlose herumlaufen?«

Don Manuel kann Vicente nicht böse sein, weil er sich sicher ist, daß er ihm eines Tages die übermenschliche Aufgabe nahebringen kann, für die er bestimmt ist.

»Komm doch einmal zu einer Zusammenkunft. Wenigstens ein Mal«, lag er ihm ständig in den Ohren.

»Ich habe seine Aureole gesehen«, sagte er zu seiner Tochter. »Er ist ein Wandler zwischen Lebenden und Toten.«

»Du weißt gar nicht, wie recht du hast«, nuschelte sie frech.

»Wie?«

»Ach nichts. Ich gehe schlafen.«

Wenn er allein war, half sich der Alte mit seinem Weinkeller. Von seiner französischen Herkunft war ihm vor allem die Gepflogenheit geblieben, zum Essen einen guten Wein zu genießen. Später gewöhnte er sich an, auch davor und danach zu trinken. So versanken seine nächtlichen Sitzungen in alkoholisierter Umnebelung, doch vom Schnaps hielt er sich fern. Er nahm einen Schluck aus der Flasche; der blutrote Saft drang bis in die kleinste Ader, ein Vorgeschmack auf die Zukunft. Er trank nach genauer Vorgabe: Würde er zu jeder Idee einen Schluck nehmen, würde ihn bald der Schlaf überkommen. Mit den Jahren gab er dann der Versuchung nach, seine Lippen mit Hilfe des köstlichen Naß des Alkohols vor dem Austrocknen zu bewahren. Und bald war ihm der Traubensaft zum Laster geworden. Er trank alles: schweren Roten, leichten Roten, lieblichen, trockenen, Valdepeñas, Priorato, Cariñena, Bordeaux genauso wie Burgunder, wenn die beiden letzten zu bekommen gewesen wären. Hauptsache Wein.

Er war nicht berauscht oder betrunken, eben beschwipst, angeheitert, ohne jemals im Suff zu enden, und daher nahm nur die Kraft seines Verstandes ab, nicht aber die seiner Worte. Wenn er beschwipst und lull, aber eben nicht dicht war, erging er sich in Dithyramben über das Jenseits und seine Mission, und er sah sich schon an der Schwelle zur Unsterblichkeit, fühlte sich bereits in der anderen Welt, die er durch die Pforte seines Dämmerzustands betrat.

»Wenn man alt wird, muß man trinken. Sieh dir Noah an. Es kommt der Augenblick – in unserem flüchtigen Leben –, in dem der Mensch nur noch den Wein hat. Alles übrige sind leere Zerstreuungen, wie alle Zerstreuung außer der Kunst. (Seine Kunst in Getafe.) Die Jungen, die trinken und saufen, sind vorzeitige Greise. Keltern und Altern. Es soll nur niemand merken. Meine Tochter ist ahnungslos.«

Meint er; Lola hat nur nie ein Wort darüber verloren, aus Respekt und aus Gleichgültigkeit.

»Nicht umsonst nennt man den Wein die Milch der Greise.«

Enrique Almirante nickt, armer Alter.

**4**

Anfänglich versammelten sie sich in einem Café in der Calle de Carretas, später dann – als die Regierung Madrid verlassen hatte – in einem Palais am Paseo de la Castellana, fast an der Ecke Calle Don Ramón de la Cruz, den die CNT nach einigen Mühen beschlagnahmt hatte. In letzter Zeit waren Eduardo Val, Manuel Salgado, González Marín und José García Pradas zu ihnen gestoßen. Sie verband der Haß auf die Kommunisten, den sie früher für die Sozialisten empfunden hatten. Selbst die Beschwichtigungsversuche von Ramón de Bonifaz führten allein dazu, sie in ihrer Haltung zu bestärken, und dabei hatte der vom ersten Moment der Feindseligkeiten an das Wörtchen zwischen seinen Namen gestrichen, an das Rafael Vila ihn hin und wieder erinnerte:

»Der Aristokrat hat gesprochen.«


*Rafael Vila*

Groß, Schnauzbart, Brille, mit guter Erziehung und gespaltener Familie, auf der einen Seite achtbar, auf der anderen eine weniger achtbare Schwester, die die Erinnerung belastete, da sie immer der Liebling der Familie gewesen war. Allerdings waren seit geraumer Zeit beide Seiten völlig heruntergekommen. An seine Vergangenheit erinnerten bei ihm nur noch die Gepflogenheiten junger Männer aus gutem Hause: englische Zigaretten, Whisky, Londoner Krawatten, Schuhe derselben Herkunft, ganz zu schweigen von dem englischen Tuch für seine Anzüge, zur großen Schande seines Landes, auf das er in jedem anderen Punkt nichts kommen ließ. Seine Art, die Minderwertigkeit der Wollstoffe – über Baumwolle hatte er nichts zu sagen – aus Sabadell, aus Tarrasa gegenüber der exklusiven Weberzeugnisse von den Shetlands herauszustellen, war ein Zahn, den niemand ihm ziehen konnte, trotz seiner unendlichen Liebe zu seiner Heimat Katalonien und seiner Sprache. Er ließ kein Argument gelten, wenn er vollmundig behauptete, es gebe keine *tortells* wie die von Esteva Riera, keine Dauerwürste wie die aus Valls und keine Pfirsiche wie die aus dem Dorf seiner Mutter, sie ruhe in Frieden.

Mehr als jeder andere mußte er immer ganz vorne mit dabeisein, an der Spitze. 1936, mit seinen zweiundzwanzig Jahren, hatte er »alles Neue und Fortschrittliche« gelesen; weil ihm der Kommunismus wenig zusagte, wurde er einfach Trotzkist, in seinen Augen das *non plus ultra*. Die Fortschrittlichsten würden immer recht behalten, und da die Welt nunmal einen Linksdrall bekommen hatte, war Rafael Vila unbedingt mit dabei.

Mit dem Krieg, zuerst an der Aragón-Front, später in Teruel, inzwischen in Madrid, hatte er Gefallen an Schußwaffen gefunden und seine Zieltechnik soweit verfeinert, daß sie sein ganzer Stolz geworden war.

Die Anarchisten nahmen ihn nach den Maiunruhen in Barcelona, an denen er beteiligt gewesen war, bei sich auf.

Rafael Vila, groß, Schnauzbart, Brille, salbaderte Stunden um Stunden und wäre in der Lage gewesen, das Licht der Morgenröte zu denunzieren, nur um über irgendwen herziehen zu können. Außerdem, was zählte schon neben den *tortells*? ... Und jetzt gab es nicht einmal diese mehr, wie ihm Juan Banquells versicherte, der kürzlich aus Frankreich gekommen und bis zur letzten Stunde in Barcelona geblieben war.


## Juan Banquells

Winzig, schrundig, wie von innen verschrumpelt, als wäre er zu anderen Zeiten einmal größer gewesen; ausgelaugt, was an den Falten abzulesen ist, die bei ihm schon in sehr jungen Jahren hervortraten, beziehungsweise das Gegenteil. Lebt in einer anderen Welt als der, in der er lebt: Von Kind an sehnte er sich danach, groß zu sein. Immer wollte er fünf, zehn Jahre älter sein, als er war. »Wenn ich fünfzehn bin«, dachte er mit zehn und der leisen Hoffnung, dann ein wenig aufgeschossen zu sein. »Wenn ich dreißig bin«, sehnte er sich mit fünfundzwanzig. »Wenn ich tot bin«, dachte er seit Vollendung seines vierzigsten Lebensjahres. Mit einer Gesundheit, die allem trotzte, und das war keineswegs wenig.

Als Waisenkind wurde er von einem entfernt verwandten Gemüsehändlerpaar aufgenommen – mit Gärtnerei in Aranjuez –, das dem kümmerlich geratenen Wesen keine sonderliche Beachtung schenkte. Er blieb völlig sich selbst überlassen, was der kindlichen Entwicklung nicht eben förderlich ist. Die Kinder in seinem Alter, denen seine Verwahrlosung nicht entging, hänselten ihn natürlich. Ganze drei Tage ging er in die Schule, dann kehrte er nicht wieder. Er lernte nie lesen und schreiben; wenn er ein wenig rechnen konnte, dann nur mit den Fingern. Um so weniger mangelte es ihm an Ungeniertheit: »Wenn ich vierzig bin …« Irgendwann war er vierzig, und immer noch sehnte er sich, älter zu sein. Er heiratete ein armes Mädchen, das sich Floristin nannte, so eine, die mit Sträußen an den Ausgängen der Cafés und Kabaretts steht; eines Tages brannte sie mit einem Taxichauffeur durch und ließ ihn mit zwei Kindern im Alter von ein und drei Jahren sitzen. Er wußte sich nicht zu helfen. Am Ende setzte er sie am Eingang der *Banco de España* aus, gegenüber der Cibeles-Statue; er haute ab nach Zaragoza und dann nach Barcelona. *Halbe Portion* riefen sie ihm nach, bis er ein für allemal das Gegenteil bewies.

## Agustín Mijares

Er hatte keine Angst, seine Hand zitterte nicht, er würde treffen. Er sah dem, was er gleich tun würde, klar ins Auge, anders als dem Mann, der gleich aus der Tür dort treten – Hausnummer 18 –, und den er mit vier Schüssen töten wird.

Agustín Mijares, dreizehn Jahre, hält die Pistole sicher gepackt und denkt daran, wie sein Bruder und seine Compañeros hinterher Bauklötze staunen werden. Der Morgen graut; ein Glockenschlag vom Dominikanerkloster. Es wird halb sieben sein. Die Bäume an der Gran Vía del Marqués de Turia sind jetzt weniger düster, und der gelbe Glanz der trüben Straßenbeleuchtung verblaßt. Sträucher heben sich von dem festgetretenen Erdboden ab. Mit dem Tag erwacht der Wind, streicht leicht durch die weiten Kronen der Platanen, zu kraftlos, um die spitzen harten Blätter der in einer Reihe gepflanzten Palmen zu bewegen. Ein Nachtwächter tritt den Heimweg an. Weiter weg geht eine Tür auf, eine Alte mit Schultertuch tritt heraus. Der anbrechende Tag verleiht dem Himmel einen ersten milchigen Schein. Vereinzelt steht noch ein Stern. Augustíns Blick entgeht nichts, nur dies. Er geht die Straße entlang, die Augen fest auf den Bürgersteig gerichtet. Er wird über die Brache an der Avenida Victoria Eugenia flüchten, die Calle de Ruzafa überqueren, und sobald er den Markt erreicht haben wird, ist er in Sicherheit. Andererseits ist um diese Uhrzeit die Gefahr, daß sie ihn schnappen, fast gleich null. Am besten steigt er in eine Straßenbahn; von sechs Uhr an sind sie voll besetzt, mit Arbeitern, die zu ihrer Schicht im Sagunto-Viertel fahren. Für den Fall, daß sie ihm auf den Fersen sind, wird er seine Pistole auf das Grundstück bei dem Haus von Don Rafael Recaséns werfen. Aber er glaubt nicht, daß das nötig sein wird. Wer soll ihn schon verdächtigen?

Das Portal ist hoch, breit, mit einem kunstvoll ziselierten Gitter. Die Kupferklingel blinkt inmitten eines Kreises aus grün und weiß geädertem Marmor. Hinter dem Schmiedeeisen, dickes Glas. Don Rafael Recaséns verläßt um sieben Uhr morgens das Haus, um in die Fabrik zu gehen. Er geht zu Fuß. Ein immer noch gutaussehender Mann.

Bei Agustín Mijares zu Hause, besser gesagt: bei seinem Bruder zu Hause, haben sie die ganze Nacht hindurch das Attentat bis in die kleinste Einzelheit besprochen. Sechs sollen den Patron abpassen, Posten beziehen in der Nähe des Gittertors der Fabrik. Seit vierzehn Tagen verfolgen sie ihn auf Schritt und Tritt. Agustín, der an der Zimmertür lauscht, hört den Befehl – kein Tagesbefehl, eher ein Morgengrauenbefehl – und beschließt, auf eigene Faust zu erledigen, was sechs Haudegen der FAI so viel Mühe zu machen scheint; erstens, weil es ihm leicht vorkommt, und auch, weil er das Gesicht seines Bruders Manuel sehen will, wenn er davon erfährt.

Sein erstes Attentat. Er weiß, daß es nicht sein letztes sein wird. Er findet nichts dabei. Er nicht.

Agustín wurde am 8. April 1907 in der Calle de En Bañ geboren. Sein Vater kam zehn Jahre später tragisch ums Leben; seine Mutter starb mit einer Kugel im Kopf. Manuel, sein Bruder, zwölf Jahre älter, schleppte ihn mit durch, sie zogen nach Barcelona. Erst vor kurzem sind sie zurück nach Valencia gegangen. Manuel ist in der Gewerkschaft Holz, wie schon sein Vater. Hin und wieder hat er Arbeit, wenn er nicht gerade untergetaucht ist, was meistens der Fall ist, oder im Gefängnis sitzt, was häufig der Fall ist. Dann bleibt Agustín in der Obhut einiger Freunde. In seinem Gedächtnis bringt er drei Wohnungen in Barcelona zusammen, eine in Granollers und eine weitere in Castellón. Die Welt besteht aus Patrons und Arbeitern; die Patrons, im Schulterschluß mit Polizei und Guardia Civil (über allem die Regierung) metzeln hinterhältig Arbeiter nieder; die verteidigen sich, so gut sie können. Weil sie mehr sind und das Recht auf ihrer Seite haben, werden sie am Ende gewinnen; wer dabei draufgeht, spielt keine Rolle.

Allerdings wird Agustín nie kapieren, warum die Arbeiter nicht, wo sie doch so viele sind und so viele Argumente hätten, alle auf einmal aufstehen und mit einem Schlag ihre Feinde vernichten. Er findet, es fehlt an Organisation. Wenn er älter ist und sich Gehör verschaffen kann, wird er für Ordnung sorgen. Die Angelegenheit kann man in vierundzwanzig Stunden erledigen, wenn jeder Arme sich einen Reichen vornimmt und ihn umlegt. Das geht sogar noch schneller. Und danach kann man in aller Ruhe das Leben genießen.


*Ramón de Bonifaz*

Seine Vorträge im Ateneo der Anarchisten pflegt er mit folgenden, völlig ernstgemeinten Sätzen zu schließen:

»Der Mensch ist ein Wesen, das alle Verachtung verdient. Er macht alles zunichte, begreift nichts; er ist undankbar und würdigt nichts, was der Würdigung wert wäre.« (Mich zum Beispiel, dachte er; wenn jeder mir die Huldigung entgegenbrächte, die ich verdiene, wären wir alle Scherereien los.)

»Und darum gibt es immer wieder Kriege. Warum sollte es auch keine mehr geben? Es hat sie immer gegeben, einen nach dem anderen, manchmal auch gleichzeitig. Und? Ist der

Mensch denn besser geworden, ist er dabei, sich zu bessern, hat einer von euch Anzeichen wahrgenommen, daß er sich bessern wird? Wenn ja, würde ich das gerne wissen. Aber nein, Compañeros, nein: Alles ist so, wie es immer war, nur vervielfacht. Es gibt mehr Kindsköpfe, mehr Idioten, mehr verachtungswürdiges Pack, mehr Neider, mehr Leute, die sich fortpflanzen, weil sie über das Warum nicht nachdenken, mehr Rohlinge, mehr Tiere, mehr gewalttätige Menschen. Die Zahl der klugen Menschen hingegen bleibt gleich, und auch die Genies werden nicht mehr. Nur der Abschaum vervielfacht sich. Jemand anderer Meinung?«

Niemand meldete sich. Don Ramón de Bonifaz schlang eine Art Toga um seinen Leib und verließ mit herrschaftlichem Gebaren den Saal. Zu Hause angekommen, verpaßte er Doña Berta die entsprechende Tracht Prügel und schickte die Kleinen – das waren die drei oder auch die vier Jüngsten – ohne Abendessen ins Bett, und zwar nur damit sie lernten, wie es um die Welt und die Gerechtigkeit der Menschen bestellt war.

Ein bedächtiger Mensch, penibel reinlich, großer Bewunderer Großbritanniens, geizig und noch nicht einmal unansehnlich. Protestant, was sonst.

Er wurde 1885 geboren, verbrachte die Jahre von 1905 bis 1908 in Deutschland, die letzten Monate mit einem Stipendium der neugegründeten Vergabestelle für Aufbaustudien. Auf Empfehlung von Julián Besteiro bezog er ein möbliertes Zimmer in Berlin (in derselben Pension, die Luis Araquistáin, Julio Álvarez del Vayo und Agustín Viñuales verheiratet verließen, allesamt machten sie mit der Republik Karriere); er verfiel einer großen, aber wegen seiner Gier und Geldnot unglücklichen Liebe. Das trug er Besteiro und dem Kapital noch heute nach.

»Besteiro haben sie kaltgestellt; als Präsidenten der Cortes, aber kaltgestellt.«

Ramón de Bonifaz weiß viel; zwar ist sein Wissen anarchisch, aber immerhin. Griechisch, Latein, Sanskrit und tausend andere Sprachen. Ein großes Durcheinander, er liebt das Durcheinander. Er schreibt über alles, nicht viel, aber immer wieder anders. Irgendwann hatte er angefangen, für *El País*, damals die republikanische Tageszeitung, zu arbeiten. Dann wechselte er allmählich zu den Anarchisten. Er hat zwei Kurzromane veröffentlicht, unter Pseudonym, weil er in ihnen die freie Liebe propagiert, die er selbst nicht pflegt.

Die Anarchosyndikalisten respektierten ihn. Er gab Privatunterricht in Ökonomie, vergleichendem Recht und Esperanto. Mit dem Krieg entdeckte er seine militärische Ader und seine strategischen Fähigkeiten. Mit wechselndem Erfolg hatte er sich in mehreren Hauptquartieren der CNT herumgetrieben, ohne deshalb die Arbeit für die Gewerkschaftszeitungen zu vernachlässigen. Nach seiner Rückkehr aus Deutschland hatte er sich, ohne Erfolg, auf mehrere Universitätslehrstühle beworben.


## Enrique Almirante


Irgendwas, weißt du, irgendwas stimmt nicht mit dieser Welt. Grundsätzlich. Von Anfang an. Hast du nie die Herden von Ochsen oder Kälbern oder Lämmern gesehen, die zum Schlachthof geführt werden, damit am nächsten Tag die Metzgereien bedarfsgemäß gefüllt sind? *Schreckensbild des Todes.* Was haben uns die armen Tiere denn getan? Sie müssen sterben, damit wir sie essen. Gibt es etwas Schrecklicheres? Sieh ihnen in die Augen. Ich weiß schon, ihr sagt: »Das ist das Leben«, weil ihr Angst habt, das Gegenteil zuzugeben. Im Grunde müßte man – um sich bewußt zu werden, wozu wir fähig sind – den Menschen in die Augen schauen ... Moralisch betrachtet, ist das Leben eine Schwei nerei. Wir verteidigen einen Hund, ein Kind, ein Pferd, um besser zu essen. Das ist völlig unsinnig.

Madrilene, ein Schnürsenkel- und Steckkammverkäufer, Anarchist schon im Mutterleib, ist mit den Jahren milder geworden, so wie seine Augen schlechter, daher seine chronisch geröteten Lider. Am Anfang des Krieges, während einer Patrouille, hat er Dinge getan, die er lieber vergessen würde.

»Haben Sie nie Lastwagen voller Kälber gesehen, die zum Viehmarkt fahren? Haben Sie in deren Augen geblickt? Oder in die der Lämmer? Oder der Kaninchen? Haben Sie nie auf die Augen der Hunde geachtet? Wie auch, Sie essen sie ja«, hält Don Manuel, der Spiritist, ihm immer wieder vor.

»Wollt ihr die Dinge wieder ins Lot bringen? Solange die Menschen Fleisch essen, solange Tiere geschlachtet werden, wird die Welt nicht voran kommen.«

Mager, wirr, stets mit offenem, ziemlich dreckigem Hemd.

»Du spinnst«, weist Vila ihn zurecht, »du schließt von dir auf die Viecher. Sie wissen nicht, daß sie sterben werden.«

»Das glaubst vielleicht du, der du keine Augen für sie hast. Wenn sie es auch nicht wissen, sie spüren es, riechen es; sieh sie dir nur an. Tiere sind intelligenter als Menschen: Sie vertrauen niemals blind. Man muß ihnen zeigen, was man vorhat. Und dann, je nachdem ...«

Rafael Vila und Ramón Bonifaz arbeiten in der Redaktion der *CNT*, Juan Banquells ist Polizist geworden, Agustín Mijares ist Hauptmann in der Division von Cipriano Mera, Enrique Almirante handelt mit Trödel, er kommt an Lebensmittel heran, verkauft sie hin und wieder weiter.

»Natürlich erheben wir uns gegen Negrín«, ruft García Pradas. »Gegen Negrín und die Kommunisten! Natürlich! Was verteidigen sie? Was wollten sie für das Land? Nichts als die schnöde Rückkehr zu dem, was Spanien vor dem 18. Juli war! Allein deswegen sollen sie scheitern.«

(›Was warst du damals?‹ erwägt Bonifaz zu fragen, doch er schweigt. Warum sich mit Sturköpfen anlegen, wenn sie sich ihrer Sache so sicher sind? Außerdem, was zählte das schon?)

»Und was, glaubst du, haben dein Casado und dein Besteiro jetzt vor?« stichelt Mijares.

»Schleunigst dafür zu sorgen, daß kein Kommunist mehr Befehlsgewalt hat. Ist dir das zu wenig? Wenn das Volk erst begreift, daß es neue revolutionäre Inhalte zu verteidigen gibt …«

»Ich vermute, Casado und Besteiro haben viel eher vor, mit Burgos zu einer Einigung zu gelangen.«

»Laß sie doch.«

»Verlassen sind sie eh schon.«

»Von Gott verlassen«, bricht es aus Mijares heraus.

»Was weißt du denn schon?« fährt García Pradas fort. »Wenn der Kampf seinen revolutionären Charakter verliert, demoralisierst du jeden Soldaten. Es hat die Leute fast so viel Kraft gekostet, gegen die diktatorischen Vorstellungen der Kommunisten zu kämpfen, wie gegen Franco. Ihre feindliche Einstellung gegenüber der Revolution hat am Ende doch nur die internationale Bourgeoisie darin bestärkt, die Republik zu boykottieren.«

»Eine ganz schön verworrene Argumentation«, merkt Bonifaz spöttelnd an. »Und trotzdem, ich muß zugeben, daß sie stimmt.«

»Ganz zu schweigen von der *Generalmobilmachung.* Mobilmachung von was, wenn es für ein Drittel der Soldaten keine Gewehre gibt, und dadurch mehr als hunderttausend zum Zwangsfaulenzen verurteilt sind? Angesichts dieses Humbugs von der ›Vereinigung aller Spanier gegen die faschistische Invasion‹ halten wir Anarchosyndikalisten uns an das, was wir schon immer gesagt haben: die Aufständischen niederschlagen und die Invasoren hinauswerfen. Ohne Pardon.«

Agustín Mijares' Augen funkeln:

»Das ist ein Wort!«

»Hier geht es nicht um Worte, sondern um Taten«, gibt Val zurück.

Niemand – außer Bonifaz – zweifelt daran, daß sich ihnen mit dieser Losung das Volk mit neuer Begeisterung anschließen und ›auf der anderen Seite‹ die Arbeiter und Bauern keinen Stein auf dem anderen lassen werden.

»Und Schluß mit diesem ›Heben der Moral‹, wir heben ganz was anderes, Compañeros.«

»Und wer soll die Regierung stellen?«

»Die Volksfront, natürlich ohne Kommunisten.«

Bonifaz wählt auch diesmal das Schweigen. Er weiß von Besteiro, den er manchmal abends trifft, von dessen Unterredungen mit dem britischen Konsul. Was sie sagen, sind Lügen. Alle lügen sie. Sie belügen sich selbst. So ist die Politik. Aber daß die Anarchisten lügen und auch noch untereinander: Das ist neu.

»Ich nehme an«, sagt er zu García Pradas, »daß ihr eure Absichten nicht öffentlich machen werdet.«

»Welche Absichten?«

»Das mit dem Widerstand bis zuletzt, zum Beispiel.«

»Warum nicht?«

»Weil sie uns dann wieder bombardieren werden, wie damals, als bekannt wurde, daß Negrín zurückgekommen ist.«

An jenem Abend – gegen zehn Uhr – starben Doña Berta und ihre zwei Kinder, buchstäblich plattgemacht.

Val und García Pradas lassen die fünf Compañeros allein zurück. Casado erwartet sie.

»Ihr bleibt hier sitzen, wir brauchen euch; wenn's soweit ist, rufen wir euch; ihr wartet hier solange.«

»Diese Nacht schon?«

»Gut möglich. Auch wenn man solche Angelegenheiten manchmal in letzter Sekunde ... Kein Wort zu niemandem, man weiß nie.«

»Für wen hältst du uns?«

Banquells legt sich zum Schlafen auf ein abgewetztes Sofa. Mijares blickt aus dem Fenster.

»Wie wär's mit einer Partie Tute?«

»Nein. Später.«

Um den Tisch herum setzen sich Vila, Almirante und Bonifaz.

»Wenn sie sich entschließen, um wieviel Uhr wird das sein? Was meinst du?«

»Nach dem Kriegsbericht.«

Draußen wird es dunkel.

»Mach die Vorhänge zu.«

Almirante schaltet das funzelige Licht ein. Vor ihnen liegen mehr als fünf Stunden. Victoriano Terraza kommt herein, groß, aufrecht, abgezehrt, mit weißem Haar; er sieht nicht aus wie sechzig, sein wahres Alter.

»Hallo.«

Vila fragt ihn stichelnd:

»Kommst du, um deinen Sohn zu sehen?«

Sein Sohn, Hauptmann, Kommunist, aus dem erst im Krieg etwas geworden ist.

»Sei doch ruhig. González Marín hat mir gesagt, ich soll mit euch warten. Endlich wird es ernst. Jetzt zeigt sich, wer wo steht.«

Jahrelang war sein Sohn sein ganzer Stolz gewesen, er schmeichelte seiner Eitelkeit: (»Wißt ihr eigentlich, daß mein Sohn ein berühmter Mann ist? ... Wißt ihr das? ... Wißt ihr das? ...«). Er ist ein namhafter Musiker, der die ganze Welt bereist, in allen möglichen Zeitschriften porträtiert wird und Französisch spricht, Deutsch, Englisch, Italienisch, und in letzter Zeit auch noch Russisch. Víctor Terrazas, aufgrund seines guten Gehörs und Gedächtnisses außerordentlich sprachbegabt, trat im September 1936 in den Dienst der Sowjetischen Delegation. Wie bei allem kam ihm seine Anpassungsfähigkeit zu Hilfe, so daß er sich auf den Krieg einstellte, und gut war's. Eines Tages – vor einem Jahr –, als sein Deckname Comandante Rafael allmählich Bekanntheitsgrad erlangte, suchte Victoriano Terraza ihn auf.

»Ich bin dein Vater.«

Sie kannten sich nicht.

»Ach so!«

Der Offizier war abweisend, schenkte ihm keinerlei Beachtung.

»Was wünschen Sie?«

»Nichts.«

»Also?«

»Nichts.«

Victoriano Terraza, altgedienter Revolverheld der CNT, hatte seine Frau – schon vor Jahren verstorben – verlassen, als der Junge ganz klein war. Dann, wieder verheiratet, als er unter der Diktatur Primo de Riveras vor der Polizei auf der Flucht war, lebte er für einige Zeit in Südfrankreich. Als die ersten Schüsse fielen, kehrte er zurück. Auf der Stelle organisierte er in Valencia eine Patrouille, später schickte man ihn zum Waffenkauf nach Belgien, zusammen mit einem Compañero, den er schnurstracks ins Jenseits beförderte, als er darauf kam, daß er eine Kommission für ihn, für Victoriano Terraza! einbehalten wollte. Wenn es nur um jenen erbärmlichen Federico Morales gegangen wäre, gut, von der Sorte hatte er schon andere gesehen, aber er, das Musterbeispiel anarchistischer Ehrenhaftigkeit! Er erhielt den Befehl, in Paris zu bleiben, als Verbindungsmann zu den Gewerkschaften. Das wurde er bald leid. Eines Tages, vor einem Jahr, ging er zurück nach Madrid und trug seinen Plan vor, nach Burgos oder sonstwohin zu gehen, wo er Attentate gegen die Anführer der Aufständischen organisieren wollte. Er kam mit seinen Vorschlägen nicht durch, anfänglich, weil niemand sie für durchführbar hielt, und später, zurückgekehrt nach Frankreich, weil von den drei der Compañeros, mit denen er bei Irún über die Grenze gehen sollte, zwei in Bayonne untertauchten, am Abend vor ihrer geplanten Einreise nach Spanien.

Alle hielten ihn für einen Phantasten; das war er auch. Für Victoriano Terraza zählte einzig und allein der Mut des einzelnen, beziehungsweise das, was er dafür hielt: mit einer Pistole umgehen zu können, schneller als der Gegner abzudrücken, und am besten, ihn kalt zu erwischen. Hätte er nur etwas bemerkt! Scharfsinn, Schlauheit, Tricksen, Haken schlagen, spurlos verschwinden, immer auf der Hut sein: Das alles gehörte zu seiner Vorstellung von Mut. Mehr wollte er gar nicht. Listig und eitel wie er war, ließ er sich von niemandem etwas sagen, wie käme er dazu. Was er nicht kennt, wird mit Verachtung gestraft, und das ihm Vertraute und von ihm Erlebte lobt er über den grünen Klee (nichts kommt an das heran, was man selbst gekostet hat). Er spricht mit Mijares, den er von Kindesbeinen an kennt.

»Hast du etwas von Manuel gehört?«

Jedesmal dieselbe Frage.

»Nein.«

Manuel Mijares – Agustíns Bruder – war an der Front gewesen, außerdem Mitglied des berühmten Rates von Aragón. Sie haben sich nie geschrieben. Vermutlich ist er nach Frankreich gegangen, wenn er nicht gefallen ist.

»Ich erinnere mich an deinen Vater, als käme er gerade hier zur Tür herein. Das waren noch Männer. Wir sind zusammen bei Cantaclaro in die Schule gegangen.«

Einmal in Fahrt, ist er nicht mehr zu bremsen. Wer ihn kennt, läßt ihm das Wort. Jetzt muß Agustín Mijares die Zeit totschlagen – viereinhalb Stunden – und hört ihm zu. Wer will – heute – schon etwas von damals wissen? Doch er muß die Zeit, die von vornherein leere Zeit herumbringen; bis sie gerufen werden. Von der breiten Fensterbank aus, auf der sie sitzen, sehen sie, in der Mitte des Raums, den Tisch, ringsum die Tute-Spieler – aufs Glück versessen – Vila, Almirante und Bonifaz. Banquells schnarcht von Zeit zu Zeit; sie schauen zu ihm rüber, schnalzen. Der Schlafende dämpft für eine Weile das Grollen der Stimmen.

»Hast du nicht José Pérez Martinón, genannt Cantaclaro, gekannt? Er hatte eine Privatschule in der Calle de Numancia. Er war aus Marchelenes. Ein herrschaftliches Haus war das, mit mächtigen Gittern zu beiden Seiten des Eingangs. Das Stammhaus einer heruntergekommenen Adelsfamilie, oder eines Aufsteigers, wie ihm. Seit Jahren wohnten nur noch Handwerker drin. Ein weit nach hinten reichender Innenhof, düster, weil die Hintertür immer geschlossen blieb: wegen des Wirtshauses gegenüber. Rechts eine steinerne Stiege mit einer schwarzen Kugel als Abschluß des Handlaufs, gewaltig, ebenfalls aus Stein. Man mußte zwölf Stufen hinaufsteigen, um zu einer Art Pförtnerhäuschen zu gelangen. Dort wohnte Cantaclaro. Im zweiten Stock, in drei kleinen Räumen, fand der Unterricht statt. Als Lehrer arbeiteten er und zwei seiner ehemaligen Mitschüler. Alle drei hatten sie das Ordenskleid abgelegt. Sie hießen Badenes und Altabás. Hast du nie von ihnen gehört? Bestimmt, Mensch, ganz bestimmt. Héctor Altabás, Neffe von Doktor Moliner. Cantaclaro hätte Gallicier sein können, auch wenn er aus Valencia stammte. (Gallicier und Neunmalkluge sind für Terraza Synonyme.) Obwohl er nicht viel im Kopf hatte, redete er, was das Zeug hielt, redete über alles und jeden, von früh bis spät, daher sein schlechter Ruf. Und wagemutig. Früher hatte er die Studentenvereinigungen der Linken geführt, und immer noch mischte er sich ungefragt ein.

»Von wem redest du, von Martinón oder von Altabás?«

»Von Héctor Altabás, Mensch. Badenes stammte aus bescheidenen Verhältnissen, aus Alcira, auch ihm fiel das Reden leicht. Er hatte es schon bis zum Pfarrer gebracht. Ein wirklich konfuser Mensch, voller Flausen im Kopf.«

»Du mußt es ja wissen ...«

»Stänker nicht rum; alles was ich sage, ist die reine Wahrheit. Cantaclaro lebte mit einer Frau um die Vierzig zusammen, mit rundem Gesicht, dank Haarfestiger immer tadellos frisiert, ein wenig in die Breite gegangen, nicht dick, aber kräftig. Immer dafür zu haben. Ich glaube, dein Vater wußte darüber Bescheid, so jung wir damals auch waren. Dein Vater war immer über alles auf dem laufenden ...«

Victoriano Terraza redete drauflos, fest davon überzeugt, die anderen würden es ihm danken. Darum achtet ab dem zweiten Monolog keiner mehr auf ihn. Er reiht seine Erinnerungen aneinander in dem tiefen Glauben, sein sprudelndes Gedächtnis wäre das wichtigste auf der Welt. Er sprang zusammenhangslos von einer Figur zur nächsten, weil er annahm, jeder wüßte, auf wen und was er sich gerade bezog, als ob dazwischen keine Zeit vergangen wäre; sie war nicht vergangen; er lebte immer noch in ihr. Sobald im Publikum auch nur ein Valencianer saß, wurde jede Vorgeschichte überflüssig; Valencia war der Nabel der Welt, zumindest, solange er dort lebte.

»Dort lernte ich Tellina kennen, einen engen Freund deines Vaters. Was du nicht weißt – denn das weiß nur ich –, daß dieser Tellina dem Municipalet zwei Kugeln in den Kopf gejagt hat. In einer Rotlichtbar in der Calle de Gracia. Tellina nämlich – ein rechtes Mannsbild – hatte dem Municipalet eins seiner Mädchen ausgespannt. Von der Tür aus gab er zwei Schüsse auf ihn ab. Er verschwand aus Valencia, denn er wußte, daß der Municipalet ihn sonst umlegen würde. Der Municipalet wohnte unterhalb des Hauses von Zanón. Die

Wohnung habe ich übernommen. Damals waren die Männer noch richtige Männer. Heute haben die Kommunisten, wie davor die Sozialisten, alles auf den Hund kommen lassen. Zanón war der Sohn eines Schusters aus der Calle del Pilar, eines Flickschusters; ein waschechter Anarchist. (Er ist auf Zanón gekommen, weil der in der Schule Banknachbar von Tellina gewesen war.) Zanón war klein, ein bißchen bucklig, mit hochgezogenen Schultern; nachdem er die Schule verlassen hatte, arbeitete er bei einem Tischler, und so kam er zur Gewerkschaft Holz. Damals, ich rede von 1915, war ein wilder Kampf losgebrochen. Eines Nachts lagen in der Pechina plötzlich zwei von Kugeln durchsiebte Gewerkschaftler. Eine Kampfgruppe, die bei Zanón zu Hause zusammensaß, kam überein, den Patron dafür mit dem Leben bezahlen zu lassen, denn es bestand kein Zweifel, daß er die beiden denunziert hatte. Der kleine Zanón sagte, er müsse kurz etwas erledigen: ›Bin gleich wieder da‹, sagte er. Als er eine halbe Stunde später wieder zurückkehrte, teilte er mit, daß sie nichts mehr tun bräuchten, da bereits alles getan sei.«

(Agustín Mijares schweigt. Der erzählt ihm seine eigene Geschichte, allerdings auf einen anderen übertragen. Wozu ihn korrigieren? Er weiß, daß Victoriano Terraza auf seinen Worten beharren würde, aller Wahrheit zum Trotz, und wenn er ihm tausendmal sagen würde, daß er es gewesen sei. Und das nicht ohne Grund, schließlich hatte er selbst die falsche Fährte gelegt. Niemand würde ihn je vom Gegenteil überzeugen.)

Er weiß auch nicht, daß Tellina sich in einem Schanz-Bataillon eine schöne Zeit macht, in der Nähe von Cuenca, unter Befehl von Feliciano Benito, Kommissar der IV. Heeresgruppe. In den Reihen haben sie sich erkannt; ein Blickwechsel, das war alles. Der Kommissar, ein alter Räuberhauptmann, der bei einem berühmten Coup in Villaverde mitgemacht hatte, trägt schon seit fast zwanzig Jahren den

Namen Pater Benito, in Anlehnung an die Hauptfigur der Zarzuela *Die Korsarinnen*, die seinerzeit ganz Spanien eroberte. Theatertruppen gingen mit diesem einen Stück auf Tournee, das berühmt geworden war, weil die Kleriker von den Kanzeln dagegen wetterten, und weil die Studenten den Text auf den Polizeidirektor Millán de Priego bezogen, einen Mann, der in den Kinos die Geschlechtertrennung durchzusetzen versuchte – Frauen rechts, Männer links:

> Don Millán ist ein Possenspieler
> zudem Chef der Polizei ...

und dann noch der Refrain, den jeder herbeten konnte:

> Wie der Wein aus Jeréz
> und dem Rioja-Tale
> so sind die Farben
> von Spaniens Fahne,

und der mit Ausrufung der Republik im Jahr 1931 abgeändert werden mußte.

In der Zarzuela wird Pater Benito von den Korsarinnen geraubt. Seine Ordensbrüder kommentieren:

> »Jetzt ist er wohl kein Pater mehr.«
> »Wer weiß, Bruder, wer weiß.«

So kam Feliciano Benito, ein rechter Schürzenjäger, zu seinem Spitznamen Pater Benito; er gewöhnte sich daran, fand an dem Alias Gefallen.

»Zanón hatte krauses Haar. Sie haben ihn in Barcelona umgebracht, zu Zeiten von Martínez Anido, als sie sich noch auf das Fluchtgesetz berufen konnten. Eines Nachmittags traf ich ihn auf der Baustelle von San Agustín.«

»*A on vas*, wohin gehst du?«

»In die Bibliothek in der *Casa del Pueblo*.«

»Na so was, da will ich auch gerade hin. *Vols prendre*, willst du ein Bier trinken?«

»Ungefähr so ging unsere Unterhaltung, halb Valencianisch, halb Spanisch, wie wir eben redeten. Und wir redeten weiter. Wir gingen in eine Bar in der Calle de Gracia, *a mà dreta*, rechter Hand; hinten im Eck saß ein Halbstarker, den sie mit Cubano ansprachen. Er war Valencianer, hatte aber auf Kuba gelebt. Sehr dunkel, mit Schnauzbart, hemdsärmelig, mit Bauchbinde. Der Cubano war sehr selbstzufrieden, er sagte, er verachte die Anarchisten, die hier überall fest im Sattel säßen; er wetterte wie ein Rohrspatz. Im Hinterraum standen vier Billardtische, an denen fünf bis sechs Personen spielten, darunter Allero, der gerade erst aus dem Knast gekommen war, weil er zwei von den *Mohameds*, wie sie die Franquisten auch nannten, getötet hatte. Einen davon in der Stierkampfarena. Jetzt begannen sie, über die Syndikalisten herzuziehen:

»Die sind keinen quinzet wert.«

Alles wegen Zanón. Der Cubano behandelte ihn wie Luft und behauptete, daß jeder einzelne von ihnen mit einer anständigen Portion Mut mehr ausrichten könne als alle Anarchisten zusammen.

»Ein Gaunerpack. *Fan les coses a traició*, regeln alles hintenrum.«

Das hörte Zanón und sagte zu mir:

»Warte, bin gleich wieder da.«

Er verließ das Lokal und kehrte nach zehn Minuten zurück.

»Hast du dein Bier ausgetrunken?« fragte er mich.

»Ja.«

»Dann bestell dir noch eins, für mich auch. *Les dos i la meua la paguen eixos*, die dort bezahlen. Besser gesagt, der dort mit dem Schnauzbart (er zeigte auf den Cubano), damit sie ein für allemal wissen, daß ein kleiner Syndikalist alleine mit diesen Möchtegerns fertig wird. Los! *Fora*, raus!«

Er zückte die Pistole und scheuchte sie alle mit Fußtritten hinaus.

»Wenn ihr euch in der Calle de Gracia noch einmal blicken laßt, mach ich euch alle.«

Er kochte vor Wut. Er war an den Vorbereitungen für das Attentat auf Mestre beteiligt.

Victoriano Terraza taucht ein in die Welt seiner Jugend und ist glücklich. Er wiederholt sich, verwechselt die Dinge, alles ist eins: der Duft der Orangenblüte, der die Stadt und seine Erinnerungen überschwemmt. Nichts, das ihn so betören würde; in Euphorie versetzt, durchschreitet er den Raum, setzt sich auf die Kante eines vergoldeten Stuhls. Die Tute-Spieler sind in ihre Karten vertieft, hören ihn gar nicht. Banquells schnarcht. Agustín Mijares denkt an das, was ihn erwarten mag und streicht über den Kolben seines Colts.

»Bei dem Attentat damals war Diego Parra dabei, von der Holzgewerkschaft; dunkler Typ, gedrungen, freundliches Gesicht, kräftig. Er lebte in einer Hütte zwischen den Plantagen, in der Nähe von Algirós. Aus einer Arbeiterfamilie. Er gehörte zu einer anderen Gruppe, mit jüngeren Leuten. Fast alle aus der Gewerkschaft Holz, und ein paar Metallarbeiter. Parra trug auf seinem dichten, glatten Haar ein kleines Barett, das ständig verrutschte. An der Straße nach Algirós, dort wohnte er. Eine Ansammlung von Hütten, eine Schafferfamilie, deren Kopf ein älterer Bruder war, ein tiefernster Mensch. Die Mutter war steinalt, schon seit Jahren verwitwet. Am Abend, und vor allem jeden Sonntag, setzten sie sich zusammen, um Bakunin zu lesen, Proudhon, Faure. Vorbildlich. Die Raufbolde aus den Plantagen kamen gegen sie nicht an. Ihr Ältester war groß, wortkarg, stämmig, geschorener Schädel, hatte immer die Hacke über der Schulter, wenn er in der Plantage wässerte. An den Abenden, bei Regen oder an Wintertagen, lasen sie alle möglichen Bände aus der Bibliothek von Sempere, Francisco Sempere, die sich damals in der Calle de Isabel la Católica befand. Auf dem Stempel stand *Kunst und Freiheit*, mit einer Allegorie der Republik in der Mitte. Nun, ganz genau erinnere ich mich nicht, aber ich glaube, sie war doch nicht in der Calle de Isabel la Católica. Das war später, damals war sie noch in der Calle de Palomar. Vier Reales pro Band.«

Er sah sie vor sich.

»Der zweite, Vicente, war Bildhauer, ein geschickter Heiligenfigurenschnitzer. Er arbeitete bei einem Italiener in der Werkstatt. Der dritte war Zuschneider, er hieß Rafael; an einer Maschine für Bilderrahmen hatte er zwei Finger der linken Hand verloren. Blond, Kraushaar, hübsch und nicht sehr fleißig. Auch er gehörte zu der Gruppe. *He, tens un cigarret*, habt ihr eine Zigarette?«

Mijares reicht ihm das Tabaksäckchen. Er dreht sich eine Zigarette und redet gleichzeitig weiter:

»Der vierte der Brüder war krank. Jede Familie hat ihren Kranken. Paco hatte eine rauhe Stimme, ein aufgedunsenes Gesicht, steife Hände, angeblich von einem frühen Rheuma. Aber schließlich endete er dann doch in Fontilles, bei den Leprakranken. Er war Bühnenmaler, bis er seinen Beruf aufgeben mußte. Aus der Huerta von Algirós kommen viele Künstler, viele berühmte Meister. Sie fingen um drei Uhr morgens mit der Feldarbeit an, und um acht gingen sie ins Atelier. Hast du noch nie etwas von den Alós gehört? Nun, die haben es als Bühnenmaler bis ins Metropolitan Theatre in New York geschafft, ein anderer ging nach Kuba, ein dritter nach Venezuela und ich glaube, ein weiterer von ihnen ließ sich in Mexiko nieder. Sie waren als Els Rochos bekannt. Der fünfte der Parra-Brüder, Rafael, bekannt als der Llauro, wurde Bildhauer, er arbeitete bei einem Meister, der seine Werkstatt im Portal de Valldigna hatte, er hieß Julio Benlloch, ein guter Mann, mit blonder, seidig romantischer Haarmähne. Er schuf recht hübsche Stücke, im Stil von Cánova – hieß es. Stammte aus Meliana, starb an Tuberkulose. Rafael, der Llauro, wechselte zu Alfredo Just, einem anderen vielversprechenden Bildhauer, Bruder von dem, der später Minister wurde. Rafael brachte die besten Voraussetzungen mit, binnen kurzem war er einer der besten Bildhauer Valencias. Er konnte eigentlich nicht zeichnen, aber er besaß Gespür für Formen. Groß, spindeldürr, lange Gliedmaßen, runder Kopf, lachte fortwährend. Es machte Laune, mit ihm beisammen zu sein. Er lernte Steinmetz bei den Brüdern Arlandis, ebenfalls Anarchisten, die gegenüber dem Friedhof eine Grabmalwerkstätte hatten. Eines Abends auf dem Heimweg – er war noch in San Vicent de Fora auf der Höhe der Calle de Tropa, hörte er sechs oder sieben Schüsse und sah, wie zwei Männer mit Pistole in Richtung Calle de Buenavista rannten. Hinterher kam die Polizei, die nicht bemerkt hatte, daß sie in die Calle de Jerusalén eingebogen waren. Der Llauro, heilfroh, daß es nicht um ihn ging, zeigte in die entgegengesetzte Richtung. Gut, man muß bedenken, daß Rafael damals siebzehn Jahre alt war. Sie nahmen ihn in der selben Nacht fest, zusammen mit einem seiner Freunde, einem Linotypisten, der Torero werden wollte, er hieß Joselillo. Die Männer auf der Flucht hatten den Kassenwart der Gewerkschaft dafür gerichtet, daß er Geld für sich behalten hatte. Rafael machte im Gefängnis zehn oder zwölf sehr schöne Büsten, aus Marmor. Sie wurden im *Bellas Artes* ausgestellt. Ibáñez Rizo, ein namhafter Anwalt, Republikaner, verteidigte ihn. Er wurde freigesprochen. Der Prozeß erregte damals großes Aufsehen. Monate später starb er angeblich – so die offizielle Version – an einer Hirnhautentzündung. Nun, in Wahrheit verschwand er mit Noi del Sucre und kam mit ihm zusammen in Barcelona ums Leben. Der Llauro wurde verletzt, er tötete einen Polizisten, rannte weg, versteckte sich und starb schließlich in Valencia, weil er nicht rechtzeitig versorgt werden konnte. Ich sage in Valencia, nicht in Barcelona, wie viele behaupten. Er stieg in den Zug, ohne seine Verletzung behandelt zu haben. Um in seinem Dorf zu sterben. Er war ein verhätscheltes Kind, jeder glaubte, aus ihm würde ein großer Bildhauer.«

Er schweigt. Er schnippt die Kippe weg, die bis zum Ende heruntergeraucht ist.

»Els Rochos, die Eltern, waren Anhänger von Pi y Margall, aus dem Cantó. Alteingesessene Orangenbauern, Leute aus den Plantagen, die an die ewigen Kämpfe gewöhnt waren. Nicht umsonst heißen die Maschinengewehre mit dem engen Lauf, die auch wir benützen, *naranjeros*, Orangenbauern. Gestandene Männer. Der, von dem ich dir erzählt habe, ist Diego Parra; ich habe ihn bei den Rochos kennengelernt, als er einmal frisch aus dem Gefängnis kam, freigelassen, weil man ihm nicht nachweisen konnte, an Attentaten beteiligt gewesen zu sein. Er war es, der Mestre tötete.«

Er legt eine Pause ein, für sich. Dann:

»Das Attentat damals und Mestres Tot, das hatte schon was.«

Agustín Mijares hört ihm mit einem Ohr zu. Wo sich Angelita jetzt wohl rumtreibt? Er hat sie schon drei Tage nicht gesehen. Die Eifersucht nagt an ihm. Er weiß genau, daß Rigoberto Barea um sie herumschwänzelt. Er hat keine Beweise, aber er riecht es. Er hat sie geschlagen, letzte Woche, als sie beteuerte, im Kino gewesen zu sein. Vielleicht stimmte das sogar, aber genausogut war es möglich, daß sie mit dem Kommissar wer weiß wohin gegangen ist. Pater Benito, dem er seinen Verdacht auseinenandersetzte, zog ihm den Zahn. Barea habe mehr Frauen als genug – wie er. Außerdem sei der höchstwahrscheinlich gerade in Cuenca;

dort habe er jede Menge zu tun mit Schanz-Batallionen, in denen die Kommunisten ihre Leute unterbringen wollen.

»Wenn du willst, rede ich mit ihm«, bot sich Feliciano Benito an.

»Nein, nicht nötig.«

»Außerdem, was machst du dir Sorgen? Frauen gibt es wie Sand am Meer.«

Angelita – pockennarbig, stupsnasig, lustig – hatte ihm den Kopf verdreht wie keine andere. Eine Draufgängerin war sie obendrein.

»Mit dem Expreßzug reisten sie von Barcelona nach Paris, zu einer Möbel- und Kunstgewerbeausstellung, und zwar mein Onkel Jesús Salarich und Don Manuel Sigüenza, ein exzellenter Kunstschreiner. In Tarragona wird der Zug angehalten, und die Guardia Civil durchsucht sämtliche Waggons, ausnahmslos, sie sehen sogar unter den Sitzen nach. Und dann zielen sie mit ihren Gewehren auf meinen Onkel und stoßen ihn unsanft aus dem Zug; ein paar Schläge mit dem Gewehrkolben und raus mit ihm. Sie bringen ihn in den Bahnhof, Sigüenza begleitet ihn. Mein Onkel, verwundert:

›Aber was ist denn los? Was ist los?‹

›Du bist der Mörder von Mestre.‹

Mein Onkel klärt sie auf, daß er Lehrer an der Schule für Kunsthandwerk ist und sein Begleiter ein namhafter Kunstschreiner. Nach zehn Minuten erkennt die Guardia Civil ihren Fehler und läßt sie laufen. Sie steigen in den Zug, die Reise geht weiter, und nachdem sie losgefahren sind, öffnet sich die Tür des Abteils und Diego Parra kommt herein, der meinem Onkel Salarich wirklich ähnlich sieht. Er hatte sich unten an den Waggon gehängt.«

»Wer war Mestre?« fragt Agustín.

Victoriano ist bestürzt über die Unwissenheit seines Zuhörers.

»Die Jugend von heute! Mestre? Also bitte! Gouverneur von Barcelona, kannte keine Gnade mit den Arbeitern. Ein Konservativer. Erinnerst du dich nicht mehr an das Attentat damals? Das war in aller Munde, Mensch, auf der *Feria*. Mestre war Valencianer ... Das ist eine *Feria*, eine Blumenschlacht wie keine zweite auf der Welt! Mestre war auf dem Weg zum Hafen, in einem Zweispänner, gefahren von zwei beamteten Kutschern (der eine wurde Pasta genannt, ein Republikaner). Parra schwang sich aufs Trittbrett und tötete ihn. Dann haute er ab und sprang auf den fahrenden Zug auf, an dem Bahnübergang in Grao. Wenig später wurde er in Barcelona festgenommen, aber sie konnten ihm nichts nachweisen. Sie hielten ihn in einem Kommissariat gefangen, zusammen mit sieben oder acht Mann, lauter gute Leute, alle von uns. Es mußte drei oder vier Uhr morgens gewesen sein, da rissen sie sie alle aus dem Bett und schleppten sie zum Hafen. Die Straßen waren menschenleer, und sie ermordeten sie mitten auf den Ramblas, alle außer Parra, auch wenn er einiges abbekam: drei Schüsse und zwei Bayonettstiche. Sie nahmen an, alle wären tot. Also verfrachteten sie sie auf einen Lastwagen, der bereits in der Calle de Fernando bereitstand. Parro, ganz unten. Alles Blut der anderen troff auf ihn herab. Sie fuhren zum Krankenhaus. Dort, das volle Programm: Ärzte, Krankenschwestern, usw. Sie laden den Menschenhaufen ab, und dann Parra, der sich vor den zu Schreck erstarrten Guardias Civiles aufrichtet und sagt:

›Na, traut ihr euch, mich hier noch einmal umzulegen?‹

Eine Gruppe von Ärzten nahm sich vor, ihn zu retten. Sie lösten sich ab, so daß immer jemand in seiner Nähe war, damit niemand sich an ihn heranpirschen und ihn abmurksen konnte. Ein großer Skandal. Nach seiner Entlassung mußte er zum Gouverneur, das war damals Martínez Anido, und der Polizeichef Arlegui. Sie schlugen ihm vor, als

Spitzel für sie zu arbeiten, dafür würden sie ihn am Leben lassen. Empört lehnte er ab.

›Mein einziger Wunsch ist, euch alle umzulegen.‹

Er ging nach Frankreich, und dort blieb er bis zur Ausrufung der Republik. Wir sahen uns hin und wieder. Er war an der Teruel-Front. Bestimmt hat er deinen Bruder getroffen. Das nenne ich einen Mann, als Mann geboren, denn Kommunist wird man, Anarchist ist man von Geburt. Strategie, Taktik und was weiß ich, könnt ihr alles vergessen. Es kommt auf den Mut an, auf sonst nichts. Mit Schneid gewinnt man Kriege«, schließt er lautstark.

»Das war vielleicht früher so«, ruft Almirante vom Tisch herüber, »als es noch keine Bomben und Granaten gab, keine Flugzeuge, die über eine Strecke von hundert Kilometern, oder zwanzig, wenn du hundert übertrieben findest, den Tod vom Himmel regnen lassen. Da stell dich hin, mutig, mit entblößter Brust, vor so einen Liebesgruß von zehn oder fünfhundert Kilo, und schrei: Komm doch! Pflanz dich vor ihm auf, dann siehst du, was du davon hast. Diese Zeiten sind vorbei.«

»Ich also auch.«

»Das will ich nicht abstreiten.«

Victoriano Terraza fährt aus der Haut:

»Du wagst es, so was zu mir zu sagen!«

»Schon gut: Ich sage es nicht.«

Der Valencianer gibt sich damit zufrieden und nimmt die Bemerkung als Zugeständnis an seine treffliche Einstellung zur Welt.

Bonifaz wird ans Telefon gerufen:

»Kommt um zehn zum Finanzministerium. Von dort aus geht ihr zum Regierungssitz. Dort bekommt ihr die Befehle. Aber zuerst kommt ihr hier vorbei.«

»Zur Regierung?« fragt der Publizist verwundert nach.

»Um die Uhrzeit wird Wenceslao Carrillo schon dort sein.

Im Augenblick ist Pascual Segrelles Staatssekretär, aber der braucht euch nicht zu kümmern.«

»Es geht jetzt also los?«

»Um elf, nach dem Kriegsbericht.«

Enrique Almirante erhebt sich.

»Ich gehe.«

»Wohin?« fragt Vila.

»Ich muß noch eine kleine Besorgung machen, dafür ist noch Zeit: Nähnadeln für meine Frau. Ich habe es ihr versprochen.«

»Komm nicht zu spät.«

»Wann bin ich schon einmal zu spät gekommen?«

## 5

Pascual Segrelles war zuletzt Maler für Fächerentwürfe, eine in Valencia hoch angesehene Kunst und Fertigkeit. Der Fabrikant, Don Bartolomé Meneses – klein, fett, mit einem Bauch, so ausladend wie sein Bart –, schickte die Modelle nach Japan, wo sie in großen Mengen hergestellt wurden, um zwei Jahre später in ganz Spanien als original valencianische Fächer verkauft zu werden. Pascuel Segrelles war impressionistischer Landschaftsmaler gewesen, im Stil Sorollas; er hatte Monet, Manet, Renoir variiert, nur mit groberem und breiterem Strich.

»Die Sonne ist nicht so schmal«, sagte er immer.

»Wir hier sind Gott sei Dank nicht so fein wie die Pariser.«

Pascual Segrelles, ein hagerer Mann, hält sich für noch unbedeutender, als er in Wirklichkeit ist, und er schämt sich, Fächermaler zu sein. Doch wenn er erst einmal in einer fremden Hand einen Fächer sieht, zu dem seine Hand die Vorlage entworfen hat, erfüllt ihn so etwas wie Stolz; aber nur seiner Frau wagt er – wenn sie zugegen ist – zuzuflüstern:

»Der ist von mir.«

Don Bartolomé, nach eigener Einschätzung ein Mann mit feinem Gespür, meinte vollmundig:

»Er malt einfach zu gut. Er muß sich entscheiden.«

Seine Entscheidung fiel kurz nach der Hochzeit: Er ließ die Malerei sein. Seine Frau Amparo, eine Anwältin, nicht gerade die Anmut in Person, bedeutete ihm nichts. Auch sein

Bruder heiratete eine Intellektuelle, eine Apothekerin. Sie erfanden irgendwelche Pillen. Pascual bemalte die Döschen, entwarf die Werbeanzeigen. Sie hatten Erfolg. Pascual, der Republikaner war, wurde Stadtrat. Als der Krieg kam, Direktor des Zollamts.

Er weint seiner Kunst nach, denn jetzt, da er ein belesener Mann ist, ist er sich sicher, daß aus ihm ein großer Maler geworden wäre. ›Wenn der Krieg vorbei ist‹, denkt er, ›gebe ich alles auf und werde wieder malen; denen werden die Augen aufgehen. Ich habe die Bedenkzeit eben gebraucht, jetzt weiß ich, was ich will, und wie ich es mache.‹ Seine methodische Art zu denken, sein maßvoller Ton. ›Die Wahl der Mittel ist das A und O‹, betont er in voller Überzeugung. Er ist liberal, ehrenhaft – an und für sich und in den Augen der anderen –, hat ein ruhiges Gewissen (sein Sohn ist getauft, wie auch die Kinder von Pilar), und so ist aus Pascual Segrelles, ohne daß er das angestrebt hätte, eine Persönlichkeit geworden.

Zurückhaltend, ernst, mit soundsoviel zwanzig Jahren einen Ansatz zur Glatze, und wo andere Geheimratsecken haben, kraust sich bei ihm das restliche Haar. Pascual Segrelles ist Optimist, trotz allem, und er weiß noch nicht einmal genau warum; sehr selbstsicher ist er nie gewesen, außer in seinem Glauben an den unaufhaltsamen Fortschritt und daran, daß die Menschen, da der Gang der Welt nunmal unumkehrbar ist, einer freieren Gesellschaft entgegengehen, auf dem einzigen in Frage kommenden Weg: der gemäßigten Linken.

Eines Tages erscheint in seinem Büro im Finanzministerium sein alter Freund Juan González Moreno, einer der Führer der Gewerkschaft UGT, gerade über Albacete aus Toulouse zurückgekehrt. Er empfängt ihn überschwenglich.

»Hallo! Was gibt's?«

»Genau das wollte ich fragen.«

»Hier? Die Gerüchteküche brodelt. Es gibt so viele Meinungen wie Menschen. Dabei müssen wir nur eines wissen: Werden sie die hundertfünfzigtausend Mann, die aus Katalonien nach Frankreich geflohen sind, per Schiff nach Valencia oder Cartagena zurückkehren lassen?«

»Nein.«

»Und das ganze Material, das laut Negrín schon bereitsteht, um über die Grenze gebracht zu werden?«

»Auch nicht. Dafür werden die Franzosen Franco anerkennen.«

»Das kann ich nicht glauben.«

Pascual Segrelles kann es nicht glauben, so unerschütterlich ist sein Glaube an Frankreich, an das Frankreich Robespierres und Combes, sein Frankreich.

»Ich komme gerade von dort. Ich habe Forges gesehen, und Blum.«

»Was unternehmen sie?«

»Sie heulen.«

»Was nun? Numancia?«

»Ich will dir nicht die Antwort geben, die Azaña Negrín auf dieselbe Frage gegeben hat.«

»Die wäre?«

»Die Bewohner Numancias hatten keine Flugzeuge.«

»Nicht zu fassen … Sie können uns doch nicht einfach im Stich lassen!«

»Die Franzosen?«

»Nicht nur die: Azaña, alle, die nach Frankreich abgehauen sind.«

»Glaub nur nicht, daß es einfach ist zurückzukehren.«

»Du willst mir doch nicht weismachen, der Präsident der Republik …«

»Zurückgetreten.«

»Das kannst du jemand anderem erzählen.«

González Moreno legt ihm ein knappes Schreiben hin:

Nach Anhörung von General Rojo, dem Verantwortlichen für die militärischen Operationen, im Beisein des Ministerpräsidenten, nach dessen Beurteilung der Krieg verloren ist, und angesichts der Tatsache, daß die Regierungen Frankreichs und Englands General Franco in Kürze anerkennen werden, lege ich mein Amt als Präsident der Republik nieder.

Pascual Segrelles ist empört:

»Das kenne ich schon: Eine Erfindung der Gestapo in Burgos. Aber ich kenne auch Azaña. Der tritt doch nicht zurück, nur weil England und Frankreich zu dem Marokkaner überlaufen! Und was Rojo betrifft, so weiß ich aus sicherer Quelle, daß er diese Ente dementiert hat. Und außerdem, seit wann entscheidet ein Generalstabschef über Krieg oder Nicht-Krieg?«

»Du glaubst also, wir können gewinnen?«

»Natürlich! Wenn wir hier schon zweieinhalb Jahre durchhalten, warum nicht hundert?«

»Das will ich gar nicht abstreiten. Aber was die Nachricht von Azañas Abdankung betrifft, die kannst du mir wirklich glauben.«

Pascual Segrelles wechselt die Gesichtsfarbe und die Stimme. Düster:

»Also hat Casado recht.«

»Recht, womit?«

»Daß nichts mehr zu machen ist, daß nur noch die Militärs mit Franco Frieden schließen können.«

»Frieden? Mit Franco?«

»Mit wem sonst?«

»Er wollte von dem Angebot der Regierung nichts wissen.«

»Weil Negrín der ist, der er ist.«

»Wenn die aus Burgos zu einer vernünftigen Einigung

kommen wollen, was sollen sie sich an einem einzelnen stören?«

»Sie wollen nicht mit Kommunisten verhandeln.«

»Frieden schließt man immer mit dem Feind. Abgesehen davon, daß Negrín gar kein Kommunist ist, hat Franco das Casado persönlich gesagt?«

»Casado beteuert, daß man ihm in Burgos mit Respekt begegnet.«

»Hat der sie noch alle?«

»Er sagt auch, daß die Kommunisten das einzige ernsthafte Hindernis für eine Einigung sind.«

González Moreno hat etwas gegen Kommunisten, er kennt sie, weil er vor zwölf Jahren in der Partei war; aber er sieht sehr wohl, daß sie sich tapfer geschlagen haben. Er blickt seinem Freund in die Augen:

»Hat er dir das gesagt?«

»Nicht direkt.«

»Und über wen?«

»Das darf ich dir nicht sagen.«

González Moreno fühlt einen Stich, Segrelles hat nie Geheimnisse vor ihm gehabt (vor niemandem).

»Und, was gedenkt er zu tun?«

»Das weiß ich nicht genau.«

»Eine Erhebung?«

»Möglich.«

»Ist dir klar, was das bedeuten würde? Wieder ein Putsch. Wieder das Militär. Wieder eine Junta, abgesehen davon, daß der Krieg in einer Schlammschlacht enden würde. In einer blutigen Schlammschlacht. Nicht auszudenken.«

»Du solltest mit ihm sprechen.«

»Sofort. Bevor es zu spät ist.«

War er dafür aus Frankreich zurückgekehrt? Andererseits, weshalb hätte er dort bleiben sollen? Es gibt keinen Ausweg. Doch: weiterkämpfen. Dafür ist er zurückgekehrt, für nichts anderes. Bis zum bitteren Ende. Und da fällt ihnen nichts Besseres ein, als sich zu ergeben. Wer sind die denn? Die, die von Anfang an aufgeben wollten. Zum Teufel mit ihnen. Erinnere dich, Juan: Auch sie haben vom ersten Tag an gekämpft. Wie kann einer sich ergeben? Wie kann er sich in seine Niederlage fügen, wenn er noch nicht tot ist? Sich ergeben heißt sich erniedrigen, nachgeben, zugeben, daß der Feind recht hat; sich ergeben heißt aufgeben. Nach allem, was sie durchgestanden haben, sollen sie nun alles über Bord werfen? ... Nein, nicht mit mir! Und wenn sie umfallen, ich ... Ich, was soll ich machen? Den Kopf hinhalten. Der Gedanke allein verursacht ihm Schmerzen (Er greift sich an den Kopf, mit einer für ihn typischen Bewegung.) Nein! Nur Feiglinge ergeben sich. Nur Leute, denen es an Glauben fehlt, ergeben sich. Klein beigeben? Sich dem Willen der Feinde des Volkes ausliefern?

González Moreno, Sohn eines Arbeiters aus Huelva, der in den ersten Stunden des Wechsels – was für ein Wechsel! – füsiliert worden war, war als Halbwüchsiger nach Madrid gekommen, wo er Arbeit in einer kleinen Druckerei in der Calle de Atocha fand, denn die Schriftsetzerei fand er immer schon klasse; er brachte es zum Fahnenkorrektor bei Calpe, bevor er zum Stilkorrektor bei *La Voz* aufstieg. Zur Politik kam er durch die weit offenstehenden Türen der Gewerkschaftsbewegung. Niemals zweifelte er daran, den einzig richtigen Weg eingeschlagen zu haben. Jede freie Stunde widmete er der Arbeiterbewegung. Er lebte immer bescheiden. Er war dreimal im Gefängnis, das Normalste von der Welt; im Krieg ließ er sich überall bereitwillig hinschicken, und dachte einzig daran, der Sache möglichst gut zu dienen. Manchmal – während des letzten Jahres – kam in ihm der Gedanke an eine mögliche Niederlage auf, dennoch hat er sich nie der Wirklichkeit gestellt wie jetzt. Er hat viele Kongresse im Ausland besucht, er macht sich nichts vor, weiß um die Grenzen der internationalen Solidarität, aber andererseits kennt er auch sein Volk. Er ist überzeugt, daß das Volk sich lieber abschlachten läßt, als Madrid aufzugeben. Besser als jeder andere kennt er die Zwistigkeiten unter den Republikanern, aber warum sollen die ausgerechnet jetzt so wichtig sein? Er erinnert sich an Hope, einen nordamerikanischen Journalisten, in einem Café in Toulouse, als bekannt wurde, daß Negrín in die Hauptstadt zurückgekehrt war:

»Er wird sterben. Das war's.«

»Dann verabschiede dich von mir, übermorgen nehme ich das Flugzeug.«

»Viel Glück.«

Sie tranken ein weiteres Glas.

»Was würdest du an meiner Stelle machen?«

»Dasselbe.«

»Was man so hört, sind Casado und Besteiro sich einig.«

»Ausgerechnet jetzt will der Professor mitspielen?«

Julián Besteiro, immer widersprechend. Egal, ob Largo Caballero oder Prieto – wer eben gerade die Sozialistische Partei oder die UGT führt –, ein ewiger Anti, vielleicht, weil er Universitätsprofessor ist, Professor für Logik, um genau zu sein. Mittelmäßig, zumindest als Politiker, wie man sieht, aber ehrbar; mittelmäßig, aber ein Herr. Die Arbeiter und Kleinbürger von Madrid, so stolz darauf, irgendwie etwas Besseres zu sein ... Eitel wie er ist, glaubt er sich stets im Besitz der Wahrheit (Professor für Logik: So einer kann sich nicht irren):

»Ich ... ich ... ich ... ich ...«

»Das wundert mich nicht.«

»Gib schon zu, das ist doch unglaublich. Und zudem, einer von deiner Partei.«

»Stimmt.«

(Meine Partei ... Seine Partei. Im Grunde sein Leben. Eine Versammlung nach der anderen. Die Diskussionen in der

Zeitung, der Gewerkschaft, der *Casa del Pueblo*, in der Partei, zu Hause. Und jetzt bandelt Julián Besteiro, der sich während des ganzen Krieges vornehm zurückgehalten und nichts anderes geleistet hat, als Madrid nicht zu verlassen, mit General Casado an, der sich erheben wird. Nicht zu fassen.)

»Los.«

González Moreno steigt die ausladende, massige Steintreppe des wuchtigen Verwaltungsgebäudes hinunter. (Besteiro ... Nun, möglich ist es schon, bei seinem Stolz, damit er einmal mehr sein ewiges ›das hab ich schon vor drei Monaten gesagt ...‹ loslassen kann. Aber Casado? Loyal, ohne Zweifel; kompetent, keine Frage; rechtschaffen, ehrlich, zuverlässig.) Er glaubt nicht, was er gerade gehört hat, er kann es nicht glauben. Die müssen alle verrückt geworden sein.

Er erinnert sich an eine Episode mit Casado, damals verantwortlicher Offizier der Präsidenteneskorte, beim Empfang von Rosenberg, dem ersten Botschafter der UdSSR. In dem Augenblick, als der Botschafter absitzen wollte, bäumte sich vor Schreck das Pferd auf, und wenig hätte gefehlt, da hätte es ihn abgeworfen und gegen die Schaulustigen ausgeschlagen, die am Fuß der Freitreppe des Palastes an der Plaza de la Armería standen. Die Kapelle setzte mit der Internationale ein. Um den Wagen herum applaudierte eine Gruppe junger Kommunisten und ließ die Sowjets hochleben. Als wäre es gestern ...

Beim Betreten des Kellergeschosses wundert sich González Moreno, aus dem Büro des Oberkommandeurs des Mittelabschnitts Melchor Rodríguez, einem Führer der CNT, breit grinsend hinaustreten und mit García Pradas reden zu sehen, einem jungen Burschen mit undurchsichtiger Vorgeschichte, der eine der anarchistischen Zeitungen der Hauptstadt leitet.

»Hallo«, spricht der González Moreno an, »was machst du hier?«

»Ich nehme an, dasselbe wie du.«

»Na so was!« Der Anarchist zwinkert ironisch und gibt dem Gesagten einen überraschten Unterton.

Die Wachmänner zeigen vor den beiden Anarchisten gebührenden Respekt.

Casado – griesgrämig – empfängt González Moreno mit einem Zeichen der Wertschätzung. Er stellt ihm Fragen über den Rückzug aus Katalonien, über die derzeitige Lage in Frankreich, über die Regierung.

»Die Regierung ist hier.«

»Welche Regierung?«

»Na welche schon?«

»Mit der Abdankung des Präsidenten der Republik gibt es keine arbeitsfähige Regierung mehr. Sehen Sie irgendwelche Möglichkeiten, daß die Volksfront diese Aufgabe übernimmt?«

»Die Regierung? Die Mehrzahl ihrer Leute hält sich in Frankreich auf.«

»Warum kommen sie nicht zurück?«

»Das ist nicht so einfach.«

»Ich verstehe, so ist es bequemer. Und die Zügel den Kommunisten überlassen.«

»Die sind eben hier.«

»Sie sind die einzigen, die den Weg zurück gefunden haben. Wollen Sie wissen, was ich denke? Darum sind Sie doch gekommen, nehme ich an.«

»Ich wollte Ihnen nur guten Tag sagen.«

Er will so schnell wie möglich verschwinden.

»Glauben Sie, daß Negrín den Krieg beenden kann?«

»Er hat es versucht.«

»Ohne Ergebnis.«

»Weil Franco nicht will.«

»Mit mir schon.«

»Welche Garantien haben Sie von ihnen?«

»Die Engländer.«

»Die Franco bereits anerkannt haben.«

»Das ist Teil ihres Plans.«

»Was haben Sie vor?«

»Nicht länger einer Regierung zu dienen, die keinen ihrer militärischen Berater und Armeeführer anhört und sich auf einen aussichtslosen Krieg versteift. Sie waren nicht bei der Besprechung mit Negrín in Los Llanos: Miaja, der damals noch Oberbefehlshaber der Streitkräfte war; Matallana, Generalstabschef im Mittelabschnitt; den Befehlshaber des Flottenstützpunkts in Cartagena; mich, Armeechef des Mittelabschnitts; und die Befehlshaber der Flotte und der Luftstreitkräfte … Alle, mit Ausnahme des blauäugigen Miaja, waren sich einig, daß militärisch nichts mehr zu machen ist. Woraufhin sein unsäglicher Genosse Negrín – Kommunisten halten zusammen und die Fäden in der Hand – beschloß, den Krieg bis zum bitteren Ende weiterzuführen …

»Auch am 7. November 1936 war im Grunde alles verloren. Außerdem, was soll man sonst machen?«

»Ihnen bleibt nicht viel Zeit, um das herauszufinden. Vielleicht möchte Besteiro Ihnen das sagen. Gehen Sie nur zu ihm. Und Sie wissen ja, wie sehr ich ihn schätze.«

(So ein Drecksack, wer hätte das gedacht?)

Während er die Straße entlanggeht, blickt er in die Gesichter der entgegenkommenden Passanten:

»Dieser hier und der, alle werden sie sterben …«

Madrid, ein einziger Zirkus; und Casado – krank, verbraucht –, er weist mit dem Zeigefinger nach unten. Auf die Schlachtbank! An den Galgen! Denn, wer will sich was vormachen? Dieser dreiste Julián Besteiro – Logikprofessor? Seine Revanche gegen Caballero und Prieto, von der er sein Leben lang geträumt hat …

Er sieht sich in der spiegelnden Scheibe eines Regenschirmgeschäfts in der Calle de Preciados.

»Du auch.«

Er hält an, blickt sich an.

»Auch ich. Und weiter?«

Nichts. Er weiß es schon seit langem. Aber so nicht. Nicht auf so erbärmliche Weise. Doch was tun? Die Leitung der UGT zusammentrommeln? Einen Regenschirm kaufen wie Chamberlain? Das Haus daneben ist eingestürzt; ein Trümmerhaufen. In allen Häusern Madrids, an allen Tischen in allen Haushalten Madrids gibt es mindestens einen Platz, der einem Toten, einem Verschollenen gehört, in allen Häusern hat der Tod das Gesicht eines Familienangehörigen, in allen Straßen Madrids – abgesehen vom Salamanca-Viertel – ist zumindest ein Haus bombardiert, zerstört, ausgeweidet. Madrid, steinerne Stadt, lebendig und tot zugleich, als ob durch die Arterien und Venen einer Leiche weiter Blut fließen könnte. Es kann. Er hört die Stille des Krieges: Schüsse, Granaten, Bomben. Früher war das etwas anderes: Die Hoffnung, das nahe Ende, das sich wie ein Feld vor ihnen öffnete, vom Manzanares würden sie den Feind bis an die Küste Galiciens zurückdrängen und ins Meer werfen.

Julia, die in Toulouse auf ihn wartete.

»Ich muß zurück, in den Mittelabschnitt.«

»Wann?«

»Mit dem ersten freien Sitzplatz nach Alicante oder Albacete.«

»Kann ich nicht mit dir mitkommen?«

»Du weißt doch, das geht nicht.«

»Versprich mir ... Nein, versprich mir besser nichts.«

Wie schmeckt Verrat? Einmal angenommen, man ändert seine Überzeugung – seine ganze Einstellung – und um nicht Verrat zu üben, dient man weiter der Sache, der man sich verschrieben hat: Ist man dann ein Verräter, wenn man seine Kritik öffentlich macht? Vielleicht. Er gibt sich keine Antwort, schiebt seinen Gedanken einen Riegel vor. Einen Feind von hinten anzugreifen, ist das Verrat? Verrat: zum Feind überlaufen. Es reicht, insgeheim auf seiner Seite zu stehen. Verrat ist nicht die Tat an sich – Irrtum! –, sondern der Gedanke, der einen umtreibt. Judas, die dreißig Dinare. War es so einfach? Ist man ein Verräter, wenn man an seinen Überzeugungen festhält, auch wenn sie der Situation widersprechen, die genau diese Überzeugungen hervorgebracht haben? Sind alle Politiker, die ihre ursprünglichen Vorstellungen aufgegeben haben, Verräter? Das hieße, die Evolution zu leugnen, zu Stein zu werden. Wenn ich mich in eine andere Frau verliebe – die da, die da entgegenkommt –, übe ich dann Verrat an Julia? Ja. Aber wenn sie – die neue Liebe – eine wahrhaftige Liebe wäre und ich nur um Julia treu zu bleiben, ihr widerstünde, wäre das dann nicht Verrat an dieser neuen Liebe? Was hat das mit Besteiro zu tun? Ich muß darüber sprechen. Mit wem? Mit Besteiro? Soll er zu ihm gehen? Nein. Das hat bis morgen Zeit. Etwas Dringendes auf morgen zu verschieben, ist das nicht auch Verrat?

Er kommt bei Julián Besteiro an, als der gerade das Haus verlassen hat.

»Und Sie wissen nicht, wo er hingegangen ist?«

»Nein.«

Er fragt nicht nach.

»Richten Sie ihm aus, daß ich morgen wieder komme.«

## 6

Es geschah in dem Monat, als Asunción zurück nach Valencia gegangen war. Es hatte so kommen müssen. Don Manuel war aus dem Haus gegangen, zu einer spiritistischen Sitzung bei einem Gleichgesinnten in der Calle de Arganzuela (die Straßenbahnen fuhren die ganze Zeit, trotz der Bombardements); um nichts in der Welt hätte er auf das Treffen verzichtet, wegen der anderen Welt. Schließlich erschienen ihnen dort seit ein paar Monaten die Seelen einiger berühmter Befreiungskämpfer des 19. Jahrhunderts; unter ihnen Garibaldi, und vor allem in jüngster Zeit General Riego, der Vicente eine große Zukunft prophezeite.

Vor der Tür, Lola.

»Komm rein.«

»Aber ...«

»Ich wollte mich gerade schlafenlegen«, sagte sie zu Vicente, während sie die Stufen hochgingen.

»Du siehst müde aus.«

»Ich sehe nicht nur so aus.«

Es waren die letzten Tage der Ebro-Schlacht.

»Hast du den Kriegsbericht gehört?«

»Ja.«

»Und?«

»Es scheint nicht gut zu laufen.«

»Wir haben ihnen eine Lektion erteilt.«

Früher oder später würden sie siegen, das stand fest.

»Wie man hört, machen die Franzosen die Taschen auf. An Material wird es nicht fehlen.«

Das Material. Das alles beherrschende Thema. Das Material, das jenseits der Grenze festhängt.

»Hast du etwas gegessen?«

»Ja.«

»Genug?«

»Ja.«

»Hast du keinen Freund?«

Das sagte er, ohne zu überlegen; sonst hätte er geschwiegen.

»Nein. Ich hatte nie einen.«

Vicente ermahnte sich selbst und schwieg. Er hatte sich absolute Enthaltsamkeit geschworen.

*»Allein, wie du jetzt bist, was willst du machen?«*

*»Allein? Es ist nicht wenig, was mir hier bleibt?«*

*Damit bezog er sich – das begriff sie – auf Madrid, die Front, den Krieg.*

Lola näherte sich ihm:

»Der einzige Mann, dem ich vertraue, dem ich mich anvertrauen würde, bist du.«

Sie drückte sich an ihn. Dann küßten sie sich. Er nahm sie in den Kleidern, irgendwie. Anschließend brachte sie ihn in ihr Zimmer.

»Leg dich hin.«

Stück für Stück entkleidete sie ihn, liebevoll.

Don Manuel merkte es sofort. Für ihn eine wundervolle Fügung.

»In Vicente steckt mehr, als ihr alle vermutet.«

Lola sieht zu ihrem Vater, wie immer versucht sie, undurchdringlich zu blicken, sich hinter ihrem Schild zu verstecken.

»Wie willst du das wissen?«

»Ich weiß es eben. Du bist es, die es nicht sehen will.«

Der Alte tut ihr leid, aber sie nimmt sich zusammen. Seit sie sich hat fallen lassen, seit sie Vicente verfallen ist, überkommen sie immer wieder sentimentale Anwandlungen: ›Nimm dich zusammen, Loluchi‹, ermahnt sie sich, zumal gute Manieren nicht gerade ihre Stärke sind. Ihr Vater wollte sie ihr beibringen, sie hat sich dagegen gesträubt, was zum entgegengesetzen Ergebnis führte.

»Aus dir wäre besser ein Mann geworden.«

»Dann gäbe es wenigstens einen in der Familie.«

Don Manuel blickt sie einfach nur traurig an, manchmal mit Tränen in den Augen, dann tun sie beide so, als würden sie es nicht merken.

›Sie kann nichts dafür, ein düsterer Geist lastet auf ihr.‹ Er empfindet tiefes Bedauern für seine Tochter; die gemeinsame Aufmerksamkeit für den jungen Valencianer knüpft in jüngster Zeit ein Band zwischen ihnen, trotzdem bessert sich ihre Beziehung nicht. Der Spiritist beklagt sich darüber bei seinem Schutzengel Don Germán, während der langen Morgenstunden. (Himmlische Erleuchtungen wie in der Pension in Granada oder die beiden anderen Male im Bahnhof von Alcázar de San Juan und im Kloster de las Huelgas, in Burgos, waren Ausnahmefälle):

»Kann man gar nichts machen?«

»Jeder trägt sein Kreuz.«

»Aber die Arme leidet.«

»Wie alle, bis sie das Licht erkennen.«

»Sie ist meine Tochter.«

»Aber du hast sie im Zustand der Sünde gezeugt.«

»Sie trägt keine Schuld.«

»Bis ins fünfte Glied …«

»Aber, sie selbst?«

»*Du wirst Vater und Mutter verlassen …* Das gilt auch für die Kinder.«

Don Manuel macht sich Vorwürfe, als er einsieht, wie weit er noch davon entfernt ist, von seinem Beschützer aufgenommen zu werden. ›Vicente müßte mein Sohn sein.‹

Die körperliche Liebe war für Lola eine Enttäuschung. So sehr sie es wollte, sie konnte sich einfach nicht hingeben. ›Vielleicht kann ich mich nicht ergeben (dem Eroberer), weil ich immer nur eine Rolle gespielt habe, mich verteidigt habe.‹ Dennoch brach sich ihr Begehren gewaltig Bahn, was Vicente noch nie erlebt noch jemals vermutet hätte. Lolas traurige pornografischen Lektüren hatten ihr einen großen Vorsprung verschafft. Doch da sie zu gehemmt war, um in den Armen ihres Geliebten zu zerfließen, übertrug sie ihre Sehnsüchte auf ihn, ohne daß der Mann begriffen hätte, wie ihm geschah.

»Gib's mir! Gib's mir! Gib's mir!« schrie sie, zur Bacchantin geworden, dabei hätte sie am liebsten in die wüste Welt, in der sie sich bewegte, hinausgebrüllt: »Nimm mich! Nimm mich! Nimm mich!«

Als Vicente jetzt in die Wohnung kommt, trifft er Don Manuel und Enrique Almirante an, die sich angeregt über schwarze Magie unterhalten. Unterhalten ist gut gesagt: Der Anarchist hört zu.

»Und Lola?«

»Ist weggegangen.«

»Wann kommt sie wieder?«

»Gleich.«

Er lügt, um Vicente zum Bleiben zu bewegen, und wendet sich übergangslos wieder seinem alten Freund zu:

»Kinder machen alles kaputt und ziehen alles in den Schmutz, was ihre Eltern ihnen mitgegeben haben.«

»Ich kann nicht warten.«

»Was ist denn?« fragt Enrique Almirante.

»Nichts.«

»Also?«

»Schauen Sie, Don Manuel, ich habe keine Ahnung, ob ich heute, morgen oder übermorgen wiederkommen kann. Sagen Sie bitte Lola, daß sie mich im Pardo anruft. Unverzüglich, sobald sie zurückkommt.«

»Ja, mein Sohn, schon gut. Du kannst beruhigt gehen.«

»Sagen Sie ihr, daß ich keine Zeit habe.«

Er geht.

»Zeit?« greift Don Manuel das beiläufig ausgesprochene Wort auf. »Was ist sie schon vor der Ewigkeit? Die Zeit ist nur eine Etappe. Wie ist es möglich, daß in einem Universum, das weder Anfang noch Ende hat, so etwas wie Zeit existiert?«

Enrique Almirante langweilt sich, er langweilt sich immer und überall, außer wenn er Tute oder Mus spielt. Alles schmeckt ihm schal. (Ich bin zu nichts mehr zu gebrauchen.) Er blickt aus dem Fenster (der Laden befindet sich im ersten Stock). Ein grauer Mittag. Er versucht, irgendeine Erinnerung heraufzubeschwören. Ohne Erfolg, er ist leer, grau in grau. Am besten wäre, übermüdet wie er ist, ein Schläfchen.

»Manchmal, wenn der Zufall ...«, redet er gedankenlos vor sich hin.

»Zufall gibt es nicht, was fällt dir ein. Wer würde es wagen zu behaupten, das Salz im Busen des Meeres sei zufällig dort hinein gefallen? Es ist einer von tausend Beweisen dafür, daß die Vorsehung Gottes unendlich ist: Pro Liter fügte er fünfundzwanzig bis sechsundzwanzig Gramm Salz zu. Anderenfalls wären die Ozeane riesige Kloaken, eine gärende Brühe, mit gemeingefährlichen Viren verseucht. Es gäbe kein menschliches Leben. (Das Meer, unverderblich – denkt er; meine Tochter, verdorben ...)«

Er redet, ohne zu denken. Dies ist eines der Argumente, die er seit Jahren gebetsmühlenartig herunterleiert, wenn es darum geht, jemanden zu bekehren. Was ihn seit Wochen wirklich umtreibt, ist die Überzeugung, daß seine Tochter der Bekehrung Vicentes im Weg steht, daß er ihn auf seine Seite ziehen kann, wenn sie ihn nicht mehr umwirbt. Also erstens: sie voneinander trennen; alles weitere würden Gott und Don Germán ihm dann weisen.

»Der Freund von deiner Tochter, der gerade da war, ist Kommunist, oder?«

»Weiß ich nicht, und ist mir auch egal.«

»Mir aber nicht.«

»Warum?«

»Nur so. Der wird noch Ärger bekommen, das rieche ich.«

»Sie wissen etwas.«

»Nicht nur ich. Aber ich muß den Mund halten.«

»Warum haben Sie gesagt, daß er Ärger bekommen wird?«

»Vergessen Sie es.«

»Nichts werde ich vergessen!«

»Verkaufen Sie mir die sechs Briefe Nähnadeln?«

Don Manuel willigt in den Handel ein.

»Er wird großen Ärger bekommen.«

Der Trödler macht eine unwirsche Geste.

»Raus mit der Sprache.«

»Sie werden sie kaltmachen.«

»Wer, sie? Wen denn?«

»Die Kommunisten, verdammt! Es ist bereits alles vorbereitet. Es war höchste Zeit. Hier konnte keiner etwas ausrichten, und schon gar nicht aufsteigen, wenn er nicht einer von ihnen war.«

»Aufsteigen ist etwas anderes, aufsteigen kann man nur zum LICHT«, sagt der Okkultist und versucht, sein Thema wieder aufzugreifen.

Als Lola nach Hause kam, sagte er ihr kein Wort von Vicentes Besuch. Almirante wunderte sich.

»Ich bin gleich wieder da«, sagte Don Manuel.

»Wohin gehst du?« wollte seine Tochter wissen.

»Nur kurz um die Ecke.«

An der nächsten Ecke bat er darum, das Telefon benutzen zu dürfen. Die Verbindung zu Vicente klappte:

»Es ist das erste Mal, daß ich von diesem Teufelsgerät hier Gebrauch mache. Was tue ich nicht alles für dich! Aber gut. Tu mir einen Gefallen, mein Sohn: Geh, hau ab, ohne noch einmal zurückzuschauen, bis du am Salzmeer angelangt bist. In ihm ruht dein ewiges Leben. Das BÖSE ist dabei, über das GUTE zu siegen. Rette dich. Geh.«

»Mein Platz ist hier.«

»Geh.«

»Aber, Don Manuel …«

»Da gibt es kein Wenn und Aber.«

»Und Lola? Haben Sie ihr gesagt …?«

Der Alte legte auf. Hinter Vicente steht Oberst Barceló.

»Nimm einen Wagen und dieses Schreiben. Fahr auf direktem Weg nach Elda. Zur Position *Dácar*. Unverzüglich, wir haben keine Minute zu verlieren. Überreich das Schreiben Dolores persönlich. Und sag ihr, sie soll mich um sieben Uhr morgens anrufen. Auch wenn du langsam vorankommst, bis Mitternacht bist du dort.«

Vicente erinnert sich an die Worte von Don Manuel. Zum ersten Mal seit langer Zeit lächelt er. Er setzt sich neben den Fahrer, und schon wandern seine Gedanken zu Asunción, während Lola aus seinem Gedächtnis gelöscht ist, oder nur noch wie ein Rumoren im Magen. ›Nein, das ist der Hunger.‹ In der Tat.

»Hast du was zu essen dabei?«

»Nein.«

»Vielleicht können wir am Weg etwas auftreiben.«

›Der ist verknallt‹, denkt der Mechaniker.

Und wieder einmal: Canillerjas, Torrejón de Ardoz, hinunter nach Loeches, nach Arganda, Richtung Tarancón.

Soll ich ihr die Sache mit Lola erzählen? Asunción, sein wahres Leben. Wie war es möglich gewesen, daß ihm die Tochter von Don Manuel ...? Schon nennt er sie nicht mehr Lola. Wie hatte er sich hinreißen lassen können, er, der so fest zu seinen Entschlüssen stand, wie hatte er sich so umgarnen lassen können, daß er neben sich stand, in die Höhle eindrang, seinen Körper der Gelegenheit überließ und damit die Bande durchschnitt, die Nabelschnur, die ihn mit Asunción verband? Jetzt ließ er sie – wortwörtlich – hinter sich – sie, Lola –,ohne ihr wenigstens gesagt zu haben: Ich gehe. Er will sich nicht entschuldigen, und doch sucht er Entschuldigungen, es tut ihm weh. Mit jedem Kilometer, den er sich von Madrid entfernt, wird sein Schuldgefühl schwächer, erleichtert sich sein Gewissen. Trotzdem sucht er nach einer Erklärung: Es war kein physischer Notstand, denn dem schuf er im Bedarfsfall auf andere Weise Abhilfe. Etwas sträubt sich in ihm; der Groll wendet sich gegen ihn selbst. Sie war für ihn wie ein Geschenk, eine Gratis-Vergnügung; um die Arbeit abzuschütteln, oder nur um ein Geschenk des Himmels nicht auszuschlagen? In ihr fand seine Lust vorübergehende Befriedigung. Seine Lust auszuleben war doch so verwerflich auch nicht. Sicher hatte er in Sinnenfreuden geschwelgt, mehr aber auch nicht. Inwieweit hat Asunción etwas damit zu tun? Sagt er es ihr oder nicht? Wird sie verstehen, daß nichts von dem seine Liebe zu ihr berührt? Eine andere, vielleicht. Asunción nicht. Oder vielleicht wird es ihr gerade deshalb nichts ausmachen, weil sie die Asunción ist, die sie ist. Wie schafft er es, sich nicht zu verraten? Das ist keine Frage der Besonnenheit, sondern der Achtung. Er fühlt sich unbehaglich.

»Du bist ja nicht gerade gesprächig.«

»Ich habe andere Dinge im Kopf.«

»Was, glaubst du, wird passieren?«

»Nichts.«

Was Asunción wohl zu dieser Stunde macht? Alles mögliche, außer daran zu denken, daß ich auf dem Weg Richtung Meer bin. Gut möglich, daß ich mich nach Valencia absetzen kann, sobald ich meine Mission erfüllt habe. Es sei denn, ich bekomme den Befehl – was eher wahrscheinlich ist –, augenblicklich nach Madrid zurückzukehren.

»Wie weit ist es von Elda nach Valencia?«

»Weiß nicht. Nicht weit. Müssen wir denn da hin?«

»Sehen wir noch.«

Die Pappeln, die sich in der klaren Nacht vor der Ebene abzeichnen; dann die Steineichenwälder auf den Hügeln, vor den Felsklüften und Kehren, über die sie von der Meseta hinunter in Richtung Küste fahren. Mondnacht, die Erde versteinernd. Die Kälte, die durch die Windschutzscheibe dringt, setzt sich in den Ritzen der Karosserie fest, ausgeleiert vom ununterbrochenen Einsatz, von dreißig Monaten Krieg.

## 7

Die Nacht kühl, der Regenumhang klamm, der Mond erst bedeckt, dann tritt er wieder hervor. Sein Lichtschein kommt und geht mit dem Spiel der Wolken.

»Halt!«

»Wer geht da?«

»Hallo.«

»Wohin willst du?«

Wohin will ich? Wenn ich ihnen sage, ›nur ein Spaziergang‹, glauben sie mir nicht. Ich führe mich selbst zum Spaziergang ab. Bis zum Paseo de Rosales will ich, den Casa-de-Campo-Park im Mondlicht sehen, im weißen, matten, kalten Licht des Mondes.

Bomben fallen: anhaltender Kanonendonner, große Kaliber. Pfeifen über einen hinweg. Sie zielen auf die Gegend um die Puerta del Sol (rund um die vom Mond beschienene Puerta del Sol), um noch mehr in Trümmer zu legen, zu zerschmettern, noch mehr Mauern zu zerstören wie diese, deren Fenster auf den freien Himmel zeigen, auf dem der Mond davoneilt, gejagt von den Wolken, den schwerelosen Wolken. Hochromantisch: gezackte Gebäudekanten, mit der wilden Unberechenbarkeit von Ruinen. Die Zerstörung – ob der Zeit oder des Menschen – ist der höchste Ausdruck der Macht des Menschen und der Zeit. Welcher Unterschied besteht zwischen beiden? Keiner. Indem wir Menschen sind, sind wir auch Zeit; die Zeit ist Mensch. Nach seinem

Maßstab, seinen Vorstellungen und seinem Ebenbild geschaffen.

An der letzten Befestigungsanlage wird er angehalten.

»Wohin willst du?«

»Mich umsehen.«

»Bleib nicht zu lang. Wenn sie dich sehen, bist du erledigt.«

Von der hohen Böschung aus der Blick auf die sagenhafte Weite. Dort, unter dem Himmel voller Sterne, ist es bergab gegangen ... Hin und wieder, das Hervortreten der Sterne. Madrid, ›glanzvolle Hauptstadt‹. Ich grüße dich, berühmter Manzanares! Ich grüße dich, Puente de los Franceses! Campo del Moro! Casa de Campo! Wir, die wir uns ergeben, die Verratenen, grüßen dich.

Das ist nicht der Grund, warum ich hergekommen bin. Nein: Ich bin gekommen, um den Casa de Campo zu sehen und Elvira zu gedenken. Du bist aus meiner Erinnerung gelöscht. (Wie viele sonst? Bei wie vielen habe ich keine Spur hinterlassen? Wie viele wie mich würden sie töten, ohne sich zu besinnen, wer wir gewesen sind? Du bist zurückgekehrt, warst wie durch ein Hokuspokus auf einmal vor mir, als ich mir den rechten Zeigefinger verbrannte – es war das letzte Streichholz –, während ich Carlos Riquelme Feuer gab. Plötzlich fiel mir das Café ein, unser Spaziergang, der lange Abend im Casa de Campo, wie ich mich verbrannt habe, als ich nachsehen wollte, was da am Boden war: »Da bewegt sich was«. (Wie alt war ich?, einundzwanzig, zweiundzwanzig?) Hießest du Elvira? Ich glaube schon, aber ich würde es nicht beschwören wollen. Oder Emilia, oder Alicia? Nein: Elvira. Am nächsten Tag sahen wir uns wieder. Wir sind hier herumspaziert. Anschließend an der Buen Suceso-Kirche vorbei und durch die Calle de la Princesa. Wir verabredeten uns für übermorgen – früher konntest du nicht –; ich weiß nicht mehr, ob du zu spät kamst, ich war mit Cuartero und

Medina verabredet und konnte nicht lange warten. Dabei wußte ich doch nicht, wie ich dich jemals wiederfinden sollte.)

Sie bombardieren weiter. Bestimmt sagen sie: ›Wie sich die Zeiten doch geändert haben!‹. Nein. Die Zeiten sind dieselben, nur zeigen sie sich von einer anderen Seite. Die Elemente sind unveränderlich, die Umstände ändern sich kaum, die Menschen noch weniger. Das versichere ich dir, Elvira – wo auch immer du bist –, der ich heute abend hierher gekommen bin, an den Ort meiner Erinnerung.

Julián Templado spürt immer noch den warmen Körper des Mädchens in seinen Händen. Er küßt sie hingebungsvoll.

Die Haubitzen. Rechts, weit weg, legt ein Maschinengewehr los. Er kämpft gegen die Klammheit seines Regenumhangs an, gegen den Schlaf. Hier endet ein Kapitel der spanischen Geschichte. Ist das nicht immer so? Oder doch nicht? Manche Epochen sind eben dumpf, bedrückt, düster. Erst wenn sie Vergangenheit sind, richten die Lebenden über die Toten. Was für eine Ungerechtigkeit. Man muß wohl bis zum Jüngsten Gericht warten, und das kommt in tausend Jahren noch nicht.

*Ich weine beim Anblick derer, die morgen niemand mehr sehen wird, denn wie der Wind meine Seufzer fortträgt, nimmt er auch ihren Lebenshauch mit sich fort. Zuvor komme ich ihnen, und in nur wenigen Jahren werden die, die heute die Erde bedecken, selbst von ihr bedeckt sein.* Herodot, er hat die Übertragung von Gracián im Kopf. Er weiß die Stelle auswendig, lückenlos, und dank der Begeisterung des Jesuiten in Belmonte. Julián Templado geht Prosa mehr unter die Haut als Lyrik. Die Muskulatur des Spanischen vermittelt ihm etwas, das ihn rührt. Und die Haut der Frauen, was gar kein so großer Unterschied ist: ›Arzt mußtest du nicht werden‹, denkt er, ›darum bist du Journalist geworden.‹ *In nur wenigen Jahren werden die, die heute die Erde bedecken, selbst von ihr bedeckt sein.* Er blickt über die freie Fläche, vereinzelt Lichter: Tausende werden sterben müssen, bei dem Versuch, anzugreifen oder sich zu verteidigen. Im Grunde bin ich immer sentimental gewesen – denkt er und weiß gleichzeitig, daß er lügt. Was bleibt zu dieser Stunde von Jesús Herrera? Er erinnert sich an das Lokal von Bienvenido, an die Nacht des 6. November 1936 – heute ist auch der 6. (er irrt sich: es ist der 5.) – er, zusammen mit Paulino Cuartero (was ist mit Paulino geworden? Er dürfte in Frankreich sein, mit Pilar und den Mädchen); auf einmal trat Herrera ein, damals Hauptmann, elegant wie immer, zusammen mit Hope, dem nordamerikanischen Journalisten (wo mag der jetzt sein? In Afrika, Österreich, China, Kuba?) und Gorov (ob er schon wieder zurück in Moskaus ist? Wenn er nicht, wie Renau angedeutet hat, irgendwo verscharrt, erschossen?). Was ist aus Fajardo und Villegas geworden? Carlos Riquelme ist weiter in seinem Krankenhaus, als ob nichts wäre, Teil des Inventars. Ein Teil des Ganzen sein, ist das das Leben? Bin ich ein Teil des Ganzen? Wenn ja, von welchem Ganzen? Ich weiß es nicht. Da habe ich mein Dilemma. Weil ich es nicht weiß, bin ich Kommunist. Wenn ich das sage, bringen sie mich um. Nun, ›sie bringen mich um‹, ich sage das einfach so. Eigentlich sind die, die andere umbringen, auf der anderen Seite. Wir waren einmal eine gute Gemeinschaft, bildeten eine große Gemeinschaft. Herrera starb aufrecht, in einem Panzer. Ob sie ihn begraben haben? Rivadavia dürfte auch in Frankreich sein, vielleicht in einem Konzentrationslager. Immerhin. Noch bedecken wir die Erde. Herrera, von ihr bedeckt. Wer weiß, elegant und schön wie er war, vielleicht bringt er das gar nicht über sich. Herodot hat die vergessen, die von Maschinengewehren zerfetzt werden (soweit konnte er der technischen Entwicklung nicht vorausgreifen), aber Raben und Raubtiere waren auch nicht zu unterschätzen. Was wird mit mir? Das ist mir nicht wichtig – glaubt er zu denken. Gorov wird begraben worden sein. Herrera, Gorov, beide tot; Rivadavia, Cuartero, Fajardo, Villegas, außer Landes. Und wir sind noch hier, warum also klagen? Nur Nichtsnutze beklagen ihr Unglück. Wo habe ich das gelesen? Ich weiß es nicht mehr. Wozu bin ich hierher gekommen? Um die Zeit totzuschlagen und in einem Aufwasch mich selbst totschlagen zu lassen? Nein. Ich bin gekommen, um Elvira zu gedenken, dem Casa-de-Campo Park, der flüchtigen Abendstunden, die wir dort verbracht haben. Elvira: Mercedes. Wie auch immer. Sie wandeln sich; nur ich bleibe immer unverändert. Das ist der wahre Kern. Nur die Liebe macht uns veränderlich. Wäre ich ein anderer mit einer anderen, ich würde sie lieben. Da ich mich aber nicht wandle, liebe ich keine von ihnen; ich liebe nicht (niemanden). Ich wollte es. Wollen reicht nicht. Ich habe guten Willen – sagt man. Elvira: Mercedes; nur die Umstände sind andere, ich nicht. Wie viele Geschlechtsakte habe ich noch vor mir? Vielleicht einen, oder keinen, hundert oder tausend? Mit wie vielen Frauen? Was würde ich nicht alles geben, um mich zu verlieben! Jetzt bin ich in dich verliebt, Elvira. Ich habe dich jene einzige Nacht gehabt. Wenn ich dich sehen würde, würde ich dich nicht wiedererkennen.

Seine Erinnerung an den Abend des 6. November 1936, die Faschisten in denselben Stellungen wie auch heute noch, hier unten, dort drüben; seine Fahrt nach Usera, die einzigen Schüsse, die er jemals abgefeuert hat; davor die Reise nach Valencia, als ihm die Internationalen Brigaden entgegenkamen, wie sie nach Madrid einfuhren. Damals ging er in dem Glauben weg, er würde nie wiederkehren. Dabei befindet er sich – sie auch – noch immer an derselben Stelle, in derselben Lage. Selbstbetrug.

»Es ist schon spät. Los.«

Wann immer er kann, geht er eine Runde spazieren – Luft schnappen. Damals war er um sieben aus der Redaktion des *Mundo Obrero* gegangen.

»Ich bin gleich wieder da.«

Er war mit Carlos Riquelme zum Abendessen verabredet, sie wollten Mercedes abholen und irgend etwas zwischen die Zähne bekommen. Die Frau war zum Wachdienst eingeteilt. Riquelme hatte einen Brotkanten und eine Sardinenbüchse. Sie teilten.

»Die Zukunft kann man vorausahnen oder vorhersagen, aber was ist mit der Gegenwart? Sieh doch: Sie ist, was sie ist, einfach da, so wie ich sie sehe, wie du sie siehst. Aber wie wird sie einem Geschichtsschreiber in einem, zwei, zehn Jahrhunderten erscheinen? Die Gegenwart beurteilt immer nur die Vergangenheit; in der Zukunft ist die Gegenwart zu Vergangenheit geworden. So wird Geschichte geschrieben. Worin leben wir also? Im Jetzt oder in dem, was man in fünfzig, hundert, tausend Jahren von unserer Gegenwart sagen wird? Kriege wurden verloren, die als sichere Siege vorausgesagt wurden; die Engländer schreiben sich einige Siege über die Franzosen zu, die die Franzosen als die ihren erachten. Der eine oder andere Schandfleck wird in einer Sprache ausradiert, während eine andere ihn als Ruhmesblatt in Erinnerung behält, abgesehen davon, daß die Geschichten – es gibt nicht die Geschichte, nur Geschichten – nunmal von den Siegern geschrieben werden. Oder glaubst du, bei Covadonga hätte man gewußt,daß, wenn die Schlacht überhaupt stattgefunden hat, damit die Reconquista einsetzte? Wer weiß schon, ob nicht heute ein neuer Dreißigjähriger Krieg begonnen hat? Man weiß nie, was man tut. Nicht auszudenken, was wäre, wenn wir wissen könnten, was wir gerade tun; was wären die Gelehrten von morgen! Abgesehen davon, daß die große Mehrheit gar nichts tut – egal, was sie gerade tut –, weil sie alle noch nicht mal im Traum daran denken und daher auch nicht mitbekommen, was um sie herum passiert.«

»Und was willst du mir damit sagen oder beweisen?«

»Nichts. Genau das: nichts.«

»Du findest also, es lohne sich nicht, etwas zu tun? Die Leute warten doch nicht auf den Sankt-Nimmerleins-Tag? Du bist doch von vorgestern. Für dich zählen Museen, die Geschichte, alles Dinge, die die Menschen normalerweise wenig kümmern. Aus tausend Kilometer Entfernung betrachtet, ist die Erde reizlos, außer vielleicht für irgendwelche Astronomen.«

»Du übertreibst.«

»Ein bißchen. Du kümmerst dich doch nur um deinen Schmerz. Genauer: deinem Schmerz zu entfliehen. Hauptsache, dir tut nichts weh, der Rest interessiert dich nicht. Beim Krieg, bei unserem Krieg, kommt es dir doch nur darauf an, daß dir nichts passiert. Daß niemand dir etwas antut. Du nimmst in Kauf, füsiliert zu werden, aber keinesfalls, daß man dich foltert.« Er machte eine Pause. »Und wenn es soweit käme, würdest du es wahrscheinlich ertragen.«

»Was wirfst du mir dann vor?«

»Daß du nicht Partei ergreifst.«

»Stört dich das?«

»Ja. Abgesehen davon, daß du selbst, wenn es in deiner Macht läge, ohne weiteres foltern würdest.«

»Wie schmeichelhaft. Sagen wir doch einfach, ich bin ein Egoist: Das ist einfacher und banaler, aber es trifft die Wahrheit besser. Hier hast du Feuer.«

Da verbrannte er sich den Finger.

Julián Templado hat einen Teil des Jahres 1938 in Frankreich verbracht. Aus Barcelona hatte ihn zu Beginn desselben Jahres José Rivadavia herausgeschleust – ein Richter der Republik und enger Freund von ihm –, denn damals wäre er beinahe in die Hände der Polizei geraten, aus Liebe zu Lola Cifuentes und eigenem Leichtsinn. In Paris fühlte sich Templado nicht wohl. In der Botschaft gab man ihm zwar alles mögliche zu tun: Kranke pflegen, Versehrte versorgen, dennoch fand der Madrider Arzt, ein unruhiger Geist sondersgleichen, keinen friedlichen Schlaf. Niemand sprach ihn an: ›Warum bist du nicht in Spanien?‹, aber er, der unablässig Nabelschau betrieb, quälte sich mit dieser Frage. Vielleicht ist das der Grund, warum er während all der Monate mit keiner der Frauen, die ihm gefielen, ein Verhältnis anfangen konnte. Er scheiterte bei einer Stenotypistin im Konsulat, bei einer norwegischen Journalistin, einem Garderobenfräulein in einem Restaurant nahe seiner Unterkunft, dem *Hotel des Princes*. Welche Prinzen? Diese Franzosen! Ein Klo auf jeder halben Treppe, das war's. Und neben der Tür stand mit goldenen Lettern in den schwarzen Marmor gemeißelt: *Comfort moderne. Salle de bains …* Ja: eins im Erdgeschoß, für alle vier Stockwerke und dreißig Zimmer. Doch immerhin: Man registrierte sich nur, wenn man wollte, ansonsten gab man einen beliebigen Namen an; Hauptsache, das Zimmer wurde bezahlt, ansonsten fragte niemand nach; ob man allein schlief oder mit wem auch immer, interessierte niemanden. Es konnte kommen und gehen, wer wollte. Und trotzdem: Das Geschick Spaniens trieb ihn um: ›Im Krieg verändert man sich schneller als im Frieden‹, dachte er. Der Mensch, ein seltsames Tier.

Für nichts konnte er sich recht erwärmen. Aus seiner Freundschaft zu José Vicens, einem Botschaftsangestellten, und zu dessen Freunden, mit denen er sich hier und dort verabredete, ergab sich sein Eintritt in die Kommunistische Partei – die damals emsig um Anhänger warb – und seine Rückkehr nach Spanien. Jedoch nicht nach Barcelona, wo ihm irgendein Übereifriger vom Geheimdienst Schwierigkeiten machen konnte, sondern nach Madrid. Am Mittag des 12. September 1938 landete er auf dem Flugplatz Prat de

Llobregat. Von Sabadell startete er nach Barajas. Im Morgengrauen des 13. fand er sich auf der Plaza del Callao wieder. Vor genau fünfzehn Jahren – damals war er zwanzig – hatte sich General Primo de Rivera erhoben. Er erinnerte sich an seine Entrüstung über die ›Bewegung‹, und mehr noch über den Gleichmut, mit dem seine Familie reagierte. Wie die Zeiten sich ändern.

»Franco ist nicht dumm. Jetzt hat er den Finger am Abzug und wird alle abservieren, die ihm im Weg sind. Und das werden nicht wenige sein.«

»Glaubst du?«

»Du wirst schon sehen.«

»Wenn man bedenkt … Wie kann man nur so blöd sein, ich könnte sie alle, diese Republikaner und Sozialisten, wo sie doch wußten …«

»Glaubst du, sie werden es schaffen?«

»Das weiß ich nicht. Aber die Faschisten, die werden ihnen zu schaffen machen, das steht fest.«

Mercedes läßt die ganze Sache eher kalt, ihr gehen andere Dinge durch den Kopf:

»Rosario, die Traumtänzerin, denkt bei all der Aufregung nur daran, ob der Laden an der Ecke Kichererbsen hat. Pustekuchen … Ein paar Pillen, sonst nichts. Du hättest schon noch eine Büchse Kondensmilch mitbringen können. Daß du auch nie um etwas bittest … Milch! Armes Kätzlein! Komm her! Mein Armes, hast keinen außer mir, der dich liebt. Willst du raus? Paß bloß auf! Wenn sie dich erwischen, hauen sie dich in die Pfanne. Was für ein Leben! Und was soll ich dir geben?«

Sie ging grummelnd in die Küche. Ihre Tiraden klangen Julián Templado wie Musik in den Ohren. Er lernte sie zufällig kennen, zwei Tage nach seiner Rückkehr nach Madrid, und für nichts in der Welt – in der Welt von heute, seiner Welt –, würde er sie wieder hergeben. Und das, obwohl sie etwas primitiv ist und ›es treibt wie ein Karnickel‹, wie sie sich ausdrückt, geradeheraus wie es ihre Art ist.

»Um zehn muß ich zur Versammlung.«

»Wie oft muß das denn sein?« beschwert sich die Gespielin.

»Nicht mehr oft, was man so hört, ist bald eh alles vorbei.«

»Um zehn? Aber es ist doch schon nach acht, und du läßt dich seit zwei Tagen nicht mehr blicken!«

»Und gestern morgen, bin ich da nicht bei dir gewesen?«

»Mal langsam. Das zählt nicht.«

Für Mercedes zählt es erst vom vierten Orgasmus an. Zum Glück bekommt Templado alle mit, fast alle. Außerdem wäscht sie sich nicht.

»Wozu? Der Geruch danach ist doch so wunderbar …«

Und dann, rittlings auf ihm:

»Komm, mach mir ein Kind.«

Juliáns Wut auf alles das, was über Casado, über Besteiro zu hören ist, steigert sich noch, wenn er daran denkt, daß die verbleibenden Stunden mit Mercedes, die Zeit ihrer entfesselten Lust gezählt sind.

»Alles Knallköpfe!«

Die Frau, breitbeinig vor ihm aufgepflanzt, nimmt sich die Besorgnis ihres Geliebten zu Herzen.

»Was ist wirklich los?«

»Das ist eine lange Geschichte.«

»Sind sie alle verrückt geworden?«

»Das ist die einzig vernünftige Erklärung.«

Er zieht sie an sich heran.

»Und was mich an der ganzen Sache – und überhaupt – am meisten ärgert, ist die grenzenlose Dummheit. Wenn er gewollt hätte, hätte Franco den Krieg schon vor Monaten beenden können, dazu hätte er bloß den Republikanern Leben und Freiheit garantieren müssen, so daß sie hätten dableiben können; statt dessen hat er alle, die gehen wollten, an der Ausreise gehindert. Alles wäre unter Dach und Fach gewesen.«

»Wäre die Regierung darauf eingegangen?«

»Selbstverständlich. Nicht nur das: Etwas in der Art hat sie sogar vorgeschlagen.«

»Woher weißt du das?«

»Ich weiß es eben. Aber genau das wollten die Franquisten nicht.«

»Und was willst du?« fragt Mercedes.

»Ich? Dich.«

Er drückt sie gegen die Tischkante. Optimale Höhe.

»Gab es nun einen Komplott der Kommunisten oder nicht?«

»Wo hast du denn den Unsinn her?«

»Aus dem Krankenhaus.«

»Die sollen sich um ihre eigene Gesundheit kümmern. Wenn sich hier jemand erhebt ...«

Er streichelt die Innenseite ihrer dargebotenen Schenkel, zart und feucht.

»Ich liebe dich mehr als meine Mutter.«

»Glaubst du wirklich, daß es bald zu Ende sein wird?«

»Solange wir beide nicht zu einem Ende kommen, können mich die anderen ...«

»Nimm mich!«

Augenblick für Augenblick setzt man sein Leben aufs Spiel, indem man das eine tut und das andere nicht. Während ich hier bin, meine Zeit vergeude, könnte ich genausogut in Antón Martín sein, dort sollte ich auch sein. Hier bekomme ich vielleicht eins auf die Rübe, oder umgekehrt, vielleicht schlägt die Granate aber auch in der Redaktion ein. Dieses ›umgekehrt‹ ist der entscheidende Punkt. Denn ich kann nur entweder das tun oder das andere, aber nicht alles, was ich will. Den Menschen sind Grenzen gesetzt, frei ist er nur bis zu einem bestimmten Punkt, mit Taximeter. Ich nehme ein Taxi und sage: zur Velázquez Hausnummer 36, oder zur Serrano Nummer 8; aber ich kann nicht sagen: nach Cádiz, mal sehen, was dort los ist. Ich kann wählen, ob ich jetzt gehe oder in zehn Minuten, aber nicht in einem Jahr – auch wenn das rein biologisch möglich wäre. Ich kann Manuela oder Ángela wählen; aber nicht Gloria, denn die will mich nicht. Das Leben ist eine Kette von Karambolagen, du stößt und wirst gestoßen, du rollst von einer auf die andere Seite, berührst die Bande oder Kugeln, änderst dabei deine Bahn, willentlich oder ohne es zu wollen, gehorchend oder befehlend, ganz nach Laune des Queues. Von wegen: ›Mach dich vom Acker, sonst holt dich der Stier‹. Selbst weglaufen, oder verjagt werden. Das Leben nimmt dir etwas weg, und du fügst es wieder hinzu, oder umgekehrt. Dummes Geschwätz, das ich vielleicht sein lassen würde, wüßte ich Bescheid; doch genau daran hapert es: ich Tor.

**8**

Don José María Morales y Bustamante, Legationsrat ohne Geschäftsbereich, schreibt seinem Vorgesetzten, dem General García Martínez. Der Legationsrat hat eine Schwäche für Literatur, und Vargas Vila – fast sein Landsmann – ist für ihn der größte aller Feldherrn.

»Über dem düsteren Belagerungskessel«, diktiert er Rosa María Laínez – die ihm als Sekretärin und als Mauer gegen ungebetene Besucher dient, denn ansonsten hat Herr Morales andere Vorlieben –, »über dem düsteren Belagerungskessel«, wiederholt er, »dräuen schon seit geraumer Zeit die schweren Wolken eines tödlichen Bruderkampfes zwischen Republikanern, Sozialisten, Anarchisten und Kommunisten. Zu Erschöpfung, Bitternis und Schmerz einer – trotz aller Propaganda – niedergeschlagenen Bevölkerung kommt seit einigen Wochen die Vorahnung eines neuerlichen Unglücks hinzu, das wie ein schwerer Schatten über den eh schon trüben Aussichten liegt ...«

»Gut so?« fragt er seine Mitarbeiterin.

»Sicher doch«, antwortet die junge Frau teilnahmslos.

»Fahren wir fort: Die Menschen sind von Trauer bedrückt. Nein. Schreiben Sie: irren mit trauergetränktem Antlitz umher. Am schlimmsten ist, doch womöglich ist es ein Segen, daß keiner mehr weiß, woran er sich halten soll. Die *Latrinenparolen* überbieten sich, mein General möge mir diese Ausdrucksweise nachsehen. Offiziell weiß man gar nichts, auch werden keine offizielle Erklärungen abgegeben ...«

»Zweimal offiziell?«

»Schreiben Sie, wie Sie meinen, aber unterbrechen Sie mich nicht, sonst versiegt die Quelle meiner Inspiration. Schreiben Sie, wo es hinpaßt: Das von den täglich anwachsenden Entbehrungen ausgelaugte Volk, hungerleidend, ohne Luft zum Atmen, orientierungslos, ohne jeden Halt ...«

Der südamerikanische Diplomat hält inne, er schaut zu seiner Sekretärin:

»Es fehlt nicht mehr viel. Und das gilt nicht nur für den Brief hier«, fügt er mit einem Augenzwinkern hinzu, das er für geistreich hält.

Rosa María zeigt ein angedeutetes Lächeln. Sie sieht den eitlen Pfau inzwischen anders als in früheren Zeiten. Sie hat nie viel von ihm gehalten, aber jetzt überwiegen – bei weitem – das Aufgeblähte, Lächerlich, Beschränkte, Posenhafte dieses Würstchens. Sie hat gelernt, daß der Standpunkt der Betrachtung genauso wichtig ist wie eine Sache selbst. Eine schlechte Interpretation, denkt sie, kann die beste Sonate verhunzen. Doch sie wäre nie auf die Idee gekommen, diese Binsenweisheit auf Menschen anzuwenden.

»In ein paar Tagen können Sie sich mit ihrer Familie ›vereinigen‹.«

Das Mädchen reagiert nicht.

»Sie freuen sich, nicht wahr? Schreiben Sie: Die Autoritäten rudern hilflos mit den Armen, bei dem Versuch, in einer Phase vollständiger Auflösung die Moral aufrechtzuerhalten. Klammer auf. Möglicherweise greife ich den Ereignissen vor. Klammer zu. Madrid stirbt einen schleichenden Tod, einem Schwindsüchtigen gleich. Das klingt gut, nicht wahr?«

»Das können Sie besser beurteilen als ich, Exzellenz.«

»Die Ruhe an der Front hat die Bevölkerung restlos demoralisiert. Sie verstärkt ihre depressive Gefühlslage.«

Rosa María möchte losschreien.

»Sie sehen darin so etwas wie Mitleid, Verachtung oder Nichtkriegführung. Ist es nicht so?«

»Sie haben gute Informationsquellen.«

»Sicher doch. Weiter. Punkt und Absatz. Die Regierung schweigt, ist unsichtbar, die Führer der verschiedenen Gruppierungen sind orientierungslos in alle Richtungen verstreut, die Armeeführer und Offiziere haben jegliche Moral verloren, der Glaube der Soldaten an einen Sieg ist versiegt, der Puls der Stadt steht still, und eine Handvoll angesehene Persönlichkeiten scheint das Heft an sich reißen und auf eigene Faust die Rolle des Tacitus der Republik übernehmen zu wollen.«

»Sagen Sie nicht, wer das ist?«

»Schreiben Sie: Die Köpfe scheinen die Herren Besteiro, Casado und Mera zu sein, die das Ziel verfolgen, eine möglichst humane Beendigung des Kampfes zu erreichen. Punkt. Das Datum scheint noch nicht festzustehen. Punkt. In der Botschaft herrscht ... Was würden Sie sagen?«

»Größtmöglicher Optimismus.«

»Das ist gut.«

»Die in unserer Obhut befindlichen vierhundert Flüchtlinge dürsten nach Neuigkeiten, und sie wären bereit, unseren sicheren Hafen zu verlassen ...«

Don José María Morales rühmt sich einiger Erfolge – die er in seiner ›internen Verlautbarung‹ übertreibt –, denn er hat einen hervorragenden Informanten: Luis Mora, der im Polizeipräsidium arbeitet.

Ächzend beugt der Fettsack seinen Wanst nach vorne und zieht aus der mittleren Schublade seines Schreibtischs ein Blatt Papier, das er nachdenklich auseinanderfaltet. Er diktiert:

»Hier ist immer nach Gruppen vorgegangen worden. Wirkliche Parteien hat es nie gegeben – Parteilichkeiten schon, genau darin liegt der Unterschied – (Ob Rosa Maria den feinen Doppelsinn bemerkt?). Nicht ein Gedanke eint die Menschen, sondern die Verehrung einer Person. Gedankliche Anstrengungen zählen nicht. Es gibt keine spanischen Philosophen. Selbst die Partei, die immer auf ihre Einheit bedacht gewesen ist, die Sozialistische Partei, war immer geteilt – in Splittergruppen zerschlagen – in die Anhänger ihrer Führungspersönlichkeiten. Es handelt sich hierbei nicht um geringe Abweichungen, wie in anderen Ländern, sondern um tiefe Spaltungen, mit menschlichem und tödlichem Hintergrund. Ganz zu schweigen von den Anarchosyndikalisten, für die die Gruppe unantastbar ist wie ein Gott – Gott natürlich nicht im religiösen Sinne. Ähnlich wie zuvor bei den Konservativen, bei jenen selbstverständlich mit Religion. Darum war die für Spanien einzig mögliche Regierungsform die Monarchie, weil der König ›von Gottes Gnaden‹ herrschte. Das war der einzige Weg, etwas Ordnung und Respekt vor den Hierarchien durchzusetzen. Am Ende bleibt Gott eben Gott. Gott im religiösen Sinne. Das Führerprinzip ist die einzige Rettung für die Nation.«

Don José María faltet das Papier zusammen und steckt es weg.

»Wie finden Sie es?«

»Sehr gut.«

Der Ton des Schriftstücks verrät Rosa María – deren Ironie dem Südamerikaner vollkommen entgeht –, daß der Text von León Peralta stammt, der sich für einen politischen Essayisten hält. Don José María Morales verarbeitet die Nachrichten seiner beiden dienstlichen Untergebenen, bis er am Ende selbst felsenfest daran glaubt, sie eigenständig verfaßt zu haben.

Luis Mora hat schon immer alles, was er weiß, weitererzählt, gegen einen kleineren Geldbetrag, ein Stück Seife, Kondensmilchbüchsen. Er ist kein Verräter, sondern einfach auf dem laufenden, und erzählt sie weiter, ohne etwas zu verraten. Er ist nicht illoyal: Er führt nur sein Caféhausdasein weiter, dort hat er den größten Teil seines Lebens verbracht, versessen auf Gerüchte, Klatsch, Enthüllungen, Knüller, Indiskretionen. Außerdem, wer nichts zu berichten hat, verhungert. Man muß auf sich aufmerksam machen. Er ist über vierzig, klein, südländischer Typ, mit erschlafftem Schnauzbart, stumpfer Haut, einem sauren Magen und unglaublich vielen Schuppen; darum hänseln sie ihn im Büro mit dem Spitznamen Schneemann, andere sagen *Sierra Nevada* zu ihm; wie man sieht, muß er aus Granada stammen. *Malafollá*, Schlappschwanz, nennt ihn allerdings einzig Narciso Omos, der Türsteher.

»Vermutlich können Sie es kaum erwarten, daß die aus Burgos einmarschieren.«

»Nein.«

»Und warum nicht?«

»Darum. Ich arbeite seit zwanzig Jahren im Ministerium, ohne je einen Tag gefehlt zu haben. Seit meinem siebzehnten Lebensjahr. Wissen Sie, ich habe viele Vorgesetzte gehabt, die unterschiedlichsten Menschen. Meine Arbeit bleibt immer dieselbe: Ich verfasse Berichte, streng nach Aktenlage. Ich habe mir nie etwas zu Schulden kommen lassen, auch noch nie um etwas gebeten. Rangordnung ist Rangordnung.«

»Sie werden sich doch Ihre Gedanken machen.«

»Ich weiß es nicht. Ich müßte darüber nachdenken. Warum?«

»Sie glücklicher.«

»Je nachdem, mit welchem Fuß ich zuerst aufstehe.«

»Heute dienen sie diesen, morgen jenen.«

»Genauso wie gestern Hinz und vorgestern Kunz. Sie sind der geborene Diplomat.« Er versucht zu lächeln.

Don José María steckt die Unverschämtheit weg, indem er sie als Kompliment nimmt.

»Haben Sie Familie?«

»Nein. Warum?«

Er möchte lächeln. Er kann nicht; seine Wangenmuskeln sind starr, das einzige, was er zustandebringt, ist ein leichtes Anheben der Oberlippe, wodurch seine dunkelgelben Zähne zum Vorschein kommen, zur Geltung gebracht durch zwei braungefärbte und einen schwarzen.

»Und Ihre Eltern? Ihre Geschwister?«

»In Amerika.«

»Im Exil?«

»Sie waren nie hier.«

»Also sind Sie dort geboren?«

»Auf Kuba, 1896. Ich bin mit meinem Großvater hergekommen.«

Der Legationsrat blickt Luis Mora mit leuchtenden Augen an. Er schenkt ihm noch eine Schachtel amerikanische Zigaretten. Seine geschätzten Kollegen mögen andere, hochrangigere Informationsquellen haben, aber keine ist so zuverlässig. Die motzen ihre Berichte mit Gerüchten auf, mit frommen Wünschen, Erfindungen von Staatssekretären, Generälen oder Abgeordneten, aber er steht auf festem Boden. Es geht doch nichts über einen guten Informanten, einen guten Redakteur, eine gute Sekretärin! Er hält das für Organisation, dabei ist dieser ganze Apparat aufgebläht, verfettet, breiig, wie er selbst. Don José María sieht die Zeit kommen, nach Ende des Krieges, da man ihn für seine unentbehrlichen Dienste würdigen und ihn als Botschafter oder als leitenden Legationsrat – ohne das störende ›ohne Geschäftsbereich‹ – nach Paris oder Rom schicken wird. Seinetwegen auch als Staatssekretär oder höherer Beamter zurück in sein Land, obwohl das andere ihm lieber wäre; seit zwanzig Jahren hat er nicht mehr den Boden der Heimat betreten und sie schon fast vergessen.

Luis Mora wohnt noch immer dort, wo er seine erste

Unterkunft genommen hatte: in einer Pension in der Calle del Barco. Für Frauen hat er sich nie interessiert, mit Männern ist das eine andere Sache, aber welche anzusprechen hat er sich nie getraut, und auf ihn zugekommen ist auch nie einer, vielleicht, weil er sich selten wäscht. Seine Leidenschaft ist das Café, besser gesagt, die vielen Cafés sind es, außerdem Milchkaffee und nach dem Abendessen ein *carajillo*, ein Kaffee mit Schuß. Zwar sehnt er das Ende des Krieges herbei, aber im Grunde nicht etwa, weil dann die Bombardements und die Lebensmittelknappheit aufhören, sondern weil er dann hoffentlich wieder ›richtigen‹ Kaffee und Milchkaffee trinken kann.

»Haben Sie noch einen Wunsch?«

»Nach Möglichkeit noch eine Büchse Kondensmilch, wenn Sie so freundlich wären.«

Don José María Morales beglückwünscht sich jeden Morgen (du bist ein ausgezeichneter Mann), diese Goldader aufgetan zu haben. (Ich darf ihm meine Wertschätzung nicht zu deutlich zeigen, dachte er anfänglich, sonst steigt ihm das noch zu Kopf.) Allerdings, wenn er sich jemand anders sucht …? Das war seine große Sorge bis zu dem Tag, als sie bei einer unerwarteten Begegnung zwar nichts völlig Überraschendes, aber doch neue Gründe für ihr gegenseitiges Einverständnis entdeckten. Seitdem verfaßte Luis Mora seine Berichte mit noch mehr Sorgfalt und noch mehr rhetorischem Zierrat, und außerdem beschaffte er hin und wieder unbedeutenden Botschaftsflüchtlingen Papiere, damit sie sich auf der Straße freier bewegen konnten. Eine der von ihm Bedachten war Rosa María Laínez, die mehr um ihrer Familie als um ihrer selbst willen die Sicherheit des Botschaftsgeländes gesucht hatte.

Ganz im Gegensatz zu León Peralta Murube, der das ist, was man einen zweihundertprozentigen Falangisten nennt – jeder Zweifel ausgeschlossen –, knappe dreißig Jahre alt, hochgewachsen, aber nicht erwachsen. Von Natur und Hungers wegen schlank, mit einem Abschluß in Rechtswissenschaften und Philologie; drängt seine Dienste auch dort auf, wo er nichts verloren hat: als Bodenpfleger der Botschaft. Eine Arbeit aus freiem Entschluß:

»Ein Señor ist ein Señor, unabhängig davon, was er macht.«

Er hat sich darauf verlegt, allen Zahlungswilligen die Schuhe zu putzen; Mindestgebühr ist ein Zuckerwürfel. Er macht es gerne und leidenschaftlich und denkt an den nächsten Tag und darüber hinaus: »Sie werden es mir ordentlich vergelten.«

Als Rosa María Laínez aus der Amtsstube des Fettwanstes kam, traf sie ihn beim Fegen an.

Rosa María: »Und dir, dir muß es ja gut gehen?«

León: »Ich bin außer mir vor Freude.«

Rosa María: »Das sagst du mit einem Gesicht wie sieben Tage Regen.«

León: »Nieseln.«

Rosa María: »Endlich.«

León: »Was, endlich?«

Rosa María: »Ist es vorbei.«

León: »Das ist mir nicht neu.«

Rosa María: »Aber warum greifen sie nicht an?«

León: »Wozu?«

Rosa María: »Damit es endlich vorbei ist, Mensch. Mit den ganzen Soldaten, die sie in Katalonien nicht mehr brauchen ...«

León: »Es geht nicht darum, den Krieg zu gewinnen.«

Rosa María: »Sondern?«

León: »Darum, daß Spanien ein ganz neues Gesicht bekommt.«

Rosa María denkt an Víctor. Sie hatte ihn im Zarzuela-Theater, bei einer Aufführung von *Numancia* getroffen. Der

Kommandeur hatte sich mit Rafael Alberti verabredet, um eine Gruppe Schauspieler zum Pardo zu bringen. Es goß wie aus Kannen, sie wartete darauf, daß der Regen nachließ.

»Kann ich dich irgendwo hinbringen?«

Im Auto: »Wollen wir irgendwo einen Kaffee trinken?«

Comandante Rafael sah sie lächelnd an, sie blickte in sein undurchdringliches Gesicht mit seinen so unterschiedlichen Hälften.

»Woher kennst du mich?«

»Ich studiere, ich studierte«, korrigierte sie, »am Konservatorium.«

»Klavier?«

»Ja. Ich dachte, Sie würden ins Ausland gehen.«

»Warum?«

»Wenn ich das wüßte.«

»Woher kennst du mich?«

»Ich habe Sie bei den Casadevillas zu Hause einmal spielen hören.«

»Das ist Jahre her.«

»Ich habe ein gutes Gedächtnis. Sie haben ein Impromtu von Schubert gespielt, ich glaube Nummer 24, und ein Scherzo von Borodin. Und schließlich, auf Drängen des Publikums, *La Cathédrale Engloutie.*«

»Was Sie erzählen, klingt wie aus einer anderen Welt.« (Darum läßt er davon ab, sie zu duzen.)

»Oberst?«

»Kommandeur.«

»Ich verstehe nichts von Rangordnungen. Was machen Sie?«

»Ich befehlige eine Division.«

»Wie ist es möglich ...?«

»Genau das frage ich mich auch. Und Sie?«

»Ich ...«

Sie schweigt.

»Wie heißen Sie?«

»Rosa María« – sie stockt. »Rosa María Laínez.«

»Aus Bilbao?«

»Ja.«

»Jetzt muß ich aber fragen: Was führt Sie denn hierher?«

»Sehen Sie doch.«

Etwas verbindet sie, wie sie dasitzen, einer neben dem anderen, plötzlich einander verbunden.

»Spielen Sie gar nicht mehr Klavier?«

»Jetzt, in den letzten Jahren vielleicht zwei- oder dreimal, wenn es sich ergab, bei irgendwelchen Freunden. Alle Klaviere in Madrid sind verstimmt. Und Sie?«

»Hin und wieder.«

Sie sehen sich an, lächelnd.

»Wohin soll ich Sie fahren?«

»Lassen Sie mich an der Ecke aussteigen.«

»Es macht mir keine Umstände, Sie weiterzufahren …«

»Setzen Sie mich hier ab.«

»Wollen wir uns nicht wiedersehen?«

»Schwierig.«

»Haben Sie kein Telefon?«

»Es gehört nicht mir.«

»Kann ich nicht nach Ihnen fragen?«

»Schlecht.«

Er beharrte nicht länger. Oktober 1938. Zwei Monate später erkannte er sie plötzlich auf der Castellana. Er machte eine Vollbremsung, seine Kameraden murrten.

»Fahrt weiter. Ich komme gleich nach, wir treffen uns beim General im Büro.«

Er holte sie ein.

»Hallo.«

»Hallo.«

»Alles in Ordnung?«

»Meine Beine sind wie Eisklötze.«

Ein kalter, klarer Dezember. Die kahlen Bäume, überall das von Geschossen heruntergerissene Astwerk.

»Ich wollte dich noch einmal sehen.« (Immer diese Gewohnheit zu duzen.)

Zweihundert Meter gehen sie schweigend nebeneinander her.

»Wohin gehst du?«

»Nirgendwohin.«

»Wohnst du hier in der Gegend?«

»Ja.«

Sie nähern sich der Cibeles-Statue.

»Wie ist es möglich …?«

»Was?«

»Lassen wir das.«

»Nein: Frag.«

»Daß ein Mann wie Sie …«

»Wir könnten über so vieles sprechen. Was machst du?«

»Was ich mache?«

»Ja.«

»Nichts.«

»Damit bist du die einzige in Madrid. Wo ißt du?«

»Zu Hause …« Eine Pause. »Ich arbeite als Sekretärin.«

Sie blieb stehen, um mit ihrer rechten Schuhspitze einen Kieselstein anzuschubsen. Der eisige, harte Boden.

»In einer südamerikanischen Botschaft.«

»Flüchtling?«

»Mehr oder weniger.«

»Und du gehst auf die Straße?«

»Warum nicht?«

»Hat man dir noch nie Schwierigkeiten gemacht?«

»Nein.«

»Wie geht es den Leuten dort drinnen?«

»Psch!«

»Bist du mit deiner Familie dort?«

»Nein. Ich sollte in Bilbao zu ihnen stoßen, am 20. Juli 1936.«

»Hast du nicht versucht rauszukommen?«

»Ich hatte Angst. Alles war schwierig. Alfaro brachte mich in die Botschaft. Dort bin ich geblieben. Ich habe nicht damit gerechnet, daß es für so lange sein würde.«

»Ich habe jetzt nicht länger Zeit für dich. Ich muß zu meiner Arbeit. Es tut mir leid.«

»Wollen wir uns nicht wiedersehen?«

»Genau das habe ich dich vor zwei Monaten gefragt.«

»Wann kannst du?«

»Weiß ich nicht. Es ist nicht einfach.«

»Kann ich dich anrufen?«

»Das ist vielleicht unvorsichtig.«

»Natürlich würde ich es nicht von der Botschaft aus tun.«

Er sieht sie an. Er wird eine Dummheit begehen. Er hat schon lange keine mehr begangen.

»Treffen wir uns hier, übermorgen, um dieselbe Uhrzeit?«

»Abgemacht.«

Sie blickt ihm nach, wie er, ohne sich umzudrehen, weggeht, groß, ungerührt, seine linke Schulter ein wenig tiefer als die andere.

León Peralta: »Irgendwas an dir ist anders?«

Rosa María: »Und was?«

León: »Genau das würde ich gerne wissen.«

Er begrabscht sie. Die Botschaft ist kein Hort des guten Benehmens.

Sie schubst ihn weg und blafft ihn an:

»Laß deine Hände dort, wo sie hingehören.«

»Na na, dich hat wohl schon lange keiner mehr angerührt.«

»Wenn du das sagst.«

»So was merke ich.«

Rosa María wuchs bei ihrer Großmutter mütterlicherseits auf, in Delica, einem Ort in der Nähe von Orduña, im westlichen Teil der Provinz Álava, an der Grenze zur Provinz Burgos, von wo aus sich die herrliche Ebene öffnet. Delica liegt inmitten von Wäldern, aus Eichen, Buchen und Kastanien, im Schatten des Peña. Der Barracarán verläuft dort und die Eisenbahnlinie von Bilbao nach Miranda de Ebro. Weite Kurven. Ein Stück weiter fließt der Nervión. Die Landstraße, die von Pancorbo kommt, durchschneidet und durchbohrt den Peña. Rosa María besuchte die über die Stadt hinaus bekannte Oberschule von Orduña, die unter der Leitung der Ordensmütter des Marienordens steht. Orduña genießt einen großen Ruf, vor allem im Andenken an die Karlistenkriege; da war noch mehr, aber das ist in Vergessenheit geraten.

Mutter Victoria förderte die offensichtliche musische Begabung des Mädchens, das mit zwölf Jahren seine Ausbildung in Bilbao fortsetzte. Doña María Arrechéguerra de Laínez faßte, soweit man das sagen kann, keinen selbständigen Gedanken, sondern stand ganz unter dem Einfluß von Pater López, einem Jesuiten, dessen Ruf seinen Verstand übertraf; Don Antonio Laínez unternahm häufig Reisen nach Paris, London und Madrid, wohin ihn geschäftliche Angelegenheiten und sein Faible für die Wiener Operette und ihre Interpretinnen führten. Rosa María war zwar kein Wunderkind, doch errang sie künstlerische Erfolge, obwohl die Familie – auf ihren Ruf bedacht – öffentliche Auftritte untersagte. Es war für sie ein Triumph, 1932 nach Madrid zu gehen, um dort am Konservatorium ihr Können zu vertiefen. In dieser Zeit hatte ihr Vater sie zweimal nach Paris und London mitgenommen. 1933 ging sie offiziell ein Verlöbnis mit Ramón de Arrillaga ein, einem ebenso gutaussehenden wie gutsituierten jungen Mann aus Bilbao, einem Ingenieur mit Titel aus Cardiff. Die Verlobung erreichte ihre

Höhepunkte am Strand von Las Arenas, in so mancher Sommernacht des Jahres 1935, in wechselseitigem und lustvollem Einverständnis. Die Hochzeit war für den September des darauffolgenden Jahres angesetzt. Die Aussteuer der Braut war der Grund für ihren Aufenthalt in Madrid im Juli 1936. Der Bräutigam – ein Falangist der zweiten Garnitur – fiel am 31. März 1937 zwischen Villarreal und Ochandiano, nachdem ihn ein Granatsplitter ins rechte Ohr getroffen hatte. Am selben Tag kam in Durango, zu Füßen des Altars in der Jesuitenkirche, die von der Deutschen Luftwaffe bombardiert wurde, Pater López ums Leben. Die Familie Laínez hielt sich in San Juan de Luz auf. Drei Monate später kehrten sie nach Bilbao zurück.

»Das ist nicht einfach zu verstehen«, er lächelt, »oder vielleicht doch«, sagt Víctor zu ihr. »Ich will nicht belehrend oder besserwisserisch sein. Aber jeder von uns, der etwas auf sich hält, hat sich auf die Hinterbeine gestellt. Wir haben es nicht mehr ausgehalten. Ich war nie Mitglied irgendeiner Partei. Politik, na ja. Wir hatten anderes im Kopf. (Wie jetzt auch, während er in ihre blauen Augen blickt, auf ihr kastanienbraunes Haar – hinaus auf die offene See, in ruhigen Schwimmzügen, ohne einen einzigen Gedanken an die Gefahren des Meeres zu verschwenden, voller Vertrauen in die physische Kraft seiner Arme –, sanft gewellte Fasern, die sich abwechselnd in weiten, gleichförmigen Schwüngen auf und nieder bewegen. Mit der Hand durch ihre lange Mähne fahren, die Finger leicht gespreizt.) Aber daß sich ausgerechnet das Spanien, das wir nicht wollten, noch einmal gegen das erhob, was wir unter vielen Mühen aufgebaut hatten, das konnten wir nicht zulassen. Darin waren wir uns sofort einig, ohne langes Zögern und große Worte. Was war zu tun? Alles mögliche. Wir brauchten jemanden, der uns Befehle gab. Sicher, das kannst du nicht verstehen.«

»Wir brauchten jemanden?« fragt Rosa María skeptisch und dreht sich um.

»Ja. Wir alle. Das heißt, alle meine Freunde, ob Bergamín oder Miguel Hernández, ob Adolfo Salazar oder Jesús Bal y Gay, ob Jiménez Fraud oder Miguel Prieto. Alle. Du weißt es, du warst dabei.«

»Ich?«

»Aber ja: erzkonservativ, katholisch, und kalt.«

»Mach keine Witze.«

»Ich mußte nur gerade an das Zitat von Valle Inclán denken. Du wolltest die Augen verschließen, aber du konntest nicht. Wir dachten an nichts anderes mehr. Anpacken und loslegen: an der Front, in den Zeitungen, in den Kasernen, in den Museen, in den Schulen.«

»Und in der Nacht, in den Straßen, in den Häusern, habt ihr hinterhältig gemordet«, entfährt es ihr vorlaut.

»Wer hat denn den Aufstand gemacht?«

Rosa María schweigt, wer hat sie zum Reden aufgefordert, sie gezwungen? Niemand, nur sie, und sie spürt, daß er ihr ergeben ist, auch ohne sicheres Anzeichen, daß er seine Selbstbeherrschung verloren hätte. Jedem von ihnen bereitete etwas anderes Verdruß – die Menschen waren nun mal verschieden. Sie fürchtet, nicht mehr jung genug zu sein, um später einmal, nach Beendigung des Krieges, noch einmal das Begehren irgendeines jungen Manns aus Bilbao zu wecken (einen Nichtbasken zu heiraten, kommt für die Baskin nicht in Frage). Andererseits war der Verlust ihrer Jungfräulichkeit durch die Hand – eine Redensart – ihres Verlobten kein Weltuntergang, wie seinerzeit ihr Beichtvater beteuerte, der sie jedoch gleichzeitig ermahnte, sich nicht noch einmal gehen zu lassen – eine weitere Redensart. Was aber sehr wohl einem Weltuntergang gleichkam, war der Heldentod ihres Zukünftigen. Nach seinem Dahinscheiden fühlte sie sich befleckt und erlegte sich für den gesamten Rest ihres Lebens Enthaltsamkeit und Mildtätigkeit auf. Eher wollte sie sterben als einem der zweihundert in der Botschaft untergebrachten Männer die geringste Aufmerksamkeit zu schenken. Ihr Stolz und seine Tat *(zumindest hatte er sie besessen, bevor er in die andere Welt überging)* machten sie gegen alle Annäherung standhaft.

Das Auftauchen Víctors machte alles zunichte. Ein Wunder.

»Zuerst habe ich als Übersetzer gearbeitet, dann bin ich zur Armee gegangen.«

»Als Soldat?«

»Nein, ich war weiter Übersetzer. Aber wie sich zeigte, hatte ich das Zeug zum Befehlen. Ich wußte immer genau, was ich wollte. Ebenso, daß ich immer wieder neue Anläufe würde unternehmen müssen, um mich durchzusetzen, daß ich mich auf Zehenspitzen bewegen müßte, bis ich eines Tages entdeckte, daß man einfach nur Befehle geben muß, und schon kommt man viel schneller ans Ziel. Und das, obwohl ich arm gewesen bin.«

»Ich verstehe dich nicht.«

»Das ist doch normal.«

(Woher das Vertrauen in diese Frau? Seine entbehrungsreiche Kindheit stand in keinem Zusammenhang mit seinen Entscheidungen während jener Julitage. Ganz im Gegenteil: Als er zu Wohlstand gekommen war, wußte er nur zu gut, um welchen Preis.)

»Wir verteidigen das einzige Gut, für das es sich zu kämpfen lohnt.«

»Und dafür habt ihr alles verwüstet und niedergebrannt, habt ihr getötet und …«

»Vergewaltigt. Bist du vergewaltigt worden?«

Rosa María sieht ihn an, in ihrer Ehre verletzt. Sie möchte aufstehen, gehen. Aber sie tut es nicht. Sie kann nicht.

»Verzeihung. Plötzlich wurde uns klar, daß wir zu mehr

als zum Klavierspielen gut waren. Nicht, daß ich etwas dagegen gehabt hätte, das wirst du mir glauben«, ein Lächeln huscht über sein Gesicht. »Aber man drängte mich zu Wagner – ich hasse Wagner –, und zu Tschaikowski – ich hasse Tschaikowski. Aber darum geht es nicht. Ich bin geschwätzig, ich kann es dir nicht erklären.« (Das kann er wirklich nicht. Er sieht die Straßen, die Straßenbahnen, die Automobile, die Fahnen, das Licht jener aufrührerischen Tage, die erleuchteten Fenster, die Versammlungen, die Reden, das Radio, das man immer und überall hörte, die Cafés, die Diskussionen, das Kommen und Gehen; du hier, du dort; du komm her, du geh los; und du, kommst du? Rosa María war davon abgeschnitten gewesen, sie lauschte bang den Nachrichten und hoffte auf das Gegenteil dessen, was die Massen auf die Straßen trieb, zu denen er gehörte.) »Die Gerechtigkeit. Weißt du, was die Gerechtigkeit ist? Nein, das ist kein göttliches Instrument, um Tugenden zu belohnen. Sie ist das Recht, das Aufbegehren der mit Füßen getretenen Vernunft.«

»Das ist immer und überall so gewesen. Oder lebten wir etwa im Paradies?« (Wieso rede ich? Wieso widerspreche ich ihm, wenn ich doch nie Augen so scharf habe blitzen sehen wie seine.)

»Wer hat das gesagt? Sicherlich, du glaubst daran. Aber damals, in jenem Moment, betraf uns das ganz direkt. Als wir wählen mußten, hatten wir keine Wahl. Es gab nur diesen einzigen Weg, auch wenn man womöglich alles verlieren würde. Augen zu und los, gemeinsam mit dem Volk.«

»Was hattest du denn mit dem Volk zu tun? Das Volk mag Tschaikowski.« (Ich sage Dinge, die ich gar nicht sagen will. Schweig, Rosa María! Um alles in der Welt, bitte schweig!)

»Mit dem Volk? Auch wenn es dich verwundert: alles.«

»Was ist das Volk?«

»Die Menschen, die Gott auf die Erde gebracht hat.«

»Glaubst du an Gott?«

»Nein. Nicht an den, an den du glaubst.«

»An welchen also?«

»An keinen und an alle. Wir kämpfen für die, die nichts haben, gegen die, die alles besitzen.«

»Ist das nicht ein bißchen einfach?«

»Das ist es. Aber genau das war unser Ansporn: das Einfache, Ursprüngliche, Selbstverständliche, Rechtmäßige, Authentische, der Aufbruch. Ich hatte auf einmal Vertrauen.«

»In was?«

»In mich.«

»Hattest du das vorher nicht?«

»Nein.«

Er blickt sie an, direkt in die Augen.

»Ich habe Fuß gefaßt.«

»Und bist Kommunist geworden.«

»Ja.«

Sie wundert sich, daß er nicht ihre Hand nimmt, wie sie so dasitzen, daß er auf der Straße nicht den Arm um sie legt; daß er keinen Versuch unternimmt, sie zu küssen. Begehrt er sie? Sie glaubt nein.

»Und was erwartest du dir von dem Gemetzel?«

»Von dem Gemetzel natürlich nichts. Aber wir kämpfen für, für … eine neue, aufbauende Kraft.«

»Was ist das?«

»Das kann ich dir nicht so einfach beschreiben. Die Hoffnung …«

»… daß alle gerne Strawinski oder Ravel hören?«

»Das ist eine gute Definition für eine Konservatoriumsschülerin.«

»Aha, Gut und Böse so feinsäuberlich voneinander getrennt?«

»Stell mich nicht blöder hin als ich bin. Aber es gibt historische Momente, und dieser ist ohne Zweifel einer, wo nur entweder oder möglich ist. Und überdies öffnen sich diese Momente zu Lichtblicken – oder Scheidewegen –, die die Welt einen Schritt voranbringen.«

»Wenn du glaubst, daß die Gerechtigkeit im Diesseits zu Hause ist ...«

»Gerade, weil ich das nicht glaube, strebe ich nach ihr.«

Die Begegnung mit Víctor Terrazas veränderte Rosa María Laínez' Leben.

»Was ist mit dem Mädchen los?« fragt der südamerikanische Diplomat Luis Mora.

»Frauen ...«

Dann kamen die Tage der Schlacht um Katalonien.

»Was wollt ihr machen?«

»Ich verstehe dich nicht.«

»Wenn sie die ganze Region besetzen, was wollt ihr dann weiter machen?«

»Alles Nötige.«

»Um den Krieg zu gewinnen?«

»Natürlich. Wenn wir alle unsere Kräfte zusammennehmen und Widerstand leisten, wird uns niemand unterkriegen.«

»Das ist nicht dein Ernst. Sie werden euch alle niedermetzeln.«

»Freu dich nicht zu früh.«

»Ich?«

(Ihm sagen, daß ich ihn liebe, daß ich ihn nicht verlieren will, daß er Unfug redet, daß die Bedrohung mich verwirrt, daß seine Zurückhaltung mir weh tut, daß ich – in den Nächten – vor Sehnsucht vergehe und mich morgens aus dem Bett schleppe, und daß an den Tagen, an denen ich ihn nicht sehen kann, den meisten, nicht ein noch aus weiß vor Verzweiflung; daß ich verloren bin, mich selbst an ihn verloren habe und alle meine Zuversicht zerstört ist, daß ich nicht mehr ich bin, in allem gescheitert.)

»Ich liebe dich.«

Víctor blickt sie an. Er lächelt.

»Weil ich verliere?«

(Im Boden versinken, in die Tiefe stürzen, unter Schutt und Asche begraben werden, unter Trümmern.)

Erstickt:

»Es ist mein Ernst.«

»Und doch nicht. Nein, Rosa María. Ich bin doch nur der erstbeste. Dafür bist du zu schade.«

»Wie kann ich mich mit dir vergleichen?«

»Es ist nicht der richtige Ort und nicht die richtige Zeit.«

»Was bedeutet schon die Zeit?«

»Ich rede offen zu dir, und ich drücke mich auch nicht. Rosa, ich bin weder für dich der Mann noch für sonstwen.«

»Nimm mich mit.«

In eine andere Welt hineingleiten. Víctor, entscheide dich. Ihr nicht sagen zu können ... – oder doch? Nein, er kann nicht. (Eine graue, unverputzte Wand, rauh, mit scharfen Ecken, an denen man sich verletzen kann; sich den Kopf anschlagen, damit sie seine Stirn bluten sieht, ihr Begehren vergeht.) Und überhaupt, wohin willst du mit ihr gehen, du Feigling?

Er hat den Schlüssel von Rafael Bobadillas Wohnung, der sich seit einigen Monaten in New York aufhält; er ist schon zwei Jahre nicht mehr dort gewesen. Dorthin zurückgehen? Warum nicht? Sich einen Ruck geben, die Stirn bieten. Er nimmt sie bei der Hand, als ob er sie schon immer in der seinen gehalten hätte.

Die Calle de Alfonso XII, Ecke Calle de Espalter. Unter dem schmalen Balkon im obersten Stockwerk erstreckt sich der kahle Retiro-Park. Drinnen liegt auf allem eine Schicht Staub. Die Kälte: keine einzige Scheibe unversehrt.

»Señor, Señorito ...« empfängt ihn die Pförtnerin baß erstaunt.

Sie öffnen die Fensterläden, die Scharniere quietschen. Der Retiro-Park, so weit das Auge reicht, die toten Äste (nein, verbessert er sich, die schlafenden Äste). Wintertrübnis. Er dreht sich um, als er eine Note hört.

Rosa María hat den Deckel des Flügels angehoben.

Alles ist unverändert: die Bilder, das Sofa, die Chaiselongue, die Kissen. Über alles breiten sich Staub und Verlassenheit.

»Es geht nicht, es ist zu kalt.«

»Und schmutzig. Da ist es draußen noch besser.«

Er tritt noch einmal auf den Balkon hinaus.

»Sieh.«

Sie schmiegt sich an ihn. Küßt in. Víctor nimmt sie in die Arme und ist ein anderer.

## 9

Ende Januar, eines Morgens im Pardo, als sie auf Neuigkeiten aus Barcelona warteten, redete er mit Vicente Dalmases.

»Wenn man wenigstens ein paar Festungsanlagen errichten würde.«

»Wo?«

»Das weiß ich doch auch nicht. Bei Puigcerdá, irgendwo.«

»Ihre Luftwaffe würde sie niedermähen.«

»Wir hätten früher daran denken müssen, Unterschlüpfe zu bauen.«

»Wir hätten so vieles machen müssen«, eine Pause. »Was macht Asunción?«

Vicente ist überrascht. Comandante Rafael hat sich nie für sein Liebesleben interessiert. Sie sind Freunde, Compañeros, doch nur der Krieg hat sie zusammengebracht. Ihre Gespräche drehen sich um die Versorgungslage, die Nachrichten, um diesen oder jenen, um den dienstlichen Alltag; nie um Frauen.

»Sie ist in Valencia. Du könntest mich dorthin beordern lassen, und wenn es nur für ein paar Tage ist, zu welchem Anlaß auch immer.«

Vicente kennt die Vorgeschichte von Víctor Terrazas – der sich mit dem Krieg sehr verändert und sogar einen neuen Namen angenommen hat. Beim Verband der Intellektuellen bleibt nichts unkommentiert, erst recht nicht, wenn man jemandem damit das Leben schwer machen kann. Vicente

gibt nichts auf die Lästereien, schon gar nicht auf das Getuschel, Víctor sei andersherum; nur ein einziges Mal war er
so erbost über die aufdringlichen Geschmacklosigkeiten
eines Compañero, eines Gelegenheitsschriftstellers, daß er
ihm barsch das Wort abschnitt:

»Wir könnten froh sein, wenn wir mehr Tunten seines
Kalibers auf unserer Seite hätten! Dann würden wir schneller mit den ›markigen Männern‹ auf der Gegenseite fertig-
werden.«

»Ich habe mich verliebt.«

Vicente sieht ihn fragend an.

»In jemanden von der anderen Seite.«

»Und zwar?«

»Sympathisiert mit den Faschisten.«

»Weiß sie, wer du bist?«

»Keine Ahnung.«

Er braucht ihm nicht zu sagen: ›Gerade darum rede ich
mit dir.‹

»Unsterblich?«

»Nicht unbedingt. Rauchst du?«

»Danke.«

Er würde viel Zeit brauchen, bis er sich zu sagen traute:
Nicht ich war es, der angefangen hat. Er drückt seine Zigarette aus.

»Ich habe mir nie etwas aus Frauen gemacht. Sie hat mich
aus einem Dornröschenschlaf geweckt. Ich weiß nicht, was
ich tun soll.«

Sie sehen sich an.

»Ist es überhaupt redlich, unter diesen Bedingungen?«

»Welche Bedingungen?«

»Unsere derzeitigen. Der Krieg.«

»Und was?«

»Sie an mein Schicksal zu binden.«

»Warum nicht?«

»Wenn wir verlieren …«

»Aber wir verlieren doch nicht!«

»Was glaubst du, werden sie in der Partei sagen?«

»Ist sie Agentin für Burgos?«

»Um Himmels willen!«

»Also?«

Ist es vielleicht etwas anderes? Er scheut sich, ehrlich zu sich selbst zu sein. Er, der niemals zweifelt, immer weiß, was er will, der keine Schwäche zuläßt, der seine Sache macht … Was soll ich ihm sagen, was ihm raten? Möchte er wirklich etwas von mir hören, oder hat er nur mit mir gesprochen, um sich zu erleichtern?

»Wo hast du sie?«

»Ich treffe sie ab und zu in meiner alten Wohnung. Mir wäre am liebsten, sie würde sie gar nicht verlassen.«

»Was für Ärger hat sie?«

»Gar keinen.«

Er steht auf, umarmt Vicente, seine Augen strahlen, er schreit:

»Ich bin glücklich!«

Er schämt sich für seinen Gefühlsausbruch, dreht sich um.

»Morgen greifen wir an. Eine unsinnige, vollkommen überflüssige Operation.«

»Warum machen wir sie dann?«

»Weil wir sie machen müssen, um den Katalanen zu helfen. Ohne Material. Ich breche sofort auf zum Escorial. Eigentlich war ich mit ihr an der Castellana verabredet. Ich habe keine Möglichkeit, ihr Bescheid zu sagen. Könntest du vielleicht hingehen, um elf, Ecke Calle de Lista? Blaue Augen, groß; höchstwahrscheinlich trägt sie einen hellen Regenmantel. Hier ist der Schlüssel, gib ihn ihr, rede auf sie ein, daß sie zu Hause bleibt.«

»Ich?«

»Ja, du. Wer sonst?«

»Was weiß ich. Du hast doch einen Haufen Freunde.«

»Nicht hier und nicht jetzt.«

Sie sind zehn Jahre auseinander; der Krieg verringert den Unterschied. Sie haben sich immer gut verstanden, sind Mitglieder derselben Zelle, auch wenn Comandante Rafael selten zu den Versammlungen geht.

»Wie heißt sie?«

»Rosa María.«

»Rosa María?«

»Ja.«

»Comandante Rafael schickt mich.«

Er sieht, wie sie zögert.

»Víctor. Er kann nicht kommen. Ich bin ein Freund von ihm.«

Die Frau antwortet nicht, sie weiß nicht, was tun. Es könnte eine Falle sein. Verschlossen, abweisend sieht sie zu Vicente.

»Ich soll Ihnen den Schlüssel von seiner Wohnung übergeben.«

»Haben Sie ihn?«

»Ja.«

»Geben Sie her. Noch etwas?«

»Er möchte, daß Sie dort einziehen. Er sagte zu mir: Rede auf sie ein«, er lächelt. »Keine leichte Aufgabe, es sei denn, Sie hätten sich von sich aus schon dazu entschlossen.«

»Wann sehen Sie ihn?«

»Keine Ahnung. Vielleicht später, vielleicht erst in drei, vier oder fünf Tagen.«

»Oder nie.«

»Ich weiß es nicht. Er hat Glück«, er lächelt. »Sie auch.«

Rosa María Laínez sagt darauf nichts. Mit dem Schlüssel in der Hand geht sie fort. Vicente weiß, daß es sinnlos ist, auf sie einzureden: Sie wird darüber nachdenken. Und wenn sie die Schlüssel behält? Wenn sie nicht in die Wohnung geht – mutmaßt er, um sich zu beruhigen –, wird sie sie beim Pförtner abgeben. Hübsch, barsch, herb, eine Baskin? Vielleicht auch aus Navarra. Ja, Navarra, die haben etwas Verknöchertes. Auch wenn das sicher nicht stimmt, sie wirken nur so.

## 10

Als Rosa María die Wohnung in Besitz nahm, war ihr erster Gedanke, das Klavier stimmen zu lassen. Sie suchte im Telefonbuch; unter den ersten drei Nummern hob niemand ab, unter zwei weiteren bedauerte man, ihr nicht weiterhelfen zu können, unter der letzten empfahl man ihr zwei ältere Herrn in der Calle de Valverde, Hausnummer 32. Sie ging zu der Adresse. Dort traf sie die beiden Greise und Fidel Muñoz, der vor langen Jahren in dem Haus Portier gewesen war und ab und zu auf ein Schwätzchen vorbeikam. Rigoberto Cuenca versprach Rosa María, daß er am nächsten Tag kommen würde, um ›sein möglichstes zu tun‹.

»Ich höre nur noch sehr schlecht.«

Rosa María gab ihm die Adresse.

»Ist es ein Erard?«

»Ja.«

»Ich kenne das Instrument. In der Wohnung lebte ein Maler, ein Freund von Don Daniel Miralles«, sagte er Fidel. »Er kaufte das Klavier für dieses Früchtchen Víctor Terrazas, seinen guten Freund. Sie hatten sich hier nebenan, im Laden von Don Ulpiano kennengelernt. Erinnern Sie sich noch? Was ist wohl aus ihnen geworden?«

Rosa María plaudert lieber nichts aus.

»Don Daniel wurde evakuiert, irgendwas mit den Intellektuellen. Ich glaube, er ist nach Frankreich gegangen, mit seiner ältesten Tochter und der Enkelschar. Der Schwiegersohn, dieser Olivenfresser aus Sevilla, ist irgendwas in einer Botschaft, in Belgien oder Holland oder wo weiß ich. Die ganzen Zänkereien, die er mit Doña Clementina hatte, sie ruhe in Frieden! Erinnern Sie sich? Don Ulpiano haben sie schon am ersten oder zweiten Tag zum Spaziergang abgeholt. Bei dem Vater seines Schwiegersohns ...*

Nachdem Vicente Dalmases ihr den Schlüssel gegeben hatte, ging sie zurück in die Botschaft, nahm ihre Zahnbürste und einen Pyjama, verbarg beides in den Manteltaschen und ging fort, ohne daß es jemand bemerkte; und sie hörte noch, wie Don José María nach ihr rief.

Sie ging langsam durch den Retiro-Park. In der Ferne grollte unablässig der Kriegslärm.

»Zulassen, wie die Leute sterben, deine Leute, einfach so, um des Sterbens willen, das ist das Grauenhafteste am Krieg. ›Stürmt die Anhöhe.‹ Das sage ich, weil ich es für richtig halte. Und das schimpft sich eine Operation ... Die Leute stürmen los wie befohlen und sterben. Sie sterben wie die Fliegen, und dabei bin ich das eigentliche Fliegengewicht, Eintagsfliege.«

Er sucht Geborgenheit an Rosa Marías nackter Schulter, glückstrunken: Mutter, Geliebte, Schwester, Schülerin.

Was würde meine Mutter sagen, wenn sie mich hier so sähe? Ihre Mutter, die lieber einen Sohn gehabt hätte und sie in die Obhut der Großmutter gab, die große Träume hatte und auf alle in Bilbao todeifersüchtig war, wozu der wohlhabende Señor de Laínez keinerlei Anlaß bot.

---

* Siehe der Roman *La Calle de Valverde*. Im Juli 1936 hielt sich Don Joaquín Dabella, der Vater, im Hinterhaus von Ulpiano Miranda versteckt. Marga und Joaquín lebten in La Coruña, wohin sie auf Geheiß des republikanischen Gouverneurs, einem engen Freund von ihnen, gegangen waren. Niemand weiß etwas über sie. Eine Angelegenheit, die Fidel Muñoz nicht losläßt.

»Wann wird er kommen?«

Sie war allein, im Dunkeln – es gab keine Glühbirnen, und die hätten ihr auch nichts genützt, denn in jener Nacht war der Strom abgeschaltet worden – kauerte sie in einem Winkel des prächtig möblierten und eisigen Salons und machte sich schwere Vorwürfe. Während ihres ganzen Lebens – es kam ihr endlos lang vor – hatte sie es nicht geschafft, das zu tun, was sie hätte tun sollen. Sie hätte sich nicht ihrem Verlobten hingeben dürfen, sie hätte nicht in Madrid bleiben dürfen. (Sie war geblieben, in dem Glauben, der Krieg würde nur kurz dauern, und weil sie die Schneiderin, die sie für ihre Brautrobe beauftragt hatte, nicht aus den Augen lassen wollte.) Kurze Zeit später bekam sie es mit der Angst zu tun; unter dem Schutz republikanischer Autoritäten aus Madrid herauszukommen, sich auf Worte zu verlassen, denen sie grundsätzlich nicht glaubte, oder sich mit Decknamen oder Bestechung durchzuschlagen, das waren Lösungen, die sie eine nach der anderen verwarf. Als sie, bereits am Ende ihrer Kräfte, nur noch abhauen wollte, um jeden Preis, überredete sie der Handelsattachée dazubleiben (ohne sein persönliches Anliegen zu erwähnen): Die letzten Flüchtlinge, die in Alicante hätten an Bord gehen sollen, seien noch dort und würden im Gefängnis dahinvegetieren.

»Ich kann die Verantwortung nicht auf mich nehmen, und so werde ich es auch Ihren Herrn Vater wissen lassen.«

Die dritte große Dummheit war die, die sie hierher gebracht hatte, wo sie nun mit den Armen um die eng angewinkelten Knie geschlungen saß, durchgefroren und hungrig. Wer war Víctor? Ein Musiker – ein bekannter, glänzender Pianist –, ein Feind, der jeden Augenblick von ihnen geschlagen werden würde. Zweieinhalb Jahre hatte sie, eingesperrt, dem Drängen von zwanzig Männern ihrer Klasse und Gesinnung widerstanden, um kurz vor Schluß auf der Straße einem Wildfremden – fremd in jeder Hinsicht – in die

Arme zu laufen. Sie empörte sich über sich selbst und konnte dennoch nicht verhehlen, auch ein bißchen stolz zu sein auf ihre Beherztheit.

»Wann wird er kommen?«

Sie war starr vor Kälte (trotz der zwei Decken, die sie in den Schubladen einer Kommode gefunden und in die sie sich wie in einen Sack eingewickelt hatte, *die heißen Kastanien ihrer Kindheitsjahre*) und verzweifelt. Was machte sie, was hatte sie gemacht, was war sie wert, zu was taugte sie? Sie warf ihr Leben über Bord. Wenn nicht, würde das auch nichts ändern. Mit ihren zwanzig Jahren hat sie sich in einen tiefen, einsamen Wald verirrt. Schuld daran war ihre Mutter, so distanziert. Wie war die Entfernung größer – von ihr zu ihrer Mutter, oder von ihrer Mutter zu ihr? Das war keineswegs das gleiche; auch Entfernungen zwischen zwei festen Punkten konnten ungleich sein; ungleich, im Raum. Ihre Mutter, die sich immer für etwas Besseres, sehr viel Besseres als sie gehalten hatte. Sie selbst war ein Unfall – sie hätte ein Junge werden sollen –, ungeachtet der Tatsache, daß sie es ihr vereitelt hatte, weitere Kinder zu bekommen, wie sie mit Leichenbittermiene gerne betonte. Rosa María wußte, daß das nicht zutraf, daß das an der Wahrheit vorbeiging, so oft sie es auch beteuerte; in Wirklichkeit wollte sie kein weiteres Kind, da sie über das Grauen der langen und schweren Geburt, mit der sie sie zur Welt gebracht hatte, nicht hinwegkam. Der Gatte zeigte Verständnis. Ihr Vater war ebenso schuldig, so distanziert. Du siehst mich und ich sehe dich, ich liebe dich und du liebst mich, ich gehe mit dir und du gehst mit mir, du und ich, niemals eins. Ihre Verliebtheit in den Vater war verflogen. Endgültig an dem Sommertag, als sie unangemeldet nach San Juan de Luz kam und in seinem Zimmer ein junges Mädchen überraschte, das fluchend hinausrannte. Die Sache wurde mit Stillschweigen behandelt.

Wozu weiterleben, bei dieser bitteren Kälte? Der Hunger quält, die Einsamkeit bedrückt mich. Ich habe Angst. Das Rascheln, sind das Ratten? Die Totenstille des Retiro-Parks, in dem kein Lüftchen sich regt. Das dumpfe Grollen der Panzer. Gleich werden sie schießen, töten. Und ich, zusammengekauert, halbtot vor Kälte. Nein, nicht tot. Lebendig. Abscheulich lebendig. Was kann ein Mensch aushalten? Würmer, Würmernest. Das Bett, von Würmern zerfressen. Was bin ich? Was ist aus mir geworden? Diese Leute, mit denen ich die letzten beiden Jahre gelebt habe, in der Mausefalle, der widerliche schwule Fettsack; die Nervensäge, die davon träumt, der Mörder von León Peralta zu sein; der übelriechende Tomás Hernández; seine von Koliken gepeinigte Frau Marisa; Félix Álvarez, der sich von früh bis spät um sein beschlagnahmtes Vermögen sorgt; der brillantineschmierige Widerling Rebolledo, ein zwanghafter Denunziant, der sich über alles und jeden das Maul zerreißt; der sich die Räude kratzende Manuel López; der wehleidige und immer gleich beleidigte Cipriano Domínguez Llerena; Pilar; Imelda; Juana; die überall nur Unheil witternde Teresa Gallegos; allesamt Neiderinnen, Närrinnen. Oh Herr! Wer sind wir? Was ist aus uns geworden? Wankelmütig, schwach, rüpelhaft, verroht, verstümmelt, häßlich: Woran leiden wir? Keiner hat mehr Mitgefühl für den anderen, ist krankhaft eigennützig, abgestumpft, abgebrüht, gemein, sinnentleert, taumelt reulos durchs Leben. Sicher, der Krieg; aber da ist noch etwas, weniger Greifbares, das uns zusetzt. Ach ja, die Musik. Wenn es nicht so kalt wäre, würde ich aufstehen und mich ans Klavier setzen, ungeachtet des Ärgers, den das gäbe. Aber es ist zu kalt. Ich bin steif, schwach. Hunger? Ich habe Hunger. Das ist nicht der Hunger, Rosa María, sondern etwas Tiefergehendes. Ich finde nicht zu mir, aber verloren habe ich mich auch nicht, ich sitze hier und warte auf einen Mann, der seit drei Tagen nicht mehr aufgetaucht ist, und fühle mich so unsicher, so durcheinander, daß ich mich nicht vom Fleck rühre, aus Angst, ich könnte zerbrechen. Nicht zerfetzt, wie die dort draußen: die Straßen, die Explosionen, der Staub, das Blut, die Trümmer. *Vorsicht zerbrechlich.* Ich liege in einer Kiste wie damals diese tschechische Lampe, die aus Prag bei uns ankam, in Scherben. (Sie war versichert, man hat sie uns ersetzt.) Ich bin nicht versichert. Ist überhaupt wer versichert? Víctor. Genausowenig. Bevor er mich kennengelernt hat vielleicht. Er liebt mich, weil er Sicherheit sucht. Ich habe ihm die Ruhe geraubt. Er hat mich geraubt. Die Geschichte, unsere Geschichte, kann nicht gut ausgehen; nichts wird gut ausgehen. Eine Lüge. Wir stürzen alle in den Untergang. Die Welt verwüstet und gefroren. Wir werden zu Staub, noch vor dem Tag des Jüngsten Gerichts. Wie soll ich mich rechtfertigen? Sie muß die Beichte ablegen. Man muß beichten, sich selbst anklagen, damit einem verziehen wird. Damit man ihr verzeiht, daß sie ist, wie sie ist, damit man der Welt verzeiht, daß sie ist, wie sie ist, so eisig kalt. Das Meer, der Strand, Las Arenas, die Sonne, die Hitze, der Sommer, die früheren Zeiten, der Friede. Die Ordnung. Nicht sie leidet, unempfindlich gegen die Kälte, sondern die Erde, die Luft, die anderen. Die Beklemmung in der Luft, die verwundete Erde. Die Ungerechtigkeit. Die Ungerechtigkeit, aus der Gerechtigkeit geworden ist, oder umgekehrt. Das ist alles das gleiche. Was für sie gerecht ist, ist für Víctor ungerecht, und umgekehrt ebenso. Die Welt: abscheulich kalt. Die anderen: eine Ansammlung von Müll, und sie: Müll, und Víctor: Müll. Reiner Müll. Die Reinheit des Mülls. Warum nicht?

Und mit einemmal kommt er herein. Oh, die Sonne!

»Was ist mit dir?«

»Mit mir nichts.«

»Was ist los?«

»Das weiß ich nicht genau, aber etwas geht vor sich.«

Er spricht nie über den Gang des Krieges. In einem Winkel seines Bewußtseins bleibt dem Mann ein Rest Mißtrauen.

»Schlimm?«

»Abwarten.«

»Bleibst du nicht über Nacht?«

»Nein.«

»Kannst du wirklich nicht?«

»Glaub mir, wenn ich könnte ...«

Sie glaubt ihm, ganz bestimmt.

»Wenn irgend etwas passiert, rühr dich nicht, geh nicht raus. Setz dich mit der Pförtnerin in Verbindung, wenn du etwas brauchst. Ich habe ihr Bescheid gesagt.«

Rosa María fragt nicht nach, obwohl sie begierig ist, etwas zu erfahren. Sie darf nicht fragen, sie tut es nicht.

»Adiós, Geliebter.«

»Bis Morgen.«

»Hoffentlich.«

## II

Bei Einbruch der Dunkelheit landet die Douglas auf dem Feldflugplatz von Monóvar, kaum größer als ein Handtuch. Kein einziges Haus, kein einziger Baum. Bis zur Position *Yuste*, vier Kilometer; Elda, nebenan.

Das Herrenhaus liegt inmitten eines Gartens, ob Zier- oder Nutzgarten ist bei Nacht nicht zu erkennen: In der Dunkelheit zeichnen sich Sträucher ab, Stämme und Zweige. Fünf breite Stufen führen in das Haus. Eine weite, geräumige Eingangshalle, an deren Ende noch einmal Stufen in einen nicht sehr großen Wohnraum führen, in dem der Ministerrat stattfinden wird. Ein viereckiger Tisch durchschnittlicher Größe, der genauso im Speisezimmer jedes besseren Hauses stehen könnte. Hinter dem Präsidentensessel an der Wand prangt mahagonibraun und schwarz ein Trumm von Telefon. Nebendran ein Flur und ein Schlafzimmer mit zwei Betten. Von der Halle führt auf der linken Seite eine Treppe hinunter in den geräumigen Kellerraum, der als Eßzimmer benutzt wird.

Zu dem Herrenhaus gelangt man über eine Abzweigung an der Landstraße von Albacete nach Alicante: Villena, Sax, Elda, Monforte (die Eisenbahnstrecke: Villena, Sax, Elda, Petrel, Monóvar, Novelda, San Vicente). Auf den Hügelkuppen Überreste früherer Verteidigungslinien, denn diese Gegend war noch heftiger umkämpft als andere Landstriche Spaniens. Weißgetünchte Häuser, schroffe Felsen, schmale Grate. Die Erde ist mit skelettweiß leuchtenden Steinen übersät. Verdorrtes Wintergestrüpp. Nichts hält den schneidenden Wind auf. Lebensader ist der Vinalopó, der den Obst- und Gemüsegärten des weiten, in die Berge geschnittenen Tals alles gibt; vor lauter Aufopferung für das Gedeihen hat er am Ende sogar seinen Namen verloren: Er heißt Rambla de Sax, Rambla de Elda, Rambla de Monóvar, Rambla de Novelda, als würde er jeder Ortschaft allein gehören.

Elda liegt auf einer Anhöhe, auf der linken Flußseite. Obstgärten und Äcker, Mandeln und Espartogras, alles erdenkliche Gemüse und Obst. Kirchen, ein Kloster, ein Theater und die Erinnerung an den fünften (immer der fünfte) Februar 1844, an den Verrat an den Liberalen, als General Boneto mit dem Ausruf ›Es lebe die Freiheit! Alle sind einer!‹ die Gutgläubigen hinterhältig erschoß. Elda ist ein Dorf mit liberaler Tradition. Ungehindert fegt der Wind durch die Straßen. Das Pfeifen, der Sprühregen, trübe Tage.

Die gekalkten Wände des Salons sind kahl bis auf das Telefon, das hinter dem Sessel des Präsidenten hängt, der ruhig und gemessen etwas vorliest. Unter dem Tisch ein Juteteppich. Zehn Herrschaften, die der kurzen Rede lauschen, die der Präsident am nächsten Tag, in Madrid, vorzutragen gedenkt. Das Telefon klingelt. Juan Negrín – kräftig, gesunde Gesichtsfarbe – streckt die rechte Hand aus und nimmt den Hörer ab.

»Negrín am Apparat.«

Eine fast unmerkliche Pause.

»Wie geht es Ihnen, General?«

Eine Pause. Alle sind gespannt.

»Wie? Was sagen Sie? Er hat sich erhoben? Ein Wahnsinn! Sie sind abgesetzt!«

Er hängt ein. Zu allen:

»Casado.«

Sie stehen auf. Der Generalsekretär im Verteidigungsministerium und der Chef der Luftwaffe verlassen den Raum und gehen zu dem Telefon im Speisezimmer. Giner de los Ríos bittet um Erlaubnis, mit Besteiro zu sprechen. Wieder und wieder kommt keine Verbindung zustande. Er wird laut. Er brüllt, daß er der Postminister sei. Die Telefonistinnen in Alicante, in Madrid scheint das nicht zu beeindrucken. Es vergeht mehr als eine halbe Stunde, bis er auf den Professor einreden kann:

»Was habt ihr da vor? Ihr seid verrückt.«

»Reg dich nicht auf. Es passiert nichts. Ich erwarte dich morgen. Wir haben alles im Griff.«

»Du bist verrückt.«

»Ich erwarte dich morgen.«

»Weder morgen noch sonstwann. Ihr habt keine Ahnung, welche Ungeheuerlichkeit ihr da begeht.«

»Ihr könnt nichts mehr machen. Deine Pflicht als Republikaner sagt dir, hier zu sein, bei uns, gegen die Kommunisten.«

»Du kennst meine Position. Aber vor allem anderen halte ich treu zu der Regierung, der ich angehöre. Ganz davon zu schweigen, daß sie die einzige legale Macht ist.«

»Aber du kannst standrechtlich erschossen werden.«

»Ist das ein Grund?«

Der Innenminister versucht, eine Verbindung zu Casado zu bekommen. An der Tür zur Halle steht Negrín und redet mit General Miaja und mit Matallana, die gerade die hinuntergehen.

»Ich muß zurück nach Valencia«, sagt der berühmte Verteidiger Madrids.

»Hier werden Sie dringender gebraucht, mein General.«

»Nein, Herr Präsident, in Valencia kann alles mögliche passieren.«

»Bleiben Sie, General.«

»Glauben Sie mir, Don Juan. Ich muß nach Valencia, unbedingt. Dort werde ich gebraucht. Ich gehe davon aus, daß Sie mir vertrauen, und für den Fall daß nicht, hier lasse ich Ihnen Matallana.«

Der Chef des Generalstabs von Miaja hört zu. Feinsinnig, intelligent.

»Gut, machen Sie, was Sie wollen.«

Im Keller bekommt Paulino Gómez währenddessen endlich Casado zu sprechen.

»Das geht nicht, Paulino, sehen Sie das doch ein. Wir haben diesen Schritt getan und werden ihn nicht rückgängig machen.«

»Ein Wahnsinn.«

»Nein, das ist kein Wahnsinn. Diese Entscheidung zu treffen war notwendig, um dem unsinnigen Blutvergießen ein Ende zu bereiten.«

»Jetzt wird es nur noch schlimmer werden, für alle.«

»Wir haben uns bestmöglich vorbereitet.«

»Ungeheuerlich. Kehren Sie um.«

»Nein, hören Sie auf zu drängen. Ich bedaure, die Würfel sind gefallen, und jetzt gibt es kein Zurück mehr.«

Giner de los Ríos ruft Oberst Camacho an, Chef des Flughafens von Albacete.

»Haben Sie die vier Douglas da?«

»Ich habe nur noch zwei.«

»Um sechs Uhr morgens sind sie hier, sorgen Sie dafür.«

Die Verbindung bricht ab. Er geht hinunter ins Eßzimmer, wo es nichts zu essen gibt. Negrín und Álvarez del Vayo schließen sich in ihrem Zimmer ein. Hidalgo de Cisneros versucht, Casado zu erreichen. Cordón die Befehlshaber der Einheiten. Vergeblich.

Kein Telefon, kein Radio, von der Welt abgeschnitten, und General Matallana bittet um Erlaubnis, mit General Menéndez, dem Befehlshaber der Levante-Armee, zu sprechen. Zu aller Verwunderung bekommt er ihn ohne Schwierigkeit an den Apparat.

»Hier Matallana.«

»Von wo aus rufst du an?«

»Position *Yuste*.«

»Ich schicke dir sofort genug Einheiten, um dich zu befreien und die ganze Regierung an die Wand zu stellen.«

»Mach keinen Unsinn, Leopoldo.«

Die Verbindung reißt ab.

»Gehen Sie, mein General«, sagte Negrín zu ihm.

Matallana steht stramm, Tränen in den Augen.

Was essen wir morgen? Um wieviel Uhr soll ich aufstehen, um mich für die Kohle anzustellen? Wird Papa gehen, um ...? Was essen wir morgen? Essen. Was würde ich essen, wenn ich mir etwas zu essen wünschen dürfte? Der Laden an der Ecke, was hatte er vor drei Jahren in der Auslage? Ich erinnere mich nicht daran, ich habe nie darauf geachtet. Es war mir gleichgültig. Wurst, Schinken, Preßsack, Mortadella, die Blutwürste, die Vicente aus Valencia mitgebracht hat, Chorizo, Dauerwürste, Streichwurst; hat Vicente *morcilla*-oder *butifarra*-Blutwürste mitgebracht? Wie unterscheidet sich *morcilla* von *butifarra*? Das Wurstgeschäft nebenan, die Theke aus weißem Marmor, die Kupferwaage; die weiße, blutbefleckte Schürze, das pockige, pralle, breite Mondgesicht des Wurstmachers; seine Pranken, seine wulstigen Finger: wie Würste.

Was essen wir morgen? Linsen, Bohnen, Kichererbsen, gäbe es doch Bohnen! Weiße Bohnen, gesprenkelte, violette; Wachsbohnen, Saubohnen, dicke Bohnen, grüne Bohnen, *bachoquetes* wie Vicente sie nennt. Linsen, wieder Linsen, nichts als Linsen. Linsen verlesen. Die kleinen, schmutzigbraunen Scheiben, vermengt mit unzähligen Steinen. Erbsen, Platterbsen, Gartenerbsen – *fésols*, wie Vicente sie nennt. Erdnüsse, Lupinensamen: so frisch, in sattem und in hellem Gelb, gesalzen; ich habe sie nie gemocht, aber jetzt läuft mir das Wasser im Mund zusammen, wenn ich nur daran denke. Und wir essen Johannisbrot, wie die Schweine. Fressen Schweine Johannisbrot? Ich weiß es nicht: Vom Landleben habe ich keine Ahnung. Die Hühner haben immer Mais gepickt, soweit es Hühner gab. Was haben wir morgen zu essen? Die Schlange beim Brot, die Schlange bei der Milch. Käse, Butter, Quark, die Milch aus der Kanne schlürfen können. Die Sahne an den Lippen. Sie sich von den Lippen lecken. Ein Kind. Mit Vicente ein Kind haben. Er liebt mich nicht. Ich liebe ihn. Er weiß es. Es macht mir nichts aus. Er liebt mich nicht, er ist heute nicht gekommen. Wie wird es weitergehen? Was essen wir morgen? Vielleicht bringt er ein Kommißbrot mit, wie gestern: nein, nicht gestern, vorgestern. Wie wird es weitergehen? Wie wird es mit ihm weitergehen? Wenn der Krieg vorbei ist, was dann? Dann geht er zurück nach Valencia. Nein, er wird sich hier verstecken. Wir könnten ihn vorerst in Getafe unterbringen: hinten am Eßzimmer eine Wand hochziehen. Niemand würde etwas bemerken. Ich würde jede Nacht mit ihm zusammensein. Ihm Essen bringen. Wenn der Krieg vorbei ist, werden wir wieder genügend zu essen haben. Doch was essen wir bis dahin? Mal sehen, wir werden schon sehen. Ich will nicht mehr daran denken. Eine riesige Scheibe Schinken – so groß wie das Bett –, das weiße Fett drumherum – wie das Bettuch –, man würde sie aufrollen, hineinbeißen; einen Riesenbissen Schinken im Mund: zart, salzig, speckig; ich spüre, wie man spüren würde, daß er langsam zergeht. Ich habe solchen Hunger! Asunción, blond, fast zehn Jahre jünger als ich. Ich hasse sie. Ich hasse sie? Nein. Ich würde mich gut mit ihr verstehen. Ich würde sie umbringen. Sie könnte an einer Krankheit sterben, Hauptsache sie stirbt. Dann wäre alles gut. Was essen wir morgen? Was schlägt die Uhr? Elf oder zwölf? Wenn die Uhr schlägt, gibt es Essen. Ich würde für Vicente ein Festessen ... Warum kommt er heute bloß nicht? Nicht heute, es ist schon morgen.

## II.  6. März

I

»Ich komme mit einem Schreiben von Oberst Barceló, das ich persönlich der *Pasionaria* übergeben soll.«

Drei Uhr morgens. In Almansa hatten sie den Vergaser reinigen müssen. Die Position *Dácar* ist ein einfaches Haus an der Landstraße, am Ortsausgang von Elda.

»Gib her.«

»Ich habe den Befehl, das Schreiben persönlich zu übergeben.«

»Dann warte kurz.«

In dem Haus drängen sich viele Leute. Völlig überrascht erkennt Vicente Dalmases die Generäle Hidalgo de Cisneros, Cordón, Modesto, Oberst Núñez Maza; er salutiert vor seinem ehemaligen Chef Líster. Jetzt kommen auch noch Uribe und Moix, Minister für Landwirtschaft und Arbeit: die Führungsebene der Kommunistischen Partei.

»Es heißt, sie hätten sich wegen eurer Ernennung erhoben«, sagt Uribe zu den Militärs, »und weil man nichts werden kann, wenn man nicht in der Partei ist.«

»Dann ist Casado also nicht nur ein Arschloch, sondern ein hellseherisches Arschloch. Als er mir nämlich vor zehn Tagen verschwommene Andeutungen machte – so verschwommen auch wieder nicht –, daß er sich erheben wolle, war von unserer Ernennung noch gar nicht die Rede«, sagt Ignacio Hidalgo de Cisneros.

»Treten Sie ein.«

Ein Arbeitszimmer. Dolores mit zwei anderen; eine davon erkennt er: Ercoli.

»Ah ja, danke.«

»Was jetzt? Soll ich nach Madrid zurück?«

»Ruh dich kurz aus. Du siehst müde aus.«

»Kann ich in Monóvar übernachten?«

»Warum?«

»Ich habe dort Verwandte; also: Freunde.«

»Geh schon.«

Vicente stürzt zurück zum Auto, er ist wütend auf sich selbst.

Das also ist freier Wille? Warum habe ich gesagt: Soll ich nach Madrid zurück? Und nicht: Kann ich nach Valencia fahren? Warum habe ich Monóvar angegeben, und nicht Alcira oder Játiva? Warum bloß hat sich Casado erhoben? Zu erwarten war es ja gewesen. Hat der Krieg mehr Macht über mich als Asunción? Was für eine Kombination: Erst meinen ›Onkel‹ besuchen und dann nach Madrid zurückzufahren ... Wo war ich mit meinen Gedanken? Ich habe mich von den Wörtern bezwingen lassen, von dem Wort *Madrid*. Nicht von dem Wort selbst, von der Bedeutung Hauptstadt, seit zwei Jahren ständig dieses Wort. Jetzt hingegen, jetzt würde ich bitten: Kann ich nach Valencia fahren? Zumindest glaube ich, daß ich jetzt in der Lage wäre, meine Bitte auszusprechen. Jedesmal wenn ich Rückgrat zeigen müßte, verlassen mich die Kräfte. Vielleicht könnte ich Asunción anrufen und ihr vorschlagen, zu kommen, sobald sie kann. Wie wird es in Madrid weitergehen? Pah! Zwei zu drei, daß die Regierung mit diesem Verrückten fertig wird, der – wenn es hochkommt – auf das IV. Armeekorps zählen kann. Die übrigen drei stehen sicher auf unserer Seite.

Hügelketten, Plantagenreihen, fahl in der Nacht, Olivenbäume an den steinigen Hängen, den Ausläufern des hohen, nicht zu erkennenden Cid.

In wenigen Minuten erreichen sie Monóvar. Der Platz vor dem Rathaus. Vicente weiß, zu welchem Haus er will.

»Dort, das zweistöckige.« Er wundert sich: Es brennt noch Licht.

Gabriel Moya y Moya, sein *Onkel*, der hier das Grundbuchamt leitet, steht bei Republikanern wie Sozialisten gleichermaßen in hohem Ansehen. Sein Vater war ein Freund von Salmerón. Als Verfolgter unter der Diktatur von Primo de Rivera wurde Don Gabriel Bürgermeister der Republik. Im Juli 1936 überließ er seinen Posten einem sozialistischen Eseltreiber, wurde aber weiterhin von allen Seiten respektiert. Er ist mit einer mustergültigen Frau verheiratet – Doña Margarita –, die auf vollendete Weise unscheinbar ist; Kinder haben sie keine. Glanzpunkt im Leben des Amtsleiters ist seine Freundschaft zu Martínez Ruíz, bekannter unter seinem literarischen Pseudonym: *Azorín*. Don Gabriel wirkte bei der Aufführung des Werks *Angelita* mit, das der große Dichter den Einwohnern von Monóvar widmete. Bei diesem Ereignis war auch José Dalmases zugegen, sein Studienkollege und Freund, der im gleichen Jahrgang 1910 seine Stelle erlangt hatte. Jedesmal wenn Don Gabriel nach Valencia fährt, ißt er bei ihm zu Hause.

Jetzt steht Vicente vor seinem Haus und wird ihn, trotz der unpassenden Uhrzeit, besuchen. Er weiß, daß er ein ausdauernder Leser ist und gerne die Nächte durchwacht. Erst nach einer Weile öffnet er, verängstigt. Er ist alt geworden. Die Niederlage, die er klar kommen sieht – im Unterschied zu den vielen Compañeros seines jungen Besuchers –, besorgt ihn sehr. Er ist davon überzeugt, daß die Aufständischen, sobald sie den Ort besetzt haben werden, als erstes ihn erschießen: Sie hassen die Liberalen mehr als die Anarchisten und Sozialisten. Der Amtsleiter ist entschlossen, das Land zu verlassen. Am meisten tut es ihm um seine Bibliothek leid. Selbst wenn er könnte – er wüßte nicht wie –, käme es ihm unziemlich vor, sie mitzunehmen; die Bibliothek zurückzulassen wäre ihm außerdem ein gewichtiger – gewissermaßen übermächtiger – Grund, seine für ihn außer Frage stehende Rückkehr zu beschleunigen.

Der Sieg der Reaktion kann nicht von Dauer sein – versichert er immerzu –, zumal das Volk jetzt seine Rechte und Freiheiten genossen hat, ein Leben ohne Klerus, dem er die Schuld an sämtlichen Mißständen des Landes zuschreibt.

Derzeit besteht seine nächtliche Hauptbeschäftigung darin, Band um Band seiner Bibliothek in den Dachboden einzumauern, wobei er mit den Exemplaren beginnt, von denen er annimmt, daß die Sieger sie gnadenlos vernichten würden. Mitnehmen würde er nur ein paar *Azoríns*, mit ihren schlichten, freundschaftlichen Widmungen.

Die ganze Operation bewerkstelligt er allein mit Hilfe seiner Frau. Sie reichen sich jeweils die Bücher. Wenn es soweit ist, die Mauer hochzuziehen, wird Ignacio seine Dienste leisten, ein alter Hausdiener, der seine Erinnerungen aus tausend Jahren durch den Garten und die Plantagen schleppt.

Vicente hilft, die Bücher auf den Dachboden hochzutragen. Als sie ihm wenig später etwas zu essen bringen (»du entschuldigst uns, aber wir müssen weitermachen ...«), blättert Vicente in der Originalausgabe der *Lecturas españolas*. – Woher haben die den leckeren Kanincheneintopf? – Wie immer liest er zuerst die letzten Seiten, eine schlechte Angewohnheit. Er hatte sich nie besonders für den Schriftsteller dieser Region begeistern können. Jetzt überrascht ihn der Unterschied zwischen den Beschreibungen der Orte, die er kennt, und ihrem wirklichen Erscheinungsbild. Er vergißt dabei, daß er unter außergewöhnlichen Umständen erwachsen geworden ist.

›In den Nachmittagsstunden unternehme ich ausgedehnte Spaziergänge über meine Ländereien. Ich suche das Gespräch mit den Feldarbeitern und frage sie tausenderlei Dinge über ihre Arbeit. Sie erzählen mir Eindrücke aus ihren Leben: einfache, gleichförmige Leben, in denen sich nie das geringste ereignet hat. Wenn einer von ihnen nach Madrid gekommen ist, auf dem Weg zu weiter entfernten Feldern, wo er als Schnitter arbeitete, redet man darüber, wie er Madrid gefunden hat ...‹

Sollen sie sie heute einmal fragen ... Er blättert um:

›Keine Landschaft, die in gleichem Maße dazu anregen würde, über unsere Vergangenheit und unsere Gegenwart zu meditieren. Der Grund für den Niedergang Spaniens sind die Kriege gewesen, die Arbeitsscheu, die Landflucht, und der Mangel an intellektueller Neugierde; das befinden gleichermaßen – wie der Leser wissen wird – Saavedra Fajardo, Gracián, Cadalso, Larra. Es gibt für ein Volk keine schwerere und erdrückendere Not als den Mangel an Neugierde in geistigen Dingen; daher rührt alles Unheil. Es rührt aus dem vollständigen Fehlen von Prüfungen, Wettbewerb, Würdigung und Kritik. Von anregender Kritik, ob weiterdenkend oder zurückweisend, ob voller Begeisterung oder Feindseligkeit ...‹ Vicente mißfallen die Wiederholungen, das immer wieder neue Anheben, in dem Azorín sich gefällt. Was ist das für ein Spanien, das der Ehrenbürger von Monóvar in seinem Buch beschreibt? Die Seiten lesen sich, als wären sie vor Jahrhunderten geschrieben. Sie haben nichts mit der Welt zu tun, in der er in den letzten Jahren gelebt hat. Hat sich Spanien denn mit der Republik so grundlegend gewandelt? Womöglich, sicher sogar. Wohin man sieht, die Wißbegier springt einem förmlich entgegen. *Azoríns* Buch schließt mit dem Satz: ›Spanien wird sich aus seinem jahrhundertelangen Siechtum nicht eher befreien können, als daß nicht Tausende und Abertausende Männer den Drang verspüren, zu wissen und zu begreifen.‹ Wie ist es möglich, daß der Wandel so plötzlich eingetreten ist? Wohin man sieht, springt einem förmlich die Wißbegier entgegen. Soweit er weiß, flucht hier niemand über den Krieg. Überall herrschte, bis gestern, Begeisterung. Bis gestern … Für ihn ist es undenkbar, was auch immer passieren mag – was, das mag er sich gar nicht näher vorstellen –, daß diese Hochstimmung erlischt, sich in nichts auflöst. Das sagt er zu dem alten Freund seines Vaters.

»Hoffen wir's«, meint der darauf. »Begeisterung, Vicente, daran hat es nicht gefehlt.«

»Und fehlt es auch nicht.«

»Begeisterung, mein Junge, das meint Hochstimmung, die göttliche Eingebung der Propheten, den Eifer der Sybille beim Aussprechen ihrer Orakel. So steht es im Wörterbuch (Don Gabriel ist ein leidenschaftlicher Leser des *Wörterbuchs der Königlichen Akademie*). Vorübergehende Gefühlsaufwallung. Wir Spanier sind sehr begeisterungsfähig, und wir sind Esel. Das meine ich nicht abwertend, sondern ganz wie in dem Zitat, in dem ›vom andalusischen Pferd und dem galicischen Esel‹ die Rede ist. Aber jetzt ist es Zeit, daß du schlafen gehst, es wird schon bald wieder hell.«

Das Zimmer duftet nach Lavendel. Vicente kehrt in seine Kindheit zurück.

## 2

»Hier, in der Calle de Jardines, bin ich geboren, hier werd' ich auch sterben. Die meisten Straßenmädchen wie ich wollen herumkommen, was seh'n von der Welt. Darauf geb' ich nichts. Die Männer können stundenlang über so was reden, als ob es darauf ankommt, ob man von hier ist, von da, von gegenüber oder sonst woher. Männer eben, aber ich bin eine Frau – stimmt doch? –, und auf den Unterschied kommt's an, kam's schon immer an und wird's immer ankommen. Alles andere ist Quatsch.«

»Alles zu seiner Zeit.«

»Das stimmt eben nicht. Hier, auf dieser Welt zählt nichts als das ... (sie ballt die Faust und macht eine obszöne Geste), alles andere sind Märchen. Hier bin ich geboren, aufgewachsen, und hier werd' ich sterben. Stell dir vor, sie wollten, daß ich hier rauskomme ... Sie sollen machen, daß sie rauskommen, das habe ich ihnen gesagt, ist doch wahr. Ob ich San Sebastián nicht kenne? Können mir den Buckel runterrutschen mit ihrem San Sabastián. Ob ich noch nie am Meer war? Andere waren noch nie in der Calle de Alcalá, und die is' viel berühmter. Ich kann Wellen nicht ausstehen. Wir gehören da hin, wo wir geboren sind, darum hat uns Gott hierhin gesetzt und nirgendwo anders. Bis wir krepieren.«

Eine Schönheit, sehr dunkel, ovales Gesicht, olivenfarbene Haut, Katzenaugen. Sie benutzt weder Puder noch Schminke, man hätte sie eigens für sie herstellen müssen.

»Alle nennen mich die *Zigeunerin*. Na ja … Mein Vater war aus der Cava Baja und meine Mutter aus Chamberí, wie aus einer Zarzuela.«

Sie hat etwas davon. Wie aufgezogen.

»Meine Mutter hat mich hierhergebracht. Schlampe!, schrie sie mir nach, weil ich gerne auf der Straße war. Ich mag es, wenn die Menschen vorbeigehen, die Schaufenster, die Sachen, die darin liegen. Ich geh' nicht gern weiter als ich zu Fuß komme. Mit Autos, Bussen, braucht mir keiner zu kommen: Auf Schusters Rappen … Ich bin noch nie mit der Metro gefahren. Wozu? Paarmal hat mich einer in einem *Renault* mitgenommen. Ich war schon in Aranjuez, Alcalá, der Cuesta de las Perdices. Und? Man mag doch am liebsten, was man kennt. Es ist wie mit Musik oder *cocido*-Eintopf – als es den noch gab. Das einzige, was wechselt, sind die Männer. Gut so. Je mehr Männer, desto besser. Lieg nicht rum wie ein Mehlsack. Los, beweg dich. Kannst du etwa nicht mehr? Schlappschwanz.«

Julián sieht sie fasziniert an. Er hat schon viel von ihr gehört, aber sie übertrifft alle Vorstellungen. Sicher, von früh bis spät wäre so eine Wucht nicht auszuhalten, selbst wenn er Mercedes nicht hätte.

Eine Schönheit: Wie auf einem Gemälde von Murillo. Selbst schuld, wer an der Vollkommenheit keinen Gefallen findet. Volle Lippen, schmales Kinn, die gerade Nase mit den geschmeidigen Flügeln, die sich für einen Wohlgeruch sanft wölben. Augen von der Farbe eines grünen Weins aus Portugal. Lange, schwarze Wimpern, zur Betonung der weiten, tiefen Augenhöhlen, die dem Funkeln in ihrem Blick Geltung verschaffen.

»Mir hängt keiner ein Kind an. Kommt nicht in Frage. Wozu? Damit meine Kinder wieder Kinder bekommen und es immer weiter solche Scheißkriege gibt und sie bloß die ganze Zeit palavern, ob jetzt der, oder das, oder doch das andere oder ganz was Neues? Ob ich aus Bilbao bin oder aus Sevilla, ob Málaga nun La Coruña das Wasser reichen kann oder nicht. Nein, mein Lieber! Es reicht. Ich Miststück bleib hier bis zum bitteren Ende. Nächste Station, Ostfriedhof. Und wenn ich dich so sehe, bist du der nächste. Beweg deinen Arsch weg, sonst bist demnächst du der Gearschte. Zahl, wir gehen.«

»Aber es ist doch noch mitten in der Nacht«, gähnt Julián Templado.

»Man sieht, daß du nicht Schlange stehen mußt! Bei uns zu Haus muß jeder ran – meine Mutter und meine beiden Schwestern – tagaus, tagein. Wir wechseln uns ab, immerhin, einmal steht eine für die Milch an – die es nie gibt –, ein andermal für die Kohle, fürs Brot. Endlos. Obwohl, lange geht das eh nicht mehr.«

»Warum sagst du das?«

»Die haben sich doch wohl erhoben.«

»Wer?«

»Die, von da drüben.«

(›Von da drüben‹, die im Finanzministerium.)

»Jetzt hast du's auf einmal eilig, was?«

Ausgerechnet von einer Nutte mußte ich das erfahren, sagt sich Julián Templado.

»Kannst jederzeit wiederkommen.«

»Hoffen wir's, *Zigeunerin*.«

## 3

Don Manuel, frierend, in der Kohlenschlange. Lange Reihen Eimer, Kübel, Töpfe, Bottiche, ein Waschzuber, ein Nachttopf, eine Zinkwanne. Ihre Besitzer, verteilt auf einige Hauseingänge, wo sie Schutz vor der Kälte suchen, eingehüllt in einen Kokon der Müdigkeit. Es ist noch Nacht.

Die Ausrufung der neuen Regierung – von den meisten *Junta* genannt –, die einige gehört haben, nimmt kaum einer ernst. Bis jetzt versteht keiner, was da vor sich geht. Etwas, das seit annähernd drei Jahren andauert, kann nicht von heute auf morgen durch eine Proklamation weggewischt werden. Der Spiritist ist aufgewühlt, wegen der Folgen für Vicente, der dank seiner gerettet ist.

»Zu zweit haben sie die beiden Jungen von Anselma abgeholt.«

»Die Polizei?«

»Ja, die von der Jugendorganisation, den *Juventudes*.«

»Sieht so aus, als wären jetzt die Anarchisten am Drükker.«

Der Alte kann sich nicht zurückhalten:

»Hab ich's doch gewußt! Hab ich's doch gewußt!«

»Was hast du gewußt, du großer Franzose?«

Jeder kennt ihn.

»Daß das so kommen mußte.«

»Immer diese Geheimnistuerei.«

»Was heißt hier Geheimnis: Er hat mir das gesagt.«

»Wer?«

»Das geht nur mich was an. Darum ist er gegangen.«

»Sie sind doch nicht ganz bei Trost.«

»Mag sein«, gab Don Manuel nach.

Vicente gerettet. Danke, Jesus Christus! Du zeigst mir seinen und meinen Weg. Jetzt kann ich es Lola sagen, vielleicht kann ich sie dann endlich überzeugen.«

Zögerlich keimt das Zwielicht des Tages auf.

Die *Zigeunerin* erscheint im Hauseingang nebenan, eingemummt in einen unglaublichen Pelzmantel, an Kragen, Ellenbogen und Sitzfläche blankgescheuert. Sie gähnt nach Herzenslaune.

»Da kommt die gnädige Frau.«

»Von wegen gnädig: die gähnende Frau!«

Eine Alte: »So eine hat hier in der Schlange nichts verloren.«

»Wo denn dann, du alte Giftspritze?«

»Sie soll sich zum Teufel scheren. Wer sind wir denn hier.«

Die *Zigeunerin* zuckt mit den Schultern:

»Ich hatte einen von der Regierung bei mir, der hatte von Tuten und Blasen keine Ahnung«, sagt sie zu Ángela, einer Göre, mit der sie sich angefreundet hatte.

»Typisch.«

»Und du, ab ins Bett, was?«

»Bei dem Krawall, da kann doch keiner schlafen.«

**4**

Position *Yuste*, um sechs Uhr morgens: Nachdem er lange mit Álvarez del Vayo geredet hat, tritt Juan Negrín aus seinem Zimmer, grimmig. Er ruft den Postminister, der gerade aus dem ›Eßzimmer‹ hochkommt.

»Gehen wir.«

»Wohin?«

»Irgendwohin.«

»Gut, aber …«

»Unter meiner Präsidentschaft gibt es keinen Krieg zwischen Antifranquisten. Gehen wir nach Oran.«

»Nach Oran? Alles ist für unsere Ausreise nach Toulouse vorbereitet.«

»Meinetwegen, gehen wir, wohin sie wollen.«

Niedergeschlagen, mit gesunkenem Kopf, versammelt der Ratspräsident die anwesenden Minister.

»Meine Herren, packen Sie zusammen, wir können nichts mehr machen.«

Es tagt, als sie am Feldflugplatz von Monóvar ankommen. Ein klarer Himmel. Nichts und niemand in der leeren Weite.

»Und die Flugzeuge?«

»Ich habe sie für sechs Uhr herbefohlen.«

»Was machen wir jetzt?«

»Warten.«

Die Regierungsmitglieder wissen, wo sie stehen: Alicante

ist in ihrer Gewalt. Ein Auto fährt vor. Negrín ruft Álvarez del Vayo, fordert ihn auf, neben ihm einzusteigen:

»Wir werden das Gebiet abfahren«, sagt er.

Die übrigen Minister stehen zusammen, zwanzig Meter weiter. Durch den Dunst dringt die Sonne.

»Wie spät ist es?«

»Fast neun.«

»Etwas Neues von den Flugzeugen?«

»Nein.«

»Camacho hat versichert ...«

»Sicher. Aber hier ist weit und breit kein Telefon.«

Negrín und Álvarez del Vayo kommen zur Position *Dácar*.

»Was habt ihr vor?« fragt der Präsident die Generäle Líster und Modesto.

»Wir bleiben hier.«

Sie unterbreiten ihre Guerrilla-Pläne. Sie hätten fast hundert Mann, die zu allem bereit seien. Juan Negrín blickt spöttisch auf die beiden Militärs, redet ihnen nach dem Mund:

»Ihr müßt unbedingt«, sagt er, als meinte er es ernst, »die Elektrizitätswerke in die Luft jagen. Als erstes das in Cuenca. Und dann die Wasserleitungen. Madrid ohne Strom und Wasser, das müßt ihr schaffen. Und dann könnt ihr noch gleich Casado und Besteiro umbringen.«

Er blickt sie an, ernst. Líster fragt ihn, verwirrt:

»Was werden Sie tun?«

»Schlafen. Ich will nicht, daß sie mich unausgeschlafen holen. Seit vier Tagen habe ich kein Auge zugetan. Ich will erholt sein, wenn sie mich töten.«

In demselben Raum, in den Vicente gerufen worden war, versammelt er sich nun mit der *Pasionaria*, mit Stepanov und Álvarez del Vayo.

»Ich habe Ihnen bereits gesagt, daß ich keinen Krieg unter Antifaschisten anführen werde. Ist General Hidalgo de Cisneros hier?«

»Ja.«

»Rufen Sie ihn.«

»Können Sie mich mit Casado verbinden?«

»Telefonisch nein; aber über Fernschreiber müßte es gehen.«

Der Ministerpräsident setzt sich an eine Ecke des Tischs und schreibt. Er braucht lange. Dann geht er noch einmal über das Geschriebene. Er liest. Er denkt nach. Noch einmal korrigiert er. Dann reicht er das Schreiben an die anderen weiter.

»Übermitteln Sie das, sobald und so gut es geht.«

Er erhebt sich, kann keinen Schritt tun. Er bricht zusammen, schläft auf der Stelle ein. Álvarez del Vayo fertigt eine Kopie der Nachricht an, dann tritt er hinaus auf die Terrasse; er blickte über das Land, die in der Sonne glitzernden Felder, sieht auf der anderen Straßenseite spielende Kinder.

»Wir müssen sie fertigmachen!«

»Wir müssen mit ihm verhandeln.«

»Mit Verrätern redet man nicht.«

»Wenn er stärker ist als du, schon.«

»Das wäre beschämend und unwürdig.«

»Mag sein. Aber das sind Worte, die in der Politik nichts zu suchen haben.«

»Was willst du dann hier?«

Togliatti wechselt ein paar Sätze mit Álvarez del Vayo.

»Was tun?« fragt der Minister.

»Manchmal muß man sterben können.«

»Aber nicht durch die Hand eines Verräters.«

Ihm fällt der Bericht von Diego de Torres ein, über die Schlacht von Alcazarquivir, die Unterredung zwischen dem König Don Sebastián und Francisco de Aldana:

»Hauptmann, warum nehmt Ihr kein Pferd?«

»Herr, es ist Zeit zu sterben, und sei es zu Fuß.«

Das war zu Zeiten und im Land der Mauren.

»Und die Flugzeuge?« fragt er.

»Ich weiß nicht. Dafür ist Hidalgo de Cisneros zuständig. Sobald sie ihr Gespräch beendet haben, werden die Flugzeuge bereitstehen.«

»Ist nicht schon alles gesagt?«

»Warten wir die Antwort Casados ab.«

Der Minister sieht zu, wie die Sonne höhersteigt. Die Schatten. Wo wird sie stehen, wenn sie ihn erschießen?

## 5

Die Stille weckt ihn. Jeden Tag schlägt Fidel Muñoz beim
ersten Schuß die Augen auf, so wie früher beim ersten Hah-
nenschrei. Eine Patrouille? Ein Schlafloser? Ein versehent-
lich losgegangener Schuß? Wie dem auch sei: Im Morgengrauen fällt immer irgendwo ein vereinzelter Schuß. Nur
heute nicht. Stille. Fidel Muñoz überkommt Unbehagen,
er spürt ein Kribbeln, von den Beinen bis in den Kopf. Be-
unruhigung. Er steigt hinauf auf seinen Ausguck. Das gleiche versucht auch der Tag, schwerfällig, sieglos. Totenstille.
Um ein Lebenszeichen zu setzen, gibt er in Richtung Universitätsgelände einen Schuß ab.

Keine Antwort. Sonst gibt es immer eine Reaktion; und
nun, nichts. Über allem Schwere. Was geht vor? Der Tag
überwindet sich nur zäh und will nicht anbrechen. Klamme
Kälte, Mißmut. Der Drang, jeden, der ihm in den Sinn
kommt, zu verunglimpfen; es bleibt bei dem Drang; denn
Schimpfen bedeutet Wucht, Tatkraft. Trotz seiner Jahre ist
es schon lange her, daß er sich so alt gefühlt hat. Jetzt dafür
um so mehr. Was soll ich hier? Was mache ich hier überhaupt? Er hat Hunger, fühlt sich elend. Er hat Nieren-
schmerzen, wie vor dreißig Monaten.

»Hast du schon gehört?«

Moisés Gamboa kommt herein, schlacksig, groß, mit
schmutzigem Bart. Untereinander nennen sie ihn Pirandello.
In jenen Jahren stand der Sizilianer in hohem Ansehen,

doch Silvio Úbeda wußte von dem traurigen Privatleben des Autors von *Mattia Pascal*, und in diesem Sinn teilte er sehr wohl etwas mit Moisés Gamboa: Antiquar und schon lange nicht mehr jung, seit dreißig Jahren verheiratet mit einer höheren Tochter aus Zamora, die zuerst auf den Hund und dann, für einen Neuanfang, nach Madrid gekommen war.

Pirandello betete seine Frau an, die ihm fünf Kinder schenkte und damit reichlich Anlaß für weiteres Unglück an ihn herangetragen hat. Carmen, seine älteste Tochter, brachte sich um – wie die einzige des großen Italieners –, aus Liebe zu einem skrupellosen Journalisten. Eines Morgens stieg das Mädchen auf die Dachterrasse des Hauses und stürzte sich nackt auf die Straße. Sie starb. Über den Schicksalsschlag verlor die Mutter den Verstand. Dann, als der Krieg kam, gingen die restlichen vier Söhne an die Front; einer starb in den ersten Tagen, in der Sierra; Romualdo verlor ein Bein, bei der Schlacht am Jarama; die anderen beiden gingen nach Frankreich, mit der katalanischen Armee. Seit 1924 war Soledad im Irrenhaus Leganés.

Mit seinen neunundsechzig Jahren steht Moisés Gamboa an vorderster Front seines Geschäfts, das – wer hätte das gedacht! – glänzend läuft. Überall quellen Bücher hervor.

Seit Jahren schon widmet sich der Buchhändler der Malerei; unter immer größeren Schwierigkeiten, weil in Madrid kein Zinnober mehr zu haben ist und seine Freunde ihm die Farbe nicht mehr, wie in den letzten Monaten, aus Barcelona oder Frankreich mitbringen können. Jetzt pinselt er alles in Blautönen, denn das sind die einzigen Farben, über die er verfügt; zwar eignen sie sich nicht besonders gut für seine üblichen Blumenmotive, aber Seestücke »gehen ihm nicht von der Hand«, so sehr er sich auch abmüht und trotz der Vielfalt der Indigotöne (Meerblau, Türkischblau, Marineblau), über die er verfügt. Moisés ist Mensch des Hinterlandes. Seit die anderen auf Madrid vorrücken, hält er seine

Frau in der Wohnung eingesperrt; Soledad spricht nicht mit ihm, sie blickt nur starr auf das, was er malt. Pirandello hat jede Evakuierung strikt abgelehnt, wegen der Bücher. Die Verwirrte ahnt von alldem nichts, in ihrem Zimmer, wo Moisés in jede Rombe der grobleinenen Steppdecke eine Blume gemalt hat. Sieht er sie an, wirkt sie, als sähe sie durch ihn hindurch, sie nimmt ihn gar nicht wahr, weil sie nur auf die Stoffe oder Kartons starrt, die er bemalt, wenn sie nicht gerade ihre eigenen spitz zulaufenden Hände betrachtet. Sie ißt kaum, ist spindeldürr. Wenn Romualdo – ihr einbeiniger Sohn – bei ihr vorbeischaut, beachtet sie ihn nicht. Inzwischen kommt er nur noch hin und wieder – er wohnt weit weg, in einem Armeleuteviertel –, er arbeitet im Volkshaus für das Komitee der Heimarbeiter, wo ihn Concha, seine Angetraute, nach seiner Entlassung aus dem Krankenhaus untergebracht hat.

»Hast du schon gehört?«

»Ja.«

»Wie findest du das?«

»Der Untergang.«

»Ich habe das kommen sehen, schon seit langem. Romualdo ist in die Sache eingeweiht.«

»Das macht dich sicher stolz.«

»Nein.«

Sie schweigen. Dafür haben sie also gelebt, um das mitmachen zu müssen!

»Wenn nur die arme Soledad nicht ...«

»Was?«

»Keine Ahnung.«

Er ist noch gar nicht so lange mit Fidel Muñoz befreundet, erst seit sie vor zehn Jahren Nachbarn wurden, und für Leute, die die Sechzig überschritten haben, ist das nicht besonders lange.

»Von Anfang an lief die ganze Sache schief.«

»Das sehe ich nicht so.«

»Mit dem Ausbruch des Krieges eilte die Arbeiterklasse zur Verteidigung der Republik, das war selbstverständlich. Versteh mich, sie hat sie verteidigt, die Masse mit ihren bloßen Händen. Und das, damit an ihrer Spitze – ganz offiziell – ein Bourgeois steht, ein Bourgeois, wie er im Buche steht, mit allen seinen Fehlern und Tugenden. Was hatte Azaña mit der Sozialistischen Partei zu tun, mit den Kommunisten oder den Anarchisten? Nichts. Er verstand sich gut mit Sozialisten wie Fernando de los Ríos oder Prieto, und die sind nicht sozialistischer als meine Großmutter.«

»Sagst du das wegen Besteiro?«

»Sicher doch.«

»Rede nicht über Sachen, von denen du nichts weißt. Julián sehe ich schon seit Jahren nicht mehr«, sagt Pirandello.

»Und weiter?«

»Ich weiß nicht, wie er denkt, aber – so nehme ich an – er dürfte ungefähr so denken wie ich.«

»Das heißt also, du billigst ...«

»Nein, das habe ich doch schon gesagt. Ich bin genau so alt wie Julián. Gemeinsam sind wir in die radikale Partei eingetreten, gemeinsam sind wir zu den Sozialisten übergetreten, vor allem aus Bewunderung für Pablo Iglesias. Wie du weißt, bin ich nie irgendwas in der Partei gewesen.«

»Was hat das mit dem zu tun, was er gemacht hat?«

»Sieh doch, ich habe schon lange die Illusionen der ersten reifen Jahre, also der Jahre um die Zwanzig, verloren. Ich glaube nicht mehr an Freiheit, Brüderlichkeit oder Gleichheit. Dafür habe ich zu viele Dinge gesehen, die mich über die Natur des Menschen ernüchtert haben. Am Ende treiben uns doch nur die kleinen, persönlichen Bestrebungen voran. Der Mensch ist schlecht, heuchlerisch, unfähig.«

»Danke für das Kompliment.«

»Das gilt für uns alle.«

»Du verdrehst ganz dreist die Wirklichkeit. Nimm doch nur ein Beispiel: dich.«

»Nur ja nichts berichtigen. Nur ja weiter glauben, daß man recht hat, nur ja nicht zugeben, daß man sich geirrt hat.«

»*Der gute Heilige Manuel, der Märtyrer.*«

»Auch Unamuno war kein Held.«

»Aber der hat wenigstens Gift und Galle gespuckt, hat gesagt, was er dachte.«

»Er war auch ein Dichter, aber wenn du dir seine Figuren ansiehst ...«

»Und wie sollte deiner Meinung nach die Ordnung der Welt aussehen?«

»Das spielt keine Rolle.«

»Anarchist, in deinem Alter?«

»Nein, überhaupt nicht. Strenge und eine harte Hand. Das war schon immer die einzige Möglichkeit, etwas zu erreichen.«

»Darum ist es dir im Leben so gut gegangen ...«

»Genau, Fidel, darum. Weil ich immer versucht habe, die anderen zu respektieren.«

»Bereust du es?«

»Nein. Aber ich finde es anmaßend, so wie du über Besteiro herzuziehen. Es ist doch möglich, daß er sich genau wie ich besinnt, und nur weil er es sich nicht eingesteht, weil er nicht nachgibt, sondern sich an seine Worte hält, hat er diese Dummheit begangen.«

»Du gibst zu, daß er ein Wahnsinniger ist.«

»Einer mehr.«

»Was spielt das schon für eine Rolle, nicht wahr?«

»Ich will nicht schuld daran sein, daß du so etwas gesagt hast.«

»Laß nur, ich glaube es auch nicht.«

»Ich will jetzt nicht streiten.«

»Was willst du eigentlich?«

»Sterben, sobald die arme Soledad ihre Ruhe gefunden hat.«

»Daß wir sterben müssen, ist das einzige, woran wir uns halten können.«

»Vielleicht noch nicht einmal das.«

»Hältst du dich für unsterblich?«

»Insoweit, als ich nicht begreifen werde, wenn es wirklich zu Ende geht.«

»Das nennst du Unsterblichkeit?«

»Was denn sonst?«

Sie schweigen.

»Und was werden sie jetzt machen?«

»Viel werden wir davon nicht mehr erleben.«

»Leider.«

## 6

Julián Templado fällt in Gegenwart von Juan González Moreno schonungslos über die Anarchosyndikalisten her und läßt die wildesten Verunglimpfungen auf sie los: FAI – Furchtbar Armselige Idioten. CNT – Canaille Nationalistischer Taugenichtse.

»Es reicht. Ich war als Stellvertreter von Rodríguez Vega bei der zweiten Versammlung der Volksfront dabei, hier, was weiß ich, wann das war. Schon damals schlugen die Anarchisten vor, eine ›Verteidigungsjunta‹ oder so etwas zu bilden.«

»Das wollten sie schon ganz am Anfang des Krieges, um ihn zu beenden.«

»Das stimmt nicht. Das Sektierertum macht dich blind.«

»Ich, ein Sektierer?«

»Anders als du bin ich nicht gegen die Kommunisten. Für die Anarchisten zählt die Erinnerung an den November '36, an ihr ›No pasarán‹. An das Wunder.«

»Gott, erlöse uns von den Wundern. Du weißt so gut wie ich, daß am 7. November in Wirklichkeit das Volk die Rebellen aufgehalten hat. Die Internationalen Brigaden haben erst ab dem 8., 9., 10. eingegriffen.«

»Natürlich, ohne die Madrilenen wäre alles umsonst gewesen. Alle haben sich aufs beste ergänzt. Aber jetzt lebt – zumindest für die Anarchisten – der Mythos wieder auf, und sie glauben an die Möglichkeit, das Wunder wiederholen zu können; aber selbst wenn das Volk sich noch einmal aufbäumt, in Rage über seine unzähligen Toten, vergessen sie dabei, daß ihnen ausgerechnet die Kommunisten fehlen. Und obwohl sie das wissen, wollen sie allein auf die Beine stellen, was wir nur gemeinsam geschafft haben. Ich kann ihnen keinen Vorwurf machen.«

»Und Casado? Besteiro? Meinst du, die gehören auch zu den Wundergläubigen? Daß ich nicht lache.«

»Spekulieren ist nicht meine Stärke. Ich weiß bloß, daß Negrín in Frankreich und in England verhandelt hat, um dem Krieg ein Ende zu setzen.«

»Aber dafür verhandelt man normalerweise mit dem Gegner, nicht mit dem, der einen verraten hat.«

»Über alles das können wir später noch reden. Jetzt ist nicht der Augenblick für Reden, jetzt heißt es handeln.«

»Und wie?«

»So viele retten, wie wir können.«

»Und nicht, ›rette sich wer kann‹.«

»Wenn du so willst.«

González Moreno und Templado kennen sich aus Barcelona. Der Arzt behandelte einen der Söhne des UGT-Führers, der an der Front von Teruel verwundet worden war.

»›Wenn sie solche Idioten sind, dann ist alles verloren‹. Das hat Negrín an dem Tag zu mir gesagt, als ich ihn warnte, daß sich da was zusammenbraut. Ich wehre mich dagegen zu glauben, daß Besteiro ein Idiot ist.«

»Ein Idiot nicht, aber ein Verräter.«

»Was hast du davon, wenn du solche Schlagworte gebrauchst? Auch das trifft nicht zu. Zumindest wenn es darum geht, seiner Linie treu zu bleiben. Besteiro stand schon immer dort, wo er jetzt steht. Er hat seine Meinung nicht geändert.«

»Aber er hat geschwiegen.«

»Weil er wußte, daß er zur Minderheit gehörte.«

»Ist das jetzt anders?«

»Das ist die Frage, darüber ließe sich endlos streiten. Wie auch immer, er hat sich erhoben. Was machen wir?«

Templado faßt sich an die Stirn und kratzt sich. González Moreno weiß nicht, daß er sich derzeit als Kommunist fühlt.

»In welchem Krankenhaus arbeitest du?«

»In keinem.«

»Sondern?«

»Willst du es wirklich wissen? Das ist eine lange Geschichte: Ich habe herausgefunden, daß mich die Medizin nicht interessiert. (Er wird sich hüten, ihm zu erzählen, daß er in der Redaktion von *Mundo Obrero* arbeitet, wo er Telegramme und Meldungen übersetzt, die sie von deutschen Radiosendern abhören.) Deine Söhne?«

»Manuel, den du behandelt hast, hat sich nie wieder ganz erholt. Mein zweiter war in Cartagena stationiert, er dürfte inzwischen in Oran oder Bizerta sein, mit der Flotte.«

»Sie haben uns erledigt.«

Julián Templado hatte González Moreno aufgesucht, um Neuigkeiten zu erfahren.

»Wir müssen zu einer Lösung kommen.«

»Die Herrn von der Regierung wollten davon nichts hören. Jetzt können sie nicht mehr zurück.«

»Das wird ihnen noch zu schaffen machen. Die Mehrheit der Streitkräfte ist auf unserer Seite.«

»Wen meinst du mit ›unserer Seite‹?«

»Die Regierungstreuen.«

»Welche Regierung?«

»Die einzig bestehende: die von Negrín.«

Sie schweigen.

»Was gedenkst du zu tun?«

»Ich weiß es nicht.«

»Der einzige, der etwas ausrichten könnte, ist Franco.«

»Wie?«

»Durch einen Angriff.«

»So blöd wird er nicht sein. Schwachköpfe gibt es bei uns schon genug.«

»Dieser verdammte Casado, verräterischer als ...«

»Kann man mehr oder weniger verraten? Das ist keine Frage von Abstufungen, Graden oder gar Dienstgraden. Miaja, der gestern noch zur Regierung gestanden hat: Ist er ein größerer oder kleinerer Verräter als Casado, der den Staatsstreich geplant hat? Ist Negrín ein Verräter, weil er nicht hier gestorben ist, wie wir alle vermutet haben, als wir ihn hier ankommen sahen?«

»Hübscher Satz. Ich bin neugierig, was du daraus machst. Für einen Politiker gehört die Gegenwart schon der Vergangenheit an. Seine ganze Aufmerksamkeit gilt dem, was er gerade zu entscheiden hat. Wenn er dabei seiner Überzeugung gehorcht, kann er gar nicht zum Verräter werden. Erst wenn er, aus welchen Grund auch immer, gegen seine Überzeugungen handelt, macht er sich zum Verräter. Aber für jeden, der an der Macht ist oder der an die Macht kommen will, ist die Vergangenheit bedeutungslos, und wenn du es genau wissen willst, noch nicht einmal die Zukunft, die jeden Tag aus den Errungenschaften des Vortags hervorgeht.«

»Und die Ehrbarkeit, was ist damit?«

»Die Ehrbarkeit besteht nur daraus, nichts anderes zu tun als das, was man glaubt, tun zu müssen, und dabei die gerade bestehenden Umstände mit zu bedenken. Alles andere ist Schnickschnack.«

# 7

»Ich habe Sie rufen lassen, damit Sie sich bereit erklären, neben Wenceslao Carrillo im Innenministerium zu arbeiten.«

»Ich?«

»Alle Parteien sollen vertreten sein. Sie sind Republikaner und können nicht nein sagen.«

»In welcher Funktion?«

Casado versteht nicht.

»Ich habe Ihnen doch schon gesagt, als Republikaner ...«

Pascual Segrelles ringt sich durch, etwas deutlicher zu werden:

»Ich meine, welche Aufgaben soll ich übernehmen?«

»Dieselben wie als Staatssekretär.«

»So wie ich es verstanden habe, wird es keine Minister mehr geben, nur noch Räte.«

»Unsere anarchistischen Compañeros sind gegen diese Bezeichnung. Aber die Kompetenz bleibt diesselbe.«

»Aber der Titel?«

»Ich glaube nicht, daß sie etwas dagegen haben dürften, sie weiter Staatssekretäre zu nennen«. Der beißende Spott war nicht zu überhören.

Pascual Segrelles glaubt zu träumen. Was wird Amparo sagen? Was wird Gloria sagen? Amparo hat sich nach zwei Jahren Ehe als krankhaft eifersüchtig entpuppt, und als furchtbar eingebildet auf ihren akademischen Titel, den sie vor ihrem Aufsteiger aus dem Volk übertrieben herauskehrt.

Eine Schönheit war sie nie: Aber jetzt schien es ihm, als sei ihre Stupsnase nur noch dazu gut, sie in alle außereheliche Angelegenheiten des Ex-Fächermalers hineinzustecken. Sie verfolgte ihn buchstäblich auf Schritt und Tritt: Sie überwachte ihn rund um die Uhr, stellte ihm überall hin nach. Amparos Argusaugen schliefen nie, ihre Ohren hielt sie stets gespitzt, und mit der wachsenden gesellschaftlichen Bedeutung ihres Gatten verstärkte sie ihre Vorsichtsmaßnahmen nur noch mehr. Nichts konnte ihrem Wachen Einhalt gebieten. Sie begleitete ihn in seine Werkstatt, stieg mit ihm in die Straßenbahn und machte ihm die Hölle heiß, sobald sie sich einbildete, ihr Schatz hätte seinen Blick auf irgendein weibliches Wesen gerichtet, oder schlimmer noch, irgendeine hätte sich in ihn verguckt.

»Für was halten Sie sich eigentlich? Er soll Sie angesehen haben? Was bilden Sie sich ein? Warum glotzen Sie nicht Ihren eigenen Mann an? Wenn Sie sich vergnügen wollen, gebe ich Ihnen gern ein paar Adressen ...«

Pascual Segrelles versucht, sie zu beschwichtigen. Sie steigen an der nächsten Station aus dem Wagen, um auf den nächsten zu warten. Gut zureden hat nicht den geringsten Zweck.

»Aber ist dir dieses fiese Weibsstück denn nicht aufgefallen? Hättest du mich doch gelassen, du hättest schon gesehen!«

Und wenn es erst umgekehrt war:

»Behaupte bloß nicht, sie hätte dir nicht gefallen! Du Würstchen! Jetzt behaupte bloß nicht, ich hätte Gespenster gesehen! Du hast sie mit den Augen verschlungen, ein Graus, so was mitansehen zu müssen!«

Mit der späten Geburt von Pascualín schöpfte der republikanische Stadtrat Hoffnung, daß endlich Frieden einkehren möge. Von wegen. Nun kamen Ehrgeiz und Eifersucht zusammen – in jeglicher Beziehung.

»Los, geh schon zu deinem Täubchen, wer auch immer sie ist, ich werd' ihr den Hals umdrehen.«

Bis eines Tages – der Mann war bereits Stadtrat – ihr Verdacht auf Gloria Montesinos fiel, das Tippfräulein im Rathaus.

»Euer Rathaus ist ja das reinste Freudenhaus!«

An Gloria war nichts, was Appetit machen könnte, höchstens ihre Abgezehrtheit. Dreißig magere Jahre.

»Und ihre Eltern?«

»Sie ist mutterseelenallein.«

»Glückwunsch.«

»Nicht wie du denkst, sie hat weder Vater noch Mutter. Ich weiß nicht, was du mit ihr hast.«

»Nichts.«

»An der ist ja auch nichts dran. Aber glaub bloß nicht, du könntest mich betrügen.«

»Wie käme ich darauf? Und außerdem, wann denn? Wie überhaupt?«

»Das Wie muß ich dir nicht erklären. Und wann? Genau das würde ich gerne wissen.«

»Ich schwöre dir ...«

»Spar dir das, du Hund. Weißt du überhaupt, was ein paar Herumlungernde auf einer Bank an der Plaza Emilio Castelar ihr nachriefen, als sie sie aus dem Büro kommen sahen? Das willst du gar nicht wissen, stimmt's? Hör nur zu: ›Punkt sechs, wie immer‹ Da staunst du, nicht? Ich möchte bloß wissen, was du an ihr findest, sie ist doch flach wie ein Bügelbrett.«

Pascual fand gar nichts an ihr; aber das ewige Sticheln des Eheweibs lenkte seine Aufmerksamkeit auf die Alleinstehende. Über ihre Begegnungen in den Gängen und bei der Arbeit entwickelte sich eine echte Freundschaft. Gloria, die mit der Pubertät zum Klappergestell geworden war, hatte sich seitdem zerknirscht damit abgefunden, niemals die

Wonnen der Zweisamkeit kennenzulernen. Sie zog sich von ihren Freundinnen zurück, als sie nichts mehr zu erzählen hatte und sich dafür um so mehr Einzelheiten und Maßangaben über das andere Geschlecht anhören mußte. Ihre Zeit verbrachte sie mit zwei Neffen, von denen sie angehimmelt wurde. Irgendwann zog sie ganz zu ihrer Schwester und wurde mehr oder weniger das Kindermädchen des Hauses. Ihr Schwager, ein Fettwanst – bei ihm saß das Herz im Bauch –, dachte nur ans Essen und Schlafen.

»Wie willst du zunehmen, wenn du nichts ißt?«

»Wenn ich doch keinen Appetit habe.«

»Der Appetit kommt mit dem Essen«, sagte Antonio und rülpste.

Pünktlich, zuverlässig. Pascual und Gloria bedauerten sich gegenseitig. Da Amparo schlecht als Schreckgespenst im Büro ihres Mannes, einem Mann der Öffentlichkeit, stehen konnte, wartete sie am Ausgang auf ihn, zusammen mit dem Kind.

Entnervt von ihrer rasenden Eifersucht, ihrem ständigen Piesacken, geschah irgendwann das Unvermeidliche, als die Gattin nach dem Tod ihrer Mutter für drei Tage nach Barcelona mußte. Die Furie roch den Braten sofort. Die unerquicklichen Szenen nahmen schlimmste Ausmaße an. Amparo verbreitete ihr Unglück in alle Himmelsrichtungen, beklagte sich bei allen, die ihr bereit- oder widerwillig zuhörten. Währenddessen organisierte Segrelles den Umzug Glorias und ihrer Familie nach Madrid.

»Ich kann doch Carmens Kinder nicht allein lassen!«

Später fielen sie nur noch lästig, als die unehelichen geboren wurden, verfolgt von dem wilden Zorn der Ehegattin.

»Sehn Sie die? Eine Schlampe, eine billige Nutte, die Geliebte meines Mannes.«

Pascual Segrelles konnte mit niemandem ein Wort wechseln, ohne daß seine Ehefrau hinter der nächsten Ecke auftauchte, den Gesprächspartner anfauchte und auf dem Absatz wieder kehrtmachte:

»Halten Sie ihn für einen anständigen Menschen? Pah! Ein Nichtsnutz ist er, der seinem Sohn das Brot stiehlt, um es einer Gammlerin zu geben, mit der er was hat.«

Mit dem Krieg änderten sich die Dinge ein wenig. Gleich in den ersten Tagen denunzierte Amparo Gloria als Faschistin. Da hatte sie sich verrechnet: Pascual bürgte für sie. Von da an pendelte der Mann zwischen Valencia und Madrid. Das war seine glücklichste Zeit; zumal er jetzt ständig daran dachte, nach Beendigung der Feindseligkeiten wieder zu malen. (›Sie werden alle staunen‹.) Und jetzt auch noch das i-Tüpfelchen: Staatssekretär, sein unausgesprochener Traum. Es sei denn, Amparo käme auf die Idee, sich in der Hauptstadt niederzulassen ... – geht es ihm durch den Kopf, während er noch immer Casado gegenübersteht –. Nein, Unsinn: Sie fürchtet sich zu sehr vor der Nähe der Front, noch dazu mit dem Jungen. Der Junge, das einzige, was ihn hin und wieder in Valencia hält.

»Hier haben Sie eine Liste von all denen, die festgenommen werden müssen, als Vorsichtsmaßnahme. Man wird Ihnen geeignete Männer zur Verfügung stellen, um die Aktionen durchzuführen.«

## 8

Um zehn Uhr morgens tritt González Moreno in Besteiros'
enges Büro, das neben dem von Oberst Casado liegt. Der alte
Sozialistenführer macht Anstalten sich zu erheben, doch der
Besucher unterbricht ihn mit einer brüsken Handbewegung
und der unverblümten Frage:

»Ist Ihnen überhaupt bewußt, was Sie da tun?«

(Trotz ihrer gemeinsamen zwanzig Jahre in der Partei ha-
ben sie sich nie geduzt. Unter Sozialisten war das so üblich:
Araquistáin und Álvarez del Vayo waren Genossen, alte
Freunde, verschwägert, und trotzdem haben Sie sich immer
gesiezt. Eine Art wechselseitiger Respekt, den viele mit dem
Krieg und dem Einfluß der Kommunisten verloren haben.)
›Mit jedem Tag wird er seinen Karikaturen ähnlicher‹, denkt
González Moreno. Wie er ihn jetzt sieht, fällt ihm eine von
Tovar ein – oder war sie von Fresno?, die sein Pferdegebiß
betont, mit überdimensionierten vorstehenden Zähnen. Steif
und ernst, wie man sich englische Schutzmänner vorstellt.
Seine langen schmalen Händen, die er unentwegt ineinander
faltet. Alt geworden.

»Die anderen haben es so gewollt.«

Gefechtslärm dringt dumpf zu ihnen. (Wer gegen wen?)

»Man wird euch nie verzeihen.«

»Wer?«

»Die Überlebenden.«

»Im Gegenteil – wenn es überhaupt Überlebende geben wird, werden sie das uns zu verdanken haben.«

»Sind Sie sich sicher?«

»Voll und ganz.«

»Wenn Sie noch einmal von vorne anfangen könnten ...«

»Würde ich alles noch einmal genau so tun, wie ich es getan habe.«

Das Tackern eines Maschinengewehrs. Eine Detonation.

»Sie schauen zu, wie wir uns gegenseitig umbringen, dann brauchen sie es nicht mehr zu tun.«

»Daran sind wir selber schuld.«

»So ist es: Es ist eure Schuld.«

»Möchten Sie lieber an die Wand gestellt werden?«

»Um von einer republikanischen Kugel getötet zu werden? Ja.«

»Das steht Ihnen frei.«

»Aber, wie soll es danach weitergehen?«

»Danach? Wann?«

»Nehmen wir einmal an – und das ist viel –, daß die Pläne des Verteidigungsrates aufgehen. Daß Burgos in euren Frieden einwilligt, was ich nicht glaube: Denn wenn Ihr ihnen den vollständigen Sieg auf dem Silbertablett serviert, wozu sollen sie dann noch verhandeln?«

»Mit Negrín hätte sich die Regierung von Franco niemals an den Verhandlungstisch gesetzt. Mit mir, mit Casado schon.«

»Etwas anderes fällt euch dazu wohl nicht ein; dabei habe ich Ihnen gerade erklärt, warum ich das nicht glauben kann. Aber selbst wenn es so wäre: Ihr habt die liberalen Wurzeln Spaniens zerstört, entzweigeschlagen.«

»Liberale Wurzeln?«

»Hängen Sie sich nicht an Worten auf, Besteiro. Auch ich fühle mich keinem der beiden Lager zugehörig. Dafür habe ich zuviel gesehen. Und Sie werden mir glauben, daß es mir nicht um mein Leben geht. Fest steht: Nach der Niederlage bestünde noch eine Hoffnung. Es sei denn, Sie glauben, das Franco-Regime würde für alle Ewigkeit die Macht übernehmen: das Jahrhundert des Friedens, das Chamberlain in München ausgerufen hat ...«

Der bittere Tonfall González Morenos bringt Besteiro zum Verstummen.

»Azaña hat abgedankt; bei Negrín weiß ich es nicht genau. Ich glaube nicht nur, ich bin felsenfest überzeugt, daß die Kommunisten mitziehen werden, gegen Sie und gegen alles, wofür sie stehen.«

»Sie werden dem Regierungsrat folgen.«

»Möglich. Aber schon morgen, dazu muß man kein Hellseher sein, werden Sie und Casado und alle, die jetzt auch diese Ungeheuerlichkeit angezettelt haben ...«

»Aber sie sind einverstanden: die Sozialistische Partei ...«

»Welche?«

Besteiro schaut gereizt. Und fährt fort:

»Die Republikaner, die Anarchisten.«

»Lassen wir die Anarchisten beiseite. Die sind unberechenbar. Hauptsache, sie sind dagegen und haben das Sagen, und sei es nur für einen Tag, das macht sie schon überglücklich, diese Selbstmörder. Nein, darum geht es nicht, Professor ...«

Besteiro erstarrt; nicht wegen der wahren Worte, wegen der Anrede.

»Darum geht es nicht.«

González Moreno empfindet auf einmal große Erleichterung. Was will er hier? Was hat es für einen Sinn, daß er hergekommen ist? Er sagt nichts. Besteiro erhebt sich.

»Madrid hat das nicht verdient.«

»Ist das alles, was Sie mir zu sagen haben?«

»Außerdem stelle ich mich Ihnen zur Verfügung, wenn Sie meinen, ich könnte mich zu irgend etwas nützlich machen.«

Besteiro schweigt, fährt sich mit der linken Hand über die stoppelige Wange. Er bemerkt die Kanonen. González Moreno setzt sich: Die Worte waren plötzlich und unüberlegt aus ihm hervorgebrochen. Jetzt fühlt er sich leer. Er hört seinen Gesprächspartner wie aus weiter Ferne. Er sieht ihn winzig klein, an einem Faden hängend, wie eine Puppe.

»Reisen Sie nach Paris und versuchen Sie, von dort aus die Evakuierung zu organisieren.«

González Moreno sieht Besteiro an und wiederholt für sich die Frage, die er nicht begriffen hat; der Gedanke muß sich erst setzen. Er braucht lange, um – ungläubig – zu antworten:

»Haben Sie noch nichts in die Wege geleitet?«

»Nein.«

Stille.

»So gut wie nichts.«

»Ich bin dafür nicht sonderlich geeignet.«

»Doch.«

»Schicken Sie einen anderen. Ich bin nicht zurückgekehrt, um gleich wieder wegzugehen. Genausowenig, um mitansehen zu müssen, was ich hier sehe.«

»Wenn Sie nicht hin wollen, was wollen Sie sonst machen?«

»Sie befehlen.«

Die Ironie trifft Besteiro.

»Kennen Sie unser Manifest?«

»Ich habe es überflogen.«

»Lesen Sie es.«

Er reicht ihm einen mehrseitigen Text.

»Ist es von Ihnen?«

»Nein. Casado hatte es vorbereitet.«

»Schon lange?«

»Zwei oder drei Wochen, glaube ich.«

»Wer hat es geschrieben?«

»García Pradas, glaube ich.«

»Volksfront in Reinkultur.«

González Morenos beißender Ton verletzt Julián Besteiro. García Pradas, ein eher einfach gestrickter Anarchist, ein CNT-Führer. Hinterhältig, blind für alles, das außerhalb seiner Interessen liegt, unbeherrscht, ohne klare Linie, aufbrausend aus Freude daran, unverschämt, dreist. Jetzt fällt ihm ein, daß er ihn aus Casados Büro hat heraustreten sehen, als er am 5., gestern – gestern?, ja gestern – gerade aus dem Büro von Segrelles kam. Noch so einer: Staatssekretär! Was denken die sich eigentlich? Sie träumen. Hauptsache Eskorte ... Er liest:

»Arbeiter Spaniens, antifaschistisches Volk Spaniens!

Der Augenblick ist gekommen, da wir der tatsächlichen Lage schonungslos ins Auge blicken müssen. Revolutionäre, Proletarier, Spanier und Antifaschisten, wir dürfen der Unvernunft und Ziellosigkeit, der völligen Desorganisation und unfaßbaren Tatenlosigkeit der Regierung von Doktor Negrín nicht länger zusehen. Angesichts der gegenwärtigen Krise und der bevorstehenden Entscheidung sehen wir uns gezwungen, das Schweigen und die Unsicherheit zu beenden, durch das diese Handvoll Männer, die sich Regierung schimpft, ihre Glaubwürdigkeit endgültig verspielt hat.

Vor einigen Wochen ging der Krieg in Katalonien in allgemeiner Auflösung zu Ende. Alle feierlichen Versprechungen, die dem Volk gemacht worden sind, waren vergessen, alle Verpflichtungen mißachtet, alle Tatsachen übergangen. Während das Volk Tausende seiner besten Söhne in blutigen Schlachten geopfert hat, riefen die Herren, die an der Spitze standen, nach Widerstand, verließen ihre Posten und hatten bei ihrer beschämenden Flucht nichts anderes im Sinn, als ihre eigene Haut zu retten, und sei es auf Kosten ihrer Ehre.

Das darf im Rest des antifaschistischen Spanien nicht noch einmal geschehen. Wir können nicht dulden, daß einerseits vom Volk erwartet wird, daß es Widerstand leistet bis zum Tod, während andererseits die Führer sich mit allen nötigen Mitteln auf ihre bequeme Flucht vorbereiten. Wir können nicht zulassen, daß, während das Volk kämpft, sich verteidigt und stirbt, einige wenige Herrschaften ihren Wohnsitz ins Ausland verlegen.

Um das zu verhindern, um die Erinnerung an diese Scham auszulöschen, um die völlige Auflösung in den schwersten Momenten zu verhindern, hat sich der Nationale Verteidigungsrat gebildet, und indem wir die gesamte Verantwortung für die Bedeutung unserer Aufgabe auf uns nehmen, in der vollkommenen Überzeugung von der Rechtmäßigkeit unseres Handelns, gestern, heute und in der Zukunft, wenden wir uns heute, im Namen des Nationalen Verteidigungsrats, der die Regierungshoheit übernommen hat, seit Dr. Negrín sie verspielte, an alle Arbeiter, alle Antifaschisten, an die Gesamtheit der Spanier. Wir stellen uns der Verantwortung, wie sich jeder seiner Verantwortung stellen muß, und garantieren, daß sich niemand dieser Verantwortung entziehen oder sich vor ihr drücken kann, indem er nicht zu seinem Wort oder seinen Versprechungen steht.

Die Autorität der Regierung von Dr. Negrín ist nicht verfassungsmäßig verankert; außerdem hat sich gezeigt, daß niemand ihr Vertrauen entgegenbringt oder an ihren gesunden Menschenversand glaubt, geschweige denn an ihre Opferbereitschaft, was für die, die die Geschicke eines so heldenhaften und untadeligen Volks wie des Spanischen lenken wollen, selbstverständlich sein müßte.

Aufgrund der genannten Umstände haben Dr. Negrín und seine Minister keinerlei Autorität, um ihre Macht zu erhalten. Wir betonen noch einmal unsere Autorität als ehrenvolle und aufrichtige Verteidiger des

Spanischen Volks, als Männer, die entschlossen sind, ihr eigenes Leben als Garantie einzusetzen und ihr eigenes Schicksal zu dem aller zu machen, damit niemand sich den heiligen Pflichten entziehen kann, die jeden gleichermaßen angehen.

Schöne Worte sind nicht unsere Sache. Wir sind nicht gekommen, um uns als Helden aufzuspielen. Wir sind gekommen, um einen Weg einzuschlagen, der das Schlimmste verhindern kann, und um diesen Weg gemeinsam mit dem Spanischen Volk zu gehen, was auch immer das für die Zukunft bedeuten mag.

Wir versichern euch, daß wir nicht desertieren und auch keine Deserteure dulden. Wir versichern euch, daß nicht ein Mann, der die Pflicht hat, in Spanien zu bleiben, das Land verlassen wird, bis alle das Land aufgrund ihres eigenen Entschlusses verlassen wollen.

Wir lehnen eine Politik des Widerstands ab, denn wir wollen unsere Sache retten, und verhindern, daß sie untergeht in Hohn und Rache. Darum bitten wir alle Spanier um ihre Unterstützung, und darum versichern wir, daß niemand um die Aufgabe herumkommen wird, seine Pflicht zu erfüllen. ›Entweder wir werden alle gerettet, oder wir sterben alle‹, lautet ein Ausspruch von Dr. Negrín, und der Nationale Verteidigungsrat hat zu seinem Motto und zu seiner einzigen Aufgabe erklärt: diese Worte in Wirklichkeit umzusetzen. Darum bitten wir euch um eure Unterstützung. Darum bitten wir euch um euren Einsatz, und darum werden wir unerbittlich verfahren mit allen, die ihre Pflichten nicht erfüllen.«

»Abgesehen davon, daß sich das liest wie von einem Holzhacker verfaßt: Wen wollen Sie betrügen? Die Demagogie steht Ihnen nicht, Besteiro.«

»Wenn nur ein Spanier weniger stirbt dank unserer Initiative, sehen wir uns in unserem Handeln bestätigt.«

»Und die, die durch eure Schuld sterben?«

Julián Besteiro macht eine undeutliche Handbewegung; dann fragt er:

»Der Krieg bis zum letzten Mann, wie ihr ihn verfochten habt, war das denn ein Honigschlecken?«

»Ist euch nicht bewußt, daß wir mehr Leben opfern, wenn wir uns blind ergeben, als wenn wir weiter Widerstand leisten …? Und wenn Sie nicht abhauen …«

»Ich gehe nicht.«

»Das wird Sie und die Ihren noch hart treffen. Ein Trost bleibt Ihnen immerhin.«

»Und der wäre?«

»Das Sie es so gewollt haben. Ob an den Fronten oder im Hinterland, der Krieg, der Tod wüten blind.«

»Übertreiben Sie nicht.«

Er möchte am liebsten aussprechen, was ihm auf der Zunge liegt: ›Sie werden schon sehen.‹ Der laue Opportunismus des Sozialistenführers schmerzt ihn. Nein, er wird es nicht sehen. Und er selbst auch nicht. Sie gehen in das Büro von Casado hinüber, als sie von dort laute Stimmen hören.

Don Mariano López, Richter am Obersten Gerichtshof, hochrot vor Zorn, wirft dem Militär an den Kopf:

»Ich soll also zwischen zwei Totalitarismen wählen, oder drei, von mir aus: deinem, dem aus Burgos und dem der Kommunisten. Zu allen dreien sage ich nein.«

»Was willst du?«

»Etwas, das sich für dich wahrscheinlich vollkommen idiotisch anhört: Legitimität, denn ob du's glaubst oder nicht, sie ist das einzige, was unsere morsche Welt retten kann.«

»Wer's glaubt, wird selig.«

»Mehr noch: Man muß der Geschichte ins Gesicht sehen. Ihr kehrt ihr den Rücken zu und werdet nicht weit kommen.«

»Besprich das mit Besteiro.«

»Darum bin ich hier.«

# 9

Um elf betritt General Miaja das Büro von Oberst Casado,
der ihm entgegentritt:

»Glauben Sie mir, General, ich dachte schon, ich hätte
mich gegen Sie erhoben.«

»Na so was«, antwortet der Asturianer. »Ich war es auch
leid. Ich hatte mir dasselbe überlegt.«

In einer Ecke stehen Rodríguez Vega, Sekretär der UGT,
und Edmundo Domínguez, Kommissar der Zentrumsarmee.

Ein Anruf unterbricht die Unterhaltung. Casado gebietet
mit harscher Handbewegung Ruhe. Es ist ein Telex.

»Von Negrín.«

Casado liest:

> »Die von mir als Präsident geführte Regierung sieht
> sich schmerzlich überrascht von einer Bewegung, die
> aufgrund der Widersprüchlichkeiten ihrer Forderun-
> gen jeder Rechtfertigung entbehrt. Der sogenannte
> Verteidigungsrat fordert in seiner Botschaft an unser
> Land: einen schnellen und ehrenhaften Frieden ohne
> Verfolgungen oder Repressalien, der die Unabhängig-
> keit des Landes garantiert, ohne sich jedoch darüber zu
> erklären, auf welche Weise solche Verhandlungen auf-
> genommen werden sollen. Ungeduld und Unwissen
> über den tatsächlichen Stand unserer Verhandlungen
> haben zu falschen Auslegungen des Vorgehens der
> Regierung geführt, ungeachtet der Tatsache, daß die

Regierung den Geist der Einheit immer als Grundlage ihrer Politik verstanden hat; wäre die Stellungnahme zur derzeitigen Lage, die heute abend im Namen der Regierung abgegeben werden sollte, abgewartet worden, hätte sich jene unglückliche Episode mit Sicherheit vermeiden lassen. Wenn rechtzeitig ein vernünftiger Austausch zwischen Regierung und den von ihr abweichenden Bereichen stattgefunden hätte, jegliche Art von Meinungsverschiedenheiten hätte ohne jeden Zweifel ausgeräumt werden können. Das Geschehene läßt sich nicht rückgängig machen, aber es es ist sehr wohl möglich zu vermeiden, daß diejenigen, die brüderlich für unsere gemeinsamen Ideale und vor allem für Spanien gekämpft haben, schweren Schaden erleiden. Wenn der Samen des Zwists gar nicht erst aufkeimt, kann trotz allem eine gute Ernte gedeihen. Auf dem Altar der heiligen Interessen Spaniens müssen wir die Waffen niederlegen, und wenn wir unseren Feinden die Hand reichen wollen, müssen wir, die wir Waffenbrüder waren, jede blutige Auseinandersetzung vermeiden. Ihrem staatlichen Auftrag Folge leistend, wendet sich die Regierung an die in Madrid gebildete Junta und schlägt ihr vor, einen oder mehrere Vertreter zu bestimmen, die im Geist der Freundschaft und im Interesse des Vaterlandes die Meinungsverschiedenheiten ausräumen werden. Das ist das Anliegen der Regierung, weil es ein Anliegen Spaniens ist, und unter allen Umständen muß eine mögliche Übertragung von Befugnissen in geordneten und verfassungsmäßigen Bahnen vonstatten gehen. Nur so werden wir die Sache, für die wir gekämpft haben, ruhmreich und ohne Verlust des Ansehens weiterführen können. Und nur so werden wir uns in den internationalen Beziehungen die Vorteile bewahren können, die uns mit unseren wenigen Verbindungen zu Gebote stehen. In der Überzeugung, daß die Junta meinem Appell an die Verantwortung für Spanien Gehör schenke und auf die von mir formulierte Forderung eingehen werde, grüßt Sie, *Negrín*.«

Bevor überhaupt einer das Wort ergreifen kann, sagt Rodríguez Vega:

»Ich stelle mich zur Verfügung ... Bildet eine Delegation, die mit der Regierung Gespräche aufnimmt ... Ich ...«

»Ein guter Vorschlag«, sagt Casado und wendet sich an Besteiro: »Haben Sie gehört, was Rodríguez Vega gesagt hat? Ich glaube, das wäre eine Möglichkeit, die uns vieles ersparen würde.«

Er wiederholt das Gesagte und blickt dabei in die Runde:

»Ein guter Vorschlag.«

»Warum sollen wir mit Ihnen reden?« fragt Besteiro ungerührt. Bevor er zu Ende reden kann, schreit Miaja:

»Nichts! Null! Wir dürfen keine Rücksicht auf sie nehmen. Das ist ein Manöver, um Zeit zu schinden.«

Carrillo, Val, Mera pflichten ihm bei.

»Nichts, gar nichts, verdammt.«

»Seid ihr euch im klaren, was noch passieren kann?«

»Gar nichts wird passieren, und wenn doch, renke ich das auf der Stelle wieder ein«, beschwichtigt Wenceslao Carrillo, und fast alle stimmen ihm zu.

Casado beharrt nicht länger. Edmundo Domínguez und Rodríguez Vega verlassen das Finanzministerium.

»Komm, wir reden mit Henche.«

Im Büro des Bürgermeisters von Madrid treffen sie Trifón Gómez, den Leiter des Versorgungsamtes. Die vier Sozialisten zögern, auf wessen Seite sie sich schlagen sollen. Sie sind gegen die Bildung des Verteidigungsrats, dagegen, daß die UGT mitmacht. Aber, was bleibt ihnen übrig? Wenceslao Carrillo hat sich zum Wortführer ihrer Gewerkschaft gemacht, und die meisten meinen, daß die Unión General de Trabajadores hinter der Junta steht.

Das Telefon klingelt. Henche hört zu, die Kinnlade fällt ihm hinunter.

»Die Kommunisten haben sich in den Neuen Ministerien an der Castellana verschanzt.«

»Wieso? Wenn die Regierung doch einwilligt, die Befugnisse zu übertragen ...«

»Sie wissen nichts davon, und außerdem hat Carrillo angefangen, Leute festnehmen zu lassen.«

»Was ist zu tun?«

Am wenigsten weiß das Edmundo Domínguez, der am Vorabend Besteiro seine Unterstützung zugesagt hat, und jetzt, da er mit Rodríguez Vega, Henche, Trifón Gómez zusammen ist, traut er sich nicht, ihnen die Wahrheit zu sagen.

Niemand spricht aus, was ihnen allen auf der Seele lastet. Wie konnte es soweit kommen? Sie sind ausgebrannt, und unter ihren Händen zerfällt alles zu Staub und Asche.

»Inzwischen weiß keiner mehr, wo er steht.«

»Wer?«

»Du, ich, wer auch immer.«

»Alles was er anfaßt, verwandelt sich in Scheiße.«

Edmundo Domínguez ist verwirrt, er wagt nicht zu fragen, auf wen Rodríguez Vega sich bezieht.

## 10

Zwei Douglas landen auf dem Feldflughafen in Monóvar. Die Sonne brennt. Die Stunden schleichen dahin. Ungeduldig schreiten die Minister auf und ab, suchen Schatten unter den Flügeln der Maschinen.

»Was treibt bloß Negrín?«

Dicht über dem Horizont taucht eine weitere Douglas auf. Sie zieht eine Schleife über dem Flugfeld. Dann dreht sie ab. Verschwindet.

»Jetzt sind wir geliefert.«

»Ausgeliefert sind wir erst einmal nur der Sonne ...«

Eine halbe Stunde später fliegt eine Dragón über sie hinweg.

»Was sollen wir machen?«

»Wir können nicht ohne den Präsidenten starten.«

»Sie werden uns abknallen wie die Karnickel.«

Seit einundeinhalb Tagen haben sie nicht gegessen. Nervosität macht sich breit. Sie reden um zu reden. Schweigen. Gehen auf und ab.

Um zwei Uhr nachmittags erscheint Negrín.

»Los.«

Nacheinander heben die beiden Flugzeuge ab. Vicente Dalmases, auf seiner Rückfahrt nach Madrid, sieht sie von der Landstraße aus.

Von Monóvar nach Elda, sieben Kilometer. Elda, die lebendige Erinnerung an Emilio Castelar, große Schriftzüge auf herrschaftlichen Häusern: *Wohlstand, Brüderlichkeit, Fortschritt,* die Kooperativen. Der Vinalopó. Der Petrel, seine Ausläufer, die Burg; Olivenhaine, trockene Erde. Das beste Allioli Spaniens kommt aus Petrel, es heißt *giraboix.* Pinienwälder, Weinstöcke, Mandelbäume, die mit Ulmen gesäumten Promenaden, Olivenhaine. Das Peñarrubia-Gebirge, die Picos de la Cabrera, die Carboneras. Die Felsen von Sax. Die reiche Ebene von Villena. Pappeln, die schon nach Kastilien aussehen. Die Grenze, scharf gezogen vom Bergrücken des Cid: hier die Levante, dort Kastilien. Wüßte der Spiritist, daß das Schicksal Vicente Dalmases in just diesem Augenblick an den Fuß des Berges führt, der den Namen des Helden aus Vivar trägt, was würde er sagen? Denn genau in dem Augenblick, als Vicente nach Villena kommt, fällt ihm plötzlich ein, daß er, würde er nach rechts abbiegen, in wenigen Stunden, über Onteniente und Játiva, in Valencia sein könnte. Er zögert. Nein, er zögert nicht: zuerst Madrid, dann Asunción: sein Leben.

11

»War Vicente gestern da?«

»Ja.«

»Warum hast du nichts gesagt?«

»Es wäre nicht gut gewesen.«

»Was wäre nicht gut gewesen?«

»Daß du ihn gesehen hättest.«

»Warum?«

»Du wärest imstande gewesen, ihn aufzuhalten und damit den Lauf der Geschichte zu ändern.«

Zum ersten Mal spricht er, wenn auch nur vage, das Verhältnis zwischen Lola und Vicente an.

»Weißt du denn nicht, was geschehen ist?«

»Natürlich weiß ich es, und ich wußte es sogar schon im voraus. Darum habe ich getan, was ich getan habe, und werde das auch weiter tun ... Aber, da du nunmal nicht an die echte Wahrheit glaubst ...«

»Hör mit dem Unsinn auf.«

»Red nicht in diesem Ton mit mir.«

»Spar dir deine Worte. Vicente ist in Gefahr.«

»Nicht mehr.«

»Wie willst du das wissen?«

»Er ist weggegangen, weil ich es ihm befohlen habe«, sagt der Alte stolz.

»Er ist weggegangen? Wohin denn?«

»Keine Ahnung.«

»Du lügst.«

»Red nicht so mit deinem Vater! Er ist weggegangen.«

»Wohin?«

»An die Küste.«

»Nach Valencia?« Ihr Ton wird sanfter.

»Keine Ahnung.«

»Weil du es ihm gesagt hast.«

»Nein, Befehl von oben.«

»Was wollte er hier?«

»Dich sehen.«

»Hat er keine Nachricht hinterlassen?«

»Daß du ihn anrufen sollst.«

»Wo?«

»Im Pardo. Aber ich habe schon mit ihm gesprochen.«

»Du? Du willst ihn angerufen haben? Ich glaube dir kein Wort.«

»Du hast mir noch nie etwas geglaubt.«

»Was hast du ihm gesagt?«

»Ich habe ihn noch einmal gedrängt, alles stehen- und liegenzulassen.«

»Und das hat er gemacht?«

»Das denke ich doch.«

Lola rennt hinaus. Ohne irgendein Verkehrsmittel braucht sie sechs Sunden, bis sie am Pardo ankommt. Sie lassen sie nicht hinein, das Gebäude ist mit Maschinengewehren und Panzern gesichert, die Gitter und Tore verrammelt. Nach langem Bitten und Betteln und indem sie sich mit Namen Dalmases vorstellt, erreicht sie, daß Oberstleutnant Rocha, ein Freund Vicentes, herauskommt, um sie anzuhören.

»Vicente? Der ist gestern abend Richtung Küste weggefahren, er hatte einen Auftrag.«

»Offiziell?«

»Aber sicher.«

»Wird er zurückkommen?«

»Anzunehmen.«

»Wann?«

»Das weiß ich nicht.«

»Heute noch?«

»Bestimmt.«

»Sagen Sie ihm, daß ich da war.«

»Wird gemacht.«

Lola baut sich vor ihrem Vater auf und knallt ihm eine Flasche Wein auf den Eßtisch.

»Hier, besauf dich mal richtig, steh dazu. Leg *Coppelia* aufs Grammophon und füll dich ab. Daß du einen Sparren locker hast, gibt dir kein Recht, dich in meine Angelegenheiten einzumischen. Und damit du es weißt: Vicente ist gestern abend nicht weggefahren, weil du ihm das gesagt hast, sondern weil er den Befehl dazu hatte.«

Der Alte lächelt in sich hinein, selbstgefällig.

»Glaubst du mir das nicht? Ich komme gerade vom Pardo.«

»Er wird nicht zurückkommen.«

»Schon gut, du hast einfach nicht alle Tassen im Schrank.«

»Beleidige nur deinen Vater, wenn du das für richtig hältst, aber hör auf das, was ich dir sage. Du bist von einem unreinen, niederen Geist besessen. Du weißt nicht, was du sagst, meine Arme. Und sollte er deinem teuflischen Einfluß gehorchen und doch zurückkommen, wäre das schrecklich. Don Germán hat es mir heute nacht vorausgesagt: Wenn er zurückkommt, bringen sie ihn um. Damit würde er nichts verlieren, wir hingegen alles.«

Der Alte hebt die Arme zum Himmel, um sie daraufhin in einer melodramatischen Geste fallen zu lassen.

»Don Germán oder der vollkommene Schmarren.«

Der Spiritist, außer sich, holt mit dem Arm aus. Seine Tochter weicht zurück und baut sich auf:

»Wage es!«

Don Manuel bricht vor dem Tisch zusammen, sein Kopf sinkt zu Boden. Die Glatze glänzt.

»Trink und schlaf deinen Rausch aus.«

Vicente ist ihrer, sie drückt ihn an die Brust. Sie umarmt und küßt das Kopfkissen.

»Er gehört mir, mir allein.«

## 12

»Anbei übersende ich Ihnen, ohne weiteren Kommentar, die Mitschrift eines Gesprächs, das zwei waschechte Sozialisten vom harten Kern gerade eben im Untergeschoß des Finanzministeriums geführt haben, in einem Vorzimmer von Besteiros Büro. Wer die Gesprächspartner sind, weiß ich nicht. Einer von beiden muß ein Gefolgsmann Largo Caballeros sein, *et enragé*. Wenn Araquistáin hier wäre, würde ich sagen, es muß er gewesen sein, aber der sitzt in Paris in Sicherheit. Wenceslao Carrillo und Rodríguez Vega? Besteiro und Antonio Pérez? Vielleicht Henche, Trifón Gómez, Edmundo Domínguez oder Augusto Fernández. Einer unserer Agenten hat mitgeschrieben, aber er durfte sich nicht zeigen; vielleicht interessiert es Sie; es wird nichts gesagt, was nicht in den letzten Tagen schon verlautbart worden wäre, aber nach dem, was sich während der ersten Schußwechsel ereignet hat, bekommt das Gesagte einen anderen Sinn:

›Als erstes müssen wir dem Leichnam der Regierung Negrín einen ordentlichen Totenschein ausstellen: Wir erklären sie für abgesetzt ab dem Zeitpunkt, als Volk und Armee, zu Recht aufgebracht, sie gezwungen haben, das Land in aller Eile mit dem Flugzeug zu verlassen, nur daß ihnen diesmal nicht Francos Leute auf den Fersen waren, sondern die überkochende Wut von Republikanern, Sozialisten und Anarchisten, die endlich, wenn auch zu spät, die

Nase voll hatten von der unfähigsten, despotischsten und zynischsten Regierung, die Spanien jemals hatte, einschließlich der schmachvollsten Epochen der Habsburger und Bourbonen. So gesehen ist das unglückselige Spanische Volk nie tiefer gefallen, und es war nie so weit davon entfernt, seine Geschicke in guten Händen zu wissen.‹

›Du läßt dich von deiner Wut mitreißen. Ich sage nicht, daß die Regierung getan hat, was sie hätte tun müssen, aber zwischen dem und deinen Vorwürfen liegen Welten.‹

›Die jüngsten Ernennungen waren nicht zu rechtfertigen, sie legten die gesamte Befehlsgewalt über das Heer in die Hände der Kommunistischen Partei, und das hat nur zu Recht den Aufstand von Volk und Armee in Madrid und im übrigen republikanischen Spanien nach sich gezogen.‹

›Ganz meine Meinung.‹

›Sag das nicht mit diesem ironischen Tonfall. Die ganzen – oder fast ganzen zwei Jahre, die sie die Zügel der Macht in Händen hielt, haben wir den gesamten Norden Spaniens verloren, einen Teil der Mittelmeerküste und schließlich ganz Katalonien. Letztendlich ist der Grund für diese ungeheuerliche Niederlage die dümmliche und brutale kommunistische Diktatur, die diesen unglücklichen Kriegsverlauf und seinen tragischen Höhepunkt herbeigeführt hat. Und die folgsamen Helfershelfer dieser Diktatur waren Juan Negrín und sein Innenminister: Diktatoren unter der Knute der Kommunistischen Partei.‹

›Sie waren einmal deine engsten Freunde und sind Mitglieder unserer Partei.‹

›Es gab schon Zeiten, da sind Leute, die weniger Katastrophen, Blutvergießen und Zerstörung zu verantworten hatten als diese Männer, an die Wand gestellt worden, man hätte sie zumindest verurteilen und einkerkern müssen – dann hätten sie nicht vorsorglich ins Ausland fliehen können –, und dort wären sie in Schmach und Vergessenheit dahingesiecht, während die Geschichte ihr unerbittliches Urteil über sie gefällt hätte. Aber anscheinend haben die Zeiten sich geändert; denn heute stellt sich niemand mehr dem Gericht der eigenen Nation, sondern verschwindet ins Ausland und erdreistet sich auch noch, sich weiter als Regierung des Vaterlandes zu bezeichnen, das man in den Ruin getrieben hat, aus Unfähigkeit, oder sogar Verrat, wie ich Anlaß habe zu vermuten, da die Herren Regierenden es neben vielem anderen versäumt haben, Katalonien zu verteidigen, als dazu noch Zeit gewesen wäre.‹

›Das kann ich nicht dulden, schließlich bin ich dort gewesen und du hier. Man hat das Menschenmögliche getan. Wenn das Material nicht an der Grenze steckengeblieben, sondern rechtzeitig bei uns angekomen wäre …‹

›Um nichts in der Welt wollten sie auf die Macht verzichten: Sie hätten was weiß ich alles in Kauf genommen, um sich so lange wie möglich an der Macht zu halten, ob im Sieg oder in der Niederlage. Vor einigen Monaten schon hat Álvarez del Vayo, – nicht gerade ein zweiter Talleyrand, auch wenn er einen ähnlich krankhaften Hang zum Exibitionismus an den Tag legt –, verkündet, daß Negrín und seine Gefolgsleute noch immer von ihrem französischen Fuchsbau aus weiterregieren würden, selbst wenn ganz Spanien schon längst verloren wäre. Und da haben wir's, inzwischen versuchen sie, diese Vorhersage zu erfüllen.‹

›Sollten deine Worte irgendwie Gehör finden, fügst du dem spanischen Volk mehr Schaden zu als sämtliche Katastrophen, die die Regierung Negrín deiner Darstellung nach zu verantworten hat. Bist du dir darüber im klaren?‹

›Ich weiß aus sicherer Quelle, daß es bei gewissen Beauftragten der Regierung im Ausland gravierende finanzielle Unregelmäßigkeiten gegeben hat. Und ich weiß ebenso, daß hohe republikanische Persönlichkeiten stattliche Summen, die kaum zu rechtfertigen sind, unter ihrem Namen bei englischen und amerikanischen Banken deponiert haben. Das republikanische Spanien wird niemals in der Lage sein herauszufinden, wer von seinen Beauftragten und Geschäftsträgern rechtschaffen seine Arbeit geleistet hat und wer nicht.‹

›Du Nestbeschmutzer. Was hat das mit dem Widerstand des spanischen Volks zu tun? Mit dem Verrat, der gerade eben verübt wurde?‹

›Die Republik siecht dahin, verblutet und hungert aus, nur weil ihre Regierung fast zwei Jahre lang ihre völlige Unfähigkeit unter Beweis gestellt hat, in der Kriegsführung, bei der Versorgung der Zivilbevölkerung oder in der internationalen Politik. Niemals in der langen und glücklosen Geschichte des Landes lagen seine Geschicke in den Händen so unfähiger Dilettanten; aber der gesamte Überbau ließ sich einlullen und steckte mit in dem verpesteten Sumpf.‹

›Wenn das deine Meinung ist, warum hast du dann nicht früher auf den Putz gehauen anstatt zu schweigen?‹

›Es mußte erst der geeignete Moment kommen.‹

›Und jetzt ist es soweit. Du bist stolz, nicht wahr?‹

›Wann wird das spanische Volk je wieder an die Untadeligkeit und Fähigkeit der Menschen glauben können, die seine Parteien und Organisationen anführen, und wenn das erreicht ist, wann wird es seine Hoffnung wieder auf die Demokratie setzen? Das ist das tragischste an dieser unermeßlichen Tragödie.‹

›Mir brauchst du das nicht zu erzählen. Sieh dir selbst an, wie weit es mit dir gekommen ist. Ich kenne dich; was du mir gerade gesagt hast, kannst du nicht für dich behalten: Du wirst deinen Groll, deine Wahrheiten und deine Lügen überall herausposaunen, zum Schaden aller. Aber du wirst sehen, eines Tages wird dein Haß – den ich zum Teil gerechtfertigt finde – vergessen sein, und dann steht das Volk wieder auf den Beinen, und ob du willst oder nicht, kein anderer als Negrín wird es der einzigen würdigen Lösung entgegenführen.‹

Eine Tür knallte.

»Was halten Sie davon?«

Vier Tage zuvor betrat León Peralta das Büro des Handelsbeauftragten, nachdem er angeklopft hatte.

»Können Sie keinen Termin vereinbaren?«

»Rosa María ist nicht da.«

»Ich kann mir nicht vorstellen, daß das, was sie mir sagen wollen, so dringend ist, daß es nicht bis zu ihrer Rückkehr warten könnte. Ich kann es nicht ausstehen, wenn meine Anweisungen mißachtet werden.«

Don José María Morales legt großen Wert auf Formen, ›gerade jetzt, wo jeder auf ihnen herumtrampelt‹.

»Rosa María ist nicht zum Mittagessen erschienen, nicht zum Abendessen, ohne Bescheid zu geben.«

Es ist zehn Uhr abends, der Diplomat hört den Radiosender aus Burgos.

»Wenn ihr etwas zugestoßen wäre, wüßten wir es bereits.«

»Vielleicht schon, es sei denn, man hat ihr jede Kontaktaufnahme untersagt.«

»Setzen Sie sich mit der Leitung des Hauptkommissariats in Verbindung.«

Luis Mora war nicht da, also sprach er mit dem Assistenten des Direktors. Er schrieb mit.

»Sie ist meine persönliche Sekretärin.«

»Ist Ihnen in den letzten Tagen an ihr etwas aufgefallen?«

»Nein. Haben Sie denn etwas bemerkt?«

»Ja.«

»Was ist Ihre Vermutung?«

»Ich weiß es nicht.«

»Aber das gibt uns immerhin Anlaß zu der Annahme, daß es sich nicht um eine überraschende Festnahme handelt.«

Wer kitschig ist, ist doch nicht unbedingt doof – denkt der aristokratische Schuhputzer ziemlich erstaunt.

Alarmiert setzt Don José María am nächsten Tag Luis Mora von der Sache in Kenntnis.

»Hat sie einen Freund?«

»Soweit wir wissen, nein.«

»Kann man ihr absolut vertrauen?«

»Sie kennen sie.«

»Ich kenne so viele Leute, die ich nicht kenne ...«

»Sie ist seit dem 22. Juli 1936 bei uns.«

»Wie ist sie?«

»Wie alle Frauen: ziemlich eigensinnig und launisch.«

»Ich werde etwas herausfinden.«

Er fand nichts heraus. Klarheit hingegen erlangte León Peralta, über einen Kommandanten der 44. Brigade, einen Vertrauensmann aus Burgos. Am 5. März, um sechs, nahm eine Spezialeinheit des Innenministers Comandante Rafael fest, wegen Entführung einer Botschaftsangestellten. Ungeachtet seines Protests sperrten sie ihn in die Verließe des Kommissariats an der Puerta del Sol.

Mit der Erhebung des Verteidigungsrats und der sofortigen Absetzung der Polizeibeamten, die ihn abgeführt hatten, war der Offizier nun in Gefangenschaft, ohne daß irgendwer gewußt hätte, wer er war oder warum er dort saß.

Als er mitbekam, in wessen Händen er sich jetzt befand, war er so vorsichtig, nichts zu fordern und seine Papiere zu vernichten.

»Warum bist du hier?«

»Ich weiß es nicht. Sie haben mich betrunken aufgefunden.«

»Wie heißt du?«

»Pedro García Rodríguez.«

»Vielleicht wirst du ja morgen verhört.«

»Das hat keine Eile, mir geht es gut hier.«

»Stimmt: ein erstklassiger Bunker.«

Die Kugeln prallten an die Fassade. Hin und wieder schlug eine durch bis in den Keller. Jetzt dürfte González von der VII angreifen, denkt Terrazas. Er sieht sich in Freiheit, im Escorial, zusammen mit Rosa María in den Bergen: die Weite Kastiliens!

## 13

Es beginnt zu dunkeln.

»Egal wie: Der *Mundo Obrero* muß herauskommen. Wir können den Kübel Dreck, den sie über uns auskippen, nicht unbeantwortet lassen.«

In ihren Händen die Abendausgabe der Zeitungen.

Sie müssen rechtzeitig zur Druckerei durchkommen. Von Fuencarral ist das ein gutes Stück. Sie bekommen Geleitschutz von zehn Mann der II. Heeresgruppe. Sie müssen die Verbindung zur 200. Brigade herstellen. Julián Templado hat zum ersten Mal wieder eine Mauser in der Hand, seit damals, als er am 7. November 1936 nach Usera ging, bevor er nach Barcelona aufbrach. Die Schützen der II. Heeresgruppe haben die Straßen bis zur Calle de Alcalá unter ihrer Kontrolle.

(Warum ist er damals weggegangen? War es Flucht? Die Reise war mehr als eine Woche vorher geplant. Trotzdem ...)

»Drückt euch an die Wände!« schreit Jesús Córdoba, aus Sevilla.

»Mit denen machen wir kurzen ...«, knurrt Pedro Curiel.

»Morgen ist von denen keiner mehr übrig. Was wollen sie gegen uns ausrichten? Wir haben die besseren Männer, und wir sind mehr.«

Templado hinkt stärker als gewöhnlich, unter der Last des Gewehrs. Wohin mit ihm? Als sie in die Gran Vía einbiegen, geraten sie unter Beschuß.

»Zum Teufel!« flucht der Sevillaner und weicht zurück, am Arm verletzt. »Jetzt hätten sie mir fast den Arsch zerfetzt.«

Die Schüsse kommen von hinten. Pedro Curiel wird getroffen und fällt. Drei weitere, verwundet.

»Ergebt euch!«

Sie heben die Hände.

»Ich trau meinen Augen nicht! Pascualín Segrelles ist Staatssekretär im Innenministerium! Wenn ich es dir sage! Da bleibt einem die Spucke weg. Der kriegt keinen Nagel in die Wand, und jetzt das. Dafür sind wir also in den Kampf gezogen? Ein Hustenbonbonfabrikant. Ein Pantoffelheld. Mag ja sein, daß er als Maler sogar etwas taugt. Aber als Mann, und das ist doch das Entscheidende, ich bitte dich! Als Stadtrat hat er – wie die anderen auch – alles mitgehen lassen, was nicht niet- und nagelfest war. Ein Schüler von Mongrell, er wohnte in der Carrer d'En Llop. Ich kenne ihn, seit er so klein war ... (Terraza kennt alle seit frühester Kindheit; er ist drauf und dran, die ganze Familiengeschichte auszubreiten. Rafael Vila fällt ihm ins Wort.)

»Wer sind die ersten?«

»Drei vom SIM. Alejandro Renovales ...«

»Das wurde auch Zeit. Wer noch?«

»Julio Romero und Sebastián Luque. Alle drei in Las Delicias. Sie haben uns nach Stadtvierteln aufgeteilt.«

Vila, Banquells, Terraza und Mijares rasen in einem schwarzen Wagen die Calle de Atocha hinunter.

»Es ist der Befehl ergangen, sie ins Innenministerium zu bringen, es sei denn, sie leisten Widerstand.«

»Wie sollen diese Schwachköpfe denn Widerstand leisten?«

Das schaffen nur sie: die einzigen, die wirklich etwas

draufhaben. Jetzt wird man in Madrid die Anarchisten schon kennenlernen. Und die Revolution. Francos Rebellen? Alles zu seiner Zeit. Zuerst müssen sie mit diesem Gesocks von Negrínanhängern und Kommunisten fertig werden, die nichts anderes im Kopf haben, als sie von der Landkarte zu tilgen.

Im Morgengrauen schaffen sie es in der zweiten Schicht fast bis ans Ende von Bravo Murillo. Sie biegen in die Serrano ein.

»Hör mal: Nimm die Castellana, sonst kommen wir noch zu spät, und dieser Satansbratan riecht Lunte.«

»Um wen geht's?«

»Einer ist Kommissar in der VIII. Division.«

Als sie zwischen den Neuen Ministerien und der Befehlszentrale der VII. Division durchfahren, werden sie angehalten. Nachdem sie ihre Ausweise vorgezeigt haben, dürfen sie auf den Hof der Kaserne fahren.

»Wir haben Girón gefangengenommen«, tönt Victoriano Terraza.

»Das wissen wir bereits.«

»Also, dann paßt bloß auf, was ihr mit uns anstellt!«

»Wir haben hier noch niemanden schlecht behandelt.«

»Außerdem bin ich der Vater von Comandante Rafael.«

Um elf bringen sie sie nach Chamartín, ins Hauptquartier der II. Heeresgruppe, anschließend, zusammen mit anderen Gefangenen in einen Lastwagen gepfercht, zum Pardo. Sie sperren sie, mehr als achtzig Leute, in einen Keller.

»Angeblich sind wir fast tausend.«

Wer nicht schweigt, flucht.

Der Fahrer weckt Vicente.

»Wir sind schon fast da. Du hast geschlafen wie ein Murmeltier. Wo soll ich dich hinbringen?«

»Zum Pardo.«

Als sie nach Las Ventas kommen, werden sie angehalten.

»Die Papiere …«

Vicente zeigt seinen Ausweis. Sie studieren ihn im Licht der Scheinwerfer.

»Aussteigen.«

»Warum?«

»Das wirst du gleich erfahren. Wo kommt ihr her?«

»Das geht dich überhaupt nichts an.«

Sie richten die Waffen auf ihn.

Und zu dem Fahrer: »Aussteigen, du auch.«

Ihnen bleibt nichts andres übrig als zu gehorchen. Die drei bewaffneten Männer bewachen Vicente schärfer als Ramón Muñoz, der in die Dunkelheit wegrennt. Ziellos ballern sie hinterher. Eine der drei Kugeln prallt an der Bordsteinkante ab und durchschlägt eine Fensterscheibe.

## III.   7. März

1

»Wehe, ich kriege mit, daß Julián eine andere hat, dann bringe ich ihn um!« keift Mercedes.

»Nur ihn?«

»Das hängt davon ab, bei was ich sie erwische.«

»Bei meinem kann ich ganz beruhigt sein.«

»Wieso, kannst du hexen?«

»Ach was; Carlos hat einfach keine Zeit.«

»Du Glückliche, aber wenn ich meinen erwische, dann mach ich Kleinholz aus ihm. Magst du nicht darüber reden? Würde es dir nichts ausmachen, wenn Carlos ...?«

»Doch. Aber es gibt noch andere Dinge.«

»Du hast eine Meise. Kaum taucht irgendwo ein Mann auf, schon gehst du in die Knie.«

»Das kann dir doch egal sein«, erwidert Manuela, die weiß, wovon sie spricht.

»Was soll mir egal sein?«

»Wer steht und wer auf Knien ist.«

»Du bist mir vielleicht eine!«

Sie fertigen gerade Mullbinden.

»Julián ist gestern abend nicht nach Hause gekommen.«

»Unter den derzeitigen Umständen hat das nichts zu sagen.«

»Bei dem schon, Aufstand hin oder her... Du Glückliche, daß du deinen im Griff hast.«

Manuela weiß, daß sie ihr Leben niemals mit Carlos

Riquelme teilen würde, wenn nicht Krieg wäre. Er hat sie genommen, weil sie bei der Hand war, weil er keine Zeit hatte, sich eine andere zu suchen, weil er das Krankenhaus nicht mehr verläßt; weil er an nichts anderes denkt als ans Operieren, und dabei weder an den letzten Luftröhrenschnitt noch an die bevorstehende Amputation, sondern ausschließlich an den Schnitt, den er gerade mit größtmöglicher Präzision ausführt.

Sie sagt nichts, aus Furcht, nicht die rechten Worte zu finden, wenn sie ihm ihre Liebe erklären würde, zumal sie in das Gefühlsleben ihres Geliebten keinen Einblick hat. Sie glaubt, der Chirurg mag es vor allem praktisch. Die fehlende Zeit, die Verwundeten, deren Zustrom kein Ende nimmt, das alles lastet auf ihnen. Die Frau träumt davon, einmal mit ihm gemeinsam einen ganzen Tag zu verbringen. Um endlich einmal zu schlafen, merkt Riquelme an. Sein einziger Herzenswunsch, schlafen.

Er operiert von sechs Uhr morgens an: ein zwölfjähriges Kind mit einer Kugel in der Nähe des fünften Wirbels, ein Alter mit einer Kugel im Bauch: fünfzehn Stiche; ein Junge mit zersplitterter rechter Kniescheibe; ein anderer mit völlig kaputter Luftröhre; einem Hauptmann, den er kennt, amputiert er das linke Bein, auf halber Höhe des Oberschenkels. Hunderte warten. Es fehlt an allem möglichen: Mullbinden, Katheder, Desinfektionsmittel.

Wir haben nicht angegriffen, wir haben auch den Feind nicht zurückgeworfen. Es sind republikanische Kugeln.

»Die tun mehr weh, nicht wahr?«

Es ist die Rede von Tausenden von Toten. Sie, die Toten, reden. Er nimmt Aufputschmittel, um nicht einzuschlafen, und Beruhigungsmittel, damit er die Nerven behält. Er kann nicht mehr. Jeden Augenblick fürchtet er, einen ungeheuerlichen Fehler zu begehen. Mercedes assistiert ihm, mit dem Kopf bei Julián:

»Noch nicht mal für eine Minute läßt er sich blicken. Und er ruft auch nicht an. Soweit sind wir schon!«

»Bitte nähen. Der nächste.«

Der nächste, der nächste, der nächste: von Republikanern verwundete Kommunisten, von Kommunisten verwundete Anarchisten. Wir alle haben einmal zusammengestanden.

Leoncio Moreno stirbt ihm auf dem Operationstisch. In seinem Alter verkraftet er die Narkose nicht mehr, ganz zu schweigen davon, daß der, der sie ihm verabreicht, sich kaum noch auf den Beinen halten kann. Der Chirurg streift Kittel, Haube, Handschuhe ab.

»Laßt mich für ein paar Stunden in Ruhe. Dann sehen wir weiter.«

Er zieht sich in ein Kämmerchen am Ende des Gangs zurück, das früher als Rumpelkammer diente. Dort stehen, schon seit Monaten, eine Pritsche und ein Stuhl. Die Zimmer der Krankenhausärzte sind schon seit langem den Kranken vorbehalten. Er schläft in dem Moment ein, in dem sein Kopf in das Kissen sinkt. Beim Erwachen schreckt er auf und erinnert sich sofort an die Ereignisse des Vortags.

Wenn er könnte, würde er sich den Brustkorb öffnen, um die ganze Wut hinauszulassen, die bitter in ihm aufsteigt. Es ist nicht auszuhalten. Warum so viel Dummheit? Warum so viel Blindheit? Warum sind die Menschen voneinander so verschieden? Warum diese Ohnmacht, ihnen das Offenkundige begreiflich zu machen? Warum sind sie so sturköpfig?

Was draußen vor sich geht, geht ihm durch Mark und Bein; er kann sich nicht über die Dinge stellen, jedem Tag mit Abstand begegnen, obwohl ihm das schon viele Male geholfen hat, sich zu beruhigen und zu lächeln. Inzwischen sind die Geschehnisse zu nah; sie ersticken ihn, lasten auf ihm, lähmen seine Hände. Trotzdem, er muß zurück in den Operationssaal.

»Willst du etwas?«

Er blickt Manuela an. Keine Antwort.

»Willst du wirklich nichts? Templado ist festgenommen worden. Ich wollte es nicht vor Mercedes sagen. Sie hätte vollkommen durchgedreht.«

»Warum hast du mir das nicht früher gesagt?«

»Du warst auf einmal weg.«

»Wie hast du das erfahren?«

»Ein paar Compañeros vom *Mundo Obrero* haben es mir gesagt.«

»Wo halten sie ihn fest?«

»Das weiß ich nicht.«

»Wer überhaupt?«

»Wer wohl? Die vom Verteidigungsrat.«

Riquelme läßt Bonifacio García rufen, den Verantwortlichen der CNT.

»Ihr habt Doktor Julián Templado festgenommen. Mir versagen die Kräfte, er ist der einzige, der mich ablösen kann. Die anderen sind wie ich am Ende.«

»Wo ist er?«

»Das weiß ich nicht.«

## 2

Der Fahrer Ramón Muñez wußte über das Leben und die Lieben von Vicente Dalmases Bescheid: Wo sie doch in derselben Einheit waren, welches Getuschel blieb da geheim?

Bevor er sich auf den Weg zum Pardo machte, rief er in der Erste-Hilfe-Station an, in der Lola arbeitete. Da er sie dort nicht erreichte, hinterließ er eine unmißverständliche Nachricht, die man ihr am nächsten Morgen um sechs bei ihrer Ankunft am Arbeitsplatz überbrachte. Ohne um Erlaubnis zu bitten, rennt sie hinaus. An der ersten Straßenecke bleibt sie stehen. An wen soll sie sich wenden? Von den Aufständischen kennt sie niemanden. Mit ihrem Vater zu reden wäre sinnlos, schicksalsergeben wie er ist.

Ihr fällt Fidel Muñoz ein, in dessen Haus sie einmal mit Vicente gewesen ist. Ein alter Sozialist, vielleicht ein Anhänger Besteiros, und wenn nicht, vielleicht einer seiner Freunde.

Nicht wiederzuerkennen, bleich, fahl, tiefe Falten, verstärkt durch einen struppigen, verdreckten Bart; trübe Augen, die Hände über dem Gewehr gekreuzt; so sitzt er da, weggetreten. Nachdem sie ihm berichtet hat, lebt er auf.

»Ich gehe zu Besteiro. Auf der Stelle. Hier (an der Front) wird niemand gebraucht. Sie sehen zu, wie wir uns nach Lust und Laune gegenseitig umlegen.«

Lola gleitet in einen demolierten Sessel. Sie kippt fast um, fängt sich wieder. Durch den Ruck wird ihr Kopf wieder klar.

»Wird er dich denn empfangen?« fragt Silvio Úbeda den Herrn der vordersten Feste.

»Ich glaube schon.«

Mit ihnen geht Bibiano Posadas. Die drei, alte Parteigenossen und Kollegen, wissen nicht, daß Leoncio Moreno – der sonst immer mit von der Partie ist – soeben, wenige Stunden zuvor, auf einem Operationstisch gestorben ist, nachdem er im Kreuzfeuer verwundet worden war.

»Was haben wir nicht alles getan, und jetzt so was.«

»Sie haben es darauf angelegt.«

»Wen meinst du mit sie?«

»Die Kommunisten.«

»Findest du das gerecht?«

»Ich finde gar nichts.«

Fidel Muñoz denkt an Pirandello, dessen Sohn mit Wenceslao Carrillo befreundet ist. Vielleicht wäre das der beste Weg. Doch nein: erst mit Besteiro sprechen; zunächst einmal erfahren, was geschehen ist. Zumal das persönliche Eingreifen des Herrn Professor auf jeden Fall das erfolgversprechendste war.

Die Luft wird verpestet von dem Gestank einer Leiche, die sie nicht entdecken können. Die Wehrlosigkeit gegenüber dem Elend um sie herum verstört sie, ihre Wut im Bauch, ihr Hin- und Hergerissensein, und so gehen sie schweigend, unter der Last ihres Schmerzes auseinander.*

»Ich komme mit.«

Der Linotypist sieht Lola erstaunt an.

»Sie müssen nicht.«

»Nicht wegen Ihnen, wegen mir.«

Fidel zuckt die Schultern.

---

\* Sie sollten nicht wieder zusammenkommen. Silvio Úbeda kam im Gefängnis um. Bibiano Posadas starb an Entkräftung.

»Bist du sicher, daß die vom Verteidigungsrat ihn haben?«

»Ja.«

»Woher weißt du das?«

»Der Fahrer konnte bei ihrer Rückkehr von der Levante-Front entwischen. Wohin gehen wir?«

»Zu ihm nach Hause.«

Sie machten sich auf den Weg zu Julián Besteiros kleiner Villa in der Nähe der Pferderennbahn. Sie kamen erst nicht durch: Truppen, die gegen den Rat kämpften, hielten die Zone besetzt. Es wurde blindlings geschossen. Nachdem sie die ganze endlose Prozedur von Durchsuchung, Ausweiskontrolle und nochmaligem Ausfragen hinter sich gebracht hatten, gewährte man ihnen Eintritt. Entgegen aller Erwartung fand Fidel im Untergeschoß sofort Einlaß.

»So eine Überraschung!«

»Don Julián, verzeihen Sie mir meine Dreistigkeit.«

»Dreistigkeit? Seit wie vielen Jahren kennen wir uns?«

»An die vierzig.«

Fidel Muñoz hielt zu Julián Besteiros, seit dessen Aufstieg in der Sozialistischen Partei, bis er im Jahr 1927 auf die Seite Indalecio Prietos überwechselte, da der *Professor* damals für die Beteiligung der Sozialisten an der von Primo de Rivera einberufenen Nationalversammlung war.

»Mache ich es Ihnen jetzt auch wieder nicht recht?«

»Ich weiß nicht.«

»Wir müssen uns mit der Realität abfinden. Der Krieg ist verloren, Fidel. Was nützt es, wenn noch eine halbe Million Spanier sterben? Oder besser, wem würde das nützen? Rußland. England und Frankreich werden am Ende den Deutschen freie Hand gegen die UdSSR lassen. Unser Widerstand zögert diesen unausweichlichen Moment nur hinaus.«

»Sehen Sie doch, Don Julián: Kämpfen oder nicht kämpfen für irgendwas, das eintreten wird, wenn dieses oder wenn jenes geschieht, dieses Kämpfen unter Vorbehalt, das ist nichts für Leute wie mich; außerdem, wenn das eintritt, was Sie sagen, dann würde das also, und da liege ich wohl nicht falsch, den Sieg des Faschismus für was weiß ich wie lange bedeuten.«

»Nein: Der Faschismus und der Kommunismus werden sich gegenseitig vernichten. Die Kommunisten denken nur an sich. Darum haben sie Ihren Freund Prieto aus dem Verteidigungsministerium herausgeschmissen.« (Er grinst, wodurch seine langen gelben Zähne zum Vorschein kommen.) »Spanien ist nichts weiter – und war nie etwas anderes – als eine Trumpfkarte in ihrem Spiel. Sie wissen, daß Hitler sie angreifen wird, sobald Franco gewonnen hat, darum wollen sie unseren Kampf verlängern, bis der letzte Spanier dran geglaubt hat, sie wollen dasselbe wie die Nazis, nur aus anderen Gründen.«

»Vergleichen Sie sie nicht, wenn auch nur aus dem einen Grund, daß sie mit uns gekämpft haben und mit uns kämpfen, und wie, und daß sie nicht auf der Gegenseite stehen!«

»Sie kennen keine Moral, und jedes Mittel ist ihnen recht«, beharrt der alte Sozialistenführer. »Solch eine Politik ist noch nie die meine gewesen.«

Fidel Muñoz schweigt für einen Moment. Dann schließt er die Augen, und seinem Gegenüber zugewandt, spricht er das aus, was ihn, wenn auch unbewußt, mit hierher geführt hat:

»Aber Sie haben sich ohne rechtliche Grundlage gegen die Regierung erhoben. Sieht so Ihre Moral aus?« fügt er hinzu und traut seinen eigenen Ohren nicht.

Besteiro reckt sich und steht auf.

»Um mir das zu sagen, haben Sie sich bis hierher durchgeschlagen?«

»Nein, ganz und gar nicht, Don Julián.«

Überwältigt von der Begegnung mit seinem früheren Idol, dem er sich nun entgegenstellt, hat er Vicente vergessen.

»Die Regierung hat ihre Legitimität verloren, als der Präsident der Republik zurückgetreten ist.«

Er geht zur Tür.

»Ich bin nicht gekommen, um mit Ihnen zu streiten.«

»Ich hatte aber fast den Eindruck.«

»Ein Freund von mir, Vicente Dalmases, ist festgenommen worden.«

»Typograph wie Sie?«

»Nein. Ein junger Spund, Gold wert.«

»Kommunist?«

»Vermute ich.«

»Sprechen Sie mit Carrillo.«

»Wir konnten nie gut miteinander.«

»Nun, das ist der richtige Augenblick zur Korrektur. Nicht nur in dieser Angelegenheit.«

»Ich fürchte, er wird mich noch nicht einmal empfangen. Und es wäre fürchterlich, wenn meinem Freund etwas zustoßen würde.«

»Wissen Sie schon, daß die Kommunisten letzte Nacht Hunderte von unseren Leuten festgenommen und getötet haben?«

»Nein.«

»Sehen Sie.«

Fidel Muñoz verkneift sich die Frage, wer der Schuldige sei. Er kommt auf den eigentlichen Grund seines Kommens zurück:

»Das heißt also, Sie können gar nichts tun?«

»Das ist Sache von Carrillo. Ich kümmere mich um andere Angelegenheiten.«

Andere Angelegenheiten ... Lola wartet im Vorzimmer.

»Und?«

»Nichts. Ich soll mich an Carrillo wenden.«

»Gehen wir?«

»Es ist sinnlos.«

»Los.«

Sie gehen zur Puerta del Sol hinunter. Wenceslao Carrillo weigert sich, Fidel Muñoz zu empfangen. Ohne sich Hoffnungen zu machen, spricht er mit seinem Anliegen bei einem Sekretär vor.

»Was nun?«

»Ich will sehen, ob ich Trifón Gómez finden kann.«

»Wo?«

»Keine Ahnung.«

Trifón Gómez sitzt im Pardo in Haft. Lola verabschiedet sich, sie muß es über andere Kanäle versuchen, bei der Erste-Hilfe-Station vorbeischauen, was auch immer.

»Danke.«

»Wofür?«

»Für das, was Sie getan haben.«

»Ich hoffe, ich kann noch etwas ausrichten.«

»Hinterlassen Sie mir Nachrichten unter dieser Nummer.«

Fidel Muñoz geht die Calle Montera hoch, weiter durch die Calle de Fuencarral, bis zu den Boulevards, in sich versunken, vollkommen abwesend. Diese Müdigkeit! Auf welcher Seite steht er? Wo sind Sitte und Anstand geblieben? Die Disziplin verfällt; er ist verstört, wie weggetreten, durcheinander, und stolpert. Seine Unterhaltung mit Julián Besteiro stößt ihm bitter auf. Vicente tritt dahinter zurück.

›Als wäre es Absicht, so ein Trampel.‹ Er sieht die Seinen – Silvio, Leoncio, Bibiano – vernichtet, das Leben umsonst hingegeben. Vicente erschossen. Kalt. Was bricht über die Welt herein? Madrid: die Welt. Alle ihre Vorhaben gescheitert. In welche neue und unbekannte Sphäre tritt er auf seine alten Tage ein? Er hält inne, um sich über sein Unwissen klar zu werden, um in sich zu gehen. Was wird gespielt? Zählen denn Mut, Einsatz und Selbstlosigkeit gar nichts mehr? Welchen Strick hat ihnen das Schicksal gedreht? Er kann es nicht fassen – Vicente erschossen. Seit wann überläßt man dem Feind das Feld? Wie kommt es, daß sie sich nicht wehren gegen das Übel, was ihnen angetan wird? Angst ist es nicht. Sie werden sich niedermetzeln lassen, und ich gleich mit, ich kann nicht mehr.

Es ist ihm ein Graus, er kann sich nicht mit der Wirklichkeit abfinden: Wie ist es möglich, daß die Aufständischen sein Haus ihn Besitz nehmen, seinen Posten? Es ist sein Leben. Er kann den Zorn nicht unterdrücken, den das widrige Schicksal in ihm entfacht. Was für eine Qual nicht zu wissen, welchen Weg er einschlagen soll. Was ist besser, weitermachen oder umkehren? Lose blitzen die Gedanken auf. Die Wut zerfrißt ihn, er stellt sich ihr mit aller Kraft entgegen. Nein, nicht aus Selbstsucht. Ernsthafte Zweifel plagen ihn. Wem soll er recht geben? Niemals ist er vor irgendeiner Auseinandersetzung zurückgeschreckt – brüstet er sich –, weil er noch nie auf die Idee gekommen ist, daß – nicht einmal in Ehrendingen – Fälle eintreten könnten, die ihn ins Wanken bringen würden. Niemals hätte er sich auch nur im entferntesten Zwistigkeiten vorstellen können, denen er sich jetzt plötzlich gegenüber sieht. Welchen Weg soll er nehmen? Er zweifelt an dem, was augenblicklich geschieht. Es darf nicht wahr sein. Verwirrt, in seine Zweifel verstrickt, der Wahrheit nicht ins Auge sehen könnend, prasseln die Gedankensplitter auf ihn ein.

Er ist wie gelähmt, als er bemerkt, daß ihm zwei Tränen die Wangen hinunterrinnen. Dort hinten sieht er schemenhaft eine Gestalt, die er zu erkennen glaubt. Ein Unbekannter. Er sitzt auf einer Bank, allein, entkräftet, und weint.

Er sucht Pirandello auf. Das hätte er als erstes machen sollen. Aber er war sich so sicher, daß der *Professor* ... Was eigentlich? Nichts. Dabei war es selbstverständlich: Warum sollte er sich für einen jungen Kommunisten interessieren, nur weil er, Fidel Muñoz, ehemaliger Typograph von *El Socialista*, sich für seine Freilassung einsetzte? Nicht seine

Freilassung, sein Leben. Bei Romualdo Gamboa, Pirandellos Sohn, liegt die Sache anders. In jeder Angelegenheit muß man sich an die richtige Person wenden; Besteiro war eine Nummer zu groß.

Fidel kennt Romualdo nicht. Er hat ihn hin und wieder vorbeigehen sehen, mit seinen Krücken, auf dem Heimweg zu seinen Eltern. Sie grüßten sich. Warum sollte er ihm helfen? Seinem Vater zuliebe. Vielleicht; damit niemand sagen kann, er habe nicht sein möglichstes getan.

»Willst du etwas essen? Ich habe ein Stück Brot und Sardinen. Soledad hat schon gegessen. Wenn man das so nennen will.«

»Ich komme, um zu fragen, ob Sie etwas für Vicente Dalmases tun können.«

»Ich habe schon von Úbeda gehört, daß sie ihn eingelocht haben.«

»Warum bittest du nicht deinen Sohn …«

»Worum denn?«

»Daß er zumindest herausbekommt, wo sie ihn festhalten. Du kennst ihn.«

»Und Romualdo. Sobald er erfährt, daß es um einen Kommunisten geht, wird er die Schotten dichtmachen.«

»Was haben sie ihm getan?«

»Sein Schwager war bei der POUM. Die Kommunisten haben ihn abgemurkst. Sie waren wie Brüder.«

»Das ist kein Grund.«

»Das finde ich auch, aber das wird man ihm nicht austreiben können.«

»Versuch es.«

»Sie haben zu viel Haß gesät.«

»Versuch es.«

Pirandello verspricht es, doch er unternimmt nichts.

# 3

Julián Templado betrachtet seine Leidensgenossen. Vier. Einen von ihnen kennt er flüchtig, Vicente Dalmases, der zusammengekauert schläft. Der Raum dürfte früher ein Klassenzimmer gewesen sein. Schulbänke. Daß die noch nicht verheizt sind? Eine Tafel, ein Pult, ein Tisch. Bestimmt sitzen gerade in einem ähnlichen Zimmer, eine Wand weiter, ein halbes Dutzend Leute beisammen und beschließen, um wieviel Uhr sie uns an die Wand stellen werden. Das Schlimmste ist die Kälte. Julián Templado findet es auf eigenartige Weise amüsant, als Kommunist angeklagt und dafür erschossen zu werden. Nie hat er etwas ernst genommen. Das ist auch jetzt so. Er würde gerne sein Leben an sich vorüberziehen lassen, doch ihm fällt nichts ein, außer einer Liste mit den Namen der Frauen, die er geliebt hat. Allen voran Teresa, das Hausmädchen seiner Eltern, während seiner letzten Schuljahre, als sie in der Calle de Campomanes wohnten. Teresa aus Alicante, dunkel, schweigsam, bildschön, die seine Gedanken zu einer anderen Teresa führt: zu Teresa Guerrero, der kaltblütigen Verräterin in Barcelona, und von da zu Lola Cifunetes, der stürmischen Geliebten mit ihrem »Ein Bombardement erlaubt kein Mittelmaß«, und dann wären da noch die vier Deutschen seiner Jahre im Norden: Klara, Susanne, Katharina und Frieda (wie konnte eine Frieda fehlen? Sie war die letzte, ein etwas gezwungenes Verhältnis, mehr wegen ihres Namens denn wegen ihrer Anmut.)

Sie werden uns in den Rücken schießen – hinten rein, korrigiert er obszön –, als ob man Verrätern (wer ist schon nicht gegenüber irgendwem ein Verräter?) versagen wollte, dem Tod ins Augen zu sehen. Wenn ich mich hinstellen und die Namen einiger meiner republikanischen Freunde erwähnen würde – Don Fernando, Don Bernardo, Don Gaspar –, vielleicht würden sie sich zu ein paar Telefongesprächen bequemen und bestätigt finden, daß ich gar nicht so schlimm bin, wie sie mich hinstellen. Merkwürdig, wie ein unscheinbares Stück Pappe für einen Menschen den Tod bedeuten kann – normalerweise ist es umgekehrt und die Menschen schießen auf Pappfiguren, und sei es nur, um Zielen zu üben –, wie ein Ausweis einem zum Verhängnis werden kann. Bin ich Kommunist? Weiß ich's? Aber das spielt auch keine Rolle. Ich wundere mich zwar über mich selbst, aber ich diene allen Ernstes lieber den Würmern als Nahrung, als daß ich weiter meine Hände in dieses grauenvolle Blut- und Schlammbad tauche, denn nichts anderes ist die Übergabe des verratenen Madrid. So mußte unser Krieg enden, im Verrat.

Übertreibt er?

Nein. So ist es. Er ist Kommunist, weil Kommunisten stets wissen, oder zu wissen glauben, was sie zu tun haben: Für einen Arzt ist das tröstlich. Julián Templado: Du wirst den Würmern als Nahrung dienen. Immerhin: Da wird kurzer Prozeß gemacht. Er hat sich immer gewünscht, rasch zu sterben. Rascher kann man es sich nicht wünschen … Putzmunter und gesund, plötzlich, zack und weg. Außerdem, wie sagte doch gleich jener segensreiche Pater: ›Glücklich die Verurteilten, die wissen, um wieviel Uhr sie sterben werden, denn so können sie ihre Seele retten.‹

Und vielleicht – denkt Templado mit einem Lächeln – werde ich noch zum Held.

Ein Held, von wegen! Er erinnert sich an seinen ersten Spaziergang durch das bombardierte Madrid vor ein paar

Monaten. Seine Bestürzung angesichts der Zerstörung. Von der Plaza del Callao ging er hinunter durch die Calle Carmen zur Puerta del Sol, von dort die Calle Carretas hoch, um schließlich, über die Calle Concepción Jerónima und die Calle de Toledo zur Plaza de Cascorro zu gelangen. Sein einziger Gedanke beim Anblick der Zerstörung war, daß in fünf, zehn, zwanzig Jahren, alles wieder hergestellt sein und niemand sich mehr an den Schrecken erinnern würde.

Sie werden dich erschießen, und kein Mensch wird sich an dich erinnern. Unter anderem deshalb, weil niemand es mitbekommen wird. Irgendwann einmal wird dann jemand fragen:

›Und was ist aus Templado geworden?‹

Ich bin der, der das am wenigsten weiß.

Mercedes, Frieda, Teresa ...

Was wollte ich von den Frauen, außer mit ihnen zu schlafen? Sie sind fürs Horizontale gemacht. Neben einem zu liegen ist ihre einzige Existenzberechtigung. Nichts, das so weich wäre, so behaglich, sanft, süß, schmeichelnd, zart, anschmiegsam, besänftigend, leicht, geschmeidig, lieblich. Vorher, währenddessen, danach, Hauptsache im Bett. So eng sehe ich es nicht: Bett, Pritsche, Wiese, Boden – Elvira, Elvira? Der Casa-de-Campo-Park; aber je bequemer, desto besser. Danach, nichts. Das war's. Bis zur nächsten Nacht, oder auch bis zum nächsten Tag. Da bin ich nicht dogmatisch, was auch immer González Moreno sagen mag.

Er wirft sich auf seine alten Tage Überstürzung vor. Nie war er ein guter Liebhaber. Manch eine hat es ihn durchaus merken lassen.

»Hetz doch nicht so. Immer schnell, schnell. Nein, mein Lieber. Alles braucht seine Zeit.«

›Alles hat sein ihm innewohnendes Maß und Temperament.‹ Wo habe ich das gelesen? Das könnte von Aristoteles stammen ...

»Du machst dich blindwütig über mich her, rücksichtslos. Du bist brutal zu mir. Du brauchst hier keinen Feind zu besiegen, aber du behandelst mich so. (Wer war das? Diese wohlbeleibte Katalanin ... Erinnerst du dich? Stimmt. Er weiß es, trotzdem zwingt er sie nieder; er muß einfach seine Kraft zeigen, Gewalt anwenden, sein Gegenüber anpacken. Besiegen, unterwerfen, erobern.)

Jetzt ist er der Besiegte, Unterworfene und Eroberte; und nicht in der Liebe. Wenn ich hier rauskomme, bin ich lammfromm, ich werde vorsichtig sein und abwarten. Er weiß, daß es ihm nicht gelingen wird: Es ist nicht das erste Mal, daß er sich das auferlegt. Die Hast hetzt ihn. Beine breit!

Was will ich? Die da, die dort? Ja, und dann? Der Krieg ist zur Ersatzbefriedigung geworden. Von was? Wenn ich meine Empfindungen aufschreiben würde, um zu sehen, ob ich selbst sie lesen kann, wer könnte damit etwas anfangen? Nur Verrat offenbart einem Mann, wer er ist. Nur wer Verrat übt, kann sich von außen betrachten. Wenn man immer der bleibt, der man ist, wird man sich nie sehen können. Casado will wissen, wer er ist, darum übt er Verrat. Erst ein innerer Konflikt zeigt einem seine eigene Bedeutung und Macht. Als Arschloch zwar, aber immerhin weiß er jetzt, woran er ist. Ich bin dazu nicht in der Lage. Wen könnte ich schon verraten? Noch nicht einmal das: Es würde niemandem etwas ausmachen.

Was ist Macht? Wie sie – wir, vorgestern noch das Heft in der Hand und heute schon verloren?

Wir hatten ein bestimmtes Ziel. Jetzt ist es nicht mehr da. Das ist keine Frage von Mut oder Tapferkeit, schlicht: Was vorher möglich war, ist es nicht mehr.

Niemand faßt sich ein Herz zu reden, jeder flucht nur. Was fangen wir jetzt mit unserer Tatkraft an? Der Wein ist zu Wasser geworden, wir sind ausgelaugt, gebrochen, erstarrt, taub gegen den Schmerz. Keine Autorität kann mehr etwas ausrichten. Wir können noch nicht einmal mehr über Leben oder Tod entscheiden; wir lenken nichts mehr. Verzweifelt beharrt Julián auf der Vernunft.

»Wir sind nicht die ersten, die keinen Boden unter den Füßen haben.«

»Aber gleich so, unter solchen Umständen ...«, erwidert Vicente Dalmases.

»Unter welchen Umständen auch immer. Mach dir nichts vor. Und außerdem, alles ist jedesmal anders.«

»Aber jetzt? Alles das, wofür so viele gestorben sind, wird beschmutzt, und damit wird der grausamsten Unterdrückung Tür und Tor geöffnet. Warum sollte der Feind auf Vermittlungsangebote eingehen? Auch wenn nichts mehr zu machen ist, zu verhandeln ist das letzte, was sie hätten versuchen dürfen.«

Vicente stellt ihm seine Frage noch einmal:

»Wie kann das sein?«

Er hat Schmerzen in der Brust, als ob die drei Jahre Kampf ihm die Kehle abgeschnürt hätten. Er kann nicht atmen, er bekommt keine Luft. Alles Schrott. Nein, nicht Schrott; Scheiße, Exkremente, Kot. Nicht Leere, viel schlimmer: etwas, das die Luft daran hindert, in die Brust zu gelangen. Sein Leben riskiert zu haben, zu jeder Sekunde, und jetzt soll alles umsonst gewesen sein:

»Da hätten wir gleich am ersten Tag verlieren können.«

»Nein. Erstens: Noch haben wir nicht verloren. Zweitens: Was auch immer passiert, was wir getan haben, wird niemals vergessen werden.«

»Mach endlich die Augen auf.«

»Daran sind wir doch nicht schuld.«

»Doch, weil wir sie nicht rechtzeitig fertiggemacht haben.«

Als wäre er ein anderer, wechselt er den Tonfall, um einen Muskelprotz, der gerade reingeschubst wird, zu fragen:

»Wie sieht es aus?«

»Man hört die verschiedensten Dinge: Gekämpft wird in der Carretera de Guadalajara, in der Ciudad Lineal, um die Rennbahn, in der Calle de Serrano, in Ríos Rosas, auf der Castellana, im oberen Teil des Salamanca-Viertels. Mehr weiß ich auch nicht.«

Sie stehen in Fuencarral, dort sitzen sie fest. Panzer, Artillerie, Luftwaffe. Alles. Der Feind, der echte Feind, greift nicht an. Wenn er es täte, würden wir uns vielleicht wieder ›zusammenraufen‹, wie jeder Simpel das nennt. Eine faulige Schwade aus seinem Mund.

»Wir machen sie fertig bis auf den letzten Mann«, tönt Carrión unsicher.

Sie blicken durch das Gitter hinaus und warten.

»Alles mögliche war denkbar, nur das nicht.«

Sie überhäufen sich mit Beleidigungen, je primitiver, desto lieber.

»Ich habe das gleich gesehen.«

»Halt die Klappe, *Vogelscheuche*.«

Carrión übergeht den Schimpfnamen, den schon seit Monaten niemand mehr verwendet hat. Das spielt jetzt keine Rolle. Außerdem gefällt er sich so: korpulent, schlampig, mit langen Haaren und einem Mordszinken, nachlässig in der Körperpflege, denn ›das ist nur Zeitverschwendung‹.

»Meinetwegen, aber ich hab's gleich gesagt.«

»Wie Sarabia«, sagt Templado.

»Was hat das mit Sarabia zu tun?«

»Nichts«, rückt der hinkende Arzt zurecht.

Er erinnert sich an ein Gespräch, war es vor neun oder vor zehn Jahren? 1929 oder 1930? Jetzt ist Sarabia befehlshabender General, Befehlshaber wovon? Oder ist er mit Azaña in Frankreich und weigert sich, an den mittleren Frontabschnitt zurückzukehren? Templado war ein großer Bewunderer des Präsidenten der Republik. Er sieht das

Haus von Miguel Villanueva vor sich, diesen Reichtum. Ist es geschmacklos? Nein, es folgt dem Geschmack der Zeit, der Epoche ihrer Eltern und Großeltern. Früher. Jetzt hingegen putzt jeder sein sorgsam ausgesuchtes Heim heraus. Die letzten Tage der Diktatur von Primo de Rivera? Oder erlebten sie bereits die Regierung von Berenguer? Die Konstitutionalisten: ehemalige Minister aus Zeiten der Monarchie, persönliche Widersacher von Alfonso XIII., der ihnen übel mitgespielt oder sie einfach nicht ›ernannt‹ hatte. Gestern, vor ein paar Jahren; ein Nichts, und trotzdem kommt es ihm vor, als lägen Jahrhunderte dazwischen: das Haus von Miguel Villanueva; er war dort mit Sarabia – was war er damals, Oberstleutnant? Kommandant? –. Nein: Es muß vor 1930 gewesen sein. 1927 oder 1928. 1927 kann nicht sein: Da war ich in Deutschland; 1928 in Barcelona; aber ich verbrachte immer wieder längere Zeit in Madrid. Ja: 1928. Sein Haus, in der Calle de Campomanes. Teresa. Jetzt gerade, wem gehört die Calle de Campomanes, wer hat sie erobert? Die Republikaner, Negrín-Anhänger, Casado-Anhänger, Franquisten? Jener Besuch damals bei Miguel Villanueva, ein abweisender Bonze, hochmütig, intelligent, eine Respektsperson, wie alle diese verhätschelten Söhne.

Sarabia – ebenso zuvorkommend und freigiebig wie kleinwüchsig – zu Villanueva:

»Wir haben bereits einen Kriegsminister.«

(Wer würde Kriegsminister werden, wenn der König nicht mehr wäre? Die große Frage: Wen würde es treffen?)

»Wir haben bereits einen Kriegsminister.«

Villanueva: »Wen?«

Sarabia: »Azaña.«

Villanueva: »Red keinen Blödsinn. Mich nennen sie schon den *sauertöpfischen Mauren*, und sein Charakter ist noch viel schlimmer.«

Sarabia: »Aber seine Qualifikation? Wieviel er über Militaria weiß!«

»Er ist eben ein Redner«, bemerkte der alte ex-monarchistische Politiker. »Weniger ein Mann der Befehle als ein Mann der Worte. Gott möge dafür sorgen, daß er immer in der Opposition bleibt.«

Templado vermutet, daß Villanueva es nicht mehr erlebt hat, wie er zum Propheten wurde. Er muß damals bereits steinalt gewesen sein.

Die Nase ans Fenster gedrückt späht er aus, ob man »sie holen kommt«. Er erinnert sich an das letzte Mal, als er Manuel Azaña gesehen hat: bei dem Bankett für Juan José Domenchina – seinen Sektretär –, war das 1934 oder 1935? Ob Domenchina gestorben ist, dieser dicke, strotzende Brocken, der jeden mit seinen ausschweifenden Reden überfuhr? Zu Beginn des Krieges blieb er in Madrid zurück. Wenn Azaña ihn mit nach Valencia genommen hätte, hätte er nicht geheiratet. Wieso erinnere ich mich jetzt daran? Azaña schätzt die Literatur sehr, die Geschichte – die archivierte Vergangenheit –, die Schriftkultur an sich, die Kalligraphie; Initialen, Miniaturen. Er ist imstande, Spanien zu verspielen, um *Las Meninas* zu retten. Templado wird bewußt, daß er an Azaña, an Domenchina denkt, weil genau bei jenem Bankett im *Hotel Florida* der große Redner sagte, *Las Meninas* seien mehr wert als ... als was? Als eine Provinz? Als die Macht? Er erinnert sich nicht mehr genau, aber irgend so etwas in dieser Richtung. Der lahme Mediziner glaubt in diesem Augenblick, am Vormittag des 7. März 1939, daß er erst Kommunist werden mußte, um gegen die Art und Weise zu protestieren, wie sein Freund Manuel Azaña die Welt sieht. Trotz allem: eine große Persönlichkeit.

»Und man hat nicht versucht, mit ihnen zu reden?« fragt Vicente.

»Es ist aussichtslos. Sie wollen uns fertigmachen. So viele Tote, die es gegeben hat und noch geben wird, so viel verpulverte Munition, da hätten wir auch noch ein Jahr länger durchgehalten.«

Vereinzelte Schüsse, Salven, Kanonendonner. Bomben?

»Hast du sie gehört?«

»Wen?«

»Die von dieser elenden Junta.«

»Ja.«

»Wer waren sie?«

»Besteiro, Casado, Mera.«

»Bastarde.«

»Mehr hast du dazu nicht zu sagen?«

»Was wollen sie?«

»Uns verkaufen. Uns ausliefern und ihr Leben retten.«

»Und dafür die Republik meucheln.«

»Welche Republik?« fragt Carrión.

»Deine.«

»Die kannst du dir sonst wohinstecken.«

Vicente Dalmases versteht nichts mehr; keinen Augenblick hat er gedacht, der Krieg könnte verlorengehen, noch nicht einmal, daß er ein Ende haben könnte, wie seine Liebe zu Asunción. Jetzt also haben der Abschaum, die Verräter die Befehlsgewalt an sich gerissen und wollen sie von ihrer Landkarte löschen, sie, die den Feind niederringen wollen. Das versteht er nicht. Es erscheint ihm so ungeheuerlich, daß es zum Himmel schreit. Zum Himmel? Er blickt zu ihm hoch, grau. Und dort drei republikanische Flugzeuge, die Republikaner bombardieren.

Templado: »Du wirst schon sehen, Negrín taucht plötzlich auf, und alles wird gut.«

Vicente: »Das glaube ich nicht.«

Templado: »Warum nicht?«

Vicente: »Ich habe sie alle gesehen, vorgestern abend.«

Templado: »Und?«

Vicente: »Ich weiß nicht, was sie beschlossen haben, aber sie haben lange Gesichter gemacht.«

Templado: »Das ist normal.«

Vicente: »Du und dein ewiger Optimismus.«

Templado: »Was spricht dagegen?«

Vicente: »Diese Mauern.«

Templado: »Du willst sagen, die Arschlöcher, die uns fest-halten.«

Vicente: »Das ist die Frage vom Ei und von der Henne.«

Templado: »Dann erklär mir mal – wo du schon vom Ei und von der Henne redest –, warum ein zu lang gekochtes Ei hart wird, und umgekehrt, eine Henne sich bei derselben Behandlung auflöst und zerkocht?«

Vicente: »Mach keine Witze« – er macht eine Pause; dann sagt er, ohne zu wissen warum: »Über Träume nachzuden-ken, wenn man wach ist, ist sinnlos.«

Templado: »Aber es gibt sie, das streitest du doch nicht ab. Träumst du nicht? Wer träumt nicht? Welcher Fluch lastet auf uns, der die dritte Seite unseres Wesens wegope-riert? Die Griechen sind schuld. Als erster Chronos; er hat dafür bezahlt, aber nicht genug. Ohne seine Träume ist der Mensch nur ein halber Mensch; ohne Träume stirbt er den grausamsten aller Tode; die Träume beiseite zu drängen, tut weniger weh, aber ohne sie erkennt der Mensch sich nicht wieder. Wer nicht träumt, ist allein, hoffnungslos allein.«

Vicente: »Ich träume nicht, und ich bin auch nicht allein.«

Templado: »Glückwunsch.«

Emiliano Carrión, ziemlich behäbig, aber klug, kommt auf das Ei und das Huhn zurück, ein Problem, das ihn schon zu Zeiten beschäftigte, als er noch auf dem Markt das Vieh abstach. Seine Mutter, die noch vor seiner Geburt Witwe ge-worden war, kniete von früh bis spät vor düsteren Altären;

sie wollte, daß er, wenn schon nicht Pfarrer, so zumindest Ministrant würde. Der Lauf der Dinge und Schlägereien auf den Brachen und am Ufer des Manzanares führten ihn auf ganz andere Wege. Später fing er an zu lesen, nicht viel, aber immerhin.

»Du bist Arzt, nicht wahr?«

»Ja.«

»Was war zuerst da, die Ordnung oder das Chaos?«

»Wie meinst du das?«

»Ob die Ordnung aus der Unordnung entstanden ist oder umgekehrt.«

»Das ist die Frage von Ei und Henne.«

»Darum frage ich dich, weil du gerade davon geredet hast. Nun ja, Ei und Henne sind die reine Ordnung. Die Organisation schlechthin. Ich würde gerne wissen, ob die Unordnung sich geordnet hat, oder ob die Ordnung unordentlich geworden ist.«

»Was macht das schon aus?«

»Wie, was macht das schon aus? Das ist eine Frage, die mir den Schlaf raubt.«

»Armes Schwein.«

»Wie kann etwas aus dem Nichts heraus plötzlich wie eine Eins dastehn, es sei denn durch ein Wunder? Will heißen, die Ordnung; will heißen, Gott. Aber wenn umgekehrt das Chaos zuerst da war, der Staub, die Ursuppe, aus dem heraus sich zufälligerweise etwas gebildet hat, ist das schon eher zu verstehen.«

»Na dann, was zerbrichst du dir darüber den Kopf?«

»Läßt dich denn das unberührt?«

»Völlig. Und wenn du das bis heute für dich behalten hast, dann tust du gut daran, das auch weiter zu tun. Am Ende löst du noch eine Revolution aus mit deinen brandneuen Erkenntnissen, denn, wer weiß, wenn sie sogar der Parteilinie entsprechen ...«

Julián Templado macht sich Vorwürfe. Emiliano hat sich schmollend in eine Ecke verzogen. Er denkt an seine Mutter, die schon seit Monaten Futter für die Würmer ist. Sie wollte beichten und konnte nicht. Der Krieg. Der Schlächter, der Markt, das entbeinte Vieh. Ent-beint. Anders als er, der noch auf den Beinen ist. Grollend sieht er sich seine Genossen an. Er will nicht sterben. Er weiß nicht warum – er ist allein –, aber er will nicht sterben, oder zumindest nicht so. Sterben, er, der so viele getötet hat. Ihm wird bewußt, daß er in seinen ganzen dreißig Jahren noch nie einen Gedanken daran verschwendet hat, daß er einmal sterben muß. Und jetzt tut sich vor ihm das Nichts auf wie ein riesiger Krater. Aber vielleicht hatte seine Mutter doch recht. Er weiß es nicht. Er kann mit niemandem darüber sprechen. Und, wer weiß, vielleicht bringen sie ihn doch nicht um. Dann ... Was dann?

# 4

In einer heruntergekommenen Wohnung in der Calle de Fuencarral trifft sich der Vorstand der UGT: vier Mann. Sie warten auf González Peña, ihren Vorsitzenden, aber der hat sich mit Negrín davongemacht.

»In diesem Augenblick dürfen wir die Interessen der Arbeiter nicht aus den Augen verlieren, wie auch immer wir die Lage einschätzen. Wir dürfen bei den bevorstehenden Gesprächen über den Friedensschluß nicht fehlen. Vor wenigen Monaten hatten wir zwei Millionen Mitglieder.«

»Ich hätte nie gedacht, daß Besteiro ...«

»Besteiro ist derselbe wie immer: Er kommt aus der *Institución Libre*, einer allseits geschätzten liberalen Einrichtung, die glaubte, Bildung sei die beste Basis für jegliches Fortkommen, auch in der Politik. In seinem tiefsten Innern träumt er (Besteiro) von einer aufgeklärten Alleinherrschaft. Die grobe Art der Kommunisten muß ihn tief verletzt haben. Besteiro ist ein ausgesprochen komplizierter Typ; Sozialist aus Gründen der Vernunft. Jetzt sagt ihr mir gleich, daß die meisten Revolutionsführer so gewesen sind. Er aber war nie ein Revolutionär. Mitten im Krieg leiten ihn dieselben Ideale, die ihn 1934 veranlaßt haben, gegen den Generalstreik zu sein.«

Alle drei Minuten hört man einen Kanonenschuß. Wer beschießt wen? Der Feind ist es nicht. Auf der anderen Straßenseite fachsimpeln Kinder über das Kaliber:

»Eine Fünfzehner.«

»Quatsch! Eine Siebenfünf, wenn's hochkommt.«

»Ob wir wollen oder nicht, wir müssen einen aus dem Vorstand als UGT-Vertreter in den Verteidigungsrat entsenden.«

Alle blicken zu Antonio Pérez, dem Vorsitzenden der Eisenbahnergewerkschaft, Freund und Bewunderer Besteiros; er ist nicht nur Reformist, sondern beinahe ein Konservativer.

»Ihr kennt mich. Aber ich bin auf eurer Seite, dagegen.«

»Wogegen?«

»Gegen den Verteidigungsrat.«

»Du bist am ehesten geeignet.«

»Für Besteiro wäre sogar der Sieg, an den er nie geglaubt hat, eine Niederlage gewesen. Für einen sentimentalen Philantrophen, wie er es ist, gibt es nichts, was den Tod so vieler Menschen rechtfertigen könnte.«

»Und die, die sterben, weil er sich erheben mußte, sind wohl nicht so wichtig... Nein, ohne Frage: Er ist ein grundaufrichtiger, anständiger Mann, der für seine Überzeugungen durchs Feuer geht. Wer kein Freimaurer ist, hat mich schon immer mißtrauisch gemacht. Intellektuelle machen einem am Ende doch nur Ärger.«

»Fasel nicht rum, dein Mund wird noch fuselig.«

»Niemand, der so gegen Propaganda und Öffentlichkeit eingestellt ist ... Ich habe ihm gesagt, daß wir sie seit Monaten sträflich vernachlässigen. Wißt ihr, was er mir geantwortet hat?: ›Ich brauche keine Propaganda, hinter mir liegt mein politisches Leben; für die Zunkunft erwarte ich mir nichts.‹ Alles bezog er nur auf sich.«

»Kein einfacher Mensch.«

»Wie auch! Leute wie er haben mich schon immer ermüdet, solche, die ständig nur von ihrem Auftrag sprechen, von den Verpflichtungen ihres Auftrags, vom Berufsethos, vom

Gewissen. In der Geschichte mögen sie gut wegkommen, aber immer auf Kosten der Zeitgenossen, die sie ertragen müssen.«

»Er will den Satz wiederholen, für den er tosenden Applaus bekam, als er der Präsident der Verfassungsgebenden Versammlung war, als Sanjurjo 1932 putschte: ›Bei der Arbeit soll man uns festnehmen.‹ Das werden sie jetzt gründlich nachholen. Ihm hat 1917 gereicht. Die Todesstrafe, die Kerkerhaft, das ist ihm in die Knochen gefahren; und daß er keine Ahnung gehabt haben soll, was hier läuft: Unsinn! José del Río, dem man als Regierungsmitglied des Rates Glauben schenken kann, hat es mir erzählt, mir und keinem anderen. Wenige Tage nach dem Fall von Barcelona suchte er ihn im Auftrag der Partei auf. Besteiro empfing ihn erfreut und sagte ihm, er wisse von Casado, wie die Dinge stehen, daß nur noch das Militär Macht besitzt, daß nur noch die Armee die Ehre hochhalten kann und daß er bereit ist, jede Art von Engagement, das zu diesem Ziel führt, mit seiner ›moralischen Autorität und persönlicher Aufopferung‹ zu unterstützen. Er klärte ihn über die Bereitschaft Englands auf, im Umkreis Francos zu vermitteln, und in Deutschland und Italien, ›um zu einem Ende ohne Blutvergießen und Verfolgung zu gelangen‹. Die Meinung Englands sei ihm – so versicherte er – von dem ›Gesandten Mr. Stevenson‹ übermittelt worden. Das und nichts anderes hat er gesagt.«

»Ich habe keine Ahnung, ob das jener Mr. Stevenson sein soll, aber was den Englischen Konsul angeht ...«

»Mr Cowen? Er war täglich bei Casado.«

»Was immer ihr wollt, aber Besteiro hat niemanden betrogen.«

»Aber er übt Verrat.«

»Bis zu einem gewissen Grad.«

»Was soll das denn sein? Man übt Verrat oder nicht.«

»So einfach ist das nicht.«

»Blödsinn!«

Als er hinausgeht, paßt González Moreno Rodríguez Vega ab.

»Und?«

»Wir ernennen Antonio Pérez zu unserem Vertreter im Verteidigungsrat.«

Er sagt das mit wütender Geste und matter Stimme. González Moreno sieht zu seinem alten Freund und Genossen, dann kratzt er sich verlegen an der Nase, um dessen Blick auszuweichen.

»Was hätten wir anderes tun sollen?«

Sie treten hinaus auf die Straße. Die Steine wirken auf sie noch schwärzer als zuvor, die Menschen noch ernster, umgeben von einer Kälte, die nicht nur Wind herführt.

»Kommst du aus dem Finanzministerium?«

»Ja. Miaja fährt zurück nach Valencia. Sie kochen vor Wut, weil die Kommunisten unverdrossen den *Mundo Obrero* herausbringen, trotz allem. Bei der Pferderennbahn und der Calle de Serrano tobt eine wahre Schlacht. Es heißt, Checa sei festgenommen worden.«

»Und daß die Kommunisten zweiunddreißig Offiziere des Generalstabs erschossen haben, und Fidel Muñoz.«

González Moreno bleibt stehen, dreht sich um, blickt Rodríguez Vega an.

»Fidel Muñoz?«

»Ja.«

»Aber der war doch gestern abend noch bei mir, weil er irgendeinen Kommunisten gesucht hat ...«

»Das mag ja sein.«

»Er hat mich seinerzeit dazu ermuntert, in die Gewerkschaft einzutreten, bei den Grafikern, das muß um 1920 gewesen sein ...«

»Mit demselben Anliegen ist er dann anscheinend zur *Casa del Pueblo* gegangen, um den Sohn von Pirandello zu sprechen, und irgendwer hat sich erinnert, daß er doch einer von Besteiros Leuten gewesen war. Da haben sie ihn mitgenommen. Genauso wie Ángel Peinado.«

»Den Sekretär der *Unión de Grupos Sindicales Socialistas*?«

»Genau der.«

»Heute weiß doch keiner mehr, wer er ist.«

»Und noch nicht mal, was er einmal war.«

## 5

Frierend aneinandergekauert, liegen Victoriano Terraza und Agustín Mijares auf dem Boden und beobachten durch ein blindes Fenster, wie es draußen Tag wird.

»1906 fing ich in der *Escuela Moderna* an, an der Plaza de San Gil. Ein prächtiger Bau mit Freitreppe, auf der ein Löwe thronte. Francisco Ferrer hatte sie eingeweiht. Der Direktor war ein republikanischer Beigeordneter, Ortega, der auf seine alten Tage Konservativer wurde. Die Schulväter waren alle Anarchisten gewesen, aber ihre Freundschaft zu Blasco Ibáñez machte Republikaner aus ihnen. Sie waren der Stoßtrupp der Partei. Einen wie Cañizares hättest du sehen müssen, groß, kräftig, ein Urviech. Wenn man den schon sah … Im folgenden Jahr zog die Schule an die Plaza Pellicers um. Als Alfredo Calderón starb, waren wir alle bei der Beerdigung, Lehrer wie Schüler, mit Republikanischen Fahnen und Blumen. In Kutschen und Lastkarren fuhren wir zum Friedhof. Zurück gingen wir zu Fuß, weil die meisten von uns nicht mehr in die Pferdetrambahnen paßten, die damals bis dorthin fuhren.«

Der Friedhof, am Ende der Welt. Victoriano erinnert sich an den Ausflug, als wäre er gestern gewesen. Für den Siebenjährigen von damals war er das große Abenteuer. Er fährt sich mit den Fingern durchs Haar, ist nervös.

»Der Klassenbeste war Amadeo Sastre, aus einer Anarchistenfamilie, die eine Goldschmiedewerkstatt hatte; ein blonder, hüscher Junge, das, was man ›gut gelungen‹ nennt, und frech. Später dann, mit sechzehn oder siebzehn, wurde er Zuhälter. Um seinen Eltern keinen Ärger zu machen, haute er aus Valencia ab. Zuerst ging er nach Barcelona und dann zur Fremdenlegion, nach kurzer Zeit war er schon Hauptmann. Später, als wir den Freundeskreis ehemaliger Schüler der *Escuela Moderna* gründeten, tauchte er plötzlich auf und machte die Mädchen an. Fast wäre er mit einem Jungen namens Fiol aneinandergeraten, einem Barbier, der den Torres de Cuarte gegenüber wohnte, weil er es auf dessen Braut abgesehen hatte. Als Goldschmied war er sehr geschickt.«

Wie immer verlor sich der alte Anarchist in den Windungen seiner Erinnerungen und nahm wie selbstverständlich an, daß sein Zuhörer über alles auf dem laufenden war.

»Dann die Mädchen, wer erinnert sich nicht an Irene, Electra und América Barroso? Es war die erste gemischte Schule. Irene hatte ein griechisches Profil, sie war hübsch, besaß eine schöne Stimme. Die Barrosos waren Steinmetze, wegen einiger Attentate in Barcelona flohen sie nach Argentinien. Nach der Geburt Américas kehrten sie zurück. Electra war groß, kräftig, blond, offenherzig. América hingegen war zierlich, schon als kleines Mädchen strahlte sie etwas Besonderes aus. Die Schwestern waren eng mit den Manauts befreundet; der Vater, Gründer der Schule, war Kunstkritiker; seine Söhne Maler. Unter ihnen Zanón, mein Freund Zanón, schmächtig, klein, gelbgesichtig, lebhaft. Irgendwann erzähle ich dir die Geschichte von Zanón.«

Agustín unterbricht ihn nicht. Von Valencia reden zu hören, tut ihm gut, obwohl er sterbenshungrig und totmüde ist und nicht weiß, wie es mit ihnen weitergehen wird.

»Valencia ist eine Künstlerstadt. Ich war damals mittendrin. Wir trafen uns in der Calle de Liria, gegenüber dem Haus von Salvador Giner; ein enger, feuchter Hof, am Ende einer furchtbar steilen Treppe. Was für ein Atelier! Es lag im dritten Stock. José Borrás, der Maler, hatte es sich ausgebaut; groß, weitläufig, mit einem riesigen Fenster von mindestens zwanzig Metern Breite; es ging auf den Fluß. Von dort oben sah man die San-José-Brücke, die Casa de Socorro, den Eingang der Marchalenes, den Weg nach Burjasot und das gesamte Obstbaugebiet um Campanar. Es gab noch ein Fenster auf der anderen Seite, das ging auf einen Garten, mit hohen, dicht belaubten Bäumen voller Vögel, in dem Seiler ihre Werkstatt hatten – unter ihnen das Arschloch de Mena – und eine Seidenspinnerei, deren Eingang in der Calle de Burjasot lag. Von dort sah man das Dach des Hauses von Salvador Giner, dem Musiker: der mit *L'entrá de la murta*, er war nicht gerade groß, wabbelig, ergraut, immer in abgetragener, schlabbriger Kleidung mit ausgebeulten Taschen. Nebendran befand sich ein Nonnenkloster, in dem ich während des Krieges unterschlüpfte. Bei Giner hörte man häufig ein Klavier. Nach dem Tod des Musikers spielte ein bildhübsches Mädchen darauf, das später an Tuberkulose starb, Tochter eines Spediteurs und Schmugglers: ein kräftiger Mann von vornehmem Äußeren, mit den Gepflogenheiten eines ›Señor‹, und gleichzeitig so durchtrieben wie jemand, der täglichen Umgang mit Schurken und Schlägern hat. In der Vorhalle des Hauses von Don Salvador hatte ein junger Bildhauer sein Atelier eingerichtet – Pascualet Buiges, *Llágrima* –, ein dünnes kleines Männlein mit strohblondem, strähnigem Schopf, auch er Anarchist. Mit großer Begabung arbeitete er in Stein, Ton, Holz. Er mußte aus Ballesters Atelier ausziehen, wegen seiner Aufmüpfigkeit, seiner Ansichten, und wegen des dumpfen Neids des Meisters auf die Begabung des Jungen. *Llágrima* lebte mit seiner Mutter allein, für deren Unterhalt er schon als Junge gesorgt hatte. Sie waren aus Pedreguer, einem Dorf bei Alicante. Die Mutter hatte noch Kontakt zu ein paar Verwandten, die ihr mit einer winzigkleinen Pension halfen – unter ihnen ein alter, sanftmütiger Pfarrer. *Llágrima* verliebte sich in ein Modell von Just, dem Bildhauer, heiratete sie und ging mit ihr nach Argentinien. Das muß um 1920 gewesen sein. Das Modell verkaufte Kienspäne auf dem *Mercado Central*. Sie hieß Doloretes und muß um die fünfzehn Jahre alt gewesen sein. Sie war ein bißchen in Just verknallt. Wer sich wirklich in sie verliebte, war Vicente Alfaro, Sohn eines steinreichen Metzgers, der hin und wieder im Atelier aufkreuzte. *Llágrima* und Doloretes gingen nach Argentinien, ein bißchen auch aus Furcht vor dem jungen Herrn, der zu allem bereit war. Später kehrten sie zurück, der junge Bildhauer mit einigen rötlich und bläulich patinierten Bronzeplastiken, und er machte ein Atelier in der Calle de Bailén auf. Merkwürdigerweise fanden sie sich nicht mehr in das Leben in Valencia ein und gingen zurück nach Argentinien. Doloretes war winzig, häßlich, dumm, mit einem Leib, makelloser als der der Venus von Kyrene. Sie lernten sich in dem Hof kennen, wo sie an ein paar Friseure – Vicente und Salvadoret Catalá – Holz zum Anfeuern verkaufte. Die schlugen ihr vor, doch für Just Modell zu stehen. Damals gab es noch ein anderes Modell: Isabel, *die Wundervolle*, die Vorbild für einen großen Akt von Julio Vicente war. Die Skulptur hieß *Aurora*. Sie war eine kleine Nutte aus der Calle de En Bañ, häßlich, mit einem dreisten Mundwerk, aber einem um so traumhafterem Körper, weiß wie Marmor. Sie verdiente als Modell viel Geld und förderte ein paar junge Künstler, von denen sie nichts verlangte. Ihren wunderschönen Körper zu sehen, mit dem gewölbten Schamhügel, war eine Offenbarung. Sie hat uns alle um den Verstand gebracht. Jungfrau war sie auch noch.«

»Aber wie soll sie Jungfrau gewesen sein, wenn du doch eben gesagt hast, sie sei eine Nutte?«

»Ich habe Doloretes gemeint. In einer düsteren und feuchten Höhle unter dem Atelier, in der den ganzen Tag das Licht brannte, hauste ein ziemlich verwahrloster Kerl, aus der Zeit von Blasco, der das Geschehen auf der Straße überwachte. Er hatte einen Sohn, der – ganz anders als sein Vater – ein sonniges Gemüt hatte, kleinwüchsig, ein bißchen wie ein Gassenjunge aus dem Carmen-Viertel und einer der besten Taschendiebe, den die Welt je gesehen hat. Und wenn es nötig war, zückte er schon mal Pistole oder Messer. Dem größten Raufbold damals, Vicente Casasús, genannt Tellina, jagte er zwei Kugeln in den Hals.«

Agustín Mijares schmiegt seinen Rücken an den unermüdlichen Redner.

»An der Plaza de la Jordana befanden sich die Werkstatt und das Atelier von Rubio, dem berühmten Schnitzer von Heiligenfiguren. Er war groß, kräftig, schön, sah aus wie ein Renaissancemensch, Lehrer am San Carlos, und trotz seines Berufs Republikaner und Anarchist. Er fertigte die Karyatiden an Blascos Haus in Malvarrosa, und den Marmortisch im römischen Stil. Studienkollege von Bartolomé Mongrell. Er hatte immer irgendein furchterregendes Messer bei sich.«

Agustín schnarcht, Victoriano Terraza schweigt, verletzt.

# 6

Don José María Morales ist innerlich aufgezehrt; Ruhelosigkeit und Ungeduld nagen an ihm wie Hunger, außerdem ist Luis Mora zwei Tage lang nicht aufgetaucht. In der Pension hat er sich nicht sehen lassen, und um seine Berichte zu bekommen, kann er ihn unmöglich im Hauptkommissariat anrufen. Er hat ihm über die Pförtnerin etwas ausrichten lassen; die Antworten sind vage. Endlich, als es Abend wird, steht der Beamte in der Tür, hungrig und ungewaschen:

»Sagen Sie jetzt nichts, ich habe Ihnen einiges zu erzählen.«

Er zieht ein Notizheft hervor:

»Ich habe die Nachrichten nur noch in der Reihenfolge notiert, in der ich sie bekommen habe, sonst wäre es noch schwieriger geworden. Sie sind von gestern und vorgestern: Für den Nationalen Verteidigungsrat sieht es nicht gut aus: An der Küste können sie auf niemanden zählen; in der Extremadura haben die Divisionen von Cartón und Toral ihre Ablehnung erklärt; hier haben sie die ersten beiden Armeekorps gegen sich, und auch wenn man noch nicht genaueres von Ortegas Korps gehört hat, ist anzunehmen, daß er die neue Lage nicht gutheißt. Sie sind allein; sie haben das IV. Armeekorps einigermaßen unter Kontrolle, unter Befehl von Cipriano Mera. Und ich sage einigermaßen, weil es achtzig Kilometer entfernt ist, und um hinzukommen, ohne mit den Kommunisten aneinanderzugeraten, müßten sie eine

Landstraße nehmen, die rund um die Uhr unter Beschuß von Francos Artillerie steht. Oberst Casado kann weder den Schützeneinheiten noch den Sturmtruppen wirklich vertrauen. Die Guerrillas, die in Alcalá ihre Zelte aufgeschlagen haben, sind Kommunisten.«

Der Schmerbauch kann seine Ungeduld nicht bremsen.

»Geben Sie schon her«, sagte er, auf das Heft deutend.

»Sie werden damit nichts anfangen können.«

»Ich habe schon schlimmere Handschriften entziffert.«

»Es geht nicht um die Schrift; Gott sei Dank habe ich eine leserliche Handschrift. Das nicht, aber es sind zusammenhanglose Notizen, zum Teil auch mit Wiederholungen.«

»Das reicht mir. Heute muß es schnell gehen. Morgen bringe ich Ordnung hinein, und meiner Pflicht entsprechend, werde ich die notwendigen Konsequenzen ziehen.«

Er ruft den Wicht Peralta, der an die Stelle von Rosa María getreten ist.

»Schreiben Sie, los: Die Kommunisten sind im Mittleren Heeresabschnitt vergleichsweise die zahlenmäßig stärkste Gruppe, bezüglich der Befehlshaber und Kommissare. Punkt. Klammer auf. Einrichtung, die sich um die politische Arbeit der Armee kümmert. Von den vier Korps der Zentrumsarmee stehen drei unter dem Befehl von Kommunisten: Barceló, Ortega und Bueno.«

»Das wissen Sie doch schon, das habe ich Ihnen doch schon gesagt, und Sie haben es sich notiert.«

»Macht nichts.«

»Die Bewegung gegen den Nationalen Verteidigungsrat wird anscheinend vom Madrider Regionalkomitee der Kommunistischen Partei befehligt. Ich sage anscheinend, weil wir natürlich keine genauen Informationen haben.«

»Der Kampf in den Straßen ist äußerst hart. Es gibt viele Opfer, deren Zahl man im Augenblick nicht abschätzen kann.«

»Anstelle von ›man‹ sagen Sie besser ›ich‹.«

»Auf beiden Seiten sind viele Gefangene gemacht worden. Anscheinend befindet sich Pedro Checa, verantwortlich für die Organisation der Kommunistischen Partei, in den Händen der Junta.«

»So wird der Nationale Verteidigungsrat jetzt häufig genannt, um an den November '36 zu erinnern.«

»Ich konnte die Meldung nicht bestätigen, aber mir wurde übermittelt, daß er möglicherweise in den Räumen festgehalten wird, in denen das Zentralkomitee der Kommunistischen Partei in der Calle de Serrano war, und in deren Umgebung jetzt ein blutiger Kampf im Gange ist.«

»Das war gestern«, sagt Peralta.

»Rodríguez Vega, Funktionär der UGT, versucht gerade, die Einstellung der Kämpfe zu erreichen, unter der Bedingung, daß keine Vergeltungsmaßnahmen folgen. Er hat mit Ángel Pedrero gesprochen.«

»Dem Chef des SIM.«

»Der bei der Bildung des Verteidigungsrates mitgewirkt hat. Pedrero hat Casado und Besteiro aufgesucht, damit sie seine Maßnahmen mit ihrer Autorität unterstützen. Wie mir soeben mitgeteilt worden ist, sprach Pedrero mit dem Regierungsrat Wenceslao Carrillo, der keine Möglichkeit zu irgendeiner Form von Einigung sieht. Der Kampf geht weiter, und die Straßen sind mit Leichen übersät.«

»Sollen sie sich nur alle gegenseitig die Gurgel aufschneiden.«

Der Polizist sieht Peralta an. Morales fährt fort:

»Es findet ein dumpfes, verbissenes Ringen statt, um Pedrero abzusetzen. Die Anarchisten wollen Salgado an seine Stelle setzen. Die Sozialisten wehren sich. Das Radio ist einmal in der Macht der einen, dann wieder in der der anderen. Die Kommunisten haben die Position *Jaca* eingekesselt. Die Anarchisten haben der XIV. Division, die am

Guadalajara steht, den Befehl gegeben, in die Stadt einzurücken und jeden aus dem Weg zu räumen. Die Luftwaffe, die auf Seiten des Verteidigungsrats zu stehen scheint, bombardiert den Pardo-Palast, das Hauptquartier von General Lazcano, dem Chef der VIII. Division. Anscheinend werden dort Gómez Osorio, der Zivilgouverneur von Madrid, und Trifón Gómez, Verwaltungsleiter der Republik, festgehalten. Beide Sozialisten.«

»Und wichtige Leute.«

»Außerdem vierhundert oder fünfhundert Anarchisten.«

»Anscheinend haben sie einige militärische Befehlshaber erschossen.«

»Heute ziehen sich die Kommunisten in Richtung Chamartín zurück. Bataillone der III., XIV. und XXV. Division mit Sprengkommandos als Vorhut sind in Madrid eingedrungen und greifen an. Es herrscht vollkommenes Durcheinander. Soeben ist der Befehl ergangen, die Anhänger des Verteidigungsrats sollen sich eine weiße Armbinde anlegen. Man nennt sie den ›Ring von Casado‹.«

»Ein Witz der schlechteren Sorte«, sagt León Peralta.

Don José María beachtet ihn gar nicht. Er diktiert:

»Mehr als zweitausend Tote.«

»Ortega hat eben Casado angerufen und ihn um die Grundlagen für eine Einigung gebeten«, fügt Luis Mora hinzu.

»Hervorragend, wunderbar«, urteilt Don José María hochzufrieden. »Weiter. Schreiben Sie, Leoncito, schreiben Sie. Danach machen wir eine Flasche Manzanilla auf, die ich für solche Gelegenheiten aufgehoben habe.«

»Ein Kaffee wäre mir lieber«, merkt Mora an.

»Werden Sie bekommen, sogar echten. Fahren Sie fort, Leoncillo, fahren Sie fort. Punkt, Absatz. Schreiben Sie: Ich bitte seine Exzellenz, sowohl den Stil, als auch die wahllose Aneinanderreihung der Meldungen zu verzeihen, aber ich gebe sie so an Sie weiter, wie sie mich erreichen, mit dem Ansinnen, keine Zeit zu verlieren. Fügen Sie ein: Überflüssig zu sagen, daß der Verteidigungsrat sämtliche Kommunisten von ihren Leitungspositionen entfernt hat. Daß bei vielen neue Ambitionen geweckt worden sind, daß die Gruppen, die den Verteidigungsrat unterstützen, verbissen um Posten rangeln. Daß die Hauptbeschäftigung des Rats für Öffentliche Ordnung darin besteht, die Führungsgremien einiger Gewerkschaften auszuwechseln. Das weiß ich aus erster Hand. Die *Junta* tut den ganzen Tag nichts anderes, als hohe Stellen zu besetzen. Edmundo Domínguez, Kommissar der Zentrumsarmee, ist durch Feliciano Benito ersetzt worden, einen bekannten Madrider Anarchisten, den die Regierung im November '36 in Tarancón festgenommen hatte.«

»Hier kommt eine brandneue Meldung: Die Nationalisten haben soeben eine Division der Anarchisten durchgelassen, die XIV., damit sie gegen die Kommunisten kämpfen können.«

»Das habe ich gerade am Telefon erfahren.«

»Mit Verlaub, das wußte ich bereits.«

»Das streite ich nicht ab. Glückwunsch. Sonst noch was?«

»Reicht das nicht?«

León Peralta strahlt; er bittet um Erlaubnis, die Nachrichten an einige seiner Freunde weitergeben zu dürfen.

# 7

»Das tolle ist,« sagt Dalmases zu Templado »daß Madrid von Menschen verteidigt wurde, nicht von Halbgöttern. Von gewöhnlichen Menschen, nicht von ruhmreichen Soldaten, nicht von militärischen Koryphäen oder berühmten Strategen, und auch nicht von ausgefuchsten Taktikern. Es waren Leute wie du und ich, keine Versager, aber Menschen mit schwachen und mit starken Seiten. Menschen, wie sie dir jeden Tag in der Metro oder in der Straßenbahn begegnen. Wie immer in solchen Fällen brauchen sie einen Mythos: Den hat Miaja perfekt verkörpert. Ein Mann aus dem Volk, eine vertraute Erscheinung, glatzköpfig, dickleibig, dunkelhäutig, sympathisch, freundlich, offen, liebt große Auftritte, ein Aufschneider, der sich gern selbst beweihräuchert. Du hättest ihn sehen sollen – du hast ihn ja gesehen – an der Front, auf der Straße, im Theater, Kino, wie es ihm aus jeder Pore sprach: ›Ja, ich bin der Star.‹ Größtenteils ist es ihm zu verdanken – wer würde das bestreiten? –, daß die Menschen nicht die Moral verloren haben, er war das Heldentum in Person. Durch Zufall, wenn du willst, und dennoch. Es ist wenig darüber gesprochen worden – weil man es nicht genau weiß, es ist ja auch egal –, daß er zu Beginn des Krieges Córdoba verloren hat, und damit womöglich den ganzen Krieg. Er wurde abgezogen – und ersetzt –, und man wollte ihn sogar erschießen, und möglicherweise – aus soldatischer Sicht – hatten sie recht. Ich glaube, Martínez Barrio hat ihn gerettet, einer seiner Freunde und Gesinnungsgenossen. Darum drückte Largo Caballero ihm die Verteidigung Madrids auf, eine schier unmögliche Aufgabe. Das Wunder geschah, dank des Volks und der Internationalen Brigaden. Du glaubst nicht an Wunder, ich auch nicht, aber es war eins, wie damals an der Marne. Nicht umsonst sind sich Joffre und Miaja so ähnlich, bis hin zu ihrem Aussehen – denk dir zu dem einen einen Schnauzbart hinzu, dann hast du's. Wenn er jetzt solche Sauereien macht, dann darf man nicht ihm allein die Schuld geben: In gewissem Sinn repräsentiert er – auch heute wieder – unseren völligen Verfall. Ein schlimmes Ende kann nicht ein ganzes Leben beschmutzen. Das spanische Volk hat sich als einziges, mit der Waffe in der Hand, gegen den Faschismus gewehrt, das ist eine unumstößliche Tatsache, und wie auch immer du es drehst und wendest, das kann ihm niemand nehmen.«

»Doktor Templado wird gerufen.«

Julián meldet sich nicht.

»Doktor Julián Templado.«

»Was ist?«

»Bist du das?«

»Ja.«

»Du hättest dich ruhig schneller melden können. Du wirst gebraucht. Es geht um eine schwierige Operation, die offenbar nur du durchführen kannst.«

»Ich? Ich operiere doch gar nicht.«

»Hör zu, nerv nicht.«

Sie bringen ihn, gut bewacht, ins San-Carlos-Krankenhaus.

»Wie haben Sie mich gefunden, wenn es doch mehr als dreitausend Festgenommene gibt?«

»Zufall«, gibt Riquelme zurück, »daran glaubst du doch.«

»Du wohl nicht.«

»Nun, ich nehme ihn hin, du verehrst ihn. Darum spielst du auch Lotto. Los, zieht dir den Kittel an und geh vorläufig nicht auf die Straße. Dann schauen wir mal, was wir für dich zu tun haben.«

»Zu Befehl, General. Wie ist die Lage?«

»Sprechen wir besser nicht davon.«

## 8

Es fuhren keine Straßenbahnen. Don Manuel ging zu Fuß zu dem Haus seines Freundes, um General Riego oder Prim – oder beide – zu bitten, sich für Vicente einzusetzen, oder ihm zumindest zu sagen, wo er sich befand. Dreimal wurde er festgenommen; man hielt ihn für einen Verrückten und ließ ihn laufen, beim dritten Mal schlossen ihn ein paar junge Sozialisten für einige Stunden in einen Hauseingang ein.

»Es geht um Leben und Tod.«

»Daran zweifelt niemand, Französling.«

»Was sollen wir mit ihm machen?«

»Ach! Laß ihn laufen. Der ist doch harmlos.«

Santiago Lozano war höchst erstaunt:

»Sie und ich, wir allein können nichts ausrichten. Abgesehen davon, daß heute gar nichts geht.«

»Sagen Sie den anderen Bescheid.«

»Wie denn?«

»Über mich.«

»Jetzt? Damit man Ihnen an der ersten Ecke eine Kugel in den Kopf jagt?«

»Und wenn schon. Entweder glauben wir oder wir glauben nicht. Wenn wir nicht bereit sind, unser Leben einzusetzen ...«

»Damit sollten wir noch etwas warten.«

»Aber ich muß doch unbedingt ...«

»Das geht nicht einfach so, auf die Schnelle. Was auch

immer Sie müssen, ich jedenfalls muß Ruhe und Zeit haben, erst recht Baldomero.«

Baldomero, das unersetzliche Medium.

»Wo ist er?«

»Vermutlich zu Hause.«

»Wo wohnt er?«

»In der Cava Alta.«

»Nummer?«

»26. Aber wenn ich Ihnen doch sage, daß es sinnlos ist ...«

»Kommen Sie mit mir. Ich muß wissen, wo Vicente ist.«

»Das ist etwas anderes: In so etwas mische ich mich auf keinen Fall ein.«

»Das ist Verrat.«

»Sie sind nicht ganz richtig im Kopf. Unsere Angelegenheiten sind nicht von dieser Welt.«

An wen sich wenden? Don Manuel irrt durch die Straßen, verzweifelt. Wen ansprechen? Wen aufsuchen? Er zerbricht sich den Kopf. Wen kennt er alles? Ihm fällt Rigoberto Barea ein, Kommissar bei Cipriano Mera. Mera, jetzt auf seiten des Verteidigungsrats; Barea hat bestimmt Einfluß. Ihn muß er auf der Stelle aufsuchen, schleunigst. Wo? Er hat keine Ahnung. Im Kriegsministerium? Er macht sich auf den Weg. Man läßt ihn nicht hinein. Soll er sich an das Französische Konsulat wenden? Er macht sich auf den Weg. Dort wird ihm gesagt, daß man unmöglich etwas für ihn machen könne: Es sei nicht Angelegenheit des Konsulats.

Der Kummer nagt an ihm. Er setzt sich auf eine Bank. Nicht trinken, er darf nicht trinken; jetzt geht Vicente vor. Mühsam schleppt er sich die Calle de Alcalá hoch. Schüsse, eine Maschinengewehrsalve, Schüsse. Zielen sie auf ihn? Nein. Er erreicht das Finanzministerium, dort fragt er nach Cipriano Mera, nach Rigoberto Barea. Keiner kann ihm weiterhelfen, keiner. Sein Schutzengel, stumm.

Auf einmal taucht in seinem Gedächtnis die Figur Enrique Almirantes auf, er erinnert sich, etwas von dessen Verbindungen zu anarchistischen Organisationen gehört zu haben, er hat seine Adresse und eine Telefonnummer, unter der er zu erreichen ist (für den Fall eines besonders einträglichen Tauschgeschäfts, wozu es nie kam). Er ruft an und erhält als Antwort, daß sein Freund gerade nicht zu sprechen ist, aber auf ihn wartet, er möge sich unverzüglich auf den Weg machen.

»Und du, wo bist du gerade?«

»In der Calle de Luchana, fast an der Ecke Calle de Silvela.«

»Gut, geh die Martínez Campos hinunter, das ist der sicherste Weg.«

Don Manuel wundert sich über gar nichts. Unbeeindruckt von den einzelnen Schüssen (›Sollen sie mich treffen, was soll's‹), gelangt er zur Castellana. Kaum ist er durch das Gittertor des gesuchten Hauses getreten, nehmen sie ihn fest.

»Enrique Almirante?«

»Was willst du von ihm?«

»Ein Freund von mir ist festgenommen worden: Vicente Dalmases, Leutnant der VIII. Division.«

Verwunderung macht sich breit.

»Von der Achten, sagst du?«

»Ja, von der, die im Pardo stationiert ist. Ihr habt ihn festgenommen.«

»Nein, Alter. Wir nicht. Die von der Junta.«

»Und Almirante?«

»Weiß der Himmel, wo der ist.«

»Und wer seid ihr?«

»Wir sind von der Achten.«

Sie haben den Befehl über das Gebäude übernommen, unterstützt von denen, die die Ministerien besetzt halten.

»Was sollen wir mit ihm machen?« fragen sie einen Hauptmann.

»Wo ist bloß Vicente?«

»Das würden wir auch gerne wissen. Von ihm und von vielen anderen. Und wen kennst du, von denen?«

»Als ich vor langer Zeit einmal festgenommen wurde, hat sich ein gewisser Rigoberto für mich eingesetzt, ein politischer Kommissar bei Cipriano Mera.«

»Rigoberto Barea?«

»Ja. Ich habe ihn gesucht. Aber nicht gefunden.«

»Schmink dir das ab.«

Sie können nicht wissen, daß er am Oberschenkel verwundet worden ist, beim Sturm auf die Position *Jaca*.

# 9

»Gleichheit, ein hübscher Gedanke, wenn man mindestens einen Meter sechzig groß ist! Aber einem Knirps wie mir braucht man damit nicht zu kommen! Zeig, daß du mutig bist, leg los: Kameraden, alle Menschen sind gleich! Ein Scheißdreck! Wie spät ist es?«

Die Uhrzeit. Nachts gibt es sie nicht. Wie lange sitzen sie schon in diesem Keller? Wie konnten sie nur so dumm ins Netz gehen! Warum mußten sie auch ausgerechnet die Castellana nehmen? Und jetzt, was nun? Was werden sie mit ihnen machen? Abmurksen? Das glaubt er nicht: Sie haben eine Unmenge an Gefangenen. Wenn sie sie umbringen, machen seine Leute sofort das gleiche, das wissen sie genau. Jetzt heißt es, unauffällig bleiben. Durchhalten, warten, sich fügen.

»Wie spät ist es?«

Juan Banquells erinnert sich an die Sanduhr seiner Tante, der Gemüsefrau. Sie bekam sie geschenkt, damit die Eier weder zu weich noch zu hart gekocht würden, sondern genau so, wie ihr Gatte sie mochte. Er selbst brachte sie ihr mit, aufwendig eingepackt, wie ein kostbares Präsent. Sie lief ihm fröhlich, mit baumelndem Busen entgegen und sagte:

»Ich bin gespannt, was du mir mitgebracht hast.«

Der Onkel setzte sein gewohnt schelmisches Grinsen auf. Dieser Anflug von Überheblichkeiten, den er nie ablegte, brachte den Jungen auf die Palme und ließ seine Achtung vor ihm von der ersten Begegnung an sinken. Er trug den Spitznamen *Der Misthaufenkönig*, doch Juan Banquells verpaßte ihm einen knapperen Namen, der ebenfalls auf Exkrementen basierte. Nach Jahren noch erinnerte er sich an ihn, als ob keine Zeit vergangen wäre. Er übernahm das väterliche Geschäft, eine krumme Geschichte, Anlaß zu lästigen Lästereien. Der Nachkomme war nämlich nicht auf den Kopf gefallen und hatte seinen Alten dazu gebracht, ein Papier zu unterzeichnen, in dem er sich dazu verpflichtete, in das Bergdorf zurückzukehren, das er vor Urzeiten verlassen hatte, um nach Madrid zu kommen.

Als er die Sanduhr nach Hause brachte, muß Juan acht oder neun Jahre alt gewesen sein. Er erinnert sich nicht mehr genau. Immerhin weiß er noch den Monat: Mitte November. Einige Tage zuvor hatte er zum ersten Mal *Don Juan Tenorio* gesehen. Die Friedhofsszene hatte ihn tief beeindruckt.

»Und diese Uhr?«
»Sie mißt die Zeit, die dir noch bleibt.«
»So weit ist's schon mit mir?«
»Ja, mit jedem Sandkorn schwindet dein Leben um einen Augenblick.«
»Und ich hab' nur noch die, nicht mehr?«

Genau so ein Instrument in der Hand zu halten wie das, das er im offenen Grab des Komturs gesehen hatte, fasziniert ihn über alle Maßen.

Nach nicht wenigen Witzeleien, die ihre Enttäuschung verbergen sollten, nahm die Tante die Sanduhr mit in die Küche. In der Nacht, wenn alle schliefen und nur von Zeit zu Zeit der metallische Hufschlag eines Pferdes und das dumpfere Rumpeln einer Kutsche auf dem holprigen Pflaster der dunklen Straße zu hören waren, schlich Juan in die Küche, drehte sie immer wieder um und betrachtete sie.

Besonders beeindruckte ihn ihre dünne gläserne Taille, die ihn an Tante Consuelo erinnerte, die jüngere Schwester seiner verstorbenen Mutter. Im Kerzenschein sah er fasziniert dem rötlichen Sand zu, und dessen sanftes Rieseln durch das Glas verleitete ihn zu der Vorstellung, ihn auf seiner Brust zu spüren. Der Trichter des oberen Reservoirs entsprach genau dem zarten Kegel, der in der unteren Hälfte wuchs:

»... mit jedem Sandkorn schwindet
dein Leben um einen Augenblick.«

Ihn bestürzte die Gewißheit, daß er – wenn ihn nicht eine Doña Inés im letzten Moment rettete – sterben würde, sobald das letzte Sandkörnchen durchgelaufen war. Dann würde er sterben. Er stellte sich die Bestürzung vor, die sein Dahinscheiden zu Hause auslösen würde: die Trauer von Julia, Bernarda, Miguel, Gustavo, die ihn, da sie in geschäftlicher Abhängigkeit standen, mochten. Das ironische Lächeln seines Onkels, die Beileidsbekundungen. Würde man Trauer anordnen? Bald würde er sterben, der Sand lief unerbittlich durch, als ginge es nicht um ein Menschenleben, um das Leben eines so bedeutenden Menschen wie ihm. Gleich würden die letzten Körnchen hinabrieseln, glitzernd, erstrahlend im hellen Schein der Kerze.

»Wenn es dir Spaß macht, brauchst du sie nur umzudrehen, dann läuft sie von neuem durch. So etwas nennt man seine Zeit totschlagen, oder seine Kerzen bei fremder Leute Beerdigung verschwenden.«

Der Onkel führte vor den Augen des Kindes seine Hand, seinen Arm vorbei und drehte die Uhr um. Juan Banquells war bestürzt. Wie konnte er so albern sein, ernsthaft zu glauben ...? Es war doch vollkommen belanglos, das Leben ging weiter, der Tod wurde wieder Leben, dasselbe Leben von vorher, rechts wie links gedreht gleich; die Zeit existierte nicht, nur er, und sein Onkel, der ihm eine Ohrfeige verpaßte.

(Streng, mehr scheinheilig als heilig, Bewunderer seiner eigenen Arbeit, gewissenhaft im Ausüben des Glaubens, selbstsicher, duldet keine Widerrede.)

»Jetzt weiß ich ja, wer hier den Schinken stibitzt.« (Dort, in der Räucherkammer.)

Er war es nicht, auch wenn er trotz seiner Statur einen gesunden Appetit hatte. Doch er sagte nichts; so fing es an, daß Juan Banquells ein Wicht wurde.

»Ja, Compañero, ein Wicht«, sagte er zu Rafael Vila. »Weil ich es nie geschafft habe, etwas anderes zu sein als das: ein Wicht.«

Kein Zwerg, sondern ein klägliches Wesen. Machmal wünschte er sich allen Ernstes, ein Liliputaner zu sein; aber er war einfach kleinwüchsig, zu mehr langte es nicht. Zu groß für einen Zwerg, zu klein für einen Mann. Es war zum Verrücktwerden. Welcher seiner Vorfahren war schuld? Seine Eltern, so wußten sein Onkel und seine Tante zu berichten, waren zwar keine Riesen, aber sie waren unauffällig, und das nicht nur wegen ihrer Körpergröße.

»Wen lasse ich dran glauben?« grübelte er.

»Wie niedlich er ist!«

Für alles war er zu klein, außer für den Groll. Es war wie mit dem heißen Blech aus dem Backofen, an dem man sich immer wieder die Finger verbrennt. Anfänglich rächte er sich nur mit Worten. Die Leute waren grausam:

»Der sieht nich' mehr wie 'ne Kohlraupe ...«

Gegen die ständigen Beleidigung war kein Kraut gewachsen. Er kannte alle: Stöpsel, Knirps, Zwerg, Mikrobe, Winzling, Pinocchio, und, was ihn am meisten verletzte, *Halbe Portion*, denn wenn er wollte, nahm er es mit jedem auf.

»Das sagt sich so leicht, aber überleg dir nur einmal, wie es wäre, wenn du alles von der Höhe deines Brustbeins aus sehen würdest ... Tu so, als wärst du in der Hocke, und stell dir das Bedauern und Trösten der Gutmenschen vor. Dann will ich dich mal sehen. Einfacher ist's natürlich, wenn man, wie mein Onkel – er ruhe in Frieden –, an Gott glaubt und alle möglichen Heiligen verehrt. Allmählich wurde ich wirklich zum Wicht – ob ich es zu hören bekam oder nicht – und lebte in der Vorstellung, jeder Dahergelaufene würde mich einen *mickrigen Wurm* nennen. Dieses Bewußtsein, in eine Streichholzschachtel zu passen ...«

»Seht euch diesen Krüppel an ...«

»Ob man sich irgendwann daran gewöhnt, den kürzeren gezogen zu haben? Da hast du dich aber geschnitten. Jeden Morgen erschafft man sich neu, so wie man ist: Ganze ein Meter achtundvierzig, und damit muß man sich immer erst wieder abfinden, bevor man auf die Straße tritt. Und die Pistole bleibt lieber zu Hause, sicher ist sicher, denn die macht alle gleich.«

Selbstredend war Juan Banquells liebeshungrig, suchte er sie sich nach seinem Zuschnitt (bei Frauen erwartet man Größe nicht, außerdem tragen sie Absätze), fielen sie auf, da beide Partner gleich klein waren; wenn sie größer war, erkannte jeder das Mißverhältnis.

»Wie resigniert du bist.«

»Wie sollte es anders sein, Onkel?«

»Andere haben schwerere Kreuze zu tragen.«

»Aber unsichtbare.«

»Alle Menschen sind gleich.«

»Ja, schön wär's: alle einen Meter siebzig. Das wäre Gleichheit. Himmel noch mal, alles andere ist das letzte, der letzte Dreck.«

Wenn er vor dem Spiegel stand, kam es oft vor, daß er von der Gleichheit unter den Menschen träumte: alle wären gleich groß; die Kleineren würden langgestreckt, die Größeren gestutzt.

Mit den Jahren und als Kind seiner Zeit wurde Juan Banquells Anarchist und einer der Wortführer in den geheimen Zusammenkünften der Federación Anarquista Ibérica. Er redete alle platt über die Mindestgröße für einen Menschen:

»Die horizontale Lage ist eine gute Vergleichsbasis, denn so sinken sogar die Bäuche ein.«

Nach Ausbruch des Krieges wurde ihm eines Tages sein Onkel vorgeführt – schon ein buckliger alter Mann –, festgenommen wegen seiner Kirchengeschichten. Die Erinnerung an die Ohrfeige anläßlich der Sanduhr war so stark, daß er nichts unternahm, um ihn zu retten.

»Wie spät ist es?«

»Was macht das schon?«

»Was soll das heißen!« brüllt Victoriano Terraza am Fenstergitter zum Garten hinaus, der sich trotz der Beschwichtigungsversuche seiner Compañeros nicht beherrschen kann. »Wißt ihr denn nicht, wer ich bin?«

»Ein Schreihals«, bemerkt der Wachmann.

»Ich, der …«

»Halt endlich die Klappe!« befiehlt ihm Vila.

»Wie, ich soll die Klappe halten? Mich festzunehmen! Für was halten die sich eigentlich? Wenn die vom Verteidigungsrat das erfahren, bleibt keiner ungeschoren! Hört her, ihr Deppen! Ortega, dieses Schwein, soll mir endlich zuhören! Oder Barceló! Oder der Kaiser von China! Wer immer hier das Sagen hat eben! Hört zu! Ich bin Victoriano Terraza! Der antifaschistischste Antifaschist von allen Antifaschisten! Die rechte Hand von Val, dem Mann des Vertrauens der CNT! Ich habe mehr als hundert, mehr als zweihundert Faschisten allegemacht! Und mich wollt ihr festnehmen! Ich bin nach Belgien, nach Frankreich gereist, um im Auftrag der Organisation Waffen zu kaufen! Es geht doch nicht um mich …!«

»Halt's Maul.«

»Ich, das Maul halten? Wenn ich doch sage …!«

»Erzähl das deiner Großmutter. Siehst du nicht, daß …«

Der Wachmann weiß nicht, woran er sich halten soll. Er würde am liebsten abhauen, vergessen, schlafen. Am Morgen war er zu einem Erschießungskommando eingeteilt. Im Sterben riefen sie: ›Hoch lebe die Republik!‹ Das geht ihm nicht aus dem Kopf. Aber möglicherweise sagt dieser Wildgewordene wichtige Dinge. Das darf er nicht verpassen.

»Was wißt ihr schon, wer ich bin! Was wißt ihr schon, was ich alles in meinem Leben gemacht habe! Die meisten, die hier so rumlaufen, haben doch keine Vorstellung davon, was es heißt, ein Mann zu sein. Mir hat nie die Hand gezittert. Wenn die Wichtigsten unter den Wichtigen etwas tun mußten, an wen haben sie sich gewandt? An mich! Victoriano Terraza!«

»Hör mal, hier ist einer, der sagt, er sei sehr wichtig.«

»Ja? Komm, machen wir einen Spaziergang mit ihm.«

Als Victoriano Terraza dämmert, was ihm bevorsteht, wechselt er den Ton und das Thema:

»Ich bin immer für die Einheit aller revolutionären Kräfte gewesen, ob nun Kommunisten, Anarchisten oder sonst was. Was hier vor sich geht, ist unfaßlich. Begreift ihr denn nicht …? Ich bin der Vater von Comandante Rafael! Von niemandem geringeren als Comandante Rafael, eurem Helden!«

»Und ich bin seine Tante. Grüße an die Familie.«

Ein einzelner Schuß.

Rafael Vila erzählt, als spräche er von etwas anderem:

»Am 19. Juli, auf dem Campo de la Bota, mußte ich das erste Erschießungskommando führen. Glaubt bloß nicht, das hätte ich gerne gemacht. Von wegen! Aber was bleibt einem? Einer mußte es tun, und ich habe mich noch nie vor etwas gedrückt. Vom Schreibtisch aus sagt es sich so leicht: ›Erschießt mir die Kerle.‹ Mit einer Handbewegung, einer

Unterschrift ist die Sache erledigt. Natürlich folgte alles seinem geregelten Gang: Es gab Tribunale, die ihre Urteile sprachen, aber wer sollte sie ausführen, die Armee hatte sich doch aufgelöst? Die Wachpatrouillen? Das paßte irgendwie nicht; sie kamen und gingen, sammelten und brachten die Festgenommenen. Die Milizen? Jawohl: Die Armee des Volks. Sie hatte sie gerade eben gebildet. Auf jeden Fall ordnete das Komitee an: Die Milizen sollten die Urteile ausführen.«

Das Schildkrötenkriechen einiger Panzer.

»Also mußte ich in den sauren Apfel beißen. In meinem Leben habe ich Schlimmeres geschluckt. Ich glaube, niemand kann mir Vorwürfe machen …, aber länger als drei Tage habe ich es nicht geschafft: Weder wußte ich, wie man befiehlt, noch wußte das Kommando, wie man gehorcht. Nicht, daß es keine Disziplin gegeben hätte: Wir wollten sie nicht.«

In der Ferne ein Pfiff. Jemand antwortet. Er schweigt eine Minute: gespannte Aufmerksamkeit.

»Haben sie ihn wohl umgelegt?«

»Ein einziges Durcheinander: Die Milizen hatten keinen Schimmer, wo's langging: Der eine lud noch, als es schon ›zielen‹ hieß, der andere drückte vor dem Feuerbefehl ab, der nächste hinterher. Ein heilloses Chaos. Und all die Leute, die dabei zusahen. Ich sage euch. Und schließlich mußten wir allen den Gnadenschuß geben. Ich war mehr tot als lebendig. Sicher, es waren die ersten Tage. Ich habe schon schlimme Sachen erlebt, aber so schlimm wie das…«

»Auch nicht schlimmer als heute.«

»Hier sehen sie uns nicht, höchstens wir können uns anschauen. Damals, das war vielleicht ein Tohuwabohu. Dicht gedrängt standen die Leute, überall. Die Vorstellung begann bei Sonnenaufgang. Sie prügelten sich um die besten Plätze. Tausende. Was sage ich, Tausende? Der Tag, an dem wir

General Goded ... Aneinandergekettet zu je fünf oder sechs wurden sie herangeschleppt. Nach drei Tagen habe ich alles stehen- und liegengelassen. Ständig dieses Befehlen, und dann noch vor den Augen aller ... Obwohl sie ziemlich schnell lernten, löste mich Camarlench ab. Was für Tage! So etwas wünsche ich niemandem.«

»Aus und vorbei«, sagt einer und meint Terraza.

»Wie wichtig er sich nahm, Vaterschaft ist schon das Letzte.«

»Und dann mußte auch noch der Ablauf irgendwie geregelt werden: Ich erinnere mich an einen Oberst, der mich bat, selbst den Befehl geben zu dürfen. Wir, die wir letzte Wünsche immer respektiert haben, hatten nichts dagegen einzuwenden. Der Typ wurde kreidebleich: ›Auf Befehl von Oberst X ... von ...!‹ Darüber hinaus brachte er keinen Ton heraus: Er blieb stumm, seine Stimme brach, er schaffte es nicht, stellt euch vor, er schaffte es nicht. Es muß höllisch für ihn gewesen sein. Nie werde ich sein Gesicht vergessen, aus ihm sprach ein Haß auf sich selbst, wie ich das nie zuvor gesehen hatte. Schließlich gab ich den Befehl, was bleibt einem? Aber ohne mich aufzuspielen, ganz schlicht. Jemand mußte es doch tun. Und dann auch noch gesetzlich abgesichert, in der Öffentlichkeit, mit ordentlichen Papieren.«

»Wie jetzt ...«, sagt Banquells höhnisch.

»Am letzten Tag, an dem ich dran war, befand sich unter den Leuten, die wir zu erschießen hatten, ein Verwundeter, mit verbundenem Kopf. Er trat resolut vor, stellte sich vor das Erschießungskommando und erklärte, daß er keine Augenbinde wolle: ›Mir reicht das hier‹, sagte er und deutete auf den Verband über seiner Stirn. Es war eine Fünfergruppe. Ich gab die üblichen Befehle: ›Laden! Anlegen! Feuer!‹«

Alle stürzten zu Boden – wir hatten in der kurzen Zeit einiges gelernt – außer dem Verwundeten. Dort stand er, breitbeinig, blickte wie benommen um sich. Da jeder sein Ziel selbst wählen durfte, hatte keiner auf ihn gezielt, sondern die Aufgabe, ihn zu töten, seinem Nebenmann überlassen. Jeder dachte, der andere würde sich ›den da‹ vornehmen. Ich fand das ganz in Ordnung.«

»Und?«

»Sie luden noch einmal nach und gaben ihm die volle Packung.«

»Wie spät es wohl ist?« fragt Banquells.

»Was macht das schon?«

## 10

»Wo hast du die ganze Zeit gesteckt, du Rumtreiber? Konntest du nicht wenigstens mal zu Hause vorbeischaun?«

»Ich?«

»Frag nicht so blöd.«

»Weiß sie es nicht?« fragt Templado Riquelme und Manuela.

»Nein.«

»Na dann. Du warst also bei der Pompadour.«

»Ich war festgenommen.«

»Du? Warum?«

»Weil ich eine Dummheit gemacht habe, das ist immer der Grund, warum man eingelocht wird.«

»Und von wem? In was für eine Geschichte warst du verwickelt?«

»Dieselbe, in der derzeit alle stecken.«

»So, du gehst mir nicht mehr fort.«

»Das dürfte auch schwierig sein.«

Mercedes lebt jenseits der Politik, sie verschwendet keinen Gedanken daran, da mögen sich die Leute noch sosehr in den Straßen abschlachten. Sie fragt Manuela – die es schon vor einiger Zeit bei ihr aufgegeben hat:

»Stimmt das?«

»Wenn Carlos nicht wäre, hätten sie mich abgemurkst.«

»Ja?« fragt sie Riquelme.

»Weiß ich nicht.«

»Was willst du machen?«

»Weiß ich nicht.«

»Geh am besten zu González, in den Casa de Campo. Er hat kaum noch Leute.«

»Dort wird nicht viel zu tun sein: Sie greifen nicht an.«

»Eben darum: Du kannst dich ausruhen. Ich bring dich in einem Krankenwagen hin.«

»Jetzt?« fragt Mercedes.

»Wir haben keine Zeit zu verlieren.«

»Kann er nicht noch kurz hierbleiben?«

Carlos Riquelme zuckt die Schultern. »Komm schon«, fordert er Manuela auf.

Sie lassen sie allein. Das Feldbett.

›Wenn ich nur nicht solchen Hunger hätte‹, denkt Templado.

## 11

Es geht auf Mitternacht zu. Pascual Segrelles sitzt in seinem Büro – hoch, weit, geräumig, mit einem Gemälde von
Eugenio Hermoso an der Wand (zweiter Preis), gegenüber
eines von Moreno Carbonero (dritter Preis), protziges Mo-
biliar im ›spanischen Stil‹ – und fühlt sich wohl. Bis auf
einen Anflug von schlechtem Gewissen, weil er so gut wie
nichts zu tun hat: Der ›Rat‹ erledigt alles selbst. Ihm wird
bewußt, daß er ernannt worden ist, um einen Republikaner
mit an Bord zu haben, und daß er nur belanglosen Kram zu
bearbeiten bekommt. Besser so, sagt er sich. Gloria ist am
Ziel ihrer Träume ... Jede Stunde ruft sie ihn an.

Am Nachmittag sprachen achtzehn Leute bei ihm vor, die
meist für die Ernennung von Beigeordneten oder Bürger-
meistern zu ihm kamen. Die Kommunisten und ihre Sympathisanten aus der Ex-Regierung müssen ersetzt werden.
Am Anfang, als er sich noch wichtig vorkam, wollte Pascual
Segrelles mit Wensceslao Carrillo Rücksprache halten.

»Machen Sie, was Sie wollen. Ich muß mich um andere
Dinge kümmern.«

Gloria kam um fünf: Der Sohn ihrer Schneiderin war festgenommen worden.

»Wir werden sehen, was sich machen läßt.«

Er vermochte nichts auszurichten, niemand konnte – oder
wollte – ihm Auskunft geben. Arcadio Zamora, ein bis an
die Zähne bewaffneter junger Mann, sein Türsteher, schlug

ihm vor, einen seiner Freunde aus dem Hauptkommissariat zu seinem Sekretär zu machen, denn der würde ihm in solchen Fällen behilflich sein können.

Luis Mora lehnte ab.

»Nein. Verstehen Sie doch, Don Pascual, ich bin nicht der Richtige für so eine Stelle. Mich kann man doch nicht vorzeigen. Das paßt nicht zu mir. Mich soll man mit meinen Aktenstapeln in Frieden lassen. Außerdem würde das nicht gern gesehen.«

Pascual Segrelles fühlte sich zutiefst beleidigt.

Es war offenkundig: Mora wollte sich nicht die Finger verbrennen, er wunderte sich über die Blindheit der neuen Apostel, die vollkommen unvorbereitet zu sein schienen auf das, was über sie hereinbrach.

Segrelles erledigte also weiter munter die Angelegenheiten, die ihm vorgelegt wurden. Schließlich fand er heraus, daß der Junge, um den Gloria sich sorgte, nicht im Innenministerium festgehalten wurde. Damit gab er sich zufrieden.

»Ich werde dem weiter nachgehen«, sagte er zu seiner Geliebten.

Er war beunruhigt, weil Amparo nichts von sich hören ließ, weshalb er damit rechnen mußte, daß sie jederzeit auftauchte. Er sprach mit Molina Conejero, dem Gouverneur von Valencia, und bat ihn um Nachrichten von seiner Angetrauten und seinem Sohn. Um halb zwölf Uhr nachts traf die Information ein. Es gehe ihnen gut, und sie hätten nicht vor, nach Madrid zu kommen.

Pascual Segrelles wirft noch einmal einen Blick in die angrenzende Kammer, zugänglich durch eine kleine Tür, die unsichtbar in eine Wandverkleidung eingepaßt ist; ein schlauchförmiges Schlafzimmer, das dazu da ist, ›die Nacht über dazubleiben, wenn die Umstände das verlangen‹, mit angeschlossenem Bad. Frisch gestärkte Laken, Decken, Handtücher. Der Beamte befindet, daß er sich, ›so wie die

Dinge stehen‹, nicht von seinem Führungsposten wegbewegen darf. So drückt er sich gegenüber Arcadio Zamora aus, der ihn fragt, ob er sich nicht jemanden wünsche, um sich die ›schweren Nachtstunden‹ zu erleichtern. Er braucht eine halbe Minute, um zu verstehen.

»Ich habe gerade niemanden.«

»Lassen Sie das meine Sorge sein. Ich habe eine Freundin, die ist Extraklasse. Wirklich Extraklasse. Sie sieht phänomenal gut aus und ist furchtbar nett. Wenn Sie wollen, laß ich sie rufen.«

»Wer ist sie?«

»Sie heißt überall *La Gitana*. Der kann man vertrauen. Soll ich ihr Bescheid sagen? Und wenn man nach Ihnen verlangt, machen Sie sich keine Gedanken. Ich bin daran gewöhnt.«

Pascual stimmt nicht ohne Unbehagen zu. Er ist kein Mann für Seitensprünge, seine offizielle Geliebte ist ihm genug. Seine wilden Zeiten erlebte er vor seiner Ehe, das ist Ewigkeiten her.

Eine Stunde später traf die *Gitana* ein. Für belanglose Informationen ließ sie sich gerne kleine Beträge zustecken. Der Staatssekretär konnte die Schönheit nicht ganz entspannt genießen. Nicht etwa, weil es ihm an Lust gemangelt hätte, sondern weil ihn das gedämpfte Schellen des Telefons beunruhigte, das fünfmal klingelte, während er sich dem Parteiverkehr widmete. Jedenfalls machte er sich schöne Hoffnungen für die folgenden Tage, als ein Schußwechsel den jungen Kämpfer veranlaßte, diskret an die Tür zu klopfen.

»Ich glaube, Sie sollten sich auf den Weg in die Keller des Finanzministeriums machen. Es geht wieder los.«

Der Beamte öffnet die Tür einen Spalt, um zu fragen:

»Und sie?«

Er weist mit einer verschwörerischen Kopfbewegung ins Innere der Kammer.

»Keine Sorge. Ich kümmere mich um sie. Das Spiel geht weiter ...«, sagt er und grinst. »Aber beeilen Sie sich.«

Die Gegner des Verteidigungsrates griffen wieder an.

# IV. 8. März

1

Am frühen Morgen vor einer Mauer des Pardo-Palasts: Leutnant Rocha befehligt die Erschießung der Oberstleutnants Maldonado und Pérez Gazolo, von Oberst Arnaldo Fernández und dem Kommissar Fernando Leal, allesamt Anhänger des Verteidigungsrates.

Auf der Straße machen sich Frauen auf den Weg in die umliegenden Dörfer, wo sie Gemüse und Feuerholz aufzutreiben hoffen. Auf das Krachen der Gewehrsalve achten sie nicht weiter.

»Im *Novelty* läuft ein Film, der ist umwerfend.«

»Ich bin gestern abend nicht mehr ins *Capitol* reingekommen ...«

**2**

In der Kohlenschlange stehen weniger Leute als die Tage zuvor: Man raunt, es würde nichts ausgegeben werden, weil kein Nachschub gekommen sei.

»Der *Gabacho* schaut heute aber finster aus der Wäsche.«

»Wann hat er je freundlich dreingeschaut?«

»Dich habe ich ja schon ewig nicht mehr gesehen«, sagt die *Malagueña* zu der *Gitana*.

»Kauf dir eine Brille.«

Man spricht wenig, flucht verzagter als sonst.

»Es wird schon gut.«

»Was denn?«

»Ach nichts.«

Zusammenhangslose Gesprächsfetzen. Luis Barragán, der gekommen ist, weil seine Frau sich nicht auf den Beinen halten kann, während er zumindest ein paar Stunden geschlafen hat, fragt sich, ob die Menschen hier so sind oder ob sie Masken tragen. Was denken sie, nach was sehnen sie sich? Wissen sie um ihre Lage, oder sind sie einfach dort geblieben, wo man sie hingestellt hat, wie Puppen, entschlossen, allem zu trotzen, was auf sie zukommt? Haben sie den Glauben an das, was sie stark gemacht hat, verloren, oder sind sie viel eher abgestumpft, stärker denn je? Mit verschlossenen Gesichtern, taub und unerreichbar, halten sie durch. Sie sehen nur ihr eigenes Schicksal, das sie mit dem aller gleichsetzen, sehen dem Tod entgegen, ganz für sich. Sie verharren in Eigensinn. Oder machen sie sich etwas vor? Nein: So sind die Madrider, ewige Schande für alle, die ihnen irgend etwas aufdrücken wollen. Wie jeden Tag, sein Leben lang, denkt er an den Seitenumbruch der Zeitung. Es dauert nicht mehr lange, dann werden sie die *Estampa* wieder herausbringen. *Estampa*? Oder auch *Falange* oder *Arriba España*. Der Geschmack im Mund ist bitter. In Spanien ist nie etwas gemäßigt. Das beklagt er schon seit Jahren, ohne es zu glauben. Auch jetzt glaubt er es nicht. Don Manuel, der neben ihm steht, fragt ihn:

»Glauben Sie, sie geben heute etwas aus?«

»Quatsch mit Soße.«

Der Spiritist, keine große Leuchte, was die Sprache angeht, wendet ein:

»Aber das ist die Kohlenschlange.«

»Und außerdem sind die Buchstaben durcheinander, und es gibt zu viele Hurenkinder«, erwidert der Setzer.

**3**

Nach drei Tagen Alleinsein beschloß Rosa María, zu den Klavierstimmern zu gehen, um nach der Adresse jenes Alten zu fragen, der behauptet hatte, Víctor zu kennen. Auf diese Weise kam sie zu dem Haus von Fidel Muñoz.

Sie traf Moisés Gamboa an, der im Schutt herumwühlte.

»Wen suchen Sie?«

»Einen Herrn, der angeblich hier wohnt.«

»Der ist seit zwei Tagen nicht mehr aufgetaucht.«

»Wo kann ich ihn finden?« Pirandello antwortet nicht. »Ich brauche eine Adresse von ihm.«

»Von wem?«

»Von Comandante Rafael. Wissen Sie, in welcher Brigade …?«

»Nein, das weiß ich nicht.«

»Vor ein paar Tagen sagte mir Señor Muñoz, er kenne ihn. Er heißt Víctor Terrazas.

»Wer?«

»Comandante Rafael.«

»Den Namen habe ich schon gehört. Aber ich habe nicht die geringste Ahnung, wo er sein könnte.«

»Ich wollte …«

»Ich kann Ihnen beim besten Willen nicht weiterhelfen.«

»Kennen Sie niemanden, der …?«

»Nein.«

Er sagt, daß er ihr nicht zu viel versprechen wolle, aber daß er sein möglichstes tun werde. Da stößt ihm bitter die Erinnerung an seinen Sohn auf.

»Ich kenne einen valencianischen Burschen, Vicente Dalmases, der könnte etwas wissen. Der, den Sie suchen, ist Kommunist, nicht wahr?«

»Wo kann ich diesen ...?«

»Das weiß ich nicht. Keiner weiß mehr etwas vom anderen.«

»Sie wollen mir nicht helfen.«

»Im Gegenteil, aber wir haben auch schon tagelang nichts mehr von Vicente gehört. Gestern kam eine Freundin von ihm vorbei, die ihn suchte.«

Er traut sich nicht, ihr zu sagen, daß Vicente festgenommen worden ist. Er mißtraut ihr.

»Es geht für mich um Leben und Tod.«

»Damit stehen Sie in diesen Tagen nicht alleine da.«

Als er sie so verzweifelt sieht, gibt er ihr Lolas Adresse.

Dort trifft Rosa María auf den niedergeschlagenen und hungrigen Spiritisten.

»Meine Tochter ist schon seit Tagen nicht mehr hier aufgetaucht. Was wollen Sie?«

»Ich würde gerne wissen, welche Einheit Comandante Rafael befehligt.«

»Ich weiß nicht, wer der ist. Kennen Sie Vicente Dalmases?«

»Gerade hat jemand mir seinen Namen genannt.«

»Wer?«

»Ein Alter.«

»Wer?«

»Ich kenne ich nicht.«

»Wo wohnt er?«

»An den Boulevards.«

»Vicente?«

»Nein. Der, der von ihm gesprochen hat. Er weiß auch nichts. Haben Sie irgendeine Idee, wo Ihre Tochter sein könnte?«

»Vielleicht in der Erste-Hilfe-Station.«

»Wo ist die?«

»Neben der Glorieta de Quevedo.«

Während sie die Straße hinunterging, fiel ihr ein, daß ihr vielleicht Luis Mora bei ihrer Suche nützlich sein könnte. Also rief sie ihn an. Der Beamte zeigte sich erfreut, von ihr zu hören, und erklärte sich bereit, ihr zu helfen. Sie möge auf der Stelle vorbeikommen. Rosa María beschleunigte den Schritt, Hoffnung schöpfend. In den Straßen wurde nach wie vor gekämpft. Während sie sich an eine Hauswand rechts von der Glorieta de Bilbao preßte, wurde sie am Arm getroffen, ein Durchschuß. Sie verlor viel Blut; von der Erste-Hilfe-Station – in der keine Lola war – wurde sie für eine Bluttransfusion ins San-Carlos-Krankenhaus gebracht.

## 4

Obwohl Ramón Bonifaz jünger ist als Pirandello, sind sie alte Freunde; die Bücher verbinden sie seit Jahren, diese beiden Bibliophilen mit ihren gespitzten Bleistiften und Ärmelschonern und ihrer Begeisterung für prächtige Einbände; ihr Wissensgebiet erstreckt sich von Schubern über Buchrücken, Goldschnitte und Leineneinbände bis hin zu Ex-Libris. Die kriegsbedingten Beschlagnahmungen hatten ihnen schon manch freudige Überraschung beschert. Der anarchistische Intellektuelle hat dem Buchhändler einen großen Gefallen erwiesen, als er ihm an der Plaza de Santo Domingo eine von der CNT besetzte Wohnung bereitstellte, die ihm nun als Lager dient.

Moisés Gamboa am Telefon:

»Was ist los?«

»Wo können wir uns treffen?«

»Im Lager?«

»Seit diesem neuesten Durcheinander halte ich es lieber geschlossen.«

»Eigentlich kann ich die Zeitung nicht verlassen. Ich bin hier praktisch allein. Die Kommunisten haben García Pradas eingelocht.«

»Ich komme vorbei, wenn Soledad schläft.«

»Ich weiche nicht vom Fleck.«

Ramón Bonifaz kaut an einem trockenen Brotkanten, den er in Minztee tunkt. Moisés Gamboa klagt ihm sein Leid.

»Carrillos Sache. Arbeitet nicht sein Sohn für ihn?«

»Ja.«

»Also?«

»Ich will ihn um nichts bitten.«

Was er ihm zwei Nächte zuvor erwidert hat, als er nach dem Aufenthaltsort Vicente Dalmases fragte, zählt nicht:

»Ein Kommunist? Verrecken soll er.«

Über Fidel Muñoz weiß keiner etwas.

»Vielleicht hat ihn ja bei Verlassen seines Hauses eine Kugel getroffen.«

»Sie hätten ihn gesehen. Wie lange wird das noch so weitergehen?«

Sie hören die Schußwechsel.

»Verräter ...«

»Wir kennen uns nicht erst seit gestern, Moisés.«

»Nein, Don Ramón.«

»Erzählen Sie mir bloß nicht, sie hätten das nicht verdient.«

»So will ich das nicht sagen, aber ich denke an meine Freunde, vor allem an Fidel.«

»Ich dachte, Sie hätten im allgemeinen gesprochen.«

»Das tue ich schon lange nicht mehr.«

Sie sprechen über den Verrat; wer wen verrät.

»Was heißt eigentlich verraten?« fragt Bonifaz: »Was ist damit gemeint? Sich selbst treu zu sein, ist das Verrat? Einer Sache treu zu bleiben, obwohl man nicht mehr an sie glaubt, ist das Verrat? Nein: Das Entscheidende ist die Absicht. Dieselbe Sache kann Treue oder Verrat sein, je nach dem, ob sie etwa mit nationalökonomischem Ziele durchgeführt wurde, oder ob sich jemand damit bereichern oder die eigene Haut retten wollte.«

»Darüber gäbe es viel zu sagen. Bei einem Sieg herrscht Jubel; ansonsten versinkt alles in Vergessen, oder, bestenfalls, in der Ablage für Heterodoxie.«

»Wenn man einen Feind aus einer Gefahr befreit, um eine Belohnung einzuheimsen, ist das verwerflich; wenn es darum geht, sein Leben zu retten, nicht unbedingt. Ich rede nicht von zwei verschiedenen Personen: von einer. Also, wenn Herr X Herrn Y über die Grenze schafft und dafür soundsovieltausend Peseten kassiert, ist er ein Verräter. Wenn er es einfach so oder aus ethischen Gründen tut – das kommt auf's selbe heraus – ist er es nicht unbedingt.«

»Und wenn der Nutznießer die soundsovieltausend Peseten seiner Organisation spendet, um ihre Arbeit zu unterstützen, ist er dann ein Verräter?«

»Nein, denn dann handelt er nicht zu seinem eigenen Vorteil.«

»Das heißt dann, ob jemand Verrat übt oder nicht, hängt davon ab, ob er Geld kassiert.«

»Die Übergänge zwischen Lohn und wie auch immer gearteter Geschäftemacherei sind fließend. Wie auch immer: Soweit ich weiß – und ich habe schon viele Bücher in den Händen gehabt –, gibt es weder ein Buch noch sonst eine Abhandlung über den Verrat. Über Verräter sehr wohl, und unendlich viele Kommentare. Fast würde ich sogar behaupten, die Literatur beruht auf den vielen Geschichten von Verrätereien und Verrätern. Aber über den Verrat an und für sich – nichts.«

»Das ist merkwürdig. Worauf führen Sie das zurück?«

»Welcher Politiker übt schon nicht Verrat? An sich selbst, an den anderen. Ohne das würde die Welt nicht vorwärtskommen, würden wir heute dort stehen, wo wir immer gestanden haben. Hat Napoleon die Revolution verraten? Hat Luther verraten? Hat Isabel die Katholische verraten? Hat Julius Caesar verraten? Hat Brutus verraten? Die Geschichte der Evolution der Menschheit, des Fortschritts, ist eine lange Geschichte der Verrätereien, ist eine Geschichte des Verrats, darum drücken sich die Menschen auch davor, darüber zu sprechen. Noch nicht einmal Unamuno hat es geschafft, er ist bei den Ausführungen über den Neid steckengeblieben.«

»Das heißt also, wir können nichts machen?«

»Wie, nichts?«

»Für Dalmases, für Fidel.«

»Am sinnvollsten wäre es, wenn Sie mit Ihrem Sohn sprechen, das habe ich doch schon gesagt.«

Das Telefon klingelt.

»Besteiro ist gerade die Präsidentschaft des neuen Exekutivausschusses der Sozialistischen Partei angetragen worden.«

»Was für eine traumhafte Meldung für Ihre Titelseite!«

»Und wir haben Feliciano Benito zum Kommissar der Zentrumsarmee ernannt ...«

»*Padre Benito* ...«

Sie sehen sich an und müssen unweigerlich lächeln.

»Wie wird das noch enden?«

Ramón Bonifaz sieht den Antiquar an.

»Spielt das eine Rolle? Noch einen Monat, und wir sind alle kahl.«

Eine Pause.

»Was geben Sie mir für meine Bibliothek?«

Er korrigiert sich.

»Besser, Sie bewahren sie mir auf.«

»Gehen Sie weg?«

»Sobald ich kann. Mir ist ein Kurs in Amsterdam angeboten worden ...«

# 5

Casado greift zum Telefonhörer.

»González?«

»Ja.«

»Schick mir deine Artillerie und ein Bataillon Maschinengewehrschützen.«

»Hol sie dir selber, Verräter.«

González, Chef der VII. Division, verteidigt den Casa-de-Campo-Park und Rosales: zwei Schritte entfernt. Er hat die Stellung gehalten, den Feind fest im Auge. Casado gibt den Befehl, ihn von hinten anzugreifen. Von der Puerta del Sol rücken Sturmtruppen über die Calle del Arenal zum Kommandostand der Division vor, die in der Druckerei Rivadeneyra am Paseo de San Vicente untergebracht ist. In dem Augenblick, als die Streitkräfte des Verteidigungsrates die Plaza de España erreichen, beginnt das Gefecht. Die Maschinengewehre der VII. mähen an die zwanzig Kämpfer um.

»Gebt's ihnen!«

Sie nehmen sie von zwei Seiten unter Beschuß: von der Calle de Ferraz und von der Cuesta herunter. Es ist keine halbe Stunde vergangen, als der Feind – der wirkliche, der von eh und je – angreift. Die wenigen, die die Linien gehalten haben, ziehen sich nun bis zum Eingang des Casa-de-Campo zurück, am Fuß der Cuesta. González beordert in seiner Verzweiflung selbst die Kämpfer zurück, die bereits die Puerta del Sol erreicht hatten. Mit allem Einsatz werfen sie den Feind zurück. Verzweifelt drischt der Kommandant mit seinen Fäusten auf den Tisch, der vor ihm steht:

»Arschlöcher! Arschlöcher!«

Julián Templado schafft es kaum. Wie gut, denkt er, daß Riquelme mir gesagt hat, der Posten sei ruhig ...

Während er die Druckerei verläßt, umklammert Luis Barragán das Gewehr (statt Blei im Setzkasten Blei im Magazin), und sagt: »Soll der Direktor Anweisungen geben.« Der Direktor, in Frankreich.

## 6

Beim Verlassen des Aborts sieht Enrique Almirante eine offene Tür. Er fragt nicht erst, wer sie offen stehen gelassen hat, sondern sieht hinein: niemand. Er geht weiter, begegnet einem Soldaten, den er im Vorbeigehen grüßt, tritt hinaus auf einen Hof. Dort setzt er sich auf eine Bank. Ruhe, sagt er sich. Die Vorbereitungen zur Flucht laufen; neunundneunzig von hundert scheitern. Ich bin schon mit einem Bein in der Freiheit, ohne daran gedacht zu haben, ohne Essen und Trinken. Mag sein, daß es ihnen im Grunde wenig bedeutet. Was befindet sich hinter dem Gitter? Still. Stell dich schlafend. Er lauscht. Drei Lastwagen fahren hinaus; er schreit zu dem Fahrer des letzten:

»Nimmst du mich mit?«

»Wohin?«

»Setz mich irgendwo in der Bravo Murillo ab.«

Er beschließt – en passant, im wörtlichen Sinn –, ein paar Tage lang im Haus des Spiritisten unterzuschlüpfen. Don Manuel weigert sich, ihn aufzunehmen:

»Ich will niemanden sehen, niemanden.«

»Sie sind ein Verräter.«

»Ich? Ein Verräter? Verräter gibt es, wenn überhaupt, nur einen. Hören Sie: den einen dort oben.«

Er hebt die Hand, schließt sie zur Faust, bis auf einen Finger, den er in die Höhe streckt, und stützt sich mit der anderen gerade so am Tisch auf.

»Man hat mich allein gelassen. Allein!«

»Aber ich bin doch Ihr Freund. Lassen Sie mich herein. Ich werde Ihnen in keiner Weise lästig fallen. Bis das hier vorbei ist.«

»Es ist bereits alles vorbei.«

»Wollen Sie mir auch ein Gläschen Wein verweigern?«

»Sie wollen einen Schluck mit mir trinken, das ist etwas anderes. Für ein Glas Wein sagt man auch dem schlimmsten Feind nicht nein.«

»Wer ist unser schlimmster Feind?«

Don Manuel sieht seinen Besucher mit verschleiertem Blick an und macht eine fahrige Handbewegung:

»Der in unserem eigenen Haus.«

Das Einschenken fällt ihm schwer. Er verschüttet etwas Wein auf den bereits klebrigen Tisch.

# V.  9. März

I

»Um sieben Uhr morgens greifen wir an.«

»Wozu?« will Templado von González wissen.

»Was für eine Frage, wozu. Um wenigstens die Verluste von gestern wieder wettzumachen.«

Das taten sie; mit einer Entschlossenheit, als wäre nichts geschehen; als ob es darum ginge, einen Krieg zu gewinnen, alle wie ein Mann. Die Verluste wettmachen.

»Was machen wir mit den Gefangenen?«

»Wieviele sind es?«

»Um die hundert.«

Dreihundert Gefallene.

Julián Templado kümmert sich um die Notversorgung.

»Was machen wir mit den Gefangenen?«

»Schick sie ins Gefängnis. Das ist leer.«

»Und die Insassen?«

»Die sind freier als du und ich. Sie suchen wie verrückt nach Valdés, dem Chef der Fünften Kolonne der Rebellen, der ihnen mit den anderen entwischt ist.«

»Da können sie lange suchen.«

»Wie sollen wir uns verhalten?«

»Soweit ich weiß, hat das Provinzkomitee angeordnet, daß wir mit dem Verteidigungsrat eine Einigung finden sollen.«

»Das ist doch unmöglich.«

»In unserer Situation ist ›unmöglich‹ ein Fremdwort.«

»Und wenn jetzt hier jemand vom Mond fiele? Was würde er denken?«

»Schlagartig – wegen des Aufschlags – würde er die Natur der Spanier erkennen: opferbereite Menschen, die so weit gehen, für ihre Ideale zu sterben.«

»Ich meine das ernst.«

»Und ich erst. Zuerst würde er uns sehen und dann die, die hier gegen uns in Stellung liegen. Schließlich würde er beim Verlassen des Campo del Moro auf die Rebellen treffen, die ihn ebenfalls mit Schüssen empfangen würden. Vielleicht würde er denken, wir kämpften nicht wie üblich, einer gegen den anderen, sondern einer gegen zwei, um unser Heldentum und unseren Mut unter Beweis zu stellen.«

»Karambolage mit Menschen: Man muß zuerst die beiden anderen Kugeln berühren, um Punkte zu bekommen.«

»Unterm Strich sind wir furchtbar roh.«

»Gott sei Dank.«

Templado blickt zu González, mit einem Lächeln. Er dreht sich um und wendet sich seiner Arbeit zu. Er schneidet einem jungen Mann aus Guadix eine Kugel aus dem Arm, der dabei lautlos keucht, die Zähne aufeinandergebissen.

»So gefallen mir die Männer.«

Der Bursche sieht ihn an, als wolle er ihn beißen.

2

Lola beschließt, zum San-Carlos-Krankenhaus hinunterzu-
gehen, um mit Riquelme zu sprechen. Selbst wenn er nicht
helfen kann, einen guten Rat wird er haben. Sie kennt ihn
über Manuela Corrales, ihre Ausbilderin, bei der sie sich auf
die Erste-Hilfe-Station vorbereitet hat. Sie weiß, daß er ein
Freund von Vicente ist.

Sie wartet in einem schmutzigweißen Gang, es ist kalt –
keine der Fensterscheiben heil. Sie setzt sich auf eine abge-
wetzte Bank. Steht wieder auf. Geht auf und ab. Blickt in
den grauen Hof. Setzt sich. Hat Schmerzen vor Kummer.
Sie lehnt den Kopf an die Wand. Vicente. Vicente. Wo bist
du, antworte mir. Hörst du mich nicht? Wenn mein Vater
recht hatte ... Sie hebt die Schultern, legt die Arme um
den Körper, um weniger zu frieren. Was sage ich da? So
etwas habe ich ihm gegenüber nie gesagt, und vor mir auch
nicht.

Sie stellt sich ihre ›Liebesszenen‹ vor. Niemals wechseln
sie ein Wort. Er wortlos. Sie wortlos. Beide wortlos. Weil es
ihnen so gefällt. Weil es ihm so gefällt. Und ihr? Sie sieht ihn
die ganze Zeit an. Genießt sein Genießen, wortlos. Gibt sich
zufrieden. Gerade so. Mit der Gewißheit, daß der Frieden die
Erfüllung bringen wird. Der Frieden, noch nie so weit weg.
Sie ist zu allem bereit: Ihr Leben zu geben, um ihn zu retten.
Ihn retten und sich retten. Sich retten, sie, wovor? Sie liebt
ihn wie nichts auf der Welt. Ich gebe ihm alles: mein Leben,

das Leben aller um mich herum, das Leben der ganzen Welt, für ihn allein. Keine Frage.

Sobald Lola den Tod sieht, kennt sie ihn nicht mehr. Sie stellt sich ihn vor wie in der Erste-Hilfe-Station – oder dort, im San Carlos: Organe, Gehirn, bloßgelegt, blutrot. Aber das ist nicht der Tod. Für sie ist der Tod das, was sie fühlt, wenn sie in den Armen ihres Geliebten liegt, ohne sich ihm wirklich hingeben zu können. Die Liebe – denkt sie – oder der Tod. Die Liebe, der Besitz, der Besitz des Körpers, der unerreichbar ist, oder der Tod. Dring in mich ein, Geliebter! Spieß mich auf! Wirf mich nieder, zermalme mich, töte mich. Was ist sterben anderes als lieben? Lieben heißt, nicht zu sein, ich aber bin. Mach mich nieder! Zerstör mich, damit ich, völlig am Boden, endlich dein bin. Ich liebe ...

Mein Geliebter, wie weit weg bist du! Wie weit! Zwei Schritt vom Tod entfernt, allein, ohne mich, die ich nichts für dich bin. Ist das Liebe? Dich nicht bei mir zu haben ... Deine kalten Lippen, die an eine andere oder vielleicht an gar keine denken. Deine denkenden Lippen ... Ja: So ist es, sie denken. Wen liebst du? Sag es mir nicht, ich weiß es doch, niemanden, niemanden. Deine eigene Einsamkeit und meine, die ich dir darbiete. Mein Leben. Töte mich! Nimm mich! Niemand: Einen ganz bestimmten Niemand: Asunción.

Neben ihr steht jemand. Sie steht wie von einer Tarantel gestochen auf. Sie rennt bis zum Ende des Gangs, schämt sich.

»Was ist los?«

»Vicente ist festgenommen worden. Vicente Dalmases. Kennen Sie ihn?«

Sie schildert ihre fruchtlosen Nachforschungen.

»Warte. Oder besser, komm mit.«

Sie sieht Riquelmes Unentschlossenheit, als er die Tür zu einem der Krankenzimmer öffnet.

»Komm rein.«

Sie treten an das Bett, in dem Rigoberto Barea schläft. Er schüttelt sich wach.

»Schon wieder dein Vater?«

»Nein.«

Barea, ein Rotschopf von achtundzwanzig Jahren, aus Almería stammend, sommersprossig, stupsnäsig, eine Frohnatur, aber nicht der Hellste, ist Anarchist geworden, weil es ihm seit seiner Geburt widerstrebt, zu tun, was die anderen ihm sagen. Ein hundsmiserabler Student mit dem Gehabe eines Schriftstellers. Sympathisch, blauäugig. Wer den normannischen Einschlag in den Regionen der Küste nicht kennt, hält ihn für einen Engländer. Wenn er lächelt, kommt sein blitzblankes Gebiß zum Vorschein. (Er raucht nicht, weil alle in seinem Alter es tun):

»Wo brennt's?«

»Vicente ist festgenommen worden.«

»Von wem?«

»Das weiß ich nicht. Er war auf dem Rückweg von der Levante-Front.«

»Aus Valencia?«

»Nein, aus Albacete.« (Wozu ihm sagen, daß er in Elda war?)

»Wann?«

»Vor ein paar Tagen. Ich habe dich die ganze Zeit gesucht.«

»Wo ist er?«

»Genau das will ich herausbekommen.«

»Keine leichte Aufgabe.«

»Wie ist es möglich ...?«

»Hör mal, Kleine (für Rigoberto Barea sind alle Frauen ›Kleine‹, weil er selbst es ist), derzeit ...«

»Aber, kannst du dich für sein Leben einsetzen?«

»Wenn wir ihn finden, wohl schon.«

Zu Riquelme:

»Kann ich einen Anruf machen?«

Sie helfen ihm auf und führen ihn in ein Büro.

»Sag mal, habt ihr hier zufällig einen Leutnant aus der VIII., Vicente Dalmases?«

»Glaube ich nicht.«

»Finde es heraus, und ruf an, wo ihr ihn vielleicht haben könntet.« (Zu Lola) »Wo ist er festgenommen worden?«

»Als er in die Stadt wollte, ich glaube, in Canillejas.«

»In was für einem Wagen ist er gekommen?«

»Einem beigen.«

»Na also, das ist doch was. Beige Autos fallen auf.« (Ins Telefon.) »Er ist in einem beigen Wagen gekommen.«

»Wem gehörte das Auto?« wird gefragt.

»Wem?« wiederholt Barea, an Lola gerichtet.

»Der VIII. Dem Generalstab der VIII.«

»Dem Generalstab der Arschgeigen von der VIII.«

»Der Wagen müßte an der Plaza de Toros stehen.«

»Finde das heraus, schnell, und ruf mich an unter ...«

Er sieht zu Riquelme. Der nennt ihm die Nummer. Er hängt ein. Sie warten.

»Was ist dir passiert?«

»Frag den Arzt.«

»In einem Monat, als ob nichts wäre.«

Rigoberto Barea beißt sich auf die Lippen, zuerst auf die obere. Er tut das immer, wenn ihn etwas beunruhigt. ›In einem Monat ...‹

»Glaubst du nicht daran?«

»Aber sicher!«

»Sag die Wahrheit.«

»Wo werden wir in einem Monat sein?«

Das Telefon klingelt. Der beige Wagen steht auf der Plaza.

»Von deinem Kandidaten wissen sie nichts. Sie glauben sich zu erinnern, daß sie ihn zur Position *Jaca* geschafft haben. Aber nichts sicheres.«

Er beißt sich auf die Lippen.

»Ganz schön verzwickt. Ich werde sehen, was sich machen läßt.«

Er blickt sie an, lächelnd.

»Ich würde dich gerne begleiten. Aber der Typ hier wird mich nicht gehen lassen. Ich gebe dir eine Anweisung mit: Du gehst zu Leutnant Rincón, im Kriegsministerium. Der wird dich begleiten.«

»Danke«, sagt Lola zu Riquelme, im Gehen.

»Wofür? Ich bin Arzt. Es ist meine Aufgabe, Leben zu retten. Geh schon.«

Die Straße. Wie kommt sie am schnellsten zur Buenavista? Sie rennt. Beim Rennen kann sie nicht denken. Es regnet nicht mehr. Durch die Feuchtigkeit klebt die Kleidung am Körper. Der Wind streicht übers Gesicht. Der Asphalt, rutschig. Sie rennt. Unverhofft kommt oft: Drei Tage und vier Nächte hatte sie Rigoberto Barea gesucht. Sein rosiges Gesicht – strahlend wie die Sonne; vorher – als sie seinem Aufenthaltsort nachspürte – war er nichts als ein Name. Sie rennt. In der rechten Tasche ihres Schneiderkostüms umklammert sie den Brief des Kommissars. Sie ist fast am Ziel. Man hält sie an, läßt sie durch. Das ferne Grollen der Kanonen treibt sie an, weiterzurennen. Die Stufen hoch. Man berät sich. Läßt sie durch. Ein Vorzimmer.

**3**

Liebe Julia:

Die Tage sind die bittersten, die ich je erlebt habe, denn ich muß den traurigen Schlachtenlärm der sich bekämpfenden Republikaner anhören, eine Entwicklung, die ich bisweilen vorausgeahnt habe.

Ich habe viele Stunden mit Rodríguez Vega zusammengesessen, dem Generalsekretär der UGT, und mit ihm besprochen, was wir tun könnten, manchmal kam Edmundo Domínguez hinzu, Kommissar der Zentrumsarmee – gerade ist er abgesetzt worden –, der ein schlechtes Gewissen hat, weil er sich anfänglich von Casado hatte umgarnen lassen. Hat er kapiert, was für eine Ungeheuerlichkeit sie begangen haben? Aber jetzt gab es keinen anderen Ausweg mehr, so daß wir uns mit dem Verteidigungsrat in Verbindung setzen mußten, um zu sehen, was noch zu retten ist, und ich fürchte, es ist sehr wenig. Ich weiß nicht, was sie sich vorgestellt haben. Die Vermessenheit ist grenzenlos: Jeder hält sich selbst für den Größten. Und davon nehme ich jetzt mich nicht aus.

Vega glaubte, die Kommunisten – fast alle Mitglieder der UGT – dazu bringen zu können, einer Waffenruhe zuzustimmen, unter der Bedingung, daß keine Vergeltungsmaßnahmen verübt werden. Ángel Pedrero gefiel der Vorschlag, da ihm die Dauer der Kämpfe unbehaglich wurde, zumal er sie mitzuverantworten hatte, da er in seiner Zeit als Chef des

SIM an der Bildung des Verteidigungsrates mitgewirkt hatte. Auf unser Ansuchen besprach er sich mit Vertretern der Junta. Wir warteten Stunden, was ich niemandem wünsche. Am Ende erneut in seinem Büro – bis dahin saßen wir in einem Vorzimmer mit Blick auf die Puerta del Sol, die wie ausgestorben war, bis auf vereinzelte Menschen, die an den Häuserwänden entlanghuschten, um nicht von den Heckenschützen getroffen zu werden. Pedrero sagte uns mit kaum verhaltener Wut, daß er mit dem Rat für Inneres Carrillo gesprochen habe, und daß dieser sich so äußerte, daß er keine Initiative voranzutreiben gedenke. Sein Haß auf die Kommunisten ist stärker als alles andere. Der Kampf geht weiter, um mich brauchst du dich nicht zu sorgen; ich passe auf mich auf, und sie auch: Ich kann ihnen noch nützlich werden.

Gleichzeitig geschehen die unfaßlichsten Dinge: Du wirst es nicht glauben, heute morgen, kurz nach Tagesanbruch, tauchten Gumersindo und Aureliano Gutiérrez bei mir auf, zwei Parteigenossen aus El Escorial, und baten mich allen Ernstes in einer Wahlangelegenheit um Rat, weil die Gewerkschaftsorganisation zwei Gemeinderäte der Kommunisten ersetzen muß. Von der Antwort, die ich ihnen geben würde, hänge es ab, so Aureliano, ob Gumersindos Frau Bürgermeisterin in dem Ort werde oder nicht, die damit einen Genossen, einen Freund von Rodríguez Vega, ablösen werde, der bislang das Amt innehabe.

Ich schickte sie zu Pascual Segrelles, der – wie es scheint – solche Probleme mit gebührender Ernsthaftigkeit angeht, doch bevor ich mich von ihnen verabschiedete, konnte ich mich nicht zurückhalten, ihnen zu sagen:

»Wenn ihr mich fragt, zerbrecht euch nicht allzusehr den Kopf, denn höchstwahrscheinlich dauert es keine zwei Wochen mehr, da ernennt ein anderer die Gemeinderäte von El Escorial.«

»Wer?«

»Franco.«

Du wirst dir schwerlich vorstellen können, wie entgeistert diese beiden Männer glotzten, als sie aus meinem Mund eine derart unzweideutige Aussage hörten. Sie waren alles andere als überzeugt, und ich erfuhr, daß sie ihre Angelegenheit mit Bittgängen weiterverfolgten, genauso, als wäre es möglich, den Posten dann auch über Jahre zu besetzen. Und das Erstaunliche ist, daß sie damit Erfolg hatten.

So sind die Leute. Ich habe nicht die geringste Vorstellung, wie lange das so weitergeht. Die Menschen auf der Straße haben zum größten Teil noch nicht begriffen, sie sind weiter standhaft, und das schlägt mir am stärksten aufs Gemüt.

Sag den Genossen nichts davon. Wozu?

Ich liebe dich wie immer.

Juan.

Weißt du etwas von den Kindern?

**4**

*Mitteilung von Luis Mora an José María Morales*

Die Streitkräfte der Kommandeure Librerino, Gutiérrez und Luzón haben in San Fernando del Jarama die Schlacht eröffnet. Unter Artilleriedeckung überquerten sie den Fluß.

Die Kommunisten ziehen sich Richtung Chamartín zurück. Die anarchistischen Bataillone der XIII. und XXV. Division sind, nach ihrem Überfall auf die Position *Jaca*, mit ihren Sprengkommandos als Vorhut, ins Zentrum vorgedrungen. Sie haben ein Panzerabwehrgeschütz und eine Maschinengewehrstellung in der Calle de Alcalá eingenommen.

Ein ›Bataillon Anarchistische Stärke‹ – wie man es mir gegenüber nennt – hat unter schweren Verlusten, vierhundert Gefallene, die Neuen Ministerien überfallen.

Noch immer herrscht große Verwirrung.

Bei einem großen Teil der Truppen ist die Demoralisierung unübersehbar, da sie an nichts anderes mehr denken, als sich Franco zu ergeben, in dem festen Glauben, er würde sich an die Vereinbarungen halten, die der Verteidigungsrat in Umlauf gebracht hat, wobei ich nicht weiß, auf welcher Grundlage.

Gestern rief mich Ihre frühere Sekretärin an, die herausbekommen wollte, wo sich ein bekannter Militärführer der Kommunisten aufhält. Ich sagte ihr, sie solle vorbeikommen, und dann würde ich sehen, was ich für sie tun könne. Sie kam nicht, die Gründe kenne ich nicht.

**5**

Im ersten Bett eine dicke Frau in den letzten Zügen. Ihr Röcheln, das dem Pumpen der Kaulquappen gleicht, mit denen sie im Segovia seiner Kindheit gespielt haben. Fürchterlich, diese Widerstandskraft des menschlichen Körpers, obwohl nichts mehr zu machen ist. Hoffnungsloses Ein- und Ausatmen. Später werden sie sagen:

»Sie starb wie ein Vögelchen.«

Kaulquappe, Vögelchen, denkt Riquelme, und ich? Werden sie mich an die Wand stellen? Ein Schuß in den Hinterkopf? Oder Tod durch Erstickung, im verzweifelten Ringen nach einem kleinen bißchen Luft? Wie auch immer. Zuviel Tod um mich herum in diesen letzten Jahren.

Rigoberto Barea fragt ihn, als er vorbeigeht:

»Wissen Sie etwas über die Tochter des Spiritisten?«

»Nein.«

»Sie haben lange suchen müssen. Rincón kann man vertrauen ...« – eine Pause – »bis zu einem gewissen Punkt.«

»Was für ein Punkt?«

»Vergiß es. Abgesehen davon, daß die Suche nach ihm zwei bis drei Tage dauern könnte.«

Riquelme hat andere Dinge im Kopf. Im Vorübergehen lächelt er Rosa María Laínez zu.

»Wie geht's?«

»Gut.«

»Nichts weiter.«

# VI. 12. März

1

*Brief von González Moreno an R. L., in Paris*

Die Tatenlosigkeit – oder Unfähigkeit – des Verteidigungsrats veranlaßten mich, vorgestern eine Unterredung mit
Besteiro zu suchen, in der ich verschiedene Punkte ansprach,
die mir Sorge bereiteten. Zunächst unterhielten wir uns über
die Möglichkeiten für einen Friedensschluß. Ich erläuterte
ihm, was ich mit Vayo und Negrín besprochen hatte. Daß sie
mich über ihre Gespräche mit der französischen und englischen Regierung in Kenntnis gesetzt haben, eine mögliche
Lösung auszuloten. Ich gab ihm zu verstehen, daß Initiati-
ven in diese Richtung weitaus wirksamer seien als alle großen Worte, die der Verteidigungsrat in den Wind spreche, in
aller Öffentlichkeit, ohne Sinn und Verstand (ich gebrauchte
nicht diese Worte), und daß diese einen schweren taktischen
Fehler bedeuteten. Auf diesen ersten Punkt entgegnete mir
Besteiro mit aller Entschiedenheit, daß er von solch indirek-
tem Vorgehen nichts halte, weil er sich nicht als Mitglied
einer offiziellen Regierung sehe.

»Ich bin nur hierhergekommen, um Frieden zu schließen,
und wenn der sich nicht in den nächsten Tagen einstellt,
gehe ich.« Das sagte er mir.

Danach setzte ich ihm ein weiteres Problem auseinander:
Die Organisation der Evakuierung, wie man die internationale Arbeiterorganisation einbindet, und ich beschrieb ihm
die Situation, in der sich die republikanischen Kräfte befinden würden, sobald sie das Land in größerer Zahl verlassen.

Ich setzte ihn über die großen Mengen landwirtschaftlicher und anderer Produkte wie Quecksilber in Kenntnis, die sich in Besitz der Spanischen Regierung oder der Arbeiterkooperativen befänden, und die meiner Meinung nach außer Landes geschafft werden müßten, um so Geld zu bekommen, das zur Linderung der desolaten Lage benutzt werden könnte, in der sich unserer Landsleute, die die Ausreise schaffen sollten, befinden würden, ganz zu schweigen von den Hunderttausenden, die in französischen Konzentrationslagern festsitzen. Darüber hinaus legte ich ihm nahe, der Verteidigungsrat solle aus dem gleichen Grund versuchen – im Einverständnis mit Dr. Negrín oder sonstwie –, an die bei verschiedenen Einrichtungen im Ausland deponierten Devisen heranzukommen, da sie schließlich Regierungseigentum seien.

Wenn seine Entgegnung bezüglich der Friedensverhandlungen schon entschieden war, so war die auf diese Hinweise geradezu schneidend:

»Ihre Absichten mögen höchst nobel sein«, sagte er, »trotzdem werde ich mich an nichts von dem, was Sie ansprechen, beteiligen, schon gar nicht an irgend etwas, das mit den Einrichtungen der Regierung im Ausland zu tun hat.«

Weiter erging er sich in einer Schimpftirade gegen Negrín und seine Regierungsführung.

Und obwohl man ihm anmerkte, daß er todmüde war, wollte er immer weiter über die Probleme der Sozialistischen Partei und die derzeitige internationale Politik konversieren.

Just zwei Tage zuvor hatte eine Gruppe Sozialisten, Mitglieder verschiedener regionaler Verbände, eine Lagebesprechung abgehalten und beschlossen, ohne daß sie dazu irgendeine Befugnis gehabt hätten, eine neue Parteispitze zu wählen, um diejenige abzulösen, die sich in Frankreich befand, nachdem sie Barcelona verlassen hatte. Besteiro trugen sie die Präsidentschaft des neuen Exekutivkommitees der

Sozialistischen Partei an, was er ablehnte, da er nicht ernstnehmen konnte, was diese Handvoll Verschworener ausgeheckt hatte. Da er während meines Besuchs darauf zu sprechen kam, daß die jüngst gewählte Parteispitze das Gespräch mit ihm suche, wozu er damals noch nicht bereit war, sprachen wir weiter über dieses Thema und über die Verantwortung für das katastrophale Scheitern der Spanischen Republik, dessen Zeugen wir sind.

Diesbezüglich entwickelte er – im Anschluß an einen Seitenhieb gegen Largo Caballero – die These, nach der alles, was mit der Partei und folglich mit dem Land geschehen sei, Prieto zu verantworten hätte, weil der sich mit Caballero verbündet hätte, ›nur um mich fertigzumachen‹. Weiter versteifte er sich auf ein Argument, das ich schlicht für Unsinn halte, daß es nämlich zwischen Berlin und London zur Verständigung kommen könnte, womit das erreicht wäre, was er die Achse London-Rom-Berlin nannte. Ich habe es mir erspart, etwas dazu zu sagen. Übrigens war er unrasiert, was bei ihm äußerst selten vorkommt.

»Denken Sie nicht daran, wegzugehen?«

»Nein.«

»Und wenn Sie geschnappt werden und …«

»Ich bin neunundsechzig Jahre alt und krank. Hoffentlich erschießen sie mich! Damit wäre mir wenigstens für spätere Zeiten eine Fahne sicher.«

Ich kann den Gedanken nicht ertragen, daß er sich genau deshalb an den Ereignissen beteiligt hat: um in die Geschichte einzugehen.

»Sie haben noch viel vor sich.«

»Glaube ich nicht. Mit alledem erreichen wir nicht, was wir erreichen wollten.«

Wie du siehst, ist bei unserer Unterhaltung absolut nichts herausgekommen. Trotzdem hat sie bei mir einen tiefen Eindruck hinterlassen. Ich habe den Eindruck gewonnen, daß

Besteiro aus einer Reihe von Gründen derzeit außerstande ist – vielleicht aufgrund seiner körperlichen Verfassung –, sich den bevorstehenden Ereignissen zu stellen, und zwar, weil er die vorausgehenden in ihrer historischen Tragweite überhaupt nicht oder nur unzulänglich begreift, weil er sie auf persönliche Animositäten reduziert. Am Ende der Unterredung war Antonio Pérez zugegen; er ging zutiefst bedrückt von dannen, obwohl er diesen Mann bewunderte und verehrte.

Besteiros Haltung, die jeglicher emotionaler Anteilnahme entbehrt und deren niedere Beweggründe ich zu ahnen glaube, erscheint mir untragbar. Gestern habe ich mit Oberst Casado gesprochen, der, obschon er im Verteidigungsrat nur für die Kriegsführung verantwortlich ist, seit er die Präsidentschaft an General Miaja abgetreten hat, dennoch der Mann mit der meisten Autorität im Rat ist. Ich wiederholte ihm gegenüber, was ich über die Friedensverhandlungen wußte, die über die französische und britische Regierung als Vermittler versucht werden.

»Sie haben recht«, antwortete er mir, »aber dieser Mann« – damit meinte er Besteiro –, »will nicht.«

Ich glaube mich nicht zu irren, wenn ich behaupte, daß Casado, der mich krank im Bett empfing, über Besteiro zutiefst ernüchtert und bitter enttäuscht ist.

Was soll ich tun? Was sollen wir tun? Wirst Du schreiben können? Werde ich Deine Antwort erhalten können?

In Verbundenheit zu Dir und dem Sozialismus.
L. G. M.

2

Auf dem Weg schaute González Moreno am Pardo vorbei, um Oberst Barceló zu sprechen.

»Stimmt es, daß die Soldaten des XXII. Korps die Landstraße nach Valencia abgeschnitten haben?«

»Ja, eine Vorsichtsmaßnahme, damit keine Einheit die Front verlassen kann, um sich der Junta anzuschließen.«

»Es gibt sonst keine Macht mehr. Die Regierung hat das Land verlassen, und irgendwem müssen wir folgen. Und dieser Irgendwer ist nunmal die bestehende Macht.«

»Die Regierung hat doch nur das Land verlassen, weil der Staatsstreich Casados sie dazu gezwungen hat. Solange die Regierung ihre Macht nicht niederlegt, ist sie im Amt, wo auch immer sie sich befindet.«

»Die Regierung Negrín hat angeboten, ihre Führungsgewalt auf den Verteidigungsrat zu übertragen.«

»Was der aber nicht annehmen wollte.«

»Unterm Strich ist es das gleiche. Ein Land zu führen verlangt Autorität, und die hat im Moment nur Casado.«

»Wer weiß, wie lange noch ...«

»Das sagen Sie. Warum und für wen kämpfen sie? Wo doch die Regierung geflüchtet ist – und ob Sie wollen oder nicht, das ist der Tatbestand –, warum sollte man noch für sie kämpfen?«

»Aber sollen wir deshalb eine Handvoll Rebellen unterstützen, die illegal nach der Macht gegriffen haben?«

»Aber wenn doch alle Organisationen der Volksfront auf ihrer Seite sind!«

»Das behaupten sie nur.«

»Denken Sie noch einmal darüber nach, Barceló. Angenommen, ihr stürzt die Junta, was für eine Regierung wollt ihr dann einsetzen, wenn sämtliche politische Parteien und gewerkschaftliche Organisationen gegen euch sind? Wer wird auf euch hören? Seid nicht verrückt. Man muß retten, was noch zu retten ist.«

Barceló schweigt, verzweifelt.

**3**

*Mitteilung von Luis Mora an José María Morales*

Auf Beschluß des Verteidigungsrats wurde folgende an die
Kommunistische Partei gerichtete Mitteilung Oberst Ortega
überbracht:

›Der Verteidigungsrat knüpft die Beendigung des
Kampfs an folgende Bedingungen:

1. Niederlegung aller Waffen und Rückkehr sämtlicher Streitkräfte in ihre Stellungen, die sie an dem Tag
innehatten, als der Nationale Verteidigungsrat gebildet
worden ist.

2. Unverzügliche Übergabe aller militärischen und
zivilen Gefangenen der Aufständischen.

3. Ein Versprechen von seiten des Verteidigungsrates,
über die Agressoren unvoreingenommen zu urteilen.

4. Absetzung und Ablösung aller Kommandeure und
Kommissare, ungeachtet der Form und des Vorgehens,
für das sich der Verteidigungsrat entscheidet.

5. Der Nationale Verteidigungsrat läßt alle in Haft befindlichen Mitglieder der Kommunistischen Partei frei,
soweit sie keine Verbrechen begangen haben.

6. Der Nationale Verteidigungsrat erklärt sich nach
Durchführung der genannten Punkte bereit, die Mitglieder der Kommunistischen Partei anzuhören.

Vereinigte Generalstäbe, 12. März 1939
Die Vertreter des Nationalen Verteidigungsrats,
Segismundo Casado.‹

Die Kommunistische Partei hat in folgender Weise geantwortet:

›Die Kämpfe in Madrid dauern bereits seit sechs Tagen
an, und die Kommunistische Partei ist überzeugt, daß
eine Fortführung des Kampfes dem Land schweren
Schaden zufügen würde. Aus diesem Grund hat sie
beschlossen, ihren Einfluß für eine Feuerpause geltend
zu machen, in Gedanken an unsere höchste Aufgabe,
alle zur Verfügung stehenden Kräfte im Krieg gegen die
Invasoren zu vereinen, im Wissen um die unmittelbar
bevorstehenden feindlichen Offensiven an allen Fronten, und im Eingedenken daran, daß die Regierung
Negrín gut daran getan hat, Spanien zu verlassen.

Die Kommunistische Partei, die niemals auch nur
im entferntesten in Betracht gezogen hat, etwas zu
tun, was nicht mit ihrer hinreichend bekannten und
unveränderlich umgesetzten politischen Linie überein-
stimmen würde, erklärt, daß ohne den Zusammenhalt
unseres Volks heute jeglicher Widerstand unmöglich
ist, und darum ruft sie sämtliche Gruppierungen zu
positivem und fruchtbarem Zusammenwirken auf, unter Berücksichtigung unseres Unabhängigkeitsstrebens
und unserer Freiheit.

Die Übereinkunft des Nationalen Verteidigungsrats
über die Bedingungen eines Friedensschlusses ohne Repressalien nehmen wir zur Kenntnis. Unter diesen Umständen verzichten wir nicht nur auf unseren Widerstand gegen die verfassungsgemäße Autorität, sondern
wir, die Kommunisten, wie wir an der Front kämpfen
oder hinter den Linien arbeiten, machen weiter wie
bisher und sind unserem Land ein Vorbild an Opferbereitschaft, Heldentum und Disziplin, mit unserem
Blut und unserem Leben.

12. März 1939.‹

Nichts von dem ist bis jetzt an die Öffentlichkeit, gelangt,
bloß noch eine Frage von Stunden.

## 4

»Warte.«

Leutnant Rincón geht hinein. In welcher Straße bin ich? Wenn sie das wüßte. Sie ist wie benommen. Sie hat es gelesen und gleich wieder vergessen. Die Sonne weiß zwischen grauen Wolken. Wie spät ist es? Bestimmt schon fast Mittag. Welcher Tag? Was für ein Datum? Sie ist sich fremd, nicht sie selbst, nur ihre äußere Hülle.

In der engen, dunklen Tür taucht ein Vicente auf, der nicht wiederzuerkennen ist, mit dichtem Bart, zerknitterter Uniform, schmutzigem Hemd, bitterem Mund.

»Hallo!«

»Ich bin gekommen, dich zu holen.«

»Danke. Aber ich wäre sowieso in ein paar Stunden freigelassen worden. Wie hast du rausbekommen, daß ich hier bin?«

»Über Rigoberto Barea. Bis ich dich gefunden habe …«

»Wie bist du auf die Idee gekomen, Barea zu fragen?«

»Ich habe mit Riquelme gesprochen. Du mußt sofort hier weg.«

»Wohin?«

»Nach Denia, Alicante.«

Nicht nach ›Valencia‹. Sie wartet darauf, daß er sie fragt: ›Und du?‹ Doch die Frage kommt nicht.

»Ich muß zur Partei.«

Er läßt sie stehen.

## 5

Ramón Bonifaz ließ Moisés Gamboa ausrichten, daß er am nächsten Tag weggehen würde. Daß er sich, wie auch immer, um seine Bibliothek kümmern und sie bei sich im Lager unterbringen solle.

»Wie? Womit? Es sind mindestens fünf- oder sechstausend Bände. Mit dem Handwagen bräuchte ich eine Woche. Ich habe niemanden, der mir hilft.«

Bonifaz rief Val an, der ihn an den Verantwortlichen für das Transportwesen verwies: Auch er hatte niemanden an der Hand.

»Es ist sehr dringend.«

»Dann ruf den Rettungswagen«, erwiderte er im Scherz.

Das tat er. Der Wagen wurde geschickt. Pirandello trug seiner Schwiegertochter Concha auf, auf Soledad aufzupassen, mit dem Versprechen, in einer Stunde wieder da zu sein. Dreimal mußten sie zwischen der Calle del Prado und der Plaza de Santo Domingo hin und her fahren. Am meisten Zeit verloren sie damit, die Bände hoch- und runterzuschleppen. Es wurde Nacht. Soledad wirkte ruhig; Concha hingegen immer nervöser, in Sorge um ihre sich selbst überlassenen Kinder. Sie schärfte ihr ein, nichts anzustellen, und ging. Als Moisés nach Hause kam, war die verwirrte Frau verschwunden.

# 6

»Ja, ohne Zweifel: Es wäre ein leichtes gewesen, Casado und seine Bande fertigzumachen. Hätte Ascanio in der Nacht vom 5. auf den 6. Entschlossenheit bewiesen, wir hätten sie mit Stumpf und Stiel ausgelöscht.«

»Das hat er aber nicht. Ihr wart unentschlossen.«

»Wie jeder andere auch.«

»Wieso? Sie waren nur eine Handvoll: Ein Sprengsatz in den Keller des Finanzministeriums, und das Rattennest wäre ausgeräuchert.«

»Um dann eine neue Junta oder einen neuen Verteidigungsrat einzusetzen?«

»Die Zeit war nicht reif für solche Gedanken.«

»Du bist vielleicht lustig. Sie warteten auf Befehle. Die kamen nicht.«

»Ihnen fehlte der Mut. Zu viele Männer und kein richtiger Mann.«

»Was einmal schiefgelaufen ist, ist schwer wieder gutzumachen.«

»Die Schlinge zieht sich eh immer enger zusammen. Ich will nicht über die guten oder schlechten Absichten von diesem oder jenem streiten. Ein Land ist wie ein menschlicher Körper, und zwar in höherem Maße als du denkst. Ein plötzlich auftauchender Tumor, ob bösartig oder nicht, ist ein sicheres Zeichen, daß es bergab geht: Lunge, Niere, bis das Leben vorbei ist. Und nicht umgekehrt.«

»Ich hätte nicht gedacht, daß wir einmal so enden würden – oder das Land.«

»Niemand denkt ernsthaft an den Tod. Er kommt immer überraschend.«

Carlos Riquelme zieht sich den Kittel über.

»Was hast du vor?«

»Das tägliche Programm. Zu den Kranken gehen, denn den Verletzten ist es genau betrachtet egal, ob Negrín oder Casado befiehlt, oder selbst die Herren aus Burgos.«

»Du bleibst also?«

»Keine Frage. Ein Arzt kann sich nicht einfach verdrücken.«

»Du wirst übel enden.«

»Daran denke ich nicht. Genau wie du. Ich werde immerhin von meinen Kranken gebraucht.«

»Das wird dir nicht viel nützen.«

»Glaubst du, ich bleibe, weil es etwas nützt?«

»Diéguez hat mir aufgetragen, dich zu holen; unten steht ein Wagen, der uns zumindest vor die Stadt bringen könnte.«

Schließlich faßte er die Lage zusammen: Die Franquisten werden in ein paar Tagen in Madrid einmarschieren.

»Lebend kannst du mehr helfen als tot.«

»Mag sein, aber nicht euch, sondern anderen; und ich muß nun einmal denen hier beistehen.«

»Und Manuela?«

»Sie bleibt.«

Manuela Corrales, groß, drall, Asturianiern; schön, nicht hübsch, selbstsicher, eine Rechthaberin, die immer das letzte Wort haben muß und für alles noch ein Argument findet. (Riquelme ist vom selben Zuschnitt; noch hemmungsloser holt er die Argumente von noch weiter her. Selbst wenn sie einer Meinung sind, streiten sie noch. Der Mann läßt sich schließlich überzeugen, zum Entzücken der Geliebten.)

Manuela war mit einem Taxichauffeur verheiratet gewesen, einem Sozialisten. Mit dem Krieg packte sie die Politik; sie stellte sich voll und ganz in den Dienst der Kommunistischen Partei, in die sie im November 1936 eintrat, ihrem Schwager zuliebe und weil es sich so ergab. Sie blickte nicht mehr nach links und nach rechts und befolgte blind, was man ihr sagte, beseelt von der Unumstößlichkeit ihrer Überzeugung. Ihren Mann setzte sie auf die Straße, weil er sich mit ihrer jähen Bekehrung nicht abfinden wollte, hatte er sie doch als völlig gleichgültig gegenüber dem Wohl der Allgemeinheit kennengelernt:

»Hausfrauen.«

Acht Jahre zuvor hatten sie sich auf einer Kirmes in San Antonio kennengelernt und zwei Jahre später geheiratet, ein Pärchen wie aus dem Bilderbuch. Ende 1936 wurden ihre beiden Kinder in einem Dorf in Katalonien untergebracht. Wo sind sie jetzt? Vor einem knappen Jahr ließen sich Manuela und Jesús scheiden. Er ist jetzt in Valencia. Die Krankenschwester war der Grund, warum Riquelme in die Kommunistische Partei eingetreten ist.

»Ich jedenfalls gehe«, sagt Vicente.

»Gut so. Und Asunción?«

»Ist in Valencia.«

»Gehst du dorthin?«

»Wenn ich kann. Glaubst du, es ist richtig, daß ich gehe?«

»So wie die Dinge stehen, was bleibt dir anderes übrig?«

Du müßtest bleiben, denkt Vicente. Wozu? Madrid wird dem Feind in die Hände fallen. Möglich, daß sie dem Arzt nichts antun, daß sie ihn weiter seine Kranken behandeln lassen, aber was mich betrifft ... Außerdem, was wird solange aus Asunción?

Der bittere Geschmack, das mulmige Gefühl im Magen: ein stechender Schmerz unter dem Brustbein. Kurz schießt es ihm durch den Kopf, Riquelme zu fragen, was er einnehmen sollte. Er tadelt sich dafür: Nein, der Schmerz soll bleiben. Unentschlossen sieht er den Arzt an.

»Geh, du hast noch ein langes Leben vor dir. Grüße an Asunción.«

Sie hatten sich über ihre Frauen kennengelernt, die derselben kommunistischen Zelle angehörten.

»Und Manuela?«

»Schläft.«

»Wollt ihr wirklich nicht …?«

Der Arzt betritt ein Krankenzimmer. Der Gestank.

Vicente findet, daß das nicht ihr Abschied gewesen sein soll. Er geht ihm hinterher, sieht zu, wie er einen Patienten untersucht. Er zögert, zieht sich zurück.

»Von dem Bett dort ruft jemand nach Ihnen.«

Was für eine Überraschung, Rosa María Laínez hier zu sehen.

»Wissen Sie etwas von Víctor?«

»In Gefangenschaft. Verurteilt, weil er Sie entführt hat.«

»Was sagen Sie da?«

»Die Wahrheit.«

»Was meinen Sie, soll ich tun?«

»Hingehen.«


Vicente erklärt den Fall Riquelme: Er hat während seiner Gefangenschaft davon erfahren. Wenn man über alles Bescheid wissen will, ist das Gefängnis der beste Ort. In ein paar Tagen sollte Rosa María entlassen werden.

Mit Hilfe von Mercedes und Manuela begab sich Rosa María auf direktem Weg ins Innenministerium. Keiner beachtete sie, trotz der Ohnmachtsanfälle von Mercedes.

»Wenden Sie sich an das Kriegsministerium.«

»Es geht um meinen Mann.«

Verwunderte Blicke.

»Ja: Wir haben geheiratet.«

Das stimmte. Trotzdem würden sie Comandante Rafael nicht mir nichts, dir nichts freilassen, abgesehen davon, daß sie leugneten, ihn festgenommen zu haben.

»Es wird sich schon richten.«

»Wo ist er?«

»Das versuchen wir gerade herauszubekommen.«

Sie kam wieder.

»Wir nahmen an, er würde hier sein. Offenbar doch nicht. Er wurde vermutlich nach Chinchilla oder Alcalá verlegt. Wir verfolgen die Sache. Seien Sie unbesorgt.«

Zwischen den drei Frauen entspann sich in jenen Stunden eine eigentümliche Freundschaft.

»Und wie hast du Vicente kennengelernt?«

»Vicente Dalmases etwa?«

»Ja.«

»Woher kennt ihr ihn?«

»Von einem geheimen Treffen. Aber ich wußte nicht, wie er heißt. Es war bei seinem Schwiegervater zu Hause.«

»Das muß bei diesem Schwachkopf von Lolas Vater gewesen sein.«

Weder der Generalstab – wo man schon sehr bald von der Festnahme erfahren hatte – noch die Kommunistische Partei kamen in diesen Tagen dazu, die Suche nach Comandante Rafael in die Hand zu nehmen. Die Tatsache, daß Polizisten des damals noch bestehenden Innenministeriums solche Maßnahmen durchführten, dann das freiwillige oder unfreiwillige Verschwinden der meisten von ihnen, schließlich die Freilassung hunderter Gefangener – das alles erschwerte die Nachforschungen gewaltig. Einige meinten, er sei exekutiert worden, die meisten hatten andere Sorgen. Im Pardo erinnerte man sich daran, daß einer der Festgenommenen behauptete, sein Erzeuger zu sein. Sie suchten ihn, vergebens. Oberst Barceló sprach beiläufig Juan González Moreno darauf an, der damit zu Pascual Segrelles ging.

Was geht in den Menschen vor? Plötzlich brüllt Segrelles los:

»Hinrichten muß man sie!«

»Aber es ist doch alles aus und vorbei.«

»Und die ganzen Hingerichteten, na? Nicht einer darf davonkommen, hörst du, nicht einer.«

## 7

Und wieder Richtung Küste. In Las Ventas gelingt es Vicente, auf einen überfüllten Lastwagen aufzusteigen. Bei sich trägt er ein gefälschtes Befehlsschreiben an den Gouverneur von Alicante. Er schläft im Stehen, ganz durcheinander: Am Mittag war er noch in Haft gewesen.

Man übt Verrat an einer Sache, an einer Frau – oder einem Mann –, aber kann man eine Stadt verraten? Ist sie doch betrogen worden – mit Worten, so goldglänzend wie die Häusermauern gegenüber im Abendlicht –, ein schmutziges Manöver ist eingefädelt worden, nicht diesem oder jenem ist übel mitgespielt worden, nicht einer Partei, nicht mir, nicht dir oder sonstwem – auch nicht Spanien, das schon zerschlagen ist –, sondern Madrid, einer Stadt aus Fleisch und Blut, mit ihren Menschen aus Stein und Zement. Verraten und verkauft haben sie den Puente de los Franceses, die Ciudad Universitaria, den Puente de San Fernando, den Pardo, Fuencarral, die Telefonzentrale, die Gran Vía, die Cibeles, die Castellana, ihre kleine Dachkammer – Asuncións, seine –, den Manzanares. Mit Finten, List und Winkelzügen haben sie sich an dem Reinsten vergriffen, haben sie in den Dreck gezogen, was die Spanier zum Himmel empor errichtet haben. Treulose, Meuchelmörder, Verräter, Hinterhältige – das tut weh.

Madrid verlassen ... Was soll er machen? Es tut ihm physisch weh, und nicht nur im Magen (und wenn es nur der

Magen wäre?), Madrid ... Wann wird er zurückkehren? Wäre doch Asunción bei ihm. (Und Lola?) Lola, in Madrid, mit den Faschistenschweinen. Ihr wird schon nichts passieren: Sie wird mit ihrem Vater nach Getafe gehen. Niemand wird sie dort aufstöbern. Oder vielleicht doch. Was bedeutet schon ein einzelner, bei so vielen? Schon etwas. Viel schlimmer sind die Verräter: Denen müßte man den Mund mit ihren gezinkten Karten vollstopfen, bis sie daran krepieren. Heuchler. Wen betrügen sie? Sich selbst, wer so blind ist, verliert am meisten. Wen haben sie ausgespielt? Sie haben uns verkauft. Für einen Teller Linsen? Pah! Für nichts, für weniger als nichts, im Rausch. Weshalb? Aus Habsucht natürlich nicht. Um ihre eigne Haut zu retten? Dafür hätte es andere Mittel gegeben, als uns in die Falle zu locken. Um die Macht an sich zu reißen? Was für eine Macht, wenn sie sie doch in den Dreck geschleudert haben und ihnen nicht verborgen geblieben sein kann, daß sie demnächst verlieren werden? Aus persönlichem Haß auf diejenigen, die dasselbe wollten wie sie, nur auf anderem Weg? Ja. Und das ist das Schlimmste. Zusammen mit dem Neid. Aus Neid? Vielleicht. Nein: aus persönlichem Haß, weil sie sich für berufener halten als die anderen. Ganz niedere Gründe. Aus Rechthaberei: weil sie meinen, recht zu haben. Darf man sein Leben – und das Leben von anderen – auf's Spiel setzen aus Rechthaberei? Vicente verwirft den Gedanken, der ihn – so sieht er voraus – vielleicht dazu bringen könnte, das Gegenteil zugestehen zu müssen. Wenn es doch nur um ihre oder irgendwelche Leben ginge! Nein: Es geht um Madrid – er schließt die Augen –, Madrid, auf seiner Hochebene, am Ufer des Manzanares, steinernes Madrid, das dort oben über dem Campo del Moro thront.

Sämtliche Schmähungen, die grobsten Schimpfworte steigen in ihm auf. Auf einmal überkommt Vicente Brechreiz, er speit das wenige aus, das er in seinem Magen hat.

»Volltreffer«, sagt sein Nebenmann, der dicht an ihn gedrängt wurde. »Du hättest wenigstens bis Valencia warten können.«

Valencia. Vor acht Tagen kam er schon einmal hier vorbei, damals sah noch nicht alles so düster aus. Da hegte er noch die heimliche Hoffnung, bis Valencia zu kommen. Valencia, Asunción.

Fünfzig Mann wie in einer Sardinenbüchse auf dem klapprigen Laster. Die Latten links und rechts biegen sich, als befänden sie sich in einem Boot in schwerer Dünung. Die Straße mit ihren Schlaglöchern wie ein Fluß aus Schlamm. Das Meer.

»Scheiße! Paßt doch auf ...«

Die Männer purzeln übereinander, halten sich fest, stützen sich ab, um nicht hinunterzufallen oder erdrückt zu werden. Vicente, in der Mitte, umklammert, mal mit der einen Hand, dann mit der anderen oder mit beiden Händen die Latte, die die Plane stützt.

»Das einzige, was wir in diesem Krieg nicht gebraucht haben, sind Frauen.«

»Wenn du meinst.«

»Ich meine, wir konnten doch alle kriegen, die wir wollten.«

»Red kein Blech.«

»Mann, versteh mich doch.«

»Wenn ich dich richtig verstehe, bist du derjenige, der nicht weiß, was er sagt.«

»Eins zu null für dich. Aber du hättest die sehen sollen, die vor zwei Tagen bei uns auftauchte. Sie kam wegen ihres Freunds, der bei uns angeblich in Gewahrsam war, sozusagen in Watte gebettet. Wir hatten den Schweinehund natürlich an einem Ort, wo er besser hinpaßte. Aber wir ließen sie ein bißchen zappeln. Dagegen ist das *Siete Dedos* ein Scheißdreck. Heißa, meine Kleine! Heißa! Noch ein

Stückchen höher, dann sehen wir Teruel! Jedenfalls sage ich dir, daß wir in diesem Krieg – zumindest, wo ich eingesetzt war – keine Frauen gebraucht haben, da kannst du erzählen, was du willst ... Und noch dazu war sie gut.«

»Hast du sie flachgelegt?«

»Ach was! Sie wußte, was sie wollte. Der Hauptmann hat sie in sein Zimmer genommen. Der kann nie genug kriegen. Sie machte einen anständigen Eindruck. Und er benahm sich auch: Er sagte ihr, wo sie ihr Freundchen finden konnte.«

Trotz seiner bleiernen Müdigkeit, den Schmerzen in den Schultern, den Armen, die das Rütteln abfangen, blitzt in Vicente der Gedanke auf, daß der Wirrkopf von Lola spricht.

»Ich kann euch sagen, wir waren nicht die ersten, denen sie ihren Besuch abstattete. Sie hatte alle Stellen abgeklappert.«

»Wie sah sie aus?«

»Wer?«

»Die, von der du sprichst.«

»Verdammt gut.«

»Kam sie einfach so?«

»Einer, der wußte, wie man's macht, hat sie uns vorbeigeschickt ...«

Die Straße, mit Schlaglöchern übersät, ist voller Menschen. Alle in eine Richtung, Deserteure über Deserteure, die querfeldein über das Land strömen. Einige versuchen, den Lastwagen aufzuhalten. Als sie entdecken, wie voll er ist, geben sie auf. Die Kotflügel schlammbespritzt; die Schuhe Lehmklumpen; die Tornister zerdellt; die Gewehre zerlegt auf den eingerollten Felddecken. Sie gehen ›nach Hause‹. Steinerne, erloschene Gesichter von Skulpturen, an denen die Zeit genagt hat.

Es muß Lola gewesen sein.

»He du! Schweinehauptmann. Raus mit dir. Da wartet jemand auf dich. Da kannst du dich aber bedanken, bei wem auch immer.«

Ein Leutnant, in einem Bürostübchen:

»Paß bloß auf. Die Kommunisten sind alle abgesetzt.«

Lola am Straßenrand:

»Hallo!«

»Ich bin gekommen, dich zu holen.«

»Danke. Aber ich wäre sowieso in ein paar Stunden herausgekommen.«

Das stimmt, denn sie hatten sich ergeben oder waren kurz davor, sich zu ergeben, aber das wußte er zu diesem Zeitpunkt noch nicht. Er hatte das gesagt, um sich bei ihr für nichts bedanken zu müssen, um von vorneherein eine Grenze zwischen ihnen aufzubauen, um Abstand zu schaffen, um ein Ende zu setzen.

»Wie hast du rausbekommen, daß ich hier bin?«

Lola sah ihn einige Sekunden lang an, die Augen in seine vertieft, bevor sie antwortete:

»Über Rigoberto Barea. Über Riquelme. Bis ich dich gefunden habe.«

Sie sah erschöpft aus. Wer war das nicht? Wieder der stechende Schmerz in den Unterarmen. Er läßt los, das Rütteln zwingt ihn, sich sofort wieder festzuklammern, trotz des Brennens in den Bizepssehnen.

»Wie bist du auf die Idee gekommen, Barea zu fragen?«

»Über Riquelme. Du mußt sofort hier weg.«

»Wohin?«

»Deine Sache. Angeblich fahren Schiffe von Denia, von Alicante, von Almería.«

Er dachte noch, daß er eigentlich fragen müßte:

»Und du?«

Er tat es nicht. Er dachte noch, daß er sich bei Riquelme bedanken müßte, bei Diéguez vorbeischauen.

»Ich muß zur Partei.«

Zehn Minuten Aufenthalt in Tarancón. Was tun? Unter mehr als zweitausend Gefangenen: Wie hatte gerade sie es geschafft? Und wenn schon? (Wie wäre es ihm ergangen? Warum nicht?) Sie hatte ihn vom ersten Augenblick an gesucht, war von Pontius zu Pilatus gelaufen, nur um ihn zu finden. Schließlich fand sie ihn, und ihm fiel nichts Besseres ein als zu sagen:

»Hallo.«

Er sieht sie, wie sie am Straßenrand steht, die Arme schlaff, ihre Augen leuchteten, weil ihr Sehnen ein Ende gefunden hatte. Und er:

»Hallo.«

Dann ging er zu Diéguez, um sich von Riquelme zu verabschieden, bevor er noch einmal bei dem Spiritisten vorbeischaute. Denn das wollte er schon. Niemand sollte sagen können ...

»Ich gehe weg.«

»Wohin?«

»Nach Valencia.«

»Alles Gute.«

Und er, unverzeihlich dumm:

»Eines Tages sehen wir uns wieder.«

»Bestimmt«, hatte der Alte gesagt, der stärker lallte als sonst. »Bestimmt. Aber jetzt geh, zum Meer! Zum Meer!«

Als sie Motilla del Palancar erreichten, sprang Vicente von dem fahrenden Lastwagen ab, um auf einen entgegenkommenden mit Lebensmitteln aufzusteigen, der nach Madrid fuhr. Ohne ein Wort herauszubringen, setzte er sich zwischen den Fahrer und einen Soldaten der Sturmtruppen.

»Hast du was vergessen?«

»Ja.«

Er rannte in die Calle de Luchana. Die Wohnungstür stand einen Spalt offen. In einem wackeligen Sessel aus Ebenholz mit durchgescheuertem roten Samt sitzt der Alte, schwer betrunken, und fällt auf die Knie, als er ihn hereinkommen sieht. Er hält die Hände gefaltet und ruft:

»Du bist zurückgekommen! Du bist zurückgekommen!«

In der Tür zu ihrem Zimmer baumelt Lolas Körper.

»Ich wußte, du würdest zurückkommen, wenn sie verschwindet! Halleluja! Halleluja!«

**8**

Vicente schlüpft in Fidel Muñoz' Haus unter. Dort ist niemand. Er sinkt in einer Ecke auf ein paar harten Sandsäcken nieder. Es ist nicht ihr letzter Anblick, der ihm nicht aus dem Kopf ging, sondern die Nacht, als er sie zum ersten Mal besessen hatte. Trotz seines brennenden Wunschs, ihr Bild, das Gefühl ihrer Haut aus seiner Erinnerung zu verbannen, hatte er die Szene vor sich: die Ecke mit dem Tisch, auf dem ein geblümtes Wachstuch lag – Rosen, Rosen auf grünem Grund mit weißem Karo; sie – ein graues Kostüm, mit einem breiten, karmesinrot leuchtenden Ledergürtel gerafft –, ihr geöffneter Mund, ihre erhitzten Wangen, die schwarze Mähne ihres Haars, die goldenen Ohrgehänge an ihren fleischigen Ohrläppchen. Lolas Ohren, die er bei seinen kleinen Erkundungen mit Lippen und Zunge kennengelernt hatte. Der Sturm ihrer Küsse. Er spürte seinen Körper an ihren geschmiegt. Breiter als Asuncións Körper, voller, großzügiger, größer, genau richtig für ihn.

Weg damit! An etwas anderes denken. Die Welt. Der Krieg. Der Verrat. Der Tod, sein Tod, der Tod um ihn herum. Asunción. Die unumstößliche Tatsache, daß Lola wegen seiner vorsätzlichen Gleichgültigkeit Selbstmord begangen hatte. Die Straße, der Straßenrand, sie: ›Hallo!‹, der Tonfall, in dem er es gesagt hatte. Doch: Für ein paar Sekunden gelingt es ihm, die Bilder jener Nacht aus seinen Gedanken zu verbannen, doch dann kehrten immer wieder ihr schmachtender Mund zurück, ihre warmen Lippen, ihre Zähne, ihre Zunge, ihr Ungestüm. Lola in seinen Armen, lebend, wie sie sich ihm verzweifelt hingab: ›Nimm mich! Ich gehöre dir, dir, dir.‹ Erhängt.

Vicente beißt sich den Zeigefinger seiner linken Hand blutig, um sich Schmerz zuzufügen, um ihre Gestalt zu verdrängen. Es gelingt ihm für den Bruchteil einer Sekunde, dann kommt das Gewicht, die Form von Lolas Leib in seinen Armen zurück. Ihre Brüste. Ihre Scham: ›Sieh mich nicht an.‹

Fliehen. Weglaufen. Durch die Straßen laufen, blind, ohne aufzusehen durch die Straßen laufen. Nicht denken. An die Front gehen, um sich töten zu lassen. Noch nicht einmal das kann er jetzt. Nachts wird nicht geschossen. Er läuft, überquert Straßen. Die Gran Vía. Warum? Die Telefonzentrale. Mit Asunción sprechen. Zu seiner Überraschung bekommt er die Verbindung. Ihr zerhacktes Gespräch, alle zehn Sekunden unterbrochen, so daß keiner sicher sein kann zu hören, was der andere gesagt hat. Ihr beider Wunsch, sich gleich am nächsten Tag zu sehen, so bald als möglich, in Valencia, oder in Alicante. In Alicante. Wie? Es erwies sich als unmöglich, die Verbindung noch einmal herzustellen.

»Hörst du mich?«

»Wie geht es dir?«

»Gut.«

»Und dir?«

»Gut.«

Weggehen, wenn es sein muß zu Fuß. Lola auf der anderen Seite des Tischs, wie sie auf ihn zuging, offen. Die Wärme aus ihrem Körper, ihr weißes Fleisch in seinen Händen. Ihre Münder, sein Mund auf dem ihren. Verräter.

Alle sind Verräter: die Republikaner, die Anarchisten, die Sozialisten; ganz zu schweigen von den Faschisten, den Konservativen, den Liberalen; alle sind Verräter, verräterisch ist die Welt. Wenn die Welt verräterisch ist, ist niemand ein Verräter. Trotzdem sind sie es: Casado, Besteiro, Mera, Lolas Vater, ich. Ich verrate Asunción. Alle sind wir Verräter. Die einen sehenden Auges, die anderen, weil sie sich verleiten ließen, Verräter aus Feigheit, aus Wurstigkeit und Blödheit, weil die Leute blind sind, taub und stumm. Verräter aus Verzweiflung, aus Gleichgültigkeit, Überdruß, Bequemlichkeit; aus Schäbigkeit, aus Bescheidenheit – aus Bescheidenheit? Ja. Aus Neid, Eifersucht, Langeweile, Kleingeisterei, Spießigkeit; aus Verbitterung, Einbildung, wegen Vorurteilen; weil sie dumm sind, strohdumm, naiv; sie sind von Natur aus Verräter, aus Zerstreutheit, Fehlbarkeit, wegen ihrer blühenden Phantasie, aus Ungläubigkeit, Kurzsichtigkeit, Unwissen, Ungeschultheit, weil sie sprunghaft sind, sich von einer Situation mitreißen lassen, aus Berechnung und aus falscher Berechnung, aus Angst. Um die anderen in der Patsche sitzen zu lassen und die eigene Haut zu retten, was in ihren Augen richtig ist; aus Unverständnis, Verwirrung – beinahe Verräter –, weil sie kleinmütig sind, mittelmäßig, schäbig, weil das ihr Ansehen erhöht, weil es schicklich ist, weil sie sich damit wichtig machen.

Alle sind Verräter, außer Asunción, Licht.

Alles Veräter, außer Asunción. Asunción, mein Leben. Vor allem bin ich ein Verräter, jetzt klammere ich mich an sie wie an einen Rettungsanker, dabei trage ich die Verantwortung – die Verantwortung, als Verräter – für Lolas Tod.

In dieser verräterischen Welt …

Die Erinnerung an die berühmte Verszeile, für ihn der Inbegriff von Kitsch, bringt das ungezügelte Rasen seiner Gedanken abrupt zum Stillstand. Nein. Alles, nur nicht zurück.

# VII.   13. März

1

Ein Militär tritt aus Casados Büro. Besteiro geht hinein. Sie sind alleine.

»Und aus Burgos?«

»Anscheinend wollen sie von nichts anderem etwas wissen als von der bedingungslosen Kapitulation.«

**2**

»Was heißt das, wir gehen nicht zur Beerdigung?«

»Ihr Frauen seid in keiner Weise verpflichtet. Das ist hier nicht üblich.«

»Einiges hier war früher nicht üblich.«

Der Spiritist weigert sich rundheraus, die sterblichen Überreste seiner Tochter zum *Cementerio del Este* zu geleiten. Seit der vergangenen Nacht ist er ein anderer.

»Ich war noch nie auf einem Begräbnis. Diese Art Aberglauben ist nichts für mich, und ich bin auch nicht so ein Monstrum, das einen Tag und eine Nacht lang mit Weinen zubringt. Der ganze Beerdigungszirkus ist reiner Aberglaube. Sie ist in ein besseres Leben übergetreten. Im wahrsten Sinne des Wortes. Daran gibt es nichts zu deuten. Jetzt hat Vicente freie Bahn.«

Niemand weiß, wo Vicente ist. Riquelme kann das Krankenhaus nicht verlassen; darum soll Manuela gehen. Sonst hat, bis auf ein paar Nachbarn, niemand davon erfahren. Und schließlich, ein Leichnam mehr in Madrid, in diesen Zeiten … Mercedes hatte den Leichenwagen besorgt.

»Hier könnt ihr euch ein Pferd aussuchen.«

Die Remise ist gut gesichert, damit ihnen die Leute nicht die Gäule klauen, trotz des Widerwillens, den die Madrilenen immer schon gegen Pferdefleisch hatten.

An der Plaza de la Alegría – die von Manuel Becerra – überreden sie den Kutscher – ein altes Hutzelmännlein, das in seinem schäbigen Anzug fast verschwindet –, sie auf sein Gefährt aufsteigen zu lassen.

»Ich rate Ihnen, nicht weiter mitzufahren. Die Lage ist unberechenbar; wenn man am wenigsten damit rechnet, kommt von irgendwoher ein Schuß. Die Landstraße ist unpassierbar.«

»Aber Sie fahren doch, oder?«

»Ich muß.«

»Wir auch.«

Der Wagenlenker, der schon viel in seinem Leben gesehen hat, willigt ein. Ein klappriger Karren, mit einem müden Klepper. Die Frauen sitzen hinten, mit baumelnden Beinen.

Die berühmten Spelunken, verrammelt. Links und rechts der Landstraße zwei Panzer. Ein grauer, tiefhängender Himmel. Über das Brachland weht die Kälte. Niemand spricht. Rosa María Laínez, die zwischen Manuela und Mercedes sitzt, spürt in ihrem Rücken Lolas Sarg. Durch die Bombardements, die Vernachlässigungen des Krieges, ist alles voller Schlaglöcher.

Rosa María wird sich bewußt, daß ihre Bande zu Lola – der Toten –, zu Manuela – die von Riquelme –, zu Mercedes, zu den anderen Frauen, erst durch den Krieg gewachsen sind. Durch den Krieg, wie sonst? Für sie alle empfindet sie große Zärtlichkeit. Ihre Verbundenheit hat nichts Sentimentales. Es ist etwas anderes als die früheren Freundschaften zu ihren Schulkameradinnen, etwas anderes als der Klassengeist, im konkreten Sinn; es ist etwas anderes, sie weiß nicht was: ein unerwartetes Leben, das ihr so wach, so wirklich vorkam und in einer umfassenden Weise katholisch, für die sie blind gewesen war.

Das mußte man gesehen haben! Bernardino Ureña war ein Kutscher von Rang: gekleidet in friderizianischem Stil, führte er früher mit Stolz und Geschick seinen Sechsspänner, was für ein Putz! Hinter ihm, zwanzig Mietskutschen. Was für ein Leichenbegängnis! Was für ein Katafalk! Die Blumenkränze! Der gemessene Schritt!

Das Geschoß traf sie direkt. Das Pferd überlebte eine Viertelstunde, losgerissen, es lief über die Brache, zertrampelte seine eigenen Eingeweide.

Rosa María Laínez, in den Straßengraben geschleudert, verwundet, aber ohne Schmerzen, sieht nichts als den Himmel.

»Ich glaube an Gott, den Vater, den Allmächtigen, den Schöpfer des Himmels und der Erde, und an Jesus Christus, seinen eingeborenen Sohn, unseren Herrn, empfangen durch den Heiligen Geist, geboren von der Jungfrau Maria, gelitten unter Pontius Pilatus, gekreuzigt, gestorben und begraben, hinabgestiegen in das Reich der Toten, am dritten Tage auferstanden von den Toten, aufgefahren in den Himmel. Er sitzt zur Rechten Gottes, des Allmächtigen, von dort wird er kommen, zu richten die Lebenden und die Toten. Ich glaube an den Heiligen Geist, an die Heilige Katholische Kirche, die Gemeinschaft der Heiligen, die Vergebung der Sünden, die Auferstehung der Toten und das ewige Leben. Amen.«

Und dann:

»Vater unser im Himmel ...«

Drei Flugzeuge rasen im Tiefflug über sie hinweg. Ihr Blick folgt ihnen. Das gewaltige Dröhnen der Motoren würgt ihr Gebet ab. Erinnerungen kommen in ihr hoch:

›Wie heißen die Zehn Gebote, die uns von Natur aus gegeben sind?‹

›Liebe deinen Nächsten wie dich selbst.‹

›Was hilft am meisten, um die Zehn Gebote zu befolgen?‹

›Gebete, Sakramente, Predigten, fromme Bücher und guter Umgang.‹

›Was schadet?‹

›Schlechte Gewohnheiten und Versuchungen, mangelnde Frömmigkeit und Hochmut.‹

›Was ist die Letzte Ölung?‹

›Eine letzte, geistige Kräftigung der Seele.‹

Der Hof der Klosterschule in Orduña, Mutter Águeda, ihre Strenge; die Nonnenhauben, der Altar, die Bankreihen, das Refektorium.

Auf Knien.

Zum ersten Mal hat sie Angst. Sie wird sich bewußt, daß ihr ein Leben lang die Angst im Nacken saß. Ihre Großmutter unerbittlich, streng, eisenhart, seit dem Tag ihrer Verwitwung trug sie Schwarz, noch dreißig Jahre danach –, umringt vom Schwarzen Mann, Hexen, dem Bösen Wolf, dem Leibhaftigen; die Düsternis und die Ratten, die Vorboten der ewigen Plagen, immer wieder heraufbeschworen von den Nonnen – Mutter Sacramento, vor allem Mutter Ambrosia –, immer die Drohungen, Flammen, Dreizacks, das teuflische Ziehen an den Haaren für jede kleine Sünde, für jedes Flunkern, jedes Naschen und jede Neugierde. Die schwarze Angst zerstörte ihr Vertrauen in sich selbst; die Vorstellung von bösen Geistern, die ihr ihre Feigheit vorhielten, und dabei hätte sie nie in einer anderen Haut stecken wollen, sicher war sicher; diese ewigen Befürchtungen. Argwohn, Panik, Voreingenommenheit; bei jedem Geräusch zuckte sie zusammen, jeder Unbekannte war verdächtig und flößte ihr Furcht ein; immer auf der Hut sein, hieß es, denn überall lauerte Unheil. Die Unsicherheit, ob sie sich auf etwas einlassen konnte, ein Kloß in der Kehle. Ihre fromme Furcht … Alle Hunde waren bissig; alle Schlangen giftig. Sie trug nie alles bei sich, für alle Fälle. Sie sieht ihre Kindheit, geprägt von Argwohn, mehr tot als lebendig. Jetzt öffnet sie die Augen zum Himmel, der grau ist, besänftigend, und wird ruhig in der plötzlichen Stille der weiten Landschaft. In ihren inneren Frieden drängt sich wüst das Bild von Víctor, das Bangen um ihm. Was wird aus ihm werden? Ohne sie, die sie zum ersten Mal sie selbst ist? Ein dumpfer Schmerz bohrt in ihrem Schoß, nimmt von ihr Besitz.

Aus der weiten Ebene taucht eine Gestalt auf, mit ausgemergeltem Gesicht, die dunkle Haut über den Wangenknochen gespannt, mit Augen, die aus tiefen Höhlen hervorspringen, mit langem, von Regen und Verwahrlosung zerzaustem und strähnigem Haar, in einem abgetragenen, verschmutzen schwarzen Kleid, aus dem sehnige Arme ragen: Soledad – wahnsinnig – steht nun vor ihr, barfüßig, mit starrem Blick, und lutscht an einer zerfetzten, von Dreck und Blut verkrusteten Hand.

# Anhang

# Anmerkungen

von Mercedes Figueras

Seite 7

**besagte Monarchen** – Gemeint sind die Könige von Kastilien und León, die den Alcázar (arabisch: Festung, Königspalast) von Madrid seit seiner Eroberung durch Ferdinand den Großen (1047) aufgrund seiner günstigen strategischen Lage häufig als Residenz nutzten. Die Festung wurde erst unter Pedro I. in der Mitte des 14. Jhs. standesgemäß ausgebaut.

**Reconquista** – Als Reconquista wird die Rückeroberung der ab 711 von den Mauren besetzten Iberischen Halbinsel durch christliche Heere bezeichnet. Sie begann ca. 750 in den gebirgigen Regionen Asturiens und endete 1492 mit der Eroberung Granadas durch das Katholische Königspaar, Isabella von Kastilien und Ferdinand von Aragón.

**Almoravidenkönig Tejufin 1109** – Die Almoraviden (arabisch eigentlich: *Al Murabitum*) waren eine maurische Dynastie, die aus einer am Senegal-Fluß entstandenen missionarischen Bewegung hervorgegangen ist. Von 1061 bis 1149 unternahmen die Könige der Almoraviden auf der Iberischen Halbinsel zahlreiche Eroberungszüge.

**Campo del Moro** – Spanisch: *Feld der Mauren. Campo del Moro* lautet der Titel des Romans im spanischen Original. In Max Aubs Roman erhält der Begriff, der dem historischen Geschehen des 12. Jhs. entlehnt ist, einen weiteren Sinn. So spielt *Campo del Moro* auch auf die Verteidigung Madrids gegen die nationalistischen Truppen an, die zum Großteil aus nordafrikanischen, insbesondere marokkanischen Soldaten bestanden. Die persönliche Garde Francos nach dem Krieg war als *Guardia mora* (Maurische Garde) bekannt.

**Bruderkrieg zwischen Don Pedro und Don Enrique** – Gemeint ist der Krieg zwischen Don Pedro I., der Grausame (Burgos 1334 – Montiel 1369), König von Kastilien und León, und seinem Halbbruder Enrique von Trastámara (Sevilla 1333 – Sto. Domingo de la Calzada 1379). Nach der Ermordung seines Bruders wurde Enrique als Heinrich II. König von Kastilien und Léon (1369 – 1379).

**Ramón de Mesonero Romanos** – (Madrid 1803 – 1882), spanischer Schriftsteller; der vor allem als Chronist der Stadt Madrid berühmt ist. Zu seinen wichtigsten Werken gehören *Panorama madritense* (Panorama der Stadt Madrid) und *El antiguo Madrid* (Das alte Madrid. Streifzüge, 1831) aus dem Max Aub hier zitiert. Romanos gehörte zu den erfolgreichsten Vertretern des *Costumbrismo*, der humorvoll-konservativen Darstellung von Sitten und Gebräuchen.

**Madrid ... *El Universal*** – Es handelt sich um eine tatsächlich am 13. März 1939 in der Madrider Zeitung *El Universal* erschienene Meldung der Nachrichtenagentur *International Press*.

Seite 9

**Bernardo Giner de los Ríos** – Linksliberaler Republikanischer Politiker, Mitglied der *Unión Republicana* (UR); Giner de los Ríos hatte seit 1936 in den verschiedenen Regierungen Ministerposten inne, u.a. für Transport und Verkehr. Er hielt Juan Negrín, dem republikanischen Regierungschef, die Treue.

**Don Juan** – Juan Negrín (Las Palmas 1892 – Paris 1956), spanischer Politiker und Arzt. Seit den zwanziger Jahren Mitglied der PSOE (siehe Anm. zu Seite 15) und ab 1931 Abgeordneter. Nach Kriegsbeginn war er als Finanzminister für die Organisation der Kriegswirtschaft verantwortlich. Nach dem Abtreten von Largo Caballero (siehe Anm. zu Seite 16) übernahm Negrín im Mai 1937 die Regierung. Er genoß die Unterstützung fast aller republikanischen Kräfte. 1939 plädierte Negrín für die Weiterführung des Bürgerkrieges bis zu einem würdigen Frieden, der jedoch nie eintreten sollte. Obwohl Negrín und seine Vertrauten sich der Unmöglichkeit eines militärischen Sieges bewußt waren, hofften sie auf den Ausbruch des 2. Weltkrieges und die Unterstützung der Republikaner durch die Alliierten.

**Position Yuste** – Die Position *Yuste* war ein Anwesen in Elda, einer kleinen Stadt in der Provinz Alicante, das Juan Negrín nach dem Fall Kataloniens (28. Januar 1939) als Regierungssitz diente.

**General Casado** – Segismundo Casado, Oberst im Dienst der Republik. In den letzten Kriegsmonaten (Januar – März 1939) war er der Oberbefehlshaber Madrids. Im Unterschied zu Negrín und den Kommunisten war er gegen eine Politik des Widerstands um jeden Preis. Um die sinnlose Vernichtung von Menschenleben zu beenden, setzte er sich für Friedensverhandlungen mit Franco und dessen Generalstab ein. Seine Handlungsweise ist zweifellos als Zeichen der hoffnungslosen Situation auf seiten der Republikaner ab Anfang 1939 zu werten. Nach dem Fall Kataloniens am 28. Januar 1939 organisierte Casado einen Putsch innerhalb des eigenen republikanischen Lagers. Die ohnehin verworrene Situation in den republikanischen Linien wurde durch diesen Bürgerkrieg im Bürgerkrieg außergewöhnlich verschärft. Ein von den Casadisten ernannter *Nationaler Verteidigungsrat*, der in Gedenken an die im November 1936 gegründete *Verteidigungsjunta von Madrid* auch *Verteidigungsjunta* genannt wurde, übernahm die Macht und erleichterte letztlich den Franquisten die Übernahme der Hauptstadt.

**General Miaja** – José Miaja Menant (Oviedo 1878 – Mexiko 1958), General im Dienst der Republik. Miaja war der Vorsitzende der *Junta de Defensa de Madrid (Verteidigungsjunta von Madrid)*, die im November 1936 vor der Umsiedlung der Regierung Largo Caballeros aus dem belagerten Madrid nach Valencia gegründet wurde. Miajas Vorstellungen wichen damals oft von denen Largo Caballeros ab. Im März 1939 schloß er sich der Rebellion Casados gegen Negrín an. Er wurde erneut Mitglied einer Verteidigungsjunta (des *Nationalen Verteidigungsrates*), diesmal allerdings in einer vollkommen aussichtslosen Lage.

**Position Jaca** – Die sogenannte Position *Jaca* war ein Haus in Alameda de Osuna, am nordöstlichen Rand von Madrid, das bis zum 5. März 1939 Casado als Hauptquartier diente. Danach übersiedelte Casado in die Kellerräume des Finanzministeriums in Madrid.

Seite 10

**Segismundo** – Segismundo Casado (siehe Anm. zu Seite 9).

**Negrín** – Siehe Anm. zu Seite 9.

**Don Julián Besteiro** – (Madrid 1870 – Carmona 1940). Besteiro hatte den Lehrstuhl für Logik an der Universität Madrid (1912 – 1936) inne. Er war 1928 – 1931 Präsident der PSOE (siehe Anm. zu Seite 15) und der UGT (die der PSOE nahestehende sozialistische Gewerkschaft, siehe Anm. zu Seite 64) 1928 – 1933. Zudem war er Mitglied der Cortes (des spanischen Parlaments) 1931 – 1933. Er gehörte zum gemäßigten Flügel der Sozialisten und stand oft in Konflikt mit Largo Caballero, der bis 1937 Regierungschef war sowie der Führer des linken Flügels der PSOE. Besteiro schloß sich 1939 Casado an und wurde Mitglied der *Verteidigungsjunta*. Nach dem Sieg der Franquisten wurde er festgenommen und zu lebenslanger Haft verurteilt. Er starb 1940 im Gefängnis.

Seite 11

***Institución Libre de Enseñanza*** – Die ILE wurde 1876 von liberalen Intellektuellen in Madrid gegründet und faßte bald auch in anderen Teilen Spaniens Fuß. Ihrer Idee nach sollte sie eine staatlich unabhängige Bildungseinrichtung sein. Richtlinien der ILE waren der Laizismus, der politische Liberalismus sowie in der Pädagogik die Koedukation und die Theorien des ganzheitlichen Menschen. Die Begründer der ILE hatten aufgrund ihres Anspruches auf die Nichteinmischung der Kirche in universitäre und wissenschaftliche Belange Berufsverbot bekommen. Viele Persönlichkeiten und Einrichtungen, die das intellektuelle und kulturelle Klima Spaniens entscheidend geprägt haben, sind aus der ILE hervorgegangen. U.a. die *Residencia de Estudiantes* (siehe Anm. unten).

**Colonia del Viso ...** *La Residencia* – Die *Residencia de Estudiantes* wurde 1910 auf Initiative der ILE in einer ruhigen Wohngegend von Madrid nahe der Colonia del Viso auf einem Hügel errichtet. Die *Residencia* war ein Studentenwohnheim und bis zum Ausbruch des Bürgerkrieges im Juli 1936 eine der interessantesten Kultur- und Forschungsstätten Spaniens. In der *Residencia* lebten zeitweise García Lorca, Luis Buñuel, Salvador Dalí,

Rafael Alberti sowie viele andere bedeutende Intellektuelle und Künstler Spaniens.

**Salamanca-Viertel** – Das in der Mitte des 19. Jhs. erbaute Viertel trägt den Namen nach seinem reichsten Finanzier und Immobilienhändler, dem Marquis von Salamanca. Es ist eine bürgerliche Wohngegend mit teuren Geschäften und wichtigen Kulturstätten. Dort befanden sich einige der bedeutendsten Literatencafés von Madrid. Die *Residencia de Estudiantes* (siehe Anm. oben) befand sich am nördlichen Rand dieses Viertels.

**Calle de Juan Bravo ... Velázquez** – Zwei Straßen im Salamanca-Viertel.

Seite 12

**Barajas** – Ein Vorort nordöstlich von Madrid, wo sich der Flughafen befindet.

**Cerro de los Ángeles** – Ein Hügel südlich von Madrid, der die geographische Mitte der Iberischen Halbinsel ausmacht.

**Fuencarral ... Aravaca ... Vicálvaro ... Carabanchel ... Vallecas ... Villaverde** – Verschiedene Stadtteile von Madrid.

Seite 13

**Fidel Muñoz** – Setzer in einer Madrider Tageszeitung und Hausportier; fiktive Figur aus dem 1959 geschriebenen und 1961 in Mexiko erschienenen Roman *La calle de Valverde* von Max Aub. Der Roman nimmt das intellektuelle und künstlerische Leben im Madrid der 20er Jahre bis zum Ausbruch des Bürgerkrieges auf.

**seit es mit Katalonien vorbei ist** – Katalonien wurde am 28. Januar 1939 von den Nationalisten besetzt.

**Calle de Hilarión Eslava ... Universitätsgelände** – Die Calle de Hilarión Eslava und Calle de Gatzambide sind zwei Parallelstraßen im Madrider Westen. Westlich davon, jenseits des Flusses Manzanares, liegt die große Parkanlage *Casa de Campo*, in der 1936 erbitterte Kämpfe um die Verteidigung der Stadt geführt wurden. Nördlich dieser Straßen befindet sich das Universitätsviertel, ebenfalls eine Zone der härtesten Kämpfe um die Stadt.

**am 18. Juli 1936 in der Conde-Duque-Kaserne** – Der Militäraufstand gegen die Republik begann am 18. Juli 1936. In Madrid verschanzten sich die Aufständischen in den Kasernen, die jedoch bald von der Bevölkerung gestürmt wurden. Die Conde-Duque-Kaserne war eine dieser Kasernen. Nachdem die Bevölkerung Madrids in die Kaserne eingedrungen war, bediente sie sich ohne Zögern aus dem dort vorhandenen Waffenarsenal.

*El Socialista* – Das Presseorgan der PSOE (siehe Anm. zu Seite 15).

**in Burgos** – Burgos war von August 1936 bis zum Ende des Bürgerkriegs Hauptstadt des nationalistischen Spaniens. Franco war dort am 26. 9. 1936 zum Obersten Befehlshaber des spanisches Heeres ernannt worden. Der ganze Regierungs- und Polizeiapparat der Franquisten war in Burgos untergebracht. Italien und Deutschland erkannten die Regierung Francos bereits im November 1936 an.

**Sozialistische Arbeiterpartei Spaniens** – Die *Partido Socialista Obrero Español* (PSOE) wurde 1879 in Madrid von Pablo Iglesias gegründet und vertrat ein marxistisches Programm. Nach Iglesias' Tod (1925, siehe auch Anm. zu Seite 155) wurde die Partei von Julián Besteiro (siehe Anm. zu Seite 10) geleitet. Während der 2. Spanischen Republik (1931–1939) war sie erstmals an der Regierung beteiligt. 1936/37 kam es zwischen dem linken Flügel der PSOE (Francisco Largo Caballero) und dem gemäßigten (Besteiro und Negrín) zu einer internen Krise; ebenso gegen Ende des Bürgerkrieges zwischen den Anhängern Negríns und Besteiros.

**Largo Caballero ... Don Julián** –

**Francisco Largo Caballero** (Madrid 1869 – Paris 1946), Politiker und Gewerkschafter, er trat 1890 in die UGT (siehe Anm. zu Seite 64) ein, 1894 in die PSOE (siehe Anm. oben). 1917 wurde er Generalsekretär der UGT, 1918 Abgeordneter. Während der Diktatur Primo de Riveras (1923–1931) war er Staatsrat, 1930 Mitglied des Revolutionskomitees. Während der 2. Republik war er Arbeitsminister (1931–1933). Seine Position wurde zunehmend radikaler. Man nannte ihn den spanischen Lenin. Er war Generalsekretär der PSOE (1932–1935). Während des Bürgerkrieges war er Regierungschef (Sept. 1936–Mai 1937). Largo Caballero mußte vor allem wegen der Konflikte zwischen der Kommunistischen Partei und der PSOE einerseits und den Anarchisten und der POUM (siehe Anm. zu Seite 208), die als trotzkistisch bezeichnet wurde, andererseits, zurücktreten. Als er 1939 die Grenze nach Frankreich überquerte, wurde er von der französischen Regierung festgenommen und 1943 ins KZ Sachsenhausen deportiert. Er starb 1946 in Paris.

**Don Julián,** gemeint ist Julián Besteiro (siehe Anm. zu Seite 10).

Seite 17

**Vicente Dalmases** – Protagonist aus dem zweiten Band des *Magischen Labyrinths: Theater der Hoffnung.* Ein junger Student aus Valencia, Mitglied der Spanischen Kommunistischen Partei. Während des Krieges zum Offizier des republikanischen Heeres ernannt.

**Pardo-Park** – Eine große Grünanlage im Nordwesten von Madrid. Der dortige Palast wurde im 16. Jh. errichtet und erhielt seine heutige Gestalt im 18. Jh. Nach dem Krieg wurde El Pardo zur Dauerresidenz Francos bis 1975.

Seite 18

**Asunción** – Protagonistin aus dem zweiten Band des *Magischen Labyrinths: Theater der Hoffnung.* Die Liebesgeschichte zwischen Asunción Meliá und Vicente Dalmases (siehe Anm. oben) ist einer der roten Fäden des Romanzyklus'. Die junge, engagierte Studentin ist wie Vicente Mitglied der Spanischen Kommunistischen Partei. Beide haben sich in einer studentischen Theatergruppe in Valencia kennengelernt, doch dann wurden sie durch die Wirren des Bürgerkrieges getrennt.

**Besteiro, Prieto, Negrín ... Caballero –**

**Besteiro,** siehe Anm. zu Seite 10.

**Indalecio Prieto** (Oviedo 1883–Paris 1950) war Journalist und einer der wichtigsten Führer der UGT (siehe Anm. zu Seite 64) sowie der PSOE (siehe Anm. zu Seite 15). Als Verteidigungs-

minister der Regierung Negrín spielte er bis 1938 für die Kriegsführung eine wesentliche Rolle.

**Negrín,** siehe Anm. zu Seite 9.

**Caballero,** siehe Anm. zu Seite 16.

## Seite 20

**den Boulevards –** Gemeint sind die zentral gelegenen Einkaufs- und
Flanierstraßen Calle de Alcalá, Calle de San Bernardo und die
Granvía, die im 19. Jh. entstanden.

## Seite 22

**Paseo de la Castellana –** Eine breite Allee, die sich von Süden nach
Norden durch das Zentrum Madrids erstreckt. Sie hat verschie-
dene Namen: Paseo del Prado, Paseo de Recoletos. Ihre längste
Strecke heißt Paseo de la Castellana.

## Seite 24

**Alianza de Intelectuales –** Eigtl.: *Allianz Antifaschistischer Intellektueller.* Während des 1. Schriftstellerkongresses in Paris (1935)
wurde der *Internationale Schriftstellerverband zur Verteidigung
der Kultur* gegründet. Er sollte die wichtigste Einrichtung fort-
schrittlicher europäischer Kultur sein. Die *Allianz Antifaschistischer Intellektueller* wurde im Juli 1936 als die spanische Sek-
tion des internationalen Kulturbundes gegründet. Ihr Präsident
war José Bergamín, ihr Sekretär Rafael Alberti (siehe Anm. zu
Seite 104).

**Bergamín –** José Bergamín (Madrid 1895 – San Sebastián 1983) war
einer der herausragendsten Schriftsteller und Intellektuellen
Spaniens. 1933 gründete er die Kulturzeitschrift *Cruz y Raya* (bis
1936); 1936 wurde er Präsident der *Allianz Antifaschistischer
Intellektueller.* Bergamín schrieb vor allem Prosa, seine bevorzugte Gattung war der Essay. Nach dem Krieg ging er ins Exil
nach Mexiko.

## Seite 25

**Brunete –** Der Kampf um Brunete, eine kleine Stadt westlich von
Madrid, fand im Juli 1937 statt. Es handelte sich um ein strate-
gisches Ablenkungsmanöver der republikanischen Armee wäh-

rend der Verteidigung Madrids. Sowohl auf seiten der Franquisten als auch auf seiten der Republikaner wurde mit großem Waffen- und Menscheneinsatz gekämpft. Schließlich wurde die Ortschaft von den Franquisten mit Hilfe der Legion Cóndor besetzt. Die Stadt war völlig zerstört.

**vom 2. Mai** – Am 2. Mai 1808 hatte der französische Marschall Joachim Murat, General der Napoleonischen Truppen, die Erhebung der Bevölkerung Madrids gegen Napoleon mit brutaler Gewalt unterdrückt.

### Seite 26

**Cipriano Mera** – (Madrid 1896 – Saint-Cloud 1975). Mitglied der anarchistischen Gewerkschaft CNT (siehe Anm. zu Seite 36). 1936 beteiligte er sich an der Verteidigung Madrids, er war Befehlshaber der 14. Division des Heeres bei den Kämpfen um Guadalajara und um Teruel und wurde zum Chef des IV. Armeecorps ernannt. Im März 1939 unterstützte er Casado gegen Negrín.

**Boadilla del Monte ... Aravaca** – Zwischen dem 30. November und 15. Januar 1936 erfolgte einer der ersten großen Angriffe der Aufständischen unter Oberst García Escámez auf Madrid. Obwohl es den Franquisten gelang, die westlich von Madrid gelegenen Ortschaften Húmera, Pozuelo und Aravaca zu besetzen, erreichten sie ihr Ziel nicht.

### Seite 27

**Joaquín Costa** – (Monzón, Prov. Huesca, 1846 – Graus, ebda., 1911), spanischer Jurist, Politiker und Historiker. Er lehrte an der *Institución Libre de Enseñanza* (siehe Anm. zu Seite 11). Zu seinen wichtigsten Werken gehörte u.a. *Colectivismo agrario en España* (Agrarkollektivismus in Spanien, 1898). Seine politische Einstellung war zunächst föderalistisch und republikanisch; später wurde er Mitglied der Partei der nationalen Einheit. Er befürwortete politische und soziale Reformen, plädierte für eine »Revolution von oben« und für eine starke Hand in der Regierung.

**der Cid** – Rodrigo Díaz de Vivar (Vivar, Burgos, ca. 1043 – Valencia 1096), spanischer Ritter, berühmtester Held der Reconquista, bekannt als *el Cid* und *el Campeador* (Sieger im Kampf).

Die Heldentaten von *el Cid*, die auf historische Vorgänge am Hofe des Königs Alfons VI. von Kastilien zurückgehen, haben einer Vielzahl von literarischen Werken ihren Stoff geliefert, allen voran dem *El Cantar de Mio Cid* (1307), dem ältesten überlieferten Heldenepos Spaniens.

**der Schwur von Santa Gadea** – Dies bezieht sich auf den Schwur, den Alfons VI., König von Kastilien (1072–1109), vor seiner Inthronisation in der Kirche Santa Gardea in Burgos ablegen mußte, um seine Unschuld an der Ermordung seines Vorgängers und Bruders Sancho II. (1065–1072) zu bekräftigen. Der Schwur wurde vermutlich von *El Cid*, der ein enger Gefolgsmann Sancho II. war, abgenommen.

**Manuel Azaña** – Manuel Azaña y Díaz (Alcalá de Henares 1880 – Montauban 1940), ein linksliberaler Intellektueller mit republikanisch-demokratischer Gesinnung. Azaña gründete 1930 die Partei *Acción Republicana* und war Mitglied des Revolutionskomitees. Als Kriegsminister der republikanischen Übergangsregierung versuchte er 1931 durch eine Heeresreform, die Loyalität des Militärs gegenüber der neuen Regierung zu sichern. Von Oktober 1931 bis November 1933 war er Ministerpräsident; im Mai 1936 wurde er zum Präsidenten der Republik ernannt. Azaña legte bereits am 28. Februar 1939 von Paris aus sein Amt nieder, trotz des Widerstandes vieler republikanischer Politiker. Am 27. Februar hatten Frankreich und Großbritannien die Regierung Francos anerkannt.

**José Antonio Primo de Rivera** – (Madrid 1903 – Alicante 1936), ein junger Rechtsanwalt und Politiker von charismatischer Ausstrahlung. 1933 gründete er die Falange, eine rechtsgerichtete Partei, die sich 1934 mit den JONS *(Juntas de Ofensiva Nacional Sindicalistas)* zusammenschloß. Die neue Partei FET *(Falange Española Tradicionalista)* y de las JONS bezeichnete sich als nationalistisch, zentralistisch, antimarxistisch, sozial gerecht, imperialistisch, korporativ, antiliberal und wirtschaftsreformistisch. Sie unterstützte 1936 den Militäraufstand. Primo de

Rivera war der einzige Führer dieser fusionierten Partei, die sich später *El Movimiento* (Die Bewegung) nannte. Am 20. November 1936 wurde er von den Republikanern in Alicante verurteilt und hingerichtet.

**wie ein neuer Santiago** – Anspielung auf den Apostel Jacobus den Älteren (Santiago el Mayor), der Schutzheilige Spaniens. Der Legende nach erschien Santiago in Ritterrüstung mit gezücktem Schwert auf einem Schimmel, um den Christen beim Kampf gegen die Mauren zu helfen und sie zu beschützen.

Seite 29

**Getafe** – Ein Vorort im Süden Madrids.

Seite 36

**CNT** – *Confederación Nacional del Trabajo*, anarchistische Gewerkschaft, 1911 gegründet. Seit 1931 stärkste Gewerkschaft Spaniens mit dem Ziel der Verwirklichung eines freiheitlichen Kommunismus.

**Eduardo Val, Manuel Salgado, González Marín und José García Pradas** – Mitglieder der CNT in Madrid. Eduardo Val und González Marín gehörten zum Kabinett Casados; der Journalist García Pradas, ehemaliger Chefredakteur der Madrider Zeitung *CNT*, unterstützte ebenfalls die Rebellion Casados. Salgado und Val gehörten 1937 zum Führungsstab des Kriegsministeriums.

Seite 39

**Cibeles-Statue** – Die Statue der berühmten Göttin Kybele, Spenderin von Leben und Fruchtbarkeit, ist das Wahrzeichen der Stadt Madrid. Sie steht auf dem gleichnamigen Platz im Zentrum Madrids gegenüber der Hauptpost.

**Dominikanerkloster ... Gran Vía del Marqués de Turia** – Das Dominikanerkloster liegt im Süden Valencias, in der Nähe einer breiten Straße, deren erster Teil Avendia Marqués de Turia heißt und die zum Fluß Turia führt.

**Calle de Ruzafa** – Eine belebte Straße im Süden von Valencia, nahe des Hauptbahnhofes.

Seite 40

**Sagunto-Viertel** – Ein Arbeiter- und Kleinbürgerviertel mit kleinen Fabriken und Werkstätten.


Seite 41

**Ateneo** – Von lat. *Athenäum*. Die Ateneos haben in den Städten Spaniens seit der Mitte des 19. Jhs. eine wichtige Rolle gespielt. Sie dienten als kulturelle Einrichtungen, in denen öffentliche Vorträge und Lesungen stattfanden und die eine eigene Bibliothek besaßen. Ihre Entstehung steht im engen Zusammenhang mit der Entwicklung des politischen Liberalismus.


Seite 42

**Vergabestelle für Aufbaustudien** – Die *Junta de Ampliación de Estudios* entstand 1907 auf Betreiben der *Institución Libre de Enseñanza* (siehe Anm. zu Seite 11) und ermöglichte spanischen Studenten und Wissenschaftlern Kontakte mit den kulturellen und wissenschaftlichen Entwicklungen im Ausland.

**Luis Araquistáin** – Luis Araquistáin Quevedo (Bárcena de Pie de Concha, Santander 1886 – Genf 1959) war seit seiner Jugend Mitglied der PSOE (siehe Anm. zu Seite 15) und einer ihrer führenden Intellektuellen. Während der Republik war er Abgeordneter im Parlament, Vizesekretär im Arbeitsministerium, Botschafter in Berlin (1932) und Paris (1936–37). Er war ein politischer Vertrauter Largo Caballeros.

**Julio Álvarez del Vayo** – (Villaviciosa de Odón, Asturien 1885 – Genf 1975), spanischer Politiker und Journalist. Er studierte in England und verbrachte einige Zeit in Deutschland, wo er in engen Kontakt zu Rosa Luxemburg trat. Seit 1915 Mitglied der PSOE (siehe Anm. zu Seite 15), bald Führer ihres linken Flügels. Während der Republik war er Botschafter in Mexiko und in der UdSSR, 1936–1939 Staatsminister und enger Vertrauter Largo Caballeros. Nach dem Krieg ging er ins Genfer Exil.

**Agustín Viñuales** – Professor der Wirtschaftswissenschaften, Mitglied der Republikanischen Partei, hatte im Kabinett Azaña (Juli 1933) das Finanzministerium inne.

Seite 44

**Redaktion der *CNT*** – Siehe Anm. zu Seite 36.

Seite 45

**vor dem 18. Juli** – Die Militärrevolte gegen die Republik hatte am 18. Juli 1936 in Melilla (Marokko) begonnen und sich von dort aus im spanischen Mutterland ausgebreitet.

Seite 47

**Partie Tute** – Ein Kartenspiel.

Seite 48

**Víctor Terrazas** – Alias Comandante Rafael, Sohn von Victoriano Terraza, Figur aus Max Aubs Roman *La Calle de Valverde* (siehe Anm. zu Seite 122). Um seinen Nachnamen zu veredeln, hat er ein ›s‹ angehängt.

**unter der Diktatur Primo de Riveras** – Im September 1923 hatte der General Miguel Primo de Rivera (1870–1930) als Oberbefehlshaber von Katalonien einen Militärputsch durchgeführt und mit Einverständnis des Königs Alfons XIII. eine Militärdiktatur errichtet. Der drohenden wirtschaftlichen und sozialen Katastrophe in Spanien begegnete Rivera, der Regierungschef wurde, mit rigiden Maßnahmen (u.a. Beamtenabbau, Unterdrückung regionalistischer und anarchistischer Tendenzen). Die Diktatur fand starke Anfeindung: Von seiten des Adels, wegen der Einschränkung der Privilegien; von seiten der Geschäftswelt, wegen der sozialen Reformen; von den Offizieren, wegen der Heeresreform und von den Intellektuellen wegen der reaktionären Kulturpolitik. 1930 mußte Rivera zurücktreten. Er starb in der Verbannung in Paris. Sein Sohn José Antonio wurde der Gründer der Falange (siehe Anm. zu Seite 28).

Seite 49

**des berühmten Rates von Aragón** – Der Rat von Aragón setzte sich aus Vertretern aller Parteien und Gewerkschaften einschließlich der UGT (siehe Anm. zu Seite 64) und der Kommunistischen Partei zusammen. Er wurde jedoch stark von Joaquín Ascaso (Führungsspitze der CNT, siehe Anm. zu Seite 36) dominiert, der als größenwahnsinnig und skrupellos galt und in Aragón, wo die landwirtschaftlichen Kollektivbetriebe stark verbreitet waren, alle Macht an sich gezogen hatte.

**Cantaclaro** – Spanisch: er/sie singt deutlich. Wird häufig im übertragenen Sinn benutzt: Er/sie nennt die Dinge beim Namen; spricht sie deutlich aus.

### Seite 50

**Doktor Moliner** – Francisco Moliner y Nicolás (Valencia 1851 – Madrid 1915), Arzt und Politiker. Als er Professor der Medizin in Valencia war, wurde er seines Amtes enthoben, weil er zu einem Studentenstreik aufgerufen hatte und sich über den niedrigen Etat der Universitäten in Spanien öffentlich beschwerte. Er gründete ein Sanatorium für Tuberkulosekranke.

### Seite 51

**Tellina** – Figur aus Max Aubs Roman *Die besten Absichten* (1953). Ein gutaussehender, geistreicher junger Mann mit eisernem Willen und einer herrlichen Stimme. Seine Mutter verkaufte auf einem Markt in Valencia Tellines, daher sein Spitzname. Die Tellina ist eine kleine, sehr schmackhafte, gelbliche Muschel mit einem violetten Rand.

### Seite 52

**Feliciano Benito** – Anarchist, Hauptmann der republikanischen Armee, wurde nach dem Putsch Casados anstelle von Edmundo Domínguez als Kommissar der Zentrumsarmee eingesetzt. Er erscheint ebenfalls in *Die besten Absichten* von Max Aub (siehe Anm. oben).

### Seite 53

**Zarzuela *Die Kosarinnen*** – Eine Operette des 1887 in Granada geborenen Komponisten Francisco Alonso. *Die Kosarinnen* wurde als Zarzuela eigentlich erst 1942 uraufgeführt. Sie stützt sich allerdings auf eine sehr beliebte musikalische Komödie unter demselben Titel. *Zarzuela* ist die Bezeichnung für die spanische Operette, die in der 2. Hälfte des 19. Jhs. ihre Blütezeit erlebte.

**Wie der Wein aus ... 1931** – Insbesondere der trockene Sherry aus Jerez hat einen gelblich-goldenen Ton; Rioja ist für seinen Rotwein bekannt. Die Farben der spanischen Flagge vor der Republik und danach waren Rot, Gelb (Gold), Rot. Die republikanische Flagge dagegen war rot, gelb (gold), violett.

**Martínez Anido ... Fluchtgesetz** –

**Severiano Martínez Anido** (El Ferrol 1862 – Valladolid 1962), spanischer Militär. 1919 – 1922 war er Zivilgouverneur von Barcelona. Er zeichnete sich durch seine außergewöhnliche Brutalität gegenüber der Arbeiterbewegung aus. 1922 mußte er das Amt niederlegen. Während der Diktatur Primo de Riveras (siehe Anm. zu Seite 48) war er Innenminister (1925 – 1930). 1931 mußte er nach Frankreich fliehen. Im Juli 1936 kehrte er nach Spanien zurück, um sich am Militäraufstand gegen die Republik zu beteiligen. 1939 wurde er unter Franco Minister für öffentliche Ordnung.

**Das Fluchtgesetz** war ein Gesetz, das die Ermordung von Gefangenen, vor allem politischen, legitimierte, wenn man ihre Flucht vortäuschte. In den Jahren 1919 – 1923 wurde dieses Gesetz besonders häufig in Katalonien gegenüber den Mitgliedern der CNT angewandt.

Seite 54

*Casa del Pueblo* – Bezeichnung für Lokale, die für Arbeiter eingerichtet wurden.

**quinzet** – In Valencia übliche Bezeichnung für eine Münze im Wert von 25 céntimos. (1 Pesete entspricht dem Wert von 100 céntimos.) Den quinzet gab es nur zwischen 1925 und 1937.

Seite 55

**Attentat auf Mestre** – Ähnlich Anido (siehe Anm. zu Seite 53) war Mestre, der konservative Gouverneur von Barcelona, während seiner Amtszeit ausgesprochen brutal gegen die Arbeiter vorgegangen.

**in einer Hütte** – Gemeint ist das für die Huerta Valencia charakteristische Haus, spanisch: *La barraca*, aus Schilfrohr, Stroh und Lehmziegeln gebaut, mit einem steilen Dach und weißgetünchten Wänden.

**Francisco Sempere** – (Valencia 1859 – 1922), spanischer Politiker und Verleger. Aus einfachen Verhältnissen stammend, gründete er gemeinsam mit Blasco Ibáñez (siehe Anm. zu Seite 226) den Prometeo-Verlag, der hauptsächlich anarchistische Bücher publizierte.

**Reales** – Eine Münze im Wert von 25 céntimos.

**Fontilles** – Städtisches Sanatorium für Leprakranke in der Nähe von Valencia. Es wurde 1809 von dem Jesuiten Carles Ferris gegründet und war in ganz Spanien bekannt.

**im Stil von Cánova** – Antonio Cánova (Possagno 1757 – Venedig 1822), italienischer Bildhauer. Er war einer der bedeutendsten Vertreter der neoklassischen Skulptur in Europa.

**Noi del Sucre** – Spitzname von Salvador Seguí (Lérida 1890 – Barcelona 1923), Führer des moderaten Flügels der CNT (siehe Anm. zu Seite 36) und ein entschiedener Gegner terroristischer Gewalttakte. Trotz interner Richtungskämpfe gewann die CNT nach ihrer Gründung (1911) rasch an politischer Bedeutung. Schon während des 1. Weltkrieges kam es zu immer gewalttätigeren Auseinandersetzungen mit der Regierung, die die CNT zerschlagen wollte. Insbesondere in Barcelona fanden regelrechte Straßenkriege statt, da der Gouverneur von Barcelona, General Martínez Anido (siehe Anm. zu Seite 53) und der Polizeichef General Arlegui, genannt *Der Scharfrichter von Barcelona*, die Anarchisten mit allen Mitteln bekämpften. Seguí und sein Anwalt Francisco Layret wurden am 10. März 1923 in Barcelona ermordet. Arlegui wurde am 7. Mai 1924 umgebracht.

**Pi y Margall** – Francisco Pi y Margall (Barcelona 1824 – Madrid 1901), Präsident der 1. Spanischen Republik (Februar – Juni 1873). Er setzte sich für föderalistische Strukturen in Spanien ein. Sein Regierungsprogramm scheiterte jedoch schon nach knapp zwei Monaten. Massenunruhen und bürgerkriegsähnliche Zustände mündeten 1874 in einen Militärputsch und in der Restauration der Bourbonen-Monarchie.

**aus dem Cantó** – Während der 1. Republik wurde der Versuch unternommen, Spanien in elf autonome Kantone zu untergliedern und auf diese Weise eine föderalistische Struktur zu schaffen.

Seite 60

**Martínez Anido ... Arlegui** – Siehe Anm. zu Seite 57.

Seite 61

**Wenceslao Carrillo** – (Valladolid 1889 – Charleroi 1963), sozialistischer Abgeordneter und Journalist, Führer der UGT (siehe Anm. zu Seite 64). 1928 wurde er Redakteur des PSOE-Organs *El Socialista*. Im Februar – März 1939 unterstützte er die Rebellion Casados gegen Negrín und gehörte zum Verteidigungsrat von Madrid (siehe Anm. zu Casado, Seite 9).

Seite 63

**im Stil Sorollas** – Joaquín Sorolla (Valencia 1863 – Cercedilla 1923), spanischer Maler. Er begann mit historizistisch-realistischen Gemälden, entwickelte aber allmählich seinen charakteristischen Stil, der sich dadurch auszeichnet, daß das Licht die Konturen von Menschen und Gegenständen verschwimmen läßt. Typisch für Sorolla sind maritime Motive.

Seite 64

**Juan González Moreno** – Eine fiktive Figur, die allerdings stark an Rodríguez Vega (siehe Anm. zu Seite 175) erinnert.

**Gewerkschaft UGT** – Die *Unión General de Trabajadores* ist eine 1888 von Pablo Iglesias (siehe Anm. zu Seite 155) in Barcelona gegründete Gewerkschaft marxistischer Prägung. Sie besaß während der 2. Republik einen starken politischen Einfluß, insbesondere in Madrid. Die UGT arbeitete eng mit der 1879 ebenso von Pablo Iglesias ins Leben gerufenen PSOE zusammen (siehe Anm. zu Seite 15). Zwischen UGT und CNT (siehe Anm. zu Seite 36) gab es häufig Konflikte.

Seite 65

**Blum** – Léon Blum (Paris 1872 – Jouy-en-Josas 1950), Mitbegründer und späterer Generalsekretär der *Parti socialiste français*

(Sozialistische Partei Frankreichs) (1902), französischer Ministerpräsident (1936/37 und 1938). Als Präsident der Volksfront-
Regierung hatte er bedeutende soziale Reformen durchgeführt
und das Verbot der faschistischen Wehrverbände durchgesetzt.
Seine Position gegenüber der Spanischen Republik und der Frage
einer möglichen Hilfe im Bürgerkrieg war zwiespältig: Er persönlich wollte die Republik unterstützen, aber als Ministerpräsident mußte er sich dem innen- und außenpolitischen Druck
fügen und das Nichteinmischungsabkommen einhalten.

**Numancia** – Anspielung auf das Theaterstück von Miguel de Cer-
vantes *Die Belagerung von Numancia (El Cerco de Numancia)*
(1580). Die Tragödie handelt vom Widerstand und der Selbst-
vernichtung der Stadt Numancia (heute in der Provinz Soria):
Nach heldenhaftem Kampf gegen die Römer, die die Stadt
wochenlang belagern, entscheiden sich die Bewohner zur Selbst-
tötung und zur Zerstörung der Stadt, um der Eroberung zu ent-
gehen. Rafael Alberti (siehe Anm. zu Seite 104) bearbeitete das
Stück und widmete es der Verteidigung Madrids.

## Seite 66

**General Rojo** – Vicente Rojo y Lluch (Enguera 1894 – Madrid 1966)
war Generalstabschef der republikanischen Armee. Er tat sich
bei der Verteidigung Madrids 1936 gegen die aufständischen
Truppen besonders hervor. Bei der Organisation der großen
republikanischen Offensiven 1937/38 in Teruel und am Ebro
spielte er ebenfalls eine entscheidende Rolle. Rojo galt als einer
der sachlichsten und rechtsschaffensten Offiziere der Republik.

**lege ich mein Amt als Präsident der Republik nieder** – Azaña legte
sein Amt als Präsident der Republik am 28. Februar 1939 von
Paris aus nieder.

**der Gestapo in Burgos** – Siehe Anm. zu Seite 15, Hitlers Geheim-
dienste waren auch in Francos Umgebung mächtig und ein-
flußreich.

**weil England und Frankreich zu dem Marokkaner überlaufen!** –
Tatsächlich hatten Großbritannien und Frankreich die Regierung Francos bereits am 27. Februar 1939 anerkannt. Die Bezeichnung ›Marokkaner‹ für die Franquisten war üblich, da
Francos Truppen zu einem Großteil aus nordafrikanischen Söld-

nern bestanden. Der Begriff enthält zugleich eine Doppeldeutigkeit, da er an das historische Geschehen während der Reconquista (siehe Anm. zu Seite 7) erinnert.

Seite 68

*La Voz* – Eine 1920 gegründete Madrider Abendzeitung, die allerdings trotz ihres hohen Niveaus und des ausgewogenen Linksliberalismus nur eine begrenzte Leserschaft besaß.

Seite 69

**Hope** – Ein (fiktiver) amerikanischer Journalist, der in vielen Romanen von Max Aub auftaucht. Seine Charakterzüge erinnern stark an Hemmingway. Nach Ansicht von Manuel Tuñón de Lara, einem spanischen Historiker und engen Freund von Max Aub, diente jedoch der Journalist Jay Allen von der *Chicago Tribune* als Vorbild. Quelle: unveröff. Aufsatz von Manuel Tuñón de Lara, Max-Aub-Archiv, Segorbe.

**Prieto** – Siehe Anm. zu Seite 18. Ende Mai 1937 hatte Prieto einen Angriff auf Deutschland vorgeschlagen, um den deutschen Hilfsmaßnahmen für Franco ein Ende zu machen. Sowohl die Kommunisten als auch die Republikanische Regierung lehnten diesen Vorschlag ab. Von diesem Zeitpunkt an verschlechterten sich die Beziehungen zwischen Prieto und den Kommunisten zusehends.

Seite 70

**Rosenberg** – Marcel Rosenberg traf am 27. August 1936 als erster Botschafter der UdSSR in Spanien in Madrid ein. Zwei Tage später machte er seinen Antrittsbesuch bei der republikanischen Regierung.

**Melchor Rodríguez** – Rodríguez hatte eine Führungsposition in der CNT inne. Er war für seine humanitäre Haltung bekannt. 1937 wurde er von dem damaligen Justizminister, dem Anarchisten und CNT-Mitglied Juan García Oliver, als Generaldirektor der Gefängnisse in der republikanischen Zone eingesetzt. 1939 stand er auf der Seite Casados, der ihn zum Oberbürgermeister von Madrid ernannte.

**Matallana** – Manuel Matallana Gómez, Hauptmann der republikanischen Armee, Mitglied des Generalstabs unter Vicente Rojo
(siehe Anm. zu Seite 66), spielte eine entscheidende Rolle bei der
Verteidigung Madrids 1936. Er war auch am Kampf um Teruel
beteiligt. 1939 unterstützte er Casado.

**am 7. November 1936** – Angesichts des andauernden Angriffs der
franquistischen Truppen auf Madrid beschloß Largo Caballero
(siehe Anm. zu Seite 16) am 6. November 1936 mit seiner Regierung nach Valencia überzusiedeln. General Miaja (siehe Anm. zu
Seite 9) bildete einen Tag später die sogenannte *Verteidigungsjunta*. Schon am 23. November 1936 sah sich Franco gezwungen, den Frontalangriff auf Madrid aufzugeben.

Seite 75

**Garibaldi** – Giuseppe Garibaldi (Nizza 1807 – Caprera 1882), italienischer Freiheitskämpfer und Politiker; eine der bedeutendsten Figuren des *Rissorgimento*, bekannt für seinen ungestümen
Revolutionsgeist.

**General Riego** – Rafael del Riego (Santa María de Tuñas, Asturias
1785 – Madrid 1823), spanischer Militär, glühender Verfechter
des Konstitutionalismus. Riego stand an der Spitze der Truppen-
revolte in Cabezas de San Juan, Sevilla (1. Januar 1820), die
zur liberalen Revolution in Spanien und zum *Trienio Constitu-
cional* (1820 – 1823) führte: Ferdinand VII. sah sich daraufhin
gezwungen, die liberale Verfassung zu akzeptieren. Als die
französische Armee in Spanien einmarschierte, um die »Verfas-
sungsregierung« zu stürzen und Ferdinand VII. als absoluten
Herrscher wieder einzusetzen, führte Riego das spanische Heer
an. Nach dem Sieg der Franzosen übte Ferdinand VII. harte
Vergeltung: Riego wurde festgenommen, des Hochverrats be-
schuldigt und erhängt.

**Ebro-Schlacht** – Die blutigste Schlacht des Bürgerkrieges begann am
25. Juli 1938 mit einer republikanische Offensive am Ebro und
endete in der zweiten Septemberhälfte militärisch gesehen un-
entschieden. Auf politischer Ebene jedoch waren die Würfel
aufgrund der internationalen Situation nach dem Münchner
Abkommen schon im September 1938 für Franco gefallen.

Seite 79
Tute oder Mus – Kartenspiele.

Seite 81
**Position** *Dácar* – Dácar war ein Haus in unbittelbarer Nähe von Elda (siehe Anm. zu Seite 9), in dem sich die wichtigsten kommunistischen Führer eingerichtet hatten. Negrín (siehe Anm. zu Seite 9) und Alvarez del Vayo (siehe Anm. zu Seite 42) begaben sich am 5. März 1939 um 18 Uhr nach Dácar, nachdem sie gemeinsam mit anderen Regierungsmitgliedern den Beschluß gefaßt hatten, das Land zu verlassen. Dolores Ibárruri (siehe Anm. unten) und andere versuchten, sie davon abzubringen.

**Dolores** – Gemeint ist Dolores Ibárruri (Gallarta 1895 – Madrid 1989), wegen ihrer leidenschaftlichen Reden *La Pasionaria* genannt. Sie entstammte einer baskischen Bergarbeiterfamilie und beteiligte sich aktiv am Aufstand der Bergarbeiter in Asturien im Oktober 1934. Seit 1930 gehörte sie zum Führungskader der Kommunistischen Partei Spaniens (PCE). Berühmtheit erlangten ihre Worte »No pasarán!« (Sie werden nicht durchkommen!), die sie 1936 während des Kampfes um Madrid ausrief.

Seite 85
**Carlos Riquelme** – Die Figur des Chirurgen Carlos Riquelme taucht erstmals in *Theater der Hoffnung*, dem zweiten Band des *Magischen Labyrinths* auf. Ebenso gehört er zum Figurenensemble in *Die besten Absichten*.

**Cuartero** – Paulino Cuartero, eine Figur, die ebenfalls in *Theater der Hoffnung* eingeführt wird. Die Lebenskonflikte des in Barcelona mit seiner Frau Pilar und seinen vier Töchtern lebenden katholischen Intellektuellen bilden einen zentralen Bestandteil des in *Blutiges Spiel*, dem dritten Band des *Magischen Labyrinths* entfalteten Erzählgeschehens. Cuatero lebte wie Templado zuerst in Madrid.

Seite 86
**Julián Templado** – Der in Barcelona lebende Arzt und Sozialist gehört zu den zentralen Figuren des *Magischen Labyrinths*. Er wird, wie seine Freunde Riquelme, Cuartero und Rivadavia in

*Theater der Hoffnung* eingeführt und häufig als das Alter ego Max Aubs angesehen. Templado lebte vor der Belagerung der Stadt durch die Franquisten in Madrid.

**Herodot** – (Halikarnas, ca. 484 – Turios, 420 v. Chr.), griechischer Denker, von Cicero »Vater der Geschichtsschreibung« genannt.

**Gracián** – Baltasar Gracián y Morales (Belmonte de Calatayud 1601 – Tarazona 1658), spanischer Schriftsteller, Mitglied des Jesuitenordens und bedeutender Prediger. Seine so scharfsinnige wie pessimistische Geisteshaltung hatte insbesondere auf die Denker des 19. Jhs. (u. a. Schopenhauer) einen großen Einfluß.

Seite 87

**Jesús Herrera** – Fiktive Figur aus *Blutiges Spiel*, dem dritten Band des *Magischen Labyrinths*. Hauptmann der republikanischen Armee, Kommunist, und Freund von Templado. Er fiel an der Aragón-Front im Frühjahr 1938.

**die Nacht des 6. November 1936** – Siehe Anm. zu Seite 72.

**Gorov** – Ebenfalls fiktiv. Die Figur erinnert sowohl an Michail Kolzow, den russischen Politagenten und Spanienkorrespondent der *Prawda* während des Bürgerkriegs, als auch an den russischen Schriftsteller Ilja Ehrenburg. Gorov wird in *Theater der Hoffnung*, dem zweiten Band des *Magischen Labyrinths*, eingeführt.

**Renau** – José Renau (Valencia 1907 – Ostberlin 1982), spanischer Maler und Plakatkünstler, Mitglied der Kommunistischen Partei. 1937 wurde er Generaldirektor des Amtes zum Schutz der Kunstschätze.

**Fajardo** – Eine fiktive Figur; Hauptmann der republikanischen Armee und Mitglied der Kommunistischen Partei. Er erscheint zum ersten Mal in *Blutiges Spiel*, dem dritten Band des *Magischen Labyrinths*.

**Rivadavia** – José Rivadavia, Richter der Republik und enger Freund von Templado und Cuartero. Er erscheint zum ersten Mal in *Theater der Hoffnung*.

Seite 89

**Covadonga** – Die Ortschaft Covadonga im nordspanischen kantabrischen Gebirge war der Legende nach Schauplatz des ersten

Sieges der Allianz zwischen dem westgotischen Heer und den Bergbewohnern Asturiens gegen die Moslems, angeblich im Jahre 722.

**Reconquista** – Siehe Anmerkung zu Seite 7.

Seite 91

**Lola Cifuentes** – Fiktive Figur, die in *Theater der Hoffnung*, dem zweiten Band des *Magischen Labyrinths*, eingeführt wird. Als höchst attraktive Spionin im Dienst des SIM *(Servicio de Información Militar: Militärischer Geheimdienst)* spielen sie und ihre Lebensgeschichte in *Blutiges Spiel*, Band 3 des *Magischen Labyrinths*, eine zentrale Rolle.

Seite 91/92

**Prat del Llobregat** – Ein Vorort südlich von Barcelona am Delta des Flußes Llobregat, wo sich der Flughafen von Barcelona befindet.

Seite 92

**Sabadell** – Eine kleine Stadt ca. 40 km nordwestlich von Barcelona, ein Zentrum der Textilindustrie.

**Plaza del Callao** – Ein Platz mitten im Stadtzentrum Madrids.

**die ›Bewegung‹** – Spanisch: *el movimiento*. Damit wird der Militäraufstand gegen die Spanische Republik am 18. Juli 1936 angesprochen.

Seite 94

**Antón Martín** – Eine Straße im Zentrum von Madrid, in der die Redaktion von *Mundo Obrero* (siehe Anm. zu Seite 160), für die Julián Templado arbeitete, lag.

Seite 96

**Vargas Vila** – José Vargas Vila (Bogotá 1860 – Barcelona 1933), kolumbianischer Schriftsteller. Romanautor und Journalist. Er lebte vor allem in Nord- und Südamerika. Seine Werke lassen sich nur schwer in die für die Zeit charakteristischen literarischen Strömungen einordnen und zeugen von seiner ausgeprägten Individualität.

*Sierra Nevada* – Bergkette in der Provinz Granada, mit den zwei höchsten Gipfeln der Iberischen Halbinsel.

Seite 103

**Zarzuela-Theater** – Das *Teatro de la Zarzuela* wurde 1856 in Madrid gebaut, um die Zarzuela (die spanische Operette) zu fördern. Es liegt im Stadtzentrum, unweit des Parlaments.

*Numancia* – Siehe Anm zu Seite 65.

Seite 104

**Rafael Alberti** – (Puerto de Santa María, Cádiz 1903 – 1999), spanischer Schriftsteller. Er gehörte der »Generation von 1927« an und war vor allem als Lyriker und Dramatiker bekannt. Seine Werke umfassen sowohl traditionelle als auch avantgardistische Formen. Alberti war Mitglied der Kommunistischen Partei Spaniens.

*La Cathédrale Engloutie* – Klavierstück von Claude Débussy.

Seit 108

**Nervión** – Der Fluß Nervión, der in den Bergen bei Orduña (Álava) entspringt und durch Vizcaya fließt, um dann bei Bilbao ins Kantabrische Meer zu münden, wird eng mit dem Baskenland, seiner Kultur und seiner wirtschaftlichen Entwicklung identifiziert.

**Orduña** – Die Ortschaft Orduña liegt in der Provinz Vizcaya, am südlichen Teil des Flußes Nervión und zu Füßen des 900 Meter hohen Bergpasses, Puerto de Orduña.

**Karlistenkriege** – Gemeint sind die Erbfolgekriege, die Carlos de Borbón 1833 durch die Nichtanerkennung der Regentschaft von Isabella II. (1833 – 1868) auslöste. Die Anhänger des Don Carlos (sogenannte Karlisten) traten für die Rückkehr zur absoluten Monarchie ein. In den drei Karlistenkriegen, die Spanien bis 1876 erschütterten, wurde die Bewegung des *Carlismo* besiegt; sie hielt sich aber in modifizierter Form bis in die 70er Jahre des 20. Jhs.

**Bergamín ... Miguel Prieto –**
José Bergamín, siehe Anm. zu Seite 24.

Miguel Hernández (Orihuela, Alicante 1910 – Alicante 1942). Dichter. Der Ziegenhirte wurde bekannt durch leidenschaftliche Gedichte, in denen er seinen Zorn über das Leid der Menschen zum Ausdruck brachte. Zu seinen Förderern und Bewunderern gehörten die Dichter Pablo Neruda und Vicente Aleixandre. Hernández wurde mehrmals verhaftet und von Franco zu lebenslanger Haft verurteilt. Er starb 1942 im Gefängnis von Alicante.

**Adolfo Salazar** (Madrid 1890 – Mexiko 1958). Spanischer Komponist, Musikwissenschaftler und Musikkritiker. Er war Schüler von Manuel de Falla. Nach dem Krieg 1939 ging er nach Mexiko ins Exil.

**Jesús Bal y Gay** (Lugo 1905 – ?) war Musikwissenschaftler. In seinen Arbeiten widmete er sich vor allem der spanischen Volksmusik. Er lehrte im *Centro de Estudios Históricos* in Madrid, einer weiteren Gründung der *Institución Libre de Enseñanza* (siehe Anm. zu Seite 11). 1935 bekam er eine Stelle als Lektor an der Universität Cambridge. 1938 ging er nach Mexiko und kehrte erst 1967 wieder nach Spanien zurück.

**Alberto Jiménez Fraud** (Málaga 1883 – Genf 1964), spanischer Pädagoge, Anhänger der pädagogischen Lehre von Giner de los Ríos und der ILE (siehe Anm. zu Seite 11). Er gründete 1910 in Madrid die berühmte *Residencia de Estudiantes* (siehe Anm. zu Seite 11). Nach dem Krieg ging er zunächst nach Oxford ins Exil.

**Miguel Prieto** (Almodóvar del Campo, Ciudad Real, 1907 – Mexiko 1956) Maler, Setzer, Illustrator und Bühnenbildner. Er gründete ein Puppentheater und wirkte im von García Lorca und Eduardo Ugarte 1932 gegründeten Studententheater *La Barraca* mit. Nach einigen Monaten im südfranzösischen Konzentrationslager Argelés-sur-mer gelangte er 1939 nach Mexiko.

Valle Inclán – Ramón del Valle-Inclán (Villanueva de Arosa, Pontevedra, 1866 – Santiago de Compostela 1936), einer der wichtigsten Schriftsteller der spanischen Moderne (Dramatiker, Romancier, Lyriker), berühmter Bohemien Madrids. Er gehörte zum festen Kern der Literaten- und Intellektuellenrunden *(Tertulias)*

in den Cafés und wurde vor allem durch seine grotesken Thea-
terstücke *(Esperpento)* bekannt. Das Zitat stammt vermutlich
aus seiner Dramentrilogie *Die Barbarischen Komödien (Las
Comedias Barbaras).*

## Seite 122

**Calle de Valverde** – Diese Straße, eine eher unscheinbare Neben-
straße der Granvía im Zentrum Madrids, ist der Schauplatz
von Max Aubs gleichnamigen Roman. Siehe auch Anm. zu Fidel
Muñoz, Seite 13.

**Daniel Miralles** – Figur aus dem Roman *La calle de Valverde* von
Max Aub.

## Seite 123

**Joaquín Dabella** – Figur aus *La calle de Valverde*, ein hoher Justiz-
beamter und notorischer Quertreiber.

**Marga und Joaquín** – Der junge Joaquín (Dabella), Sohn von Joaquín Dabella (siehe Anm. oben), ist ein Intellektueller auf der
Suche nach seinem Platz in der Gesellschaft. Marga, ist Tochter
von Fidel Muñoz (siehe Anm. zu Seite 13) und seine Lebens-
gefährtin. Beide sind Hauptfiguren des Romans *La calle de Valverde.*

## Seite 130

**(immer der fünfte) Februar 1844, an den Verrat an den Liberalen** –
Im Jahre 1844 wurde der Aufstand der *Partido Progresista* von
General Pardo in Elda (Alicante) niedergeschlagen. Die blutigen
Auseinandersetzungen zwischen den Progressisten (eine extre-
mistische Gruppierung des spanischen Liberalismus, die für eine
konstitutionelle Monarchie plädierte) und der *Partido Mode-
rado* (Gemäßigte Partei) prägten das politische Klima Spaniens
um die Mitte des 19. Jhs. So wurden allein innerhalb eines Jahres, von Dezember 1843 bis Dezember 1844, als die Moderados
an der Macht waren, insgesamt 214 politische Gegner erschossen.

**General Boneto** – Vermutlich Bonet, Offizier. Er stand an der Spitze
der Truppen der Progressisten gegen die Regierungstruppen in
Elda.

Seite 132

**Paulino Gómez** – Gómez Saiz, Mitglied der Kommunistischen Partei, war seit März 1938 Innenminister.

**Oberst Camacho** – Oberst Antonio Camacho, zuständig für die republikanische Luftwaffe in der Zone Mitte-Süd.

**Hidalgo de Cisneros** – Oberst Ignacio Hidalgo de Cisneros, Mitglied der Kommunistischen Partei, Chef der republikanischen Luftwaffe, versuchte Casado davon zu überzeugen, daß Franco sich nicht auf Verhandlungen einlassen würde und bemühte sich, bei den Konflikten mit Negrín zu vermitteln.

**Cordón** – General Antonio Cordón, Kommunist, wurde im März 1939 zum Generalsekretär des Verteidigungsministeriums ernannt und hatte dadurch den ganzen Militärapparat unter sich.

**Menéndez** – General Leopoldo Menéndez hatte Negrín mit der Erschießung der gesamten Regierung gedroht, sollte Matallana (siehe Anm. zu Seite 72), der als Anhänger Casados (siehe Anm. zu Seite 9) inhaftiert wurde, nicht umgehend freigelassen werden. Negrín sah sich gezwungen, Matallana freizulassen.

Seite 137

**Modesto** – Juan Modesto Guilloto, ehemaliges Mitglied der Fremdenlegion; er leitete 1936 die kommunistische Miliz. Im Juli 1937 führte er in der Schlacht um Brunete (siehe Anm. zu Seite 25) den Hauptangriff. Bei der Schlacht am Ebro 1938 (siehe Anm. zu Seite 75) und in Katalonien 1939 hat er ebenfalls eine bedeutende Rolle gespielt.

**Núñez Maza** – Carlos Núñez Maza, ehemaliges Mitglied der anarchistischen Gewerkschaft CNT (siehe Anm. zu Seite 36) in Sevilla; seit 1927 Mitglied der Kommunistischen Partei. Er war Truppenführer unter Hidalgo de Cisneros (siehe Anm. zu Seite 132).

**Líster** – Enrique Líster (Ameneiro, La Coruña, 1907 – Madrid, Anfang der 90er Jahre), spanischer Politiker, Militär und Mitglied der Kommunistischen Partei. Einer der herausragendsten republikanischen Offiziere während des Bürgerkrieges. Er hatte als Oberst die Führung des Fünften Regiments und der Elften Division inne, die den Namen *División Líster* trug. Líster wurde von Cordón (siehe Anm. zu Seite 132) zum General ernannt.

**Uribe** – Vicente Uribe Caldeano, Kommunist, marxistischer Theoretiker und Direktor der kommunistischen Zeitung *Mundo Obrero* (siehe Anm. zu Seite 160). Während des Bürgerkrieges wurde er Landwirtschaftsminister und war zuständig für die Verpflegung und Versorgung der Armee.

**Moix** – José Moix Regás, Kommunist, Mitglied der PSUC (*Partit Socialista Unificat de Catalunya*, der Vereinigten Sozialistischen Partei Kataloniens). Er übernahm im August 1938 das Amt des Arbeitsministers.

## Seite 139

**Salmerón** – Nicolás Salmerón (Alhama la Seca, Prov. Almería, 1838 – Pau 1908), spanischer Politiker und Intellektueller, Professor der Philosophie in Oviedo und Madrid. Er war eine der herausragenden Figuren der demokratischen Partei in Spanien und Verfechter des Republikanismus. Während der 1. Republik wurde er zum Präsidenten des Kongresses gewählt (1873). Wegen seiner Verteidigung des Katalanismus mußte er den Vorsitz der Partei *Republikanische Union* aufgeben.

**Martínez Ruíz ... *Azorín*** – José Martínez Ruíz (Monóvar, Prov. Alicante, 1873 – Madrid 1967), bekannt unter dem Pseudonym *Azorín*, war Schriftsteller, Journalist und Essayist. Während des Bürgerkriegs lebte er in Frankreich (1936 – 1939) und kehrte dann nach Spanien zurück. Sein Werk umfaßt Romane und Erzählungen, in denen ein tiefer Pessimismus durchschimmert. In seinem Essayband *Clásicos y Modernos* (*Klassiker und Moderne*, 1911) hat er die Bezeichnung ›Generation von 1898‹ geprägt, die sich auf die selbstkritische Haltung der spanischen Intellektuellen nach dem Verlust der letzten spanischen Kolonien bezieht. Die kritische Haltung des jungen Azorín wich in seinen späteren Werken einem elegischen Ton.

## Seite 141

**Saavedra Fajardo, Gracián, Cadalso, Larra** –

**Diego de Saavedra Fajardo** (Algezares, Prov. Murcia, 1584 – Madrid 1648), spanischer Schriftsteller und Politiker, Doktor der Rechtswissenschaften. Er war Botschafter in Rom und im Deutschen Reich (jeweils 1631/1632) sowie Vertreter Spaniens während der Verhandlungen des Westfälischen Friedens, mit dem der 30jährige Krieg beendet wurde (1648). In seinen Schriften setzte er sich äußerst kritisch mit der wirtschaftlichen und politischen Situation in Spanien auseinander, insbesondere mit der Landflucht, der Einführung von neuen Produktionstechniken, der Rolle des Klerus und dem politischen Traum der Universalmonarchie.

**Gracián**, siehe Anm. zu Seite 86.

**José Cadalso** (Cádiz 1741 – Gibraltar 1782), spanischer Militär und Schriftsteller; einer der Hauptvertreter der Spätaufklärung. Er hinterließ vornehmlich Prosawerke. Seine mitunter recht bitteren Satiren nehmen die Oberflächlichkeit der spanischen Gesellschaft aufs Korn. Zudem bediente er sich gerne des Briefromans, um über die Mechanismen der Vorurteile und des Klischees zu reflektieren. Sein bekanntestes Buch ist eine pessimistische Phantasie über die Nacht und den Tod, die ihn als Vorromantiker ausweist: *Las noches lúgubres* (*Die finsteren Nächte*, postum 1790).

**Mariano José de Larra** (Madrid 1809 – 1837), spanischer Schriftsteller und Journalist. Von seiner kritischen Haltung gegenüber der politischen Situation in Spanien zeugen in erster Linie seine Artikel in Zeitungen und Zeitschriften. In ihnen nahm er sich bissig und satirisch der Haltung des Kleinbürgertums an. Seit den 1830er Jahren unterzeichnete Larra seine Artikel mit dem Pseudonym *Fígaro*. Er gilt als der Begründer des kritischen Journalismus in Spanien.

### Seite 142

›**vom andalusischen Pferd und dem galicischen Esel**‹ – Spanisch: *salida de caballo andaluz y parada de burro gallego*. Wörtlich: Erregt durch ein andalusisches Pferd und besprungen von einem gallizischen Esel. Als Sprichwort nicht belegt.

### Seite 144

**Cava Baja ... Chamberí ... Zarzuela** – Anspielung auf die für die *Zarzuela* (die spanische Operette) charakteristische Figurentypologie.

**Murillo** – Bartolomé Esteban Murillo (Sevilla 1618 – 1682), spanischer Maler, der unter dem künstlerischen Einfluß der holländischen Malerei (van Dyck, Rubens) stand. Er ist bekannt für seine mädchenhaften Madonnenbilder.

Seite 146

*Junta* – Gemeint ist die sogenannte *Verteidigungsjunta*, die von Casado im Frühjahr 1939 gegründet wurde. Siehe auch Anm. zu Casado, Seite 9.

Seite 149

*Pasionaria* – Siehe Anm. zu Dolores, Seite 81.

**Stepanov** – Ein bulgarischer Kommunist, der wahrscheinlich schon 1934 nach Spanien kam, bekannt auch als Lebedev oder Stepan. Er war einer der Hauptvertreter der Komintern in Spanien.

Seite 150

**Togliatti** – Palmiro Togliatti (1893–1964) (auch ›Ercole Ercoli‹ und ›Alfredo‹) kam 1937 nach Spanien. Der Führer der Italienischen Kommunistischen Partei im Exil übernahm in der Spanischen Kommunistischen Partei die Aufgabe eines Strategiechefs. In den letzten Kriegswochen hatten er und *La Pasionaria* den stärksten Einfluß innerhalb der Partei. Togliatti verließ Spanien am 18. März 1939 mit anderen kommunistischen Führern.

**Diego de Torres … Schlacht von Alcazarquivir** –

**Diego de Torres** (Amusco, Prov. Valencia? – 1585) stand im Dienst der Könige von Portugal Juan III. (1521–1557) und Sebastian (1557–1578). Er lebte als königlicher Beauftragter zehn Jahre in Nordafrika. Während dieser Zeit führte er eine Art Tagebuch, das seine Witwe Isabel de Quijada 1585 in Sevilla herausgab. Als *Relación* bekannt, gelten diese Aufzeichnungen von Diego de Torres heute als eine der wichtigsten Quellen über die Geschichte Marokkos im 16. Jh.

**In der Schlacht von Alcazarquivir** (nahe Tanger, Marokko), die der König Sebastian von Portugal und sein Verbündeter, der Anwärter auf den marokkanischen Thron, Muhammad-al-Mutawakkil, gegen den Sultan 'Abd al-Malik (4. August 1578) führten, fielen alle drei Fürsten. Die Schlacht wurde zugunsten des Sultans entschieden.

**Francisco de Aldana** – (Königreich Neapel? 1537 – Alcazarquivir, Marokko, 1578), spanischer Dichter. Er starb in der Schlacht bei Alcazarquivier an der Seite von König Sebastian von Portugal. Aldana hinterließ eine höchst originelle Lyrik sowie einige zur Mystik tendierende Versbriefe.

Seite 152

**Pirandello** – Luigi Pirandello (Agrigent 1867 – Rom 1936), italienischer Schriftsteller und Literaturnobelpreisträger.

Seite 153

**Schlacht am Jarama** – Die Schlacht am Jarama, einem Nebenfluß des Tajo, südöstlich von Madrid fand im Februar 1937 statt. Unter großem Einsatz der Internationalen Brigaden gelang es, die nationalistischen Truppen daran zu hindern, die Straße Madrid-Valencia einzunehmen. Auf beiden Seiten starben jeweils ca. 10.000 Menschen.

**nach Frankreich, mit der katalanischen Armee** – Nachdem am 28. Januar Katalonien in die Hände der Nationalisten gefallen war, flohen Tausende von Menschen gemeinsam mit dem besiegten republikanischen Heer Kataloniens nach Frankreich.

**Leganés** – Ein Psychiatrisches Krankenhaus im südwestlich gelegenen Madrider Außenbezirk Leganés.

Seite 155

**Fernando de los Ríos** – (Ronda 1879 – New York 1949), spanischer Politiker und Professor für Rechtswissenschaften an der Universität Madrid. Er gehörte dem Vorstand der PSOE (siehe Anm. zu Seite 15) an. In den verschiedenen Regierungen der 2. Republik hatte er mehrmals Ministerposten inne, u.a. Justiz, Bildung. 1945 – 1947 war de los Ríos Außenminister im Exil.

**radikale Partei** – Die *Radikale Republikanische Partei* wurde 1908 von Alejandro Lerroux (La Rambla, Córdoba, 1864 – Madrid 1949) gegründet. Die Partei fand großen Anklang unter dem Kleinbürgertum und teilweise unter den Arbeitern. Sie wurde 1936 aufgelöst.

**Pablo Iglesias** – (El Ferrol 1850 – Madrid 1925), Politiker und Führer des spanischen Sozialismus; von Beruf Setzer. Er war Gründer der PSOE (siehe Anm. zu Seite 15), Mitbegründer der UGT (siehe Anm. zu Seite 64) und Leiter des ab 1886 erscheinenden Organs der PSOE, der Zeitung *El Socialista*. Er wurde 1910 als erster Sozialist Abgeordneter im spanischen Parlament.

### Seite 156

***Der gute Heilige Manuel, der Märtyrer*** – Roman von Miguel de Unamuno (1933). Der Autor gibt sich als der Herausgeber der Memoiren von Angelina Carballino aus, die über ein Geheimnis des Dorfpfarrers Manuel Bueno, der seliggesprochen werden soll, berichtet. Nach Angelina Carballino war es dem Pfarrer unmöglich, an die Unsterblichkeit der Seele und an Gott zu glauben, nur seiner Gemeinde gegenüber verkündet er den Glauben. In einem Gespräch mit Angelinas Bruder, der ihm Verrat an der Wahrheit vorwirft, verteidigt er sein Verhalten mit dem Argument, die Wahrheit sei manchmal etwas Unerträgliches. Einfache Leute könnten nicht mit ihr leben.

**Unamuno** – Miguel de Unmauno (Bilbao 1846 – Salamanca 1936), Essayist, Romancier, Lyriker, Dramatiker und Philosoph. Er war Professor für Griechisch und Rektor der Universität Salamanca. Unamuno zeigte zunächst Sympathien für die Aufständischen. Aber im November 1936, einen Monat vor seinem Tod, wurde er seines Amtes enthoben, da er sich in einer denkwürdigen Rede in der Universität öffentlich und in Anwesenheit ranghoher Militärs für die Republik ausgesprochen hatte.

### Seite 158

**FAI** – *Federación Anarquista Ibérica*. Diese radikale anarchistische Organisation wurde 1927 im Untergrund gegründet. Sie versuchte zu verhindern, daß die CNT (siehe Anm. zu Seite 36) den Weg des echten Anarchismus verließ. Die FAI hatte vor allem Anfang der dreißiger Jahre einen starken Einfluß auf die CNT, besonders über Verteidigungskomitees der CNT sowie die Vereine in Stadtteilen und Unternehmen.

**November '36 ... ›No pasarán‹** – Im November 1936 erreichten die Kämpfe um die Stadt Madrid ihren Höhepunkt. ›No pasarán‹ spanisch: ›Sie werden nicht durchkommen‹. Siehe auch Anm. zu Dolores, Seite 81.

Seite 160

*Mundo Obrero* – Zeitung, die seit Beginn des Bürgerkriegs zum wichtigsten Sprachrohr für die Kommunisten und ihre Sympathisanten wurde. Am 23. Februar 1939, knapp zwei Wochen nach dem Handlungszeitraum dieses Romans, wurde *Mundo Obrero* von Segismundo Casado (siehe Anm. zu Seite 9) verboten.

Seite 169

**das Jahrhundert des Friedens … München** – Der konservative Premierminister Arthur Neville Chamberlain gab 1938 den Forderungen Hitlers in dem Glauben nach, dadurch einen Krieg in Europa zu verhindern. Am 29. September 1938 wurde in München ein Abkommen zwischen dem Deutschen Reich, Großbritannien, Italien und Frankreich unterzeichnet, durch das die überwiegend von Deutschen bewohnten Grenzgebiete Böhmens (Sudetengebiete) an das Deutsche Reich abgetreten wurden und das eine Garantie der Unterzeichnerstaaten für den Bestand der Rest-ČSR vorsah. Durch die Erfüllung der Forderungen Hitlers schien die Kriegsgefahr zunächst beseitigt. In Wirklichkeit betrachtete Hitler die Angliederung der Sudetengebiete lediglich als eine Etappe auf dem Weg zur Zerschlagung der ČSR.

Seite 171–173

**»Arbeiter Spaniens … Pflichten nicht erfüllen.«** – Vollständiger Text des *Casado-Manifestes*, das der Anarchist José García Pradas (siehe Anm. zu Seite 36) verfaßt hat.

Seite 175

**Rodríguez Vega … Edmundo Domínguez** – José Rodríguez Vega, Generalsekretär der UGT. Edmundo Domínguez wurde im September 1937 zum Vizepräsidenten der gesamten zweiundvierzig UGT-Verbände gewählt. Beide waren zunächst auf Seiten Negríns.

Seite 175–176

**»Die von mir … grüßt Sie, *Negrín*.«** – Oberst Hidalgo de Cisneros (siehe Anm. zu Seite 132) schickte tatsächlich per Fernschreiber eine von Negrín verfaßte und unterzeichnete Mitteilung an die *Verteidigungsjunta* in Madrid, um einen Kompromiß zwischen Negrín (siehe Anm. zu Seite 9) und Casado (siehe Anm. zu Seite 9) zu erreichen.

## Seite 177

**Trifón Gómez** – Sozialist, Mitglied der PSOE-Führung (siehe Anm. zu Seite 15), Parlamentsabgeordneter und Generalintendant der Republik.

**Henche** – Rafael Henche de la Plata, Mitglied der PSOE, war der Bürgermeister von Madrid.

## Seite 179

**Emilio Castelar** – Emilio Castelar y Ripoll (Cádiz 1832 – San Pedro del Pinatar, Prov. Murcia, 1899), spanischer Schriftsteller und Politiker, seit 1869 Abgeordneter der Cortes (des spanischen Parlaments). Während der 1. Republik (1873 – 1874) war er Außenminister, später Ministerpräsident. In der Restaurationszeit unter Alfons XII. (1875 – 1885) vertrat er im Parlament einen eher konservativen Republikanismus. Castelar war als einer der hervorragendsten Redner seiner Zeit bekannt.

## Seite 180

**Wohlstand, Brüderlichkeit, Fortschritt** – *La Prosperidad, La Fraternidad, El Progreso* waren drei gegen Ende des 19. Jhs. gegründete Arbeiterkooperativen. Sie erlebten ihre Blütezeit in den Jahren zwischen den zwei Weltkriegen.

**Der Vinalopó** – Ein nicht allzu wasserreicher Fluß nahe der Stadt Elda. Die ganze Region wird Vinalopó genannt, Elda ist die Kreisstadt (siehe auch Anm. zu Seite 9).

**Der Petrel** – Ein kleiner Ort an den Ausläufern der Sierra de Carrascal im Vinalopó-Tal.

**Allioli** – Soße aus Knoblauch und Olivenöl.

## Seite 183

**Coppelia** – Ballett des französischen Komponisten Léo Delibes (1870).

Seite 185

**Antonio Pérez** – Mitglied der UGT. Er hatte am 5. März 1939 in der von Casado gegründeteten *Verteidigungsjunta* (siehe Anm. zu Casado, Seite 9) das Amt des Arbeitsministers inne.

**Augusto Fernández** – Radiosprecher. Er verlas jeden Abend den offiziellen republikanischen Kriegsbericht im Sender *Unión Radio*.


Seite 187

**Talleyrand** – Charles Maurice de Talleyrand (Paris 1754–1838), aufgrund seiner herausragenden diplomatischen Fähigkeiten einer der berühmtesten Staatsmänner Frankreichs und seiner Zeit.


Seite 194

**Schüler von Mongrell** – José Mongrell (Valencia 1870 – Barcelona 1937), spanischer Maler, gehörte zum Umkreis der Intellektuellen, der als »Generation von 1898« (siehe Anm. zu Seite 139) bekannt war. Er bevorzugte die Darstellung historischer Themen.

**Las Delicias** – Ein Stadtviertel im Zentrum von Madrid.

**Calle de Atocha** – Eine belebte Straße im Zentrum Madrids.


Seite 195

**Neuen Ministerien** – Die Gebäudeblöcke der neuen Ministerialgebäude befanden sich auf der Westseite der Castellana zur Bravo Murillo im Stadtviertel Chamartín.

**Girón** – José Antonio Girón, kommunistischer Führer, wurde am frühen Morgen des 6. März 1939 von Sozialisten festgenommen. Zwei Jahre nach dem Ende des Krieges wurde er erschossen.


Seite 196

**Las Ventas** – ein Stadtviertel im Osten von Madrid, nahe dem Ostfriedhof.


Seite 206

**Puerta del Sol** – Berühmtester Platz in der Altstadt von Madrid. Dort befand sich das Zentralkommissariat *(Comisaría del Centro)*, in der Wenceslao Carrillo als Polizeidirektor sein Amtsbüro hatte, bis er von Casado (siehe Anm. zu Seite 9) zum Innenminister ernannt wurde.

**POUM** – Diese Partei *(Partido Obrero de Unificación Marxista)* wurde 1935 von zwei ehemaligen Kommunisten, Joaquín Maurín und Andrés Nin gegründet. Die Partei orientierte sich am Trotzkismus, folgte aber auch anarchistischen Ideen. Die POUM geriet oft in Konflikt mit der PCE (Kommunistische Partei Spaniens). Viele Mitglieder der POUM waren Opfer der brutalsten Repressionen des stalinistischen Geheimdienstes während des Bürgerkrieges, unter anderen Andrés Nin (1937).

**Teresa Guerrero** – Eine zentrale Figur aus *Blutiges Spiel*, dem dritten Band des *Magischen Labyrinths*. Sie ist Schauspielerin in Barcelona und eine Spionin gegen die Republik, die in republikanischen Intellektuellen- und Künstlerkreisen verkehrte. Julián Templado, der sich von ihr wie von Lola Cifuentes (siehe Anm. zu Seite 91) angezogen fühlte, ging in eine von ihr gestellte Falle.

**»Ein Bombardement erlaubt kein Mittelmaß«** – Zitat aus *Blutiges Spiel*, dem dritten Band des *Magischen Labyrinths*. Eigentlich wird diese Aussage in den Mund von Mariquilla, einer Geliebten von Julián Templado gelegt. Allerdings kann man die Aussage Mariquillas zugleich als eine sich selbst erfüllende Prophezeiung für die Beziehung zwischen Templado und Lola Cifuentes interpretieren, die kurz darauf ihren Anfang nimmt.

**Don Fernando, Don Bernardo** – Gemeint sind Fernando de los Ríos (siehe Anm. zu Seite 155) und Bernardo Giner de los Ríos (siehe Anm. zu Seite 9).

**Sarabia** – Juan Hernández Sarabia (oder Saravia), ein republikanischer General.

**Miguel Villanueva** – Spanischer Politiker; ehemaliger Minister unter Alfons XIII. Er gehörte zu den sogenannten Konstitutionalisten (siehe Anm. unten).

die **Regierung von Berenguer** – General Dámaso Berenguer (Cuba 1878 – Madrid 1953) übernahm nach dem Rücktritt Miguel Primo de Riveras (siehe Anm. zu Seite 48) die Regierung (30. Januar – Anfang Februar 1931).

**Die Konstitutionalisten** – Bezeichnung für eine Reihe von konservativen Politikern der Monarchie, die für eine Liberalisierung der spanischen Verfassung plädierten. Sie standen der Diktatur von Primo de Rivera (siehe Anm. zu Seite 48), der mit Unterstützung von König Alfons XIII. an die Macht kam, oppositionell gegenüber und erlangten zunehmend politischen Einfluß. 1929 verfaßten die Konstitutionalisten ein Manifest, das die Vertreibung von Alfons XIII. sowie die Einberufung einer gesetzgebenden Versammlung vorsah, die über die künftige Regierung Spaniens entscheiden sollte.

## Seite 216

**Juan José Domenchina** – (Madrid 1898 – Mexiko 1959), Schriftsteller. Er verkehrte mit den Künstlern und Intellektuellen der sogenannten »Generation von 1927«, zu der u.a. García Lorca und Luís Buñuel gehörten. Während des Krieges war er persönlicher Sekretär von Manuel Azaña.

*Las Meninas* – Ursprünglich: *Die Familie Philipps IV.*; ein 1656 entstandenes Gemälde von Diego Velázquez de Silva (1599 – 1660). Es gilt als einer der Höhepunkte spanischer Malerei.

## Seite 221

**1934 ... Generalstreik** – Nach den Wahlen von 1933 und dem Rechtsruck in der Regierung kam es aufgrund der rapide angestiegenen Arbeitslosigkeit auf dem Lande bereits Juni 1934 zu einem Generalstreik der Bauern und Landarbeiter in Andalusien, Extremadura, in Valencia, Toledo und einigen anderen Provinzen. Die linken Organisationen, Gewerkschaften und Parteien verhielten sich gegenüber dem Streik sehr uneinheitlich. Man fürchtete in erster Linie unkalkulierbare Repressionsmaßnahmen von seiten der neuen Regierung. In den Städten schloß man sich diesem Streik daher nicht an. Allerdings führte der Streik der Bergarbeiter in Asturien schon wenige Monate später (Oktober 1934) zu einem ausgedehnten Streik der Industriearbeiter.

Seite 222

**Wer kein Freimaurer ist** – Seit der Mitte des 19. Jhs. gab es auch in Spanien, vornehmlich unter den liberal gesinnten Handwerkern und Intellektuellen, eine Freimaurer-Tradition.

Seite 223

**als Sanjurjo 1932 putschte** – José Sanjurjo (Pamplona 1872 – Estoril, Portugal 1936) nahm am Kubakrieg (1894 – 1898) und mehrmals am Marokko-Krieg teil. 1925 – 1928 war er Generalkommissar des in Afrika stationierten spanischen Heeres. Als entschiedener Gegner der Republik unternahm er 1932 mit Hilfe einiger Offiziere und karlistischer Führungskräfte einen Putschversuch gegen die republikanische Regierung, der mißlang. Das Todesurteil gegen Sanjurjo wurde von Azaña in eine lebenslängliche Haftstrafe abgemildert. 1936 sollte er die Führung der aufständischen Generäle übernehmen, starb aber bei einem Flugzeugunglück.

**1917 gereicht** – Julián Besteiro hatte am 27. März 1917 gemeinsam mit anderen Mitgliedern der UGT und CNT ein Manifest unterzeichnet, das unter Androhung eines Generalstreiks eine grundlegende Veränderung der Gesellschaft sowie die Verbesserung der Lebensbedingungen für das gesamte Volk forderte. Die Regierung – damals unter dem liberalen Grafen Romanones – hob daraufhin die von der Verfassung garantierten Bürgerrechte auf, ließ die Arbeiterzentren schließen und alle Unterzeichner des Manifests festnehmen.

**José del Río** – Mitglied der Republikanischen Partei und Bildungsminister der *Verteidigungsjunta*. Siehe Anm. zu Casado, Seite 9.

**›Gesandten Mr. Stevenson‹** – Sir Ralph Stevenson, der Gesandte des britischen Außenministeriums und der französische Botschafter Henry sowie Juan Negrín (siehe Anm. zu Seite 9) und Álvarez del Vayo (siehe Anm. zu Seite 42) trafen am 2. Februar 1939 in Figueras zusammen, um über die Bedingungen für eine rasche Beendigung des Krieges zu verhandeln. Stevenson und Henry übten erheblichen Druck auf die beiden Politiker aus, obwohl abzusehen war, daß Franco die Hauptbedingung für die Friedensverhandlung, nämlich von jeglichen Repressalien gegenüber den Verlierern abzusehen, nicht erfüllen würde.

**Mr. Cowen** – Eigentlich Denys Cowan. Er war von der englischen Regierung offenbar vorrangig damit beauftragt, sich um den Austausch und Schutz von Flüchtlingen zu kümmern. Der britische Konsul hieß Goodden. Nach britischen Archivdokumenten trafen sich Cowan und Casado am 16. und am 20. Februar 1939. Negrín verweigerte sich mit dem Argument, Cowan sei kein offizieller Vertreter der britischen Regierung.

Seite 224

**Checa** – Pedro Checa, Mitglied der Spanischen Kommunistischen Partei (PCE), hatte im Sommer 1937 mit anderen Parteimitgliedern sowie Mitgliedern der PSOE ein Programm für die Schaffung der Kriegsindustrie, den Erhalt der öffentlichen Ordnung, die Stärkung der Volksfront sowie die Zusammenarbeit mit den Jugendorganisationen und dem Ausland erarbeitet. Checa und andere vom *Nationalen Verteidigungsrat* festgenommene Kommunisten wurden am 11. März 1939 wieder freigelassen.

Seite 226

*Escuela Moderna* ... **Francisco Ferrer** –

Francisco Ferrer Guardia (Alella, Barcelona, 1859 – Barcelona 1909) Politiker und Pädagoge. Er gründete 1901 die *Escuela Moderna* in Barcelona, eine laizistische, koedukative Schule, in der versucht werden sollte, das Potential eines jeden Kindes ohne Konkurrenzdenken zu fördern. 1906 wurde die Schule in Barcelona per Dekret geschlossen. Ferrer wurde des Attentatsversuches auf Alfons XIII. angeklagt, 1907 aber für unschuldig erklärt. Als angeblicher Anstifter einer blutig niedergeschlagenen Revolte gegen den Marokko-Krieg (sogenannte *Tragische Woche*) wurde er von einem Militärgericht zum Tode verurteilt und am 9. November 1909 in Montjuich erschossen. Auch in anderen Städten gab es diese Schule. So hatte der junge Max Aub in Valencia die *Escuela Moderna* besucht.

**Blasco Ibáñez** – Vicente Blasco Ibáñez (Valencia 1867 – Menton 1928), Romancier und von Jugend an militanter Republikaner. Er gründete die in Valencia erscheinende Tageszeitung *El Pueblo*. Blasco Ibánez wurde in Valencia, der Region mit der sein Werk eng verbunden ist, sehr verehrt.

**Torres de Cuarte** – So heißen die zwei Türme eines der alten Stadttore im heutigen Zentrum von Valencia. Sie wurden teilweise als Gefängnis benutzt.

**Salvador Giner** – (Valencia 1832–1911), spanischer Komponist, hauptsächlich bekannt durch seine symphonischen Dichtungen mit volksmusikalischen Elementen, seine Zarzuelas (die spanische Operette) und Opern.

Seite 228

**Burjasot** – Die kleine Stadt Burjasot liegt nordwestlich von Valencia.

*L'entrá de la murta* – Eine Komposition von Salvador Giner (siehe Anm. oben). Valencianisch; eigentlich Bezeichung für einen Zug von blumen- und girlandengeschmückten Pferdekarren, von denen aus Myrtenzweige auf die Zuschauer an den Straßenrändern geworfen werden. Dies ist in den Dörfern der Region Valencia insbesondere an religiösen, aber auch anderen Festen ein üblicher Brauch. In der spanischen Hochsprache müßte der Titel lauten: *La entrada de la murta*.

*Llágrima* – Katalanisch bzw. valencianisch: Träne.

Seite 229

**Venus von Kyrene** – Es handelt sich um eine Marmorstatue, die man bei den Ausgrabungen der griechischen Stadt Kyrene gefunden hat. Sie stammt aus dem 3. Jh. v. Chr. Es handelt sich vermutlich um die Nachahmung einer Skulptur von Praxiteles (att. Bildhauer des 4. Jhs. v. Chr.) Die Statue befindet sich heute im Thermenmuseum, Rom.

Seite 230

**Malvarrosa** – Stadtteil von Valencia, der direkt am Meer liegt. Zusammen mit El Cabanyal bildet er das nördliche Hafenviertel der Stadt. Der Strand der Malvarrosa war ein beliebtes Ausflugsziel.

Seite 231

**Toral** – Toral war ein kommunistischer Offizier. Er leitete Ende Dezember 1938 eine Artillerietruppe während der Kämpfe um

Extremadura; im März 1939 gehörte Toral zu den Führungs-
offizieren der östlichen Heeresverbände, die gegen Casados Politik waren (siehe Anm. zu Seite 9).

**Ortega** – Francisco Ortega, Oberst der republikanischen Armee,
Mitglied der Kommunistischen Partei.

## Seite 232

**Barceló, Ortega und Bueno** –

**Luis Barceló**, Oberst der republikanischen Armee, Mitglied der
Kommunistischen Partei.

**Francisco Ortega**, siehe Anm. oben.

**Bueno**, Oberstleutnant der republikanischen Armee, Mitglied
der Kommunistischen Partei.

## Seite 233

**Ángel Pedrero** – Ángel Pedrero García wurde 1937 Chef des SIM
in Madrid. Er hatte sich bereits vor der Gründung des SIM in
der Gegenspionage hervorgetan.

**Salgado** – Manuel Salgado, Mitglied der CNT (siehe Anm. zu Seite
36). Er leitete zu Beginn des Bürgerkrieges die sogenannte *bri-
gada de servicios especiales* (Brigade für besondere Dienste) des
Kriegsministeriums.

## Seite 234

**Gómez Osorio** – José Gómez Osorio war Zivilgouverneur von
Madrid und Mitglied der PSOE.

## Seite 236

**Martínez Barrio** – Diego Martínez Barrio (Sevilla 1883 – Paris
1962). Mitglied der ersten Übergangsregierung der 2. Republik
und Mitglied der *Partido Republicano Radical (Radikale Republikanischen Partei)*. Im Frühjahr 1933 für kurze Zeit Regie-
rungspräsident. Martínez Barrio distanzierte sich von der immer
stärker nach rechts rückenden Partei sowie von ihrem Führer
Alejandro Lerroux. Er gründete die *Partido Radical-Demo-
crático (Radikale Demokratische Partei)* und später die *Unión
Republicana*. Er blieb ein Politiker der Mitte; war aber den
demokratischen Idealen der Republik stets treu.

**dank ... der Internationalen Brigaden** – Die Internationalen Brigaden waren auf Anregung der Kommunistischen Internationale
entstanden. Sie bestanden aus Freiwilligen aus aller Welt, und
zwar Kommunisten wie Nichtkommunisten. Ihre Organisation,
Disziplin, vor allem aber ihr oft idealistisches Engagement beim
Kampf gegen den Vormarsch des Faschismus verliehen ihnen
eine nahezu beispiellose Kraft. Sie kämpften an fast allen Fronten; ihr Einsatz bei der Verteidigung Madrids (1936) war entscheidend. Ab November 1938 wurden die Internationalen
Brigaden auf Anregung von Negrín (siehe Anm. zu Seite 9) aufgelöst; ihr Rückzug wurde vom Völkerbund überwacht.

**Joffre und Miaja** –

**Joseph Jacques Césaire Joffre** (Rivesaltes 1852 – Paris 1931),
französischer Marschall (seit 1916) und Chef des Generalstabs
(ab 1911). Während des 1. Weltkrieges war er Oberbefehlshaber
an der Nord- und Nordostfront und führte die Wende an der
Marne herbei; ab 1915 war er Oberbefehlshaber aller französischen Truppen; er wurde jedoch wegen mangelnder militärischer
Erfolge knapp ein Jahr später von Neville abgelöst. Joffre trug
einen Schnurbart.

**Miaja,** siehe Anm. zu Seite 9.

**General Riego ... Prim** –

**Riego,** siehe Anm. zu Seite 75.

**Juan Prim y Prats** (Reus 1814 – Madrid 1870), spanischer Politiker und General. Er war Mitglied der *Partido Progresista*, der
Progressiven Partei (eine radikal-liberale Partei); nur für kurze
Zeit wechselte er in die *Unión Liberal*, (eine Partei der Mitte).
Er hatte verschiedene wichtige Posten als Militär und Politiker
inne (u.a. auch in Puerto Rico, Mexiko und in Marokko). Als
General führte er 1868 die Militärrevolte gegen die Regierung
von Isabella II. an. Die Revolte scheiterte. In der Folgezeit mach-
te sich Prim für den liberal erzogenen Amadeo de Saboya als
König von Spanien stark. Prim wurde Opfer eines Attentats von
Rechts.

*Don Juan Tenorio* – Versdrama von José Zorrilla y Moral (1817 –
1893). Es ähnelt zum Teil dem Drama *Der Steinerne Gast* von
Tirso de Molina (1571–1648), die wohl bekannteste Bearbei-
tung des Don Juan-Stoffes. Zorrilla fügt allerdings in sein Stück
neue Motive ein, etwa einen Gegenspieler von Don Juan sowie
dessen Bekehrung durch die Liebe der jungen und unschuldigen
Doña Inés de Ulloa. *Don Juan Tenorio* wurde alljährlich am
1. November aufgeführt.

**»Und diese Uhr ... nicht mehr?«** – Aus: *Don Juan Tenorio*, Zwei-
ter Teil, Dritter Akt. Es sprechen Don Juan und die Statue des
Komturs von Calatrava, Don Gonzalo de Ulloa, der Vater von
Dona Inés.

**Am 19. Juli, auf dem Campo de la Bota** – Am 19. Juli 1936, einen
Tag nach der Militärrevolte, die von Melilla (Marokko) das
spanische Mutterland erfaßte, fanden die intensivsten Gefechte
gegen die aufständischen Militärs in Barcelona statt. Der Stadt-
teil Campo de la Bota, das sogenannte ›Barackenviertel‹, liegt im
Nordosten Barcelonas, nahe der Mündung des Flusses Besós.
Während des Bürgerkriegs sowie in der Zeit danach fanden dort
Hinrichtungen statt.

**Der Tag ... Goded** – General Manuel Goded (San Juan de Puerto
Rico 1882 – Barcelona 1936), gehörte zu den Putschisten von
Melilla. Er führte die aufständischen Truppen im Kampf um
Barcelona an. Am 19. Juli 1936 wurde Goded gefangengenom-
men und Anfang August von einem Militärgericht zum Tode ver-
urteilt. Er wurde in Barcelona erschossen.

**Eugenio Hermoso** – (Fregenal de la Sierra, Prov. Cáceres, 1884 –
Madrid 1963), spanischer Maler. Er arbeitete in Sevilla und
Madrid.

**Moreno Carbonero** – José Moreno Carbonero (Málaga 1860 –
Madrid 1942), spanischer Maler. Er bevorzugte die historizisti-

sche Malerei, malte aber auch Portraits (u.a. von Alfons XIII.) und literarische Motive, (z.B. Szenen aus *Don Quijote*). Sein Stil weist zum Teil impressionistische Züge auf.

### Seite 256

**Molina Conejero** – Manuel Molina Conejero, Mitglied der PSOE, war Zivilgouverneur der Provinz Valencia.

### Seite 259

**Pérez Gazolo** – Eigentlich Gaszolo, Oberst des Generalstabs unter Casado, wurde von Männern der VIII. Division erschossen.

### Seite 260

**Der *Gabacho*** – In der Umgangssprache geringschätzende Bezeichnung für Franzose, von okzitanisch: *gavach*, was so viel bedeutet wie Kropf der Vögel, Tiermagen und in einem übertragenen Sinn »ungehobelter Bergbewohner«.

### Seite 261

***Estampa? ... Falange ... Arriba España*** – Falangistische Zeitungen. Falange, siehe Anm. zu Seite 28.

### Seite 310

**In dieser verräterischen Welt** – Vollständig: *En este mundo traidor, nada es verdad ni es mentira, / todo es según el color del cristal con que se mira.* Deutsch: *In dieser verräterischen Welt gibt es weder Wahrheit noch Lüge, / denn alles hat die Farbe des Glases, durch das man die Dinge betrachtet.* Verse des spanischen Schriftstellers Ramón de Campoamor (1871–1901). Sie entstammen seiner Fabelsammlung *Las Fábulas*, vermutlich der Fabel *Las dos Linternas (Die zwei Laternen)*. Der Wortlaut ist angelehnt an *Todo es verdad y todo es mentira (Alles ist wahr und alles ist Lüge)*, ein Theaterstück von Calderón.

## Nachwort

Die Verräter sind unter uns
Max Aubs *Die Stunde des Verrats*


Scheitern kann so banal sein: »Anscheinend wollen sie von nichts anderem etwas wissen als von der bedingungslosen Kapitulation«, erklärt Oberst Segismundo Casado seinem Mit-Putschisten, dem Sozialisten Julián Besteiro. Man schreibt den 13. März 1939. Eine Woche zuvor haben sich die beiden gegen die republikanische Regierung Negrín erhoben, haben einen Bruderkampf zwischen den Parteien der Volksfront ausgelöst, aus der Überzeugung heraus, allein sie könnten Franco ein Friedensabkommen abringen. Diese Illusion ist nun zerplatzt, und Max Aub konstatiert ihr Scheitern im kürzesten Kapitel des Romans: auf fünf Zeilen.

Der Handlungsspielraum der Republikaner war im Winter 1939 allerdings nicht mehr groß: Nach der Niederlage in Katalonien, das am 28. Januar vollständig von Franco besetzt worden war, hatte die Regierung Negrín von Toulouse aus versucht, über englische Emissäre mit Franco in Verhandlungen über die Einstellung der Kämpfe einzutreten – vergeblich. Daraufhin war Ministerpräsident Juan Negrín ins belagerte Madrid zurückgekehrt, um den Widerstand neu zu organisieren: Wenn Franco einen würdigen Frieden ausschloß (der minimale Rechtssicherheit für Republikaner und die Möglichkeit der Ausreise vorgesehen hätte), dann mußte der Kampf so lange weitergehen, bis der große europäische Krieg zwischen den faschistischen und den demokratischen Mächten losbrechen würde; denn spätestens dann, so die Überzeugung Negríns, würden England und Frankreich der Republik endlich Unterstützung gewähren. Diese Haltung wurde jedoch nur noch von den Kommunisten unterstützt, während Anarchisten und Teile der in sich gespaltenen Sozialisten eher der Überzeugung Oberst Casados folgten, wonach in erster Linie die Persönlichkeit Negríns und die Regierungsbeteiligung der Kommunisten den Friedensverhandlungen im Weg standen: Mit Casado, einem Militär, der eine Junta ohne Kommunisten repräsentieren sollte, wäre demnach ein Ende des sinnlosen Blutvergießens möglich. In der Nacht zum 6. März ergriffen Casado und Besteiro mit dem Ruf nach sofortigem Frieden die Macht, und obwohl Negrín, der auf zahlreiche treue Armeeverbände hätte zurückgreifen können, sich zurückzog, kam es in der Hauptstadt zu blutigen Kämpfen zwischen den einst verbündeten republikanischen Kräften. Nach einer Woche hatten Casados Leute Madrid zwar in ihrer Gewalt, aber das entscheidende Ringen um die Anerkennung als Verhandlungspartner durch Franco war vergeblich: »Anscheinend wollen sie von nichts anderem etwas wissen als von der bedingungslosen Kapitulation.« Von nun an konnte es nur noch darum gehen, die Übergabe Madrids technisch abzuwickeln und möglichst viele Flüchtlinge aus dem Land herauszubekommen – wovon Aub in den beiden letzten Bänden des *Magischen Labyrinths* erzählt.

Zwölf Jahre lagen zwischen der Veröffentlichung des dritten Bandes des *Magischen Labyrinths* und dem vierten Band *Die Stunde des Verrats*, die größte Lücke im Erscheinungszyklus der Romanserie. Dafür gibt es mehrere Gründe: Ursprünglich hatte Aub bereits im vierten Band von den verzweifelten Republikanern schreiben wollen, die wenige Tage vor Kriegsende in Almería auf Rettung durch französische oder englische Schiffe hofften. Doch schon die Recherchen und später die Niederschrift der ersten Kapitel, die Vicente

Dalmases Vorbereitungen zur Flucht aus Madrid Richtung Küste schildern sollten, wuchsen so stark an, daß er sich entschloß, sie zu einem eigenen Roman auszubauen: eben *Die Stunde des Verrats*, der 1963 erschien. Die Erzählung der letzten Tage Almerías stand dann im Mittelpunkt des 1968 veröffentlichten sechsten Bandes *Bittere Mandeln*. Die Fülle des Materials (in keinem der bisherigen Romane waren so viele Figuren der Zeitgeschichte aufgetreten), das Aub eng mit seinem selbst geschaffenen fiktionalen Rahmen verweben wollte (häufiger als in den vorherigen Büchern begegnet der Leser bereits bekannten Figuren), verzögerte den Schaffensprozeß enorm, zumal Aub zeitweise an beiden Büchern parallel schrieb.

Vor allem aber kam hinzu, daß sich Max Aubs Auffassung von seiner Arbeit als Schriftsteller allmählich gewandelt hatte. Seit Ende der 30er Jahre kreiste sein Schreiben fast ausschließlich um die spanische Katastrophe, und noch 1946 hatte er in einem Nachwort erklärt: »Ich glaube, ich habe noch nicht das Recht, über das, was ich sah, zu schweigen, um das zu schreiben, was ich erfinde.« In den 50er Jahren nun gestattete er es sich, vermehrt Prosa zu schreiben, die sich nicht unmittelbar mit dem Thema Bürgerkrieg beschäftigte. Er knüpfte an die spielerischen und experimentellen Anfänge seines vor dem Bürgerkrieg entstandenen Frühwerks an und feierte beispielsweise mit *Jusep Torres Campalans* (1958, deutsch 1997), der fiktionalen Biographie eines von Picassos engsten Malerfreunden, einen beachtlichen Erfolg in Mexiko und wenig später in den USA. Und noch zwei weitere große Romane jenseits des Magischen Labyrinths erschienen in diesen Jahren, *Die besten Absichten* (1954, deutsch 1996) und *Die Calle de Valverde* (1961): Beide spielen in den 20er Jahren in Madrid und erzählen gewissermaßen die Vorgeschichte des Bürgerkrieges. Besonders eng sind die Bezüge zwischen *Die Calle de Valverde* und *Die Stunde des Verrats*. Mehrere Figuren, etwa der kautzige sozialistische Schriftsetzer Fidel Muñoz oder der wirre Spiritist Don Manuel treten in beiden Büchern auf, und auch das Konstruktionsprinzip der beiden Romane ist sehr ähnlich: Sie bestehen aus sieben Kapiteln, in denen jeweils eine Gruppe von Personen im Vordergrund steht, wobei eine der Figuren wiederum Teil der Personengruppe des folgenden Kapitels ist; im Verlauf der Lektüre entsteht so ein Netz miteinander verknüpfter Personenkreise, das dem Roman auch ohne eine integrierende Hauptfigur inneren Zusammenhalt sichert.

Bis kurz vor der Veröffentlichung hatte Aub den Roman *Los traidores, Die Verräter* nennen wollen. Seit ihn Anfang der 40er Jahre der Verrat eines Landsmanns in ein französisches Konzentrationslager gebracht hatte, ließen ihn die menschlichen Facetten dieses Phänomens nicht mehr los. Doch am Ende bekam der Roman den Titel *Campo del Moro* (den die Anmerkung zum Motto des Romans auf Seite 319 erklärt), der damit wie alle anderen der Serie das Wort »campo« enthält. *Die Verräter* hätte allerdings auch gut gepaßt: Anders als in den vorherigen Romanen, in denen Verrat vor allem als Gesprächsstoff hitziger Tertulias oder als Movens amouröser Verstrickungen auftauchte, wird Verrat nun zum beinahe unausweichlichen Makel eines jeden, der überhaupt noch handelt. Und meist ist er ein doppelter: Politisch verrät Besteiro seine sozialistischen Genossen *und* seinen Mitstreiter Casado, den er bald nach dem Putsch im Stich läßt. Die Anarchisten verraten Negrín *und* ihre besten Freunde, denn in der Nacht vor dem Putsch lügen sich sogar alte Kampfgefährten gegenseitig an. Militärisch verrät Casado seine vorgesetzten Generäle *und* seine mit dem Putsch übernommene Pflicht zur Verteidigung der Hauptstadt, wenn er Vicentes Einheit im Pardo angreifen läßt, während diese gegen Francos Truppen kämpft. Und Vicente

Dalmases verrät sowohl die Liebe Lolas, deren Aufopferung im Dienste seiner Befreiung er mit keiner Silbe anerkennt, als auch Asunción, die er entgegen seinem Versprechen allein in Valencia sitzen läßt.

Dabei wird kaum einer aus niederen Beweggründen zum Verräter, sondern weil die zunehmend ausweglose Situation in der Hauptstadt einen Druck erzeugt, dem keiner gewachsen ist. »Magisches Labyrinth«, das ist für die Figuren dieses Romans keine Metapher mehr. In den vorherigen Bänden war über unauflösbare Konflikte, letzte Entscheidungen und geheiligte Prinzipien noch wortreich diskutiert worden – in Caféhäusern fern der Front und im Glauben, daß man die Faschisten schon noch besiegen werde. Jetzt ist die Situation für jeden gleichermaßen verzweifelt, alle sitzen in der Falle Madrid, alle stellen sich der bitteren Erkenntnis, daß der Sieg unmöglich und das eigene Ende so gut wie sicher ist. Gefangen im tödlichen Labyrinth, über dessen Mauern keiner mehr hinausschaut, bleibt allen Beteiligten nur die Wahl zwischen Aktionismus oder Fatalismus: Sich Aufbäumen gegen alle Vernunft wie Casado und Besteiro, die dabei zu Verrätern werden, oder sich dem Schicksal ergeben wie etwa der Arzt Riquelme, der, den sicheren Tod vor Augen, bei seinen Patienten bleibt. In einer aus den Fugen geratenen Welt, in der man nur die Wahl hat zwischen Verrat oder Tod, überläßt Max Aub das Schlußbild einer Wahnsinnigen, jener Soledad, die, als wäre sie einem Capricho Goyas entsprungen, an einer von Granatsplittern zerfetzten Hand lutschend, den anderen beim Sterben zusieht.

Albrecht Buschmann
Mercedes Figueras

# »Max Aub ist wunderbar.«

*Elke Heidenreich*

Max Aub
**Das Magische Labyrinth I-VI**
6 Bände im Schuber
Nichts geht mehr (Band 1)
Theater der Hoffnung (Band 2)
Blutiges Spiel (Band 3)
Die Stunde des Verrats (Band 4)
Am Ende der Flucht (Band 5)
Bittere Mandeln (Band 6)
Aus dem Spanischen
von Albrecht Buschmann
und Stefanie Gerhold
Herausgegeben und kommentiert
von Mercedes Figueras
2804 Seiten · Leinen mit SU
€ 149,90 (D) · sFr 299,–
ISBN 3-8218-0738-5

Als der junge Rafael López Serrador vom Land nach
Barcelona kommt, wird gerade die Republik ausgerufen.
Vicentes Dalmases, ein Kommunist, verliebt sich beim
Ausbruch des Bürgerkriegs in Ascunsión und verliert sie
wieder, Jules Hoffmann wird anstelle seines Bruders in
ein Konzentrationslager verschleppt: In einer Fülle von
Figuren und Schicksalen entfaltet Max Aub in den sechs
Bänden des *Magischen Labyrinths* ein »Monumentalgemäl-
de des Spanischen Bürgerkriegs« (*Basler Zeitung*), sein
»literarisches Welttheater rückt Grauen und Groteske,
Zerstörung und Zärtlichkeit nebeneinander« (*Der Spiegel*).

www.eichborn.de          **EICHBORN▶BERLIN**